Wilhelm Heinrich Riehl

Kulturgeschichtliche Novellen

Wilhelm Heinrich Riehl

Kulturgeschichtliche Novellen

ISBN/EAN: 9783741124877

Hergestellt in Europa, USA, Kanada, Australien, Japan

Cover: Foto ©Andreas Hilbeck / pixelio.de

Manufactured and distributed by brebook publishing software
(www.brebook.com)

Wilhelm Heinrich Riehl

Kulturgeschichtliche Novellen

Pitt Press Series.

CULTURGESCHICHTLICHE NOVELLEN,

VON

W. H. RIEHL,

WITH

GRAMMATICAL, PHILOLOGICAL AND HISTORICAL NOTES,

AND A COMPLETE INDEX,

BY

H. J. WOLSTENHOLME, B.A. (LOND.)

LECTURER IN GERMAN AT NEWNHAM COLLEGE, CAMBRIDGE.

EDITED FOR THE SYNDICS OF THE UNIVERSITY PRESS.

CAMBRIDGE:
AT THE UNIVERSITY PRESS.
1889

CONTENTS.

PREFACE.

THE following stories, or "historical novelettes" (see Introduction), are here reprinted by the kind permission of their author, Professor Riehl of Munich, and of the publishers, the well-known firm of Messrs Cotta of Stuttgart, to whom I desire to make due acknowledgment of my obligations.

The appearance of a work in a modern language, annotated on a scale so extensive as the present, will probably be a matter of some surprise. This will hardly be diminished when it is found to be an edition, not of a difficult classic, but of a series of narrative sketches by a popular though learned writer of the present day. Some explanation therefore of its purpose and character may not seem uncalled for.

In the first place, the book is intended for *students*, in the proper sense of the term. It is more especially meant to meet their requirements in the earlier (though not the very earliest) stages of a course of study similar in scope and character to that passed through by students of Greek and Latin who aim at becoming good classical scholars. It is hoped that it may be found useful in the preparatory course of candidates who intend to take honours in the coming Modern Languages Tripos at Cambridge, and more especially to those preparing to be teachers of German, not simply as a "practical" acquirement, but as a means of mental training.

The earlier part of an organized course of study such as I have referred to will of course be chiefly occupied with the systematic acquisition of the elements of the language, its constituent parts and general principles, before the classical literature is seriously approached. At this stage the student's powers of attention and retention are fully claimed by the details of inflection and signification, of word-composition, construction and idiom. The matter of what he reads is of secondary importance, provided it be sufficiently light and interesting; what is first required is a fitting supply of the staple material of the language. Plain narrative and conversational prose will be better than any classic, even where the sole final purpose is a thorough study of the literature. Where however a practical mastery of the language, for the purposes of speaking and writing, is a substantial part of the student's aim, it becomes doubly requisite that he should at first confine himself, in the main, to the best contemporary authors. These should be made the object of a close analytical study, followed by careful recapitulation, to impress the results on the memory, and convert *Wissen* into *Können*, knowledge into faculty. No doubt the student will learn much, as some learn all that they ever know of a modern language, by a half intuitive observation and association, aided by the fixing power of habit,—what is called the "picking up" of a language. But it is upon a thorough mastery of a thousand and one

small details and fine distinctions, peculiar modes of conception and expression, that the correctness and idiomatic
character of the most ordinary conversation or of the
plainest written style depend; and while these are the im-
plicit and almost unconscious mental property of a native,
they can be adequately acquired by a foreign student of
the language only by a sustained exercise of analytic
observation and thought. To a German *Gymnasiast* it
might seem a waste of subtlety, or pedantic trifling, to
analyse and formulate the uses of *doch* or *ja*, the difference
between *erst* and *nur*, or the various phases of meaning
combined in such words as *wollen* and *mögen*. But he
would certainly hold other views with regard to μή or ἄν,
or the uses of the Greek optative; and if he undertook
a careful study of English he would be grateful to any
one (whom he would more probably find among his
fellow-countrymen than among Englishmen) who could
give him some theoretic hold upon the difference between
"some" and "any," or the principles underlying the
uses of "shall" and "will," or the forms "I think" and
"I am thinking." It would indeed be untrue as well as
useless to tell him that he might find in the analytic
study of English as good a mental gymnastic as in that
of Greek; but I do not think there would be much hardi-
hood in maintaining that for the English youth the scientific
study of a highly organized language like German may
be made the medium of as thorough a mental training,
and of as much real culture, as experience would lead us
to expect in return for the same amount of time and
labour devoted to the study of the "classical" languages.

It is as in some sort an introduction to such a study of German as I have endeavoured to indicate, so far as this is possible under the limitations of a commentary on a given text, that the present volume has been prepared. The notes are numerous and copious, but I trust they will commend themselves as not of the kind that paralyse the student's own mental activity by superseding the necessity for it; but rather as stimulating it by presenting suitable material in a workable form, and furnishing guidance in such a way as to lead to future independence. The material has of course been supplied in the first place by the text itself. This has been to a small extent supplemented, but chiefly elucidated and illustrated, by matter drawn from sources many of them inaccessible to the English reader. A not inconsiderable element may lay some claim to originality, and perhaps this will be the most valuable part of the book to the real student, because treating from the objective standpoint of the foreigner, specially of the Englishman, matters of idiomatic difficulty upon which only scattered hints are to be found in sources English or German. I may refer particularly to the notes on the particles, on the exact force, as felt in the original, of words like *erst, übrigens, vollends,* &c., and of certain familiar but peculiar modes of conception and expression which are too completely ingrained in the consciousness of a native for him easily to make them the objects of analysis or of explanation to others.

In the disposition of the material in the notes I have endeavoured, by constant quotation of parallel passages in the text, and by a complete system of references backwards and forwards, making the book as far as possible self-illustrative, to afford the student every facility for comparative analysis as the basis of generalisation. Even where, as is of course often the case, there is no room for any strict induction, it has been my aim to secure that no item of fresh knowledge shall lose anything it may gain by association with related matter already met with or shortly to be acquired. In no modern language, perhaps, is it more desirable than in German that the vocabulary should be presented, and in part acquired, in associated groups of cognates. As regards the form of the notes, I have endeavoured to offer to the student every inducement to work through the processes by which the results are obtained, before possessing himself of the results themselves, and to form for himself a method and habit of work based upon the same principle. The application of these results to the actual translation of the text he will find has been left largely to himself. I have made use of translation chiefly as strictly exegetical, or as pointing out and exemplifying typical modes of turning German idiom into English. Where renderings of connected passages of the text are given, these are not intended to be final, or to preclude the endeavours of the student to elaborate others freer in style, or better harmonising with the context of his own translation.

I think that any one who works steadily through the book, in accordance with the plan upon which it has been arranged, can hardly fail to obtain an initial grasp of the language, as well as a training in method for future acquirements, such as no amount of mere desultory study could give. It need however hardly be said that some more cursory reading should be carried on in suitable proportion at the same time. Such reading, pursued alone, contributes little either to exact knowledge or to practical acquisition, but is very desirable as a relief from the severe monotony of close and deliberate study, and as giving flow and facility in the application of the knowledge acquired.

While the book has been prepared, as already explained, for a special class, and with a special purpose, it is hoped that after a little practice in the selection of suitable notes and parts of notes, it may be used with ease and advantage by pupils belonging to the middle and higher forms of schools, and by students or readers whose time does not allow of, or whose purpose does not require, the close and systematic study for which it is specially designed.

My warmest thanks are due to several friends, both in Germany and in England, for most valuable help and criticism.

H. J. W.

CAMBRIDGE,
   January, 1884.

INTRODUCTION.

WILHELM HEINRICH RIEHL was born in 1823, at Biberich on the Rhine. He studied at Marburg and other Universities, first philosophy and theology, and afterwards history and political economy. After taking his degree he devoted himself for a time chiefly to the study of Culturgeſchichte (history as concerned not so much with external events, as with the internal condition of peoples, their modes of life and thought, their progress in civilisation and culture, &c.) and of the history of art. After being engaged for several years chiefly in journalism and other literary work, Dr Riehl was in 1854 appointed a Professor in the University of Munich, where he still holds the chair of Culturgeſchichte and Statiſtik (the science of statistics). In 1861 he was elected a member of the Bavarian Academy of Sciences in Munich. Professor Riehl's chief works are: „Naturgeſchichte des Volks als Grundlage einer deutſchen Social-Politik" (comprising three separately issued works, „Die bürgerliche Geſellſchaft", „Land und Leute", and „Die Familie"), 1851—55; „Culturgeſchichtliche Novellen", 1856; „Die Pfälzer. Ein rheiniſches Volksbild", 1857; „Culturſtudien aus drei Jahrhunderten", 1859; „Die deutſche Arbeit", 1861; „Geſchichten aus alter Zeit, Stuttgart, J. G. Cotta'ſcher Verlag", 1863—65; „Muſikaliſche Charakterköpfe", 1853—77; "Hausmusik. Funfzig Lieder deutscher Dichtung in Musik gesetzt", 1855; 2. Folge, 1877; „Neues Novellenbuch", 1867; „Geſammelte Geſchichten und Novellen, 2 Bände, Stuttgart, J. G. Cotta" (popular edition, containing all the Erzählungen hitherto published), 1871, latest edition 1879;

Brief sketch of
the author and
his works.

„Freie Vorträge", 1873 ; „Aus der Ecke, neue Novellen", 1875 ; „Am Feierabend, neue Novellen", 1879 ; together with a number of historical (culturgeschichtliche) dissertations and essays, published in the proceedings of the Munich Academy, and in the well-known literary and scientific supplements to the „Augsburger Allgemeine Zeitung." Since 1870 Prof. Riehl has also been engaged in editing the „Historisches Taschenbuch", commenced in 1830 by von Raumer.

The tales presented to the reader in the following pages are „Culturgeschicht- taken from the „Geschichten aus alter Zeit." On our liche Novellen." title-page however they have been allowed to retain, as more fully expressing their literary character, the appellation of „Culturgeschichtliche Novellen", under which Prof. Riehl published the first collection of his essays in historical fiction. In explanation of what is to be understood by this term it may be well to give one or two extracts from the author's prefaces, first reminding the reader that in German the word Novelle is still used (in distinction from Roman, which corresponds to the English "novel") in its proper and original meaning, as exemplified in the short stories of the old Italian and Spanish novelists. Prof. Riehl remarks that the old historical romances, which attempted to present in the guise of fiction the real events and personages of history, have lost or are losing their power over the better informed and more critical modern reader. He then continues :

„Mir dünkt, die Aufgabe der historischen Novellistik liege nach dieser Seite darin, auf dem Grund der Gesittungszustände einer gegebenen Zeit frei geformte Charaktere in ihren Leidenschaften und Conflicten walten zu lassen. Die Scene ist historisch. Es sind dann aber—kurz gesagt—erfundene Personen, die in den Vordergrund treten, die mit feinem Pinsel ausgemalt werden sollen,—eine erfundene Handlung, die sich episch frei gestalten kann, keine geschichtliche, wenigstens keine weltgeschichtliche. Denn in den Winkeln der Specialgeschichte können wir allerdings noch Intriguen und Helden aufspüren, die novellistisch bildsam sind, ohne daß wir durch die poetische Freiheit das historische Bewußtsein der Nation beleidigen. Weltgeschichtliche Geschicke mögen von Ferne hereinragen, weltgeschichtliche

Perſonen im Hintergrunde über die Bühne des hiſtoriſchen Romanes ſchrei=
ten. Der Boden aber, worauf ſich die erfundene Handlung bewegt, ruhe
auf den Pfeilern der Zeitgeſchichte; die Luft, worin die erdichteten Perſonen
athmen, ſei die Luft ihres Jahrhunderts; die Gedanken davon ſie bewegt
werden, ſeien ein Spiegel der weltgeſchichtlichen Ideen ihrer Tage.

Dieſes nenne ich culturgeſchichtliche Novelliſtik.“

With reference to his own work the author adds :

„In meinen ‚culturgeſchichtlichen Novellen‘ habe ich dieſes neue Feld
in einer vielleicht neuen Weiſe urbar zu machen verſucht. Ein Cultur=
hiſtoriker hat dieſe Novellen geſchrieben, denn ſie aus ſeinen liebſten Studien,
aus ſeinen traulichſten Jugenderinnerungen ſo unter der Hand hervorgewach=
ſen ſind: würde ſich nun dieſe Hand zugleich ſich als eine künſtleriſch
geſtaltende erweiſen, dann könnte man’s ein glückliches Zuſammentreffen
nennen.“

We conclude with the opening paragraph of the preface to
the „Geſchichten aus alter Zeit.“

„Ich habe dieſes Buch ‚Geſchichten‘ genannt; ich hätte es ebenſogut mit
vornehmerem Wort ‚Novellen‘ nennen können. Denn wenn das Weſen der
Novelle darin beſteht, ein Seelengeheimniß in der Verknüpfung und Löſung
erdichteter Thatſachen zu enthüllen, dann ſind dieſe Geſchichten Novellen.
Das deutſche Wort aber ſaß mir beſſer als das italieniſche; einmal, weil mir
die gemüthliche deutſche Art des Erzählens zunächſt in der Seele klang, dann
aber auch, weil es ein heilſames Mahnwort iſt. Die Geſchichte mahnet
nämlich, daß fort und fort etwas geſchehe, daß nicht die Reflexion, ſondern
die That den Knoten ſchlinge und löſe, und daß die Luſt am Erzählen nicht
von der verführeriſchen Luſt des Grübelns und Schilderns überwuchert
werde.“

Der stumme Rathsherr.

Erstes Kapitel.

Hunde mitzubringen in die Rathssitzung einer Reichsstadt,
war im Mittelalter gerade nicht der Brauch. Nun geschah
es aber doch einmal, daß ein Hund fast sieben Jahre lang
Sitz — wenn auch keine Stimme — in einem reichsstädtischen
Rathe erhielt.

Das kam also:

Gerhard Richwin, Bürger und Wollenweber in Wetzlar,
war ein reicher Mann, weil sein Vater gespart und gearbeitet
hatte. Dafür feierte nun der Sohn und vergeudete, und
wenn er's noch zehn Jahre so fort trieb, so war bis dahin
vermuthlich aus dem reichen der arme Richwin geworden.

In der Lahngasse, enggepackt zwischen andern hochgiebe=
ligen Häusern, stand Richwins Haus, ein stattlicher Holzbau,
erst vor zehn Jahren von Grund aus neu aufgeführt, wie die
Jahrzahl — 1358 — über der großen Thüre bezeugte. Durch
diese Thüre trat man in die Verkaufshalle; denn Richwin
handelte nicht bloß mit selbstgewebter Waare, sondern mehr
noch mit fremden Zeugen und würde zur Kaufmannsgilde
gezählt haben, wenn es eine solche in Wetzlar gegeben hätte.

So aber gehörte er zur vornehmsten Zunft, zu den Wollen=
webern, und innerhalb dieser zu einem kleinen vornehmen
Kreise, den sogenannten „flandrischen Zunftgenossen," vom
Verkauf der kostbaren flandrischen Tücher also benannt; unter
den vornehmen „Flandrischen" aber war Richwin wiederum
der Reichste und Vornehmste, und es dünkte ihm, er sei doch
fast um einen Kopf über die Zünfte überhaupt hinausge=
wachsen und auf ein Haar so groß wie ein Patrizier.

Durch die große Thüre trat man, wie gesagt, in die
Verkaufshalle; nämlich wenn man auf der Schwelle nicht
über zwei böse Buben stolperte, die daselbst gewöhnlich zu
spielen und zu raufen pflegten. Es waren Richwins ältere
Kinder. Die jüngeren, zwei Mädchen, machten im oberen
Geschoß der Mutter das Leben sauer; denn da es dem Vater
zu langweilig war, Zucht zu üben bei den wilden Rangen, so
lernten die Brüder jede Unart von selber und die kleinen
Schwestern lernten die Unart von den Brüdern; die Mutter
allein aber vermochte die unbändige Rotte nicht im Zügel zu
halten.

Klagte die arme Frau Eva dem Manne ihr Leid wegen
der Kinder, so hörte er mit dem rechten Ohre gar nicht zu und
mit dem linken halb und gab keine Antwort, oder, wenn
er besonders achtsam war, eine verkehrte. So ging's auch
in andern Stücken. Gerhard merkte nicht, wie arg er seine
Frau vernachlässigte; hätte er's gemerkt, er würde es besser
gemacht haben; denn er hatte ein gutes Herz und liebte seine
Frau. Aber Eva merkte um so mehr, daß er oft ganze Tage
nichts mit ihr sprach, und wenn ja, so waren es kalte, zer=
streute Worte, schlimmer als nichts.

Sie trug ihr Kreuz in Geduld und wußte doch nur zu
wohl, daß es bald ein doppeltes Kreuz werden würde; denn

sie sah den Verfall von Hab' und Gut langsam aber sicher
heranschleichen, ohne ihm irgend steuern zu können.

Viel Unrechtes that Gerhard Richwin nicht, er that nur
auch nichts Rechtes. Jedem Einfall, jeder Laune des Augen-
blickes gab er sich hin; diese Einfälle aber fielen, seltsam
genug, niemals auf die Arbeit, welche im Augenblick zu vollführen dringend Noth war. Wenn es galt, in der Weberei
nachzusehen, dann hatte er die größte Lust, auszureiten, und
wenn er aufsitzen sollte zu einem Ritt nach den benachbarten
Grafenschlössern in Weilburg, Dillenburg oder Braunfels,
wo oft bedeutende Geschäfte abzuschließen waren, dann däuchte
es ihm wunderschön bei den Webstühlen. Standen Käufer
im Waarenlager, dann schaute Meister Richwin wohl durch's
Fenster seinen bösen Buben zu, sann, wie er ihrer Unart doch
auch einmal wehren wolle, vergaß aber darüber geraume Zeit
die Kunden und redete sie zuletzt mit grimmiger väterlicher
Strenge an und fuhr mit der Elle ins Zeug, als wolle er die
Käufer statt der Buben prügeln.

Die treuesten Geschäftsfreunde fühlten sich nachgerade
doch gar zu säumig und grob behandelt, denn die Diener und
Lehrlinge des Hauses schrieben sich des Meisters Beispiel hinter's Ohr und wurden noch um einen Grad säumiger und
gröber als er selber; kein Wunder also, daß es allmählich
etwas stiller ward in Richwin's berühmter Waarenhalle.

Böse Zungen meinten, wenn das so fortgehe, dann werde
Richwin bald der einzige Kunde seines Kaufladens sein, der
beste sei er ohnedies schon. Er leuchtete nämlich in jener
modesüchtigen Zeit allen andern Bürgern vor durch reiches
Kleid und steten Wechsel der Tracht, und sah man ihn im
Prunkrock mit den langen Aermeln, deren breite Tuchstreifen
bis an die Füße reichten, in den buntgestreiften Hosen und

spitzigen Schnabelschuhen, auf dem Kopfe die vorn und hinten
aufgeschlagene Kugelmütze, das Haar gerablinig auf der
Stirne abgeschnitten, indeß nur rechts und links über den
Ohren zwei Locken stehen geblieben waren, — dann konnte
man glauben, er sei kein Zünftler oder Kaufmann, sondern
ein Herr.

Hätte aber Jemand Meister Richwin wegen seines Putzes
einen Gecken genannt, so würde er das übel genommen
haben, denn er war verletzbar wie ein geschältes Ei, und
obgleich er des innerlich Unschicklichen wahrlich genug that,
fürchtete er sich doch grausam, gegen das äußerlich Schickliche
zu verstoßen. Dieser Zug verkündete nun eben nicht den
derben, geraden Bürgersmann. Und in der That hatten ihn
seine Genossen, die Zünftler, im Verdacht, daß er auf zwei
Achseln trage und aus Hoffart heimlich zu den Patriziern
stehe.

Solch ein Verdacht aber war bitterböse in jenen Tagen;
denn in den Gemüthern der reichsstädtischen Zunftgenossen
gährte es gewaltig. Die edeln Geschlechter tagten allein im
Rath und beherrschten die Stadt; sie hatten neuerdings den
gemeinen Säckel mit Schulden überbürdet, die Stadt in ver-
derbliche Bündnisse und Fehden verstrickt, sie waren dem
Volke von Grund aus verhaßt und das Maß ihrer Herrschaft
schien voll zum Ueberlaufen. Eine Verschwörung der Zünfte
gegen die Geschlechter wucherte auf, verborgen aber weitverzweigt. Hatte doch so manche andere Reichsstadt in den
letzten Jahren ihrem patrizischen Rathe den Stuhl vor die
Thüre gesetzt: warum sollten die Wetzlarer ihre Patrizier
nicht auch zum Teufel jagen können?

Und diesem stillen Wühlen, Planschmieden und Vorbe-
reiten seiner Zunftbrüder gegenüber verhielt sich Gerhard

Richwin kalt und zweideutig! Er war doch noch immer der vornehmste Mann der vornehmsten Zunft, hatte in den Trinkstuben großes Ansehen, und wenn sich auch die Geschäftsfreunde minderten, so mehrten sich doch die Zechfreunde; ein empfindlicher Mann, eigensinnig, gescheidt, wenn er gescheidt sein wollte, ein Mann, mit dessen Vermögen es bergab ging: war ein solcher nicht wie gemacht zum Demagogen? Es lohnte wohl der Mühe, ihn für die neue Sache zu gewinnen. Man winkte und flüsterte ihm zu, schmeichelte, beredete, drängte ihn. Es verfing alles nicht. Er hatte Freunde unter den Geschlechtern, und ihr hoffärtiges, eigenwilliges Wesen däuchte ihm ganz edel und fein. Ueberdies war Parteizucht dem Manne unbequem, dem jede Zucht mißfiel; er rührte sich nicht, wo er Hände voll Geld gewinnen konnte: wie sollte er sich rühren, wo vielleicht nur der Galgen zu gewinnen stand?

Zweites Kapitel.

In jenen aufgeregten Tagen hatte Richwin einen prächtigen jungen Hund zum Geschenk erhalten, der mindestens doppelt so aufgeregt war wie die Wetzlarer Bürger und dreimal so eigensinnig wie sein Herr, einen großen schwarzen Wolfshund von spanischer Race, kaum dreiviertel Jahre alt, noch ganz ungezogen, täppisch und allen Muthwillens voll.

Der Hund hieß „Thasso" und machte seinem Namen Ehre, welcher einen Schläger oder Streiter bedeutet. Denn Streiten und Raufen ohne Ende war seine Lust, und obgleich er, höchst gutartig, fast nur im Spiel kämpfte, so war doch ein Spiel mit Thasso nicht Jedermanns Vergnügen. Ging

ein ehrsamer Bürger auffallend raschen Schrittes durch die
Straße, flugs sprang Thasso hinterdrein und zupfte ihn
neckisch am Wams, riß aber auch gleich einen handgroßen
Fetzen Tuch mit herunter. Oder er sah ein Kind, sprang
5 spielend zu ihm hin und warf es im ersten Anlauf mit seinen
breiten Tatzen in die Gosse. Am ergötzlichsten aber war
Thasso, wenn ein Reiter rasch vorbei trabte. Gleich einem
Raubthier setzte dann der Hund in Riesensprüngen dem
Pferde nach, umkreiste es, hüpfte ihm zum Kopfe hinauf,
10 dann wieder zum Schweif, schnappte dem Reiter nach der
Hand oder schlüpfte dem bäumenden Rosse unter dem Bauche
durch, ohne jemals einen Huftritt davonzutragen. Er biß
nicht, er spielte bloß; aber die Pferde scheuten, wichen zurück,
stiegen hoch auf oder gingen trotz Zügel und Schenkel gestreck-
15 ten Laufes durch.

Rief dann Meister Richwin den Hund zurück, so hielt
dieser augenblicklich ein, blickte seinen Herrn an, als wollte
er sagen: ich kann's noch viel besser, und verfolgte drauf
das Pferd mit verdoppelter Lust. Drohte und schalt Richwin
20 aber gar, so verwandelte sich das Spiel des Hundes in Zorn,
er bellte und biß und lief dann aus Furcht vor der Strafe
davon, durchschwärmte die halbe Stadt, trieb unterwegs
allerlei neuen Unfug und schlich erst spät und ganz heimlich
nach Hause zurück. Nun erhielt er freilich seine Hiebe.
25 Diese verstand der Hund jetzt aber falsch; denn, da er die
erste Ursache der Strafe längst vergessen hatte, so glaubte er,
man prügle ihn, weil er nach Hause komme und blieb das
nächstemal um so länger fort.

Also nahm sich Meister Richwin vor, den Hund auf
30 frischer That zu bestrafen. Da lief dann der Hund hinter
dem Reiter her und Richwin hinter dem Hund. Endlich

stand der Hund und ließ, tief zerknirscht, den Schwanz zwischen den Beinen, seinen Herrn herankommen. Sowie dieser
sich aber auf zehn Schritt genähert hatte, nahm Thasso wieder
Reißaus. Meister Richwin ging langsam, lockte, schmeichelte
und heuchelte ein freundliches Gesicht: der Hund kam herbei, — aber nur auf zehn Schritt, dann lief er wieder davon.
Der Herr mochte eilen, schleichen, stille stehen — das Thier
blieb immer bei ihm, aber auch immer zehn Schritt vom Leibe.
Die Gassenbuben jubelten, und die ganze Straße lief an
Thür und Fenster, um zu sehen, wer denn endlich gewinne,
Meister Richwin oder Meister Thasso? Der stolze Bürger
zitterte vor Wuth und warf gar mit Steinen nach dem Sünder. Thasso aber wich jedem Wurfe wunderbar gewandt
aus, sprang dem Steine nach, apportirte ihn wie zum Spotte
mit fliegender Hast und war schon wieder zwanzig Schritt
voraus, ehe sein Rächer nur ordentlich zum Hiebe ausgeholt
hatte.

Jeder Tag brachte neue Scenen ähnlicher Art. Der
Hund entfaltete einen staunenswerthen Erfindungsgeist in
immer neuen Unarten und in der Kunst, einem rechtzeitigen
Hiebe zu entrinnen.

Es war aber, als sei mit dem Hunde erst das leibhaftige
Unheil in Richwins Haus gezogen. Die vier unartigen
Kinder spielten und balgten mit dem Thiere von früh bis
spät, und Thasso's Geist kam dabei dergestalt über sie, daß
man schwer entscheiden mochte, ob der Hund ärgeren Muthwillen trieb oder die Kinder. Die arme Frau Eva konnte
den Hund nicht leiden; das nahm Meister Richwin äußerst
übel, und hatte er sie vorher nur durch seine Kälte gekränkt,
so schalt und zankte er jetzt obendrein; war Thasso seiner
Peitsche entlaufen, so ließ er den Zorn an der Frau aus, und

redete diese irgend ein unbequemes Wort, so mußte sie gleich
ihren Haß gegen den edeln Hund auf dem Butterbrod essen.
Seit der Hund im Hause war, gab sie ihren Mann, sich und
die Ihrigen völlig dem Verderben geweiht. Hatte sich der
Meister vorher schon wenig um Haus und Beruf bekümmert,
so that er es jetzt noch viel weniger. Er wollte vor allen
Dingen seinen Hund dressiren, und dieses wichtigste Werk
beschäftigte ihn den ganzen Tag. Da er aber durchaus
planlos und launisch dabei verfuhr, heute alle Untugenden
nachsah und morgen wieder überhart strafte, so verlor Thasso
vielmehr das bischen Zucht noch vollends, welches er mitgebracht hatte.

Fort und fort kamen Klagen über den Störenfried. Der
Meister mußte Schaden ersetzen, Schmerzen vergüten, gute
Worte geben und böse einstecken. Die Beschädigten drohten,
das Thier zu vergiften oder tobtzuschlagen, und die Freunde
brangen in den Meister, er möge die zuchtlose Bestie doch ab-
schaffen oder an die Kette legen. Allein Richwin blieb bei
seinem Satz: er selber wolle den Hund erziehen, er wolle ihn
lammfromm machen und dann mit dem edeln, gefürchteten
Thiere einherstolzieren wie Ritter Kurt mit seinem großen
Fanghund.

Nun geschah es, daß die Wetzlarer Bürger am Aschermittwoch einen altherkömmlichen seltsamen Aufzug begingen.
Sie zogen nämlich gewaffnet in die geistlichen Höfe, vom
Hofe der Deutschherren bis zum Altenberger Nonnenhof, um
bei den Deutschherren ein lebendes weißes Huhn, bei den
Nonnen einen Schinken, beim Dechanten einen Goldgulden
zu empfangen als Zeichen der Stadt-Gerechtsame in den
geistlichen Höfen. Als Hauptstück glänzte dabei aber allezeit
das lebende weiße Huhn, weßhalb man den Aschermittwoch

in Wetzlar noch bei Menschengedenken den „Hinkelchestag"
nannte. Tadellos weiß, mit bunten Bändern geschmückt,
mußte die Henne von einem Knaben dem Zuge voran durch
die Straßen getragen werden.

Meister Richwin ging heuer an der Spitze seiner Zunft
im Zuge und hatte zu Hause den strengsten Befehl gegeben,
daß man den Hund wohl eingesperrt halte, bis der Lärm
vorüber sei. Thasso aber brach dennoch aus, verfolgte die
Spur seines Herrn und sprang mitten in die festlichen
Reihen, als der Amtmann des Deutschordens eben das Huhn
dem Knaben übergab. Den schreienden, flügelnden Vogel
mit den flatternden Bändern hatte er im Nu erspäht, flog
darauf los, entriß ihn der Hand des Kindes und zerrte ihn,
daß die Federn und Bänder in der Luft umher flogen. Der
Amtmann, welcher abwehren wollte, wurde kräftigst in die
Waden gebissen, und als es Meister Richwin endlich gelang,
den Hund zu bändigen, flügelte das Huhn noch einmal, und
schloß dann seinen Schnabel für immer.

Nun hatte man kein lebendes, weißes Huhn mehr! Aber
ohne lebendes Huhn keinen Umzug, ohne Umzug keine Gerechtsame in den geistlichen Höfen. Die Sache war sehr ernsthaft. An den pünktlich erfüllten Wahrzeichen des Rechtes
hing damals das Recht selber.

Mit tausend Bitten und Beschwörungen erreichte endlich
Meister Richwin, daß man den ganzen Vorgang als ungeschehen ansehen wolle, wenn er binnen zwei Stunden ein anderes tadellos weißes, lebendes Huhn zur Stelle schaffe. Die
feierliche Uebergabe sollte dann von neuem beginnen, doch
mit der bestimmten Rechtsverwahrung, daß man nicht etwa
in Zukunft den Deutschherren die Last aufbürde, zwei
Hühner zu liefern, ein todtes und ein lebendes. Auch sollte

Gerhard Richwin dießmal dem Amtmann zehn Ellen des feinsten flandrischen Tuches schenken als Schadenersatz und Schmerzensgeld.

Von Zorn, Aerger und Angst gegeißelt lief der Meister in alle Hühnerhöfe der Stadt, fand aber kein tadellos weißes Huhn. Endlich, fast in der letzten vorgesteckten Minute kam er schweißtriefend auf den Deutschordens-Hof mit einer mageren alten Henne, die ursprünglich weiß und etwas grau gesprenkelt gewesen: durch das Ausrupfen etlicher Hände voll Federn aber hatte er sie in ein tadellos weißes Huhn verwandelt. Man ließ das neue Rechtssymbol gelten, und so kamen denn noch alle Betheiligten, wie man zu sagen pflegt, glücklich mit einem blauen Auge davon, die erwürgte erste Henne natürlich ausgenommen.

Die Bestrafung Thasso's am Abende war mustergültig.

Meister Richwin aber gelobte sich heilig, von Stund an den Hund nach einer ganz neuen, planvollen und gründlichen Weise zu erziehen. Um aller Welt Güter hätte er das Thier gerade jetzt nicht abgeschafft; er wollte Recht behalten und den Wetzlarern zeigen, daß er trotz des letzten Auftrittes dennoch den unbändigen Halbwolf lammfromm machen könne.

Er brütete — zum erstenmal in seinem Leben — die ganze schlaflose Nacht über Erziehungsplänen.

Drittes Kapitel.

Am andern Morgen stand Meister Richwin mit dem ersten Dämmerlichte auf, wie er's vordem gar nicht gepflegt hatte, denn er war ein Langschläfer. Er wollte aber Thasso stufenweise an einen ruhigen Gang durch die Straßen ge-

wöhnen, noch ehe ſie von Menſchen und Pferden wimmelten.
Den Hund am Stricke durchzog er die ganze Stadt. So
wie das Thier auf einen Reiter oder Fußgänger ſpannte,
faßte es auch augenblicks ſeinen richtigen Peitſchenhieb.
Vorher hatte Thaſſo bei ſeinen Miſſethaten zwar immer ſicht- 5
bar Reue empfunden, zur Buße dagegen durchaus keine Luſt
gezeigt. Jetzt kam Reue, Buße und Sühnung alles mit
einemmale. Richwin fand dieſe Frühſtunde wie gemacht zu
unbelauſchter Dreſſur. Mit den wachſenden Februar- und
Märztagen ſtand er daher immer früher auf und war ſtets 10
ſchon vor der Sonne mit Thaſſo auf den Beinen.

Ging er an einer offenen Kirchenthüre vorbei, ſo zog er
den Strick beſonders feſt und ließ einen mahnenden Streich
auf Thaſſo's Rücken fallen. Denn der Hund hatte bis dahin
eine beſondere Luſt, in die offenen Kirchen zu laufen und die 15
Gemeinde anzubellen, und je lauter ihn ſein Herr zurückrief,
um ſo toller ſchlug er Lärm. Das verlernte er jetzt gänzlich.
Wenn nun Meiſter Richwin ſo vor die offene Thüre kam
und hörte, wie innen die Frühmeſſe geleſen wurde, ſo blieb
er wohl auch eine Weile andächtig im Portale ſtehen — denn 20
wegen des Hundes wagte er ſich nicht hinein — und nahm
ſich ein Stück Morgenſegen mit. Bis dahin war er ein
ſeltener Gaſt im Gotteshauſe geweſen; bald aber glaubte er
nun, der Tag ſei gar nicht recht begonnen ohne die Frühmeſſe
unter der Kirchenthür, auch gehe der Hund nachher immer 25
viel ruhiger.

Als der Meiſter zum erſtenmale von dem Morgengang
nach Hauſe kam, ſchien ihm der Tag doch ſehr lang, der ihm
früher, als er noch lange ſchlief, ſo kurz gedäucht hatte. Zum
Zeitvertreib ging er darum mit Thaſſo in die Werkſtatt, wo 30
zur Stunde ſchon fleißig gearbeitet werden mußte. Es ſah

aber noch gar still aus, denn Gesellen und Lehrlinge verließen
sich auf den gesunden Schlaf des Meisters und kamen so spät
es ihnen beliebte. Wie staunte und wetterte der Meister über
den Unfug, und wie ärgerten sich die Gesellen, als er Tag
5 für Tag immer früher in die Werkstatt trat! Die Reiter
und Spaziergänger schwuren dem unbändigen Thasso nicht
mehr den Tod, aber die Gesellen hätten den gebändigten
Thasso jetzt gerne vergiftet, denn sie merkten wohl, daß er
allein Schuld sei an den frühen Besuchen des Meisters.

10   Aber Richwin hielt den Hund Tag und Nacht bei sich
nach dem ganz richtigen Grundsatze, daß man ein Thier nur
dann gut erziehen und treu gewöhnen kann, wenn man stets
mit ihm zusammen lebt.

    Dieses Zusammenleben hatte im Verkaufsgewölbe freilich
15 seinen besonderen Haken. Trat nämlich ein Käufer ein, so
fuhr Thasso bellend unter der Bank hervor; wollte aber
Jemand den gekauften Pack Waaren mitnehmen und wegge-
hen, so war der Hund gar nicht zu halten, er achtete Kauf
offenbar für Diebstahl und packte den harmlosen Kunden so
20 fest, daß ihn nur der Herr selber mit Noth wieder befreien
konnte. Meister Richwin als Erzieher betrat hier den Weg
der Milde. Denn sollte er dem Hunde seine beste Tugend,
die Wachsamkeit, ausprügeln? Nein! Er wollte ihn nur
unterscheiden lehren, was Käufer und was Diebe sind. Kam
25 also ein Käufer, so reichte ihm Richwin äußerst freundlich
die rechte Hand, indeß er mit der linken die knurrende Bestie
streichelte, und bot dann auch weiter im Gespräch seine
heiterste Laune, seine lichteste Miene auf, damit der Hund
sehe, daß es hier einem Geschäftsfreund und keinem Diebe
30 gelte. Und ging der Kunde mit den gekauften Waaren hinweg, so duldete es Meister Richwin anfangs gar nicht, daß er

seinen Pack selber zur Thüre trug — denn Thasso stand schon
zähnefletschend auf dem Sprunge —, sondern nahm ihm den=
selben höflichst ab und trug ihn über die Schwelle, mit manchem
verstohlenen Rückblick nach dem Vierfüßler.   Die Leute aber
staunten das Wunder an und begriffen's nicht, wie der
gröbste Kaufmann über Nacht zum höflichsten geworden sei,
der stolzeste zum dienstfertigsten.

Da brausete aber einmal just im bedenklichsten Zeitpunkt
das wilde Heer der Kinder durch die Halle.   Jetzt war alle
Mühe vernichtet, Thasso fuhr wie besessen zwischen die Kinder
und dann zwischen die Beine der Käufer, als wolle er die
verhaltene Lust nun doppelt zügellos genießen.   Den Kindern
bekam's übel.   Mit furchtbarem Schelten wurden sie hinauf
zur Mutter geschickt und die beiden Knaben schon anderen
Tages dem Schulmeister zur schärferen Zucht übergeben.
Auch das Lungern und Balgen auf der Gasse ward ihnen
strengstens untersagt.   „Sie haben den Hund zu tausend
Unarten verführt," meinte Meister Richwin, „und wie kann
man überhaupt umtobt von so wilden Kindern einen jungen
Hund erziehen?"   Er beschloß, von nun an seinen bösen
Rangen den Daumen scharf auf's Auge zu drücken, damit
der Hund Ruhe habe und unverführt bleibe.

Frau Eva mußte dem Mann ihre Freude über alle die
Verwandlungen aussprechen.

„Es ist doch ein rechter Segen," sagte sie, „daß du mor=
gens wieder zur Messe gehst."

„Ja wohl, Eva! der Hund liegt wie ein Standbild, wenn
ich unter dem Portale kniee."

„Die Kunden mehren sich wieder, seit du so freundlich
geworden."

„Ja wohl, Eva! der Hund knurrt nur noch ganz leise,

er bellt nicht mehr im Kauflaben und denkt nicht von Weitem
an's Beißen."

„Die Kinder bessern sich zusehends, seit du sie kürzer
hältst."

5　„Freilich, Eva! das war dem Hunde grundverderblich,
daß er immer das böse Beispiel der Kinder sah."

„Und wie thut mir's wohl, Gerhard, daß du jetzt wieder so
manches freunbliche Wort mit mir redest!"

„Ei freilich, liebe Eva! da du jetzt so freunblich von dem
10　Hunde gesprochen" — sie hatte keine Sylbe von ihm gesagt
— „wie sollte ich dir's nicht banken?"

Frau Eva bachte für sich: „Meister Richwin erzieht den
Hund und ahnet nicht, daß noch vielmehr der Hund den
Meister Richwin erzieht," und warf zum erstenmale einen
15　freunblichen Blick auf Thasso und streichelte ihn. Das
besiegelte den neuen Hausfrieden.

Aber trotz der großen Fortschritte, die Thasso machte in
seines Herren Zucht und seiner Herrin Gunst, brachen doch
manchmal die alten Tücken wieder hervor. Dabei waltete
20　aber ein seltsamer Instinkt des Thieres: es schien die Zünft=
ler von den Patriziern zu unterscheiben, und wenn es ja
seinem Muthwillen wieder einmal freien Lauf ließ, so war er
gewiß gegen einen Patrizier gerichtet. Wie es Hunde gibt,
die keinen Bettelmann und Landstreicher ohne Gebell vorüber
25　lassen, so konnte Thasso keinen geputzten, stolz schreitenden,
ritterlich reitenden Patrizier sehen, ohne daß sich der alte
Abam in ihm regte.

Nach dem Feierabend pflog Meister Richwin durch die
nunmehr von Menschen wimmelnden Straßen zu gehen, damit
30　der Hund, des Strickes frei, bewähre, was er in der einsamen
Frühstunde, angefesselt, gelernt hatte. Thasso schleicht ganz

sittsam in den Fußstapfen seines Herrn. Da schreitet ein Junker aus den Geschlechtern tänzelnd und geziert über den Marktplatz; flugs springt Thasso zu ihm hinüber, kein Rufen, kein Pfeifen hilft, wie im Rausch hat er alle Lehren des nüchternen Morgens vergessen und kriecht erst, demüthigst wedelnd und um Verzeihung bittend, zu dem wüthenden Meister zurück, nachdem er den bis zum Fuß niederfallenden langen Aermel des Patriziers mitten entzwei gerissen.

Des andern Tages schickte Meister Richwin dem Geschädigten seinen eigenen Prunkrock mit den langen Aermeln zum Ersatz. „Wie konnte ich solch ein Geck sein," rief er aus, „ein so widersinniges Kleid zu tragen? Müssen die langen, flatternden Tuchstreifen, müssen die hundert Bänder und Flitter nicht jeden Hund herausfordern, daß er daran zupfe?"

Meister Richwin begann einen stillen Grimm auf die Kleiderpracht und andere Hoffart der Geschlechter zu werfen und ging von da an nur noch im schlichtesten bürgerlichen Gewand.

Dazu dünkte ihm, die Patrizier hätten ganz besonders höhnische Blicke, wenn er mit seinem Zöglinge an der Schnur durch die Gassen schritt, oder wenn der entfesselte Thasso wieder einmal die Ohren verstopfte und durch Steinwürfe an seine Pflicht gemahnt werden mußte. Wie spöttisch hatte nicht neulich jene vornehme Jungfrau gelächelt, als Meister Richwin sie mit tiefer Verbeugung grüßte, indeß der Hund am Strick unwiderstehlich zum nächsten Eckstein hinüberzog, so daß die Verbeugung sich fast zum Fußfall gesteigert hätte? Und waren die edeln Herren nicht allezeit am gröbsten, wenn Thasso ja noch einmal an ihren galoppirenden Pferden hinaufsprang? Wie duldsam nahmen das dagegen die friedlichen Schrittes einher reitenden Zünftler auf!

So vollbrachte Thasso auch hier, was keinem Andern gelungen war: an der Hundeschnur zog er seinen Herrn ganz
leise von der Neutralität zur Partei der erbittertsten Zünftler
hinüber.

5   Das wurde fest und fertig, als die Wetzlarer Kaufleute
und Handwerker auf Ostern 1368 zur Frankfurter Messe
gingen. Sie bildeten einen stattlichen Trupp, der geschlossen
zusammenhielt bei der Fahrt durch die Wetterau, wegen
räuberischer Angriffe. Die Geschlechter waren vordem auch
10 mitgeritten in der Reiseschaar ihrer Stadt, und Meister Richwin auf seinem stolzen Rappen hielt sich sonst lieber zu den
vornehmen Leuten als zu den Zunftgenossen, die zu Fuß oder
auf langsamen Kleppern die Nachhut bildeten. Heuer aber
ließ er den Rappen zumeist bei seinen Saumthieren und ging
15 zu Fuß unter den Zünftlern Denn Thasso lief zur Seite,
und vom Roß herab hätte er den Hund doch nur in halber
Zucht halten können. Die Zunftgenossen aber freuten sich
gar sehr über die neue leutselige Art des Meisters, der den
schönsten Rappen beim Troß führen ließ, um mit ihnen zu
20 Fuß zu gehen. Da fiel gar manches Schmeichelwort, und
die Reden der Volksmänner, welche früher bei Richwin gar
nicht verfangen hatten, fanden jetzt die beste Statt in seiner
Seele. Und als der Zug an der Friedberger Warte hielt
und herab sah auf die Thürme von Frankfurt, da war Meister
25 Richwin eingeweiht und eingeschworen in den Bund der
Zünfte wider die Geschlechter. Johannes Kobinger, der
Hauptmann des Geheimbundes, schüttelte ihm dankend die
Hand und rief: „Ach Meister, wie seid ihr ein besserer Mann
geworden, ja erst jetzt ein ganzer Mann, und das in der kurzen
30 Frist von Aschermittwoch bis Ostern!"
Gerhard fuhr auf wie aus einem Traum und erwiderte:

„Ei freilich! Ich wußte wohl, daß der Hund von edler Art
sei, und daß ihm nur die rechte Zucht fehle. Ja, Meister
Kobinger, es geht nichts über eine gleichmäßige, ausdauernde
und feste Schule, die bändigt selbst eine Bestie. Aber Thasso
kann nun freigesprochen werden von der Lehre, und das soll
geschehen, sobald wir nach Wetzlar heimgekehrt sind."

Viertes Kapitel.

Der Sturm war in Wetzlar losgebrochen, die Geschlechter
waren verjagt, die Zünfte hatten das Feld und zugleich das
Regiment der Reichsstadt gewonnen. Meister Richwin hatte
voran geleuchtet im Kampfe durch Ausdauer, Strenge gegen
sich selbst und Andere und durch seinen unversöhnlichen Haß
gegen die Patrizier. Die Mitbürger staunten über den ver-
wandelten Mann.

Als der neue Rath nunmehr rein demokratisch aus den
Zünften gebildet wurde, fiel die Wahl auch auf Meister
Richwin. Noch vor einem Jahre, da er sich doch gar nicht
um das Gemeinwohl kümmerte, war es das süßeste Traumbild
seines Ehrgeizes, einmal Rathsherr zu werden; heute, wo er
heiß gearbeitet und gerungen hatte für die Stadt, lehnte er
ab. Niemand errieth die Ursache und Alle bestürmten den
Meister, daß er in den Rath eintreten oder doch mindestens
den Grund seiner Weigerung offenbaren möge.

Nach langem Zögern und mancherlei Ausflucht sprach er
endlich: „Der Grund wird euch kindisch scheinen. Mir aber
ist er ernst und schwer. Ich kann nicht täglich auf dem Rathhause sitzen in dieser drangvollen Zeit, weil ich meinen Hund
nicht mitnehmen darf. Lasse ich aber das Thier allein daheim,

so kommt wieder alles Unheil über mein Haus wie vordem.
Ich sage wohl, der Hund hat ausgelernt; aber wer lernt
jemals aus? Kein Mensch und kein Hund! Uebergebe ich
Thasso manchmal auf einen Tag dem Lehrjungen, so wird er
gleich wieder rückfällig, und es ist mir begegnet, daß ich
selber an einem solchen Tage auch wieder rückfällig geworden
bin. Wir sind Beide noch etwas schwach, wir dürfen uns nicht
von einander trennen. In der Vorhalle der Kirche mag ich
die Messe so gut hören, wie drinnen im Schiff, und der Hund
steht an meiner Seite; als Rathsherr aber kann ich doch nicht
allezeit vor der Thüre des Rathssaales bleiben. Nehmet meinen
Grund für keine Grille. Ich hege den Aberglauben, daß
mein Haus erst wieder fest stehen werde, wenn Thasso einmal
ganz fertig gezogen ist; ich darf mich noch nicht trennen von
dem Hunde. Und wie sollte ich das wankende Gemeinwesen
festen helfen, wenn mein eigen Haus noch viel ärger wankt?"

Nach dieser Rede des Meisters, die dem Einen ernst, dem
Andern spaßhaft dünkte, beschlossen die Rathsgenossen, es solle
Thasso vor allen Hunden der Stadt das Vorrecht eines Sitzes
im Rathssaale unter dem Stuhle seines Herrn erhalten, jedoch
mit der Klausel, daß dieses Recht augenblicks erlösche, sowie
sich der Hund eine Stimme anmaße.

Nach einigem Sträuben fügte sich Meister Richwin nun
doch dem Willen seiner Mitbürger und erschien pünktlich zu
jeder Frist mit Thasso auf dem Rathhause Diesen aber
nannten die Wetzlarer seitdem den „stummen Rathsherrn,"
und stumm blieb er in der That; man hörte in Jahr und
Tagen nicht, daß er wider die Klausel seines Privilegs ge=
sündigt hätte.

Auch auf der Straße schreckte er Niemand mehr durch seine
unbändige Spielerei; er war den Flegeljahren entwachsen und

schritt, nach großer Hunde Art, so still und stolz hinter seinem
Herrn einher, als sei er sich des Vorrechtes vor allen andern
Hunden der Reichsstadt klar bewußt. Nun geschah es, daß
Meister Richwin in der Ernte durch's Feld ging, hart an
dem Graben, welcher das Stadtgebiet von einem Walde des
Grafen von Solms schied. Thasso schlich ruhig neben ihm.
Mit einemmale aber war er verschwunden. Richwin spähte
ringsum, rief und pfiff. Der Hund kam nicht. Da rauschte
und krachte es in dem Dickicht jenseit des Grabens, und von
Thasso wie von einem Wolfe gehetzt, brach ein königlicher
Hirsch hervor, ein Zwanzigender zum mindesten, stutzte, als
er das freie Feld und den Mann sah, kehrte um, warf den
Hund mit der ganzen Wucht seines Geweihes zur Seite und
machte sich rückwärts wieder freie Bahn in die Büsche, unter
dem Rauschen und Knicken der Blätter und Zweige. Aber
auch Thasso erhob sich von seiner augenblicklichen Niederlage
und fuhr wie besessen hinter dem Thiere drein, und man hörte
bald nur noch fernher das Rauschen und das Pfeifen, womit
der Hund Laut gab. Der arme Richwin pfiff sich die Lippen
trocken und rief sich die Lungen athemlos; all seine feine
Dressur war verschlungen von Thasso's Jagdfieber. Zweimal
trieb er ihm den Hirsch zum Graben entgegen, gleich als wolle
er ihn dem Herrn zum Schusse stellen, und zweimal brach der
Hirsch wieder zurück.

Beim drittenmale aber trat ein Solms'scher Forstwart
aus dem Walde hervor und legte seine Armbrust an, nicht
auf das Wild, sondern auf den Hund. „Schämt euch, der
ihr ein Jäger sein wollt und zielet auf den edelsten Hund,
der doch nur von dem gleichen Jagdmuth berauscht ist, wie
ihr selber!" rief der Meister dem Dienstmann entgegen.

Getroffen von der Wahrheit dieses Wortes und zugleich

von der Schönheit des kämpfenden herrlichen Hundes, ließ
der Forstmann die Armbrust sinken und schritt trutzig zu dem
Bürger. „Der Hund ist mir verfallen," rief er, „weil er in
meines Grafen Bann gejagt hat. Ihr folget mir mit euerm
5 Hunde zum Grafen, und will er das Thier in seine Meute
nehmen, so sei ihm das Leben geschenkt."

Meister Richwin widersetzte sich natürlich, der Dienstmann
aber hielt ihn fest, und als sich der Bürger mit Gewalt frei
machen wollte, schlug ihm Jener die blanke Klinge über den
10 Arm. Im selben Augenblicke jedoch ward der Dienstmann
von hinten durch Thasso zu Boden gerissen; denn sowie das
Thier den Herrn in Gefahr sah, wich auch das Jagdfieber
einer Treue, die nicht Dressur war. Mehrere Wetzlarer Leute
liefen nun auf den Lärm gleichfalls aus dem Felde herbei,
15 befreiten den Forstwart von dem Hunde und führten den
Mann gefangen zur Stadt, weil er einen Bürger auf reichs=
städtischem Boden verwundet hatte. Denn die Städter waren
in dem siegreichen Kampfe mit den Geschlechtern rauflustig
genug geworden und fürchteten sich nicht vor einem neuen
20 Strauß.

Der Rath aber kam doch stark in Verlegenheit, was er
mit dem gefangenen solmsischen Dienstmanne anfangen solle.

Den Arm in der Schlinge, konnte Meister Richwin schon
am nächsten Tage der Sitzung beiwohnen, in welcher über
25 den kitzlichen Fall verhandelt ward. Alle Rathsleute waren
gewaltig aufgeregt, nur Thasso lag in behaglichster Ruhe
unter dem Stuhle, als gehe ihn die Sache gar nichts an.
Und doch ging es ihm an den Kragen und er fand wenig
Fürsprecher. So sehr man ihm als dem stummen Raths=
30 herrn gewogen war, schien es doch, als ob man ihn diesmal
der großen auswärtigen Politik opfern müsse.

Es hauste nämlich zur Zeit (1372) der böse Ritterbund der „Sterner" so arg in den Nachbargauen, daß man in Wetzlar im Stillen sich rüstete zum offenen Kampfe. Die Sterner aber zählten gar viele Grafen, Ritter und Herren zu ihren Genossen, die Reichsstadt hingegen hatte wenig Freunde und es kam ihr sehr überquer, gerade zu dieser Frist einen so kriegstüchtigen Nachbarn wie den Grafen Johann von Solms zu erzürnen, von dem noch unbekannt war, ob er für oder wider die Sterner Partei nehmen werde.

Als daher ein Rathsherr darthat, der Forstwart sei im Rechte gewesen, nickten manche Köpfe bejahend, und als er hinzufügte, auf Begehren des Grafen dürfe man sich nicht weigern, den Jäger freizugeben und den Hund auszuliefern, fiel ihm stracks die Mehrzahl zu, und Etliche meinten, Thasso habe vordem schon Unfug genug verübt, man dürfe sich nun doch nicht vollends noch den Solmser durch ihn auf den Hals hetzen lassen.

Thasso blieb ganz ruhig und schaute nur fragenden Auges um sich, als er seinen Namen nennen hörte. Sein Herr aber erhob sich. Er sprach:

„Ist Graf Johann, der schlaue Fuchs, für uns, so wird er sich um des Hundes willen nicht gegen uns kehren; ist er wider uns, so gewinnen wir ihn auch nicht mit einem geschenkten Hund. Der Mann kennt seinen Vortheil und schaut nach ganz andern Dingen als nach Hirschen und Hunden. Soll die Verletzung des Wildbannes gesühnt werden, so erbiete ich mich den dreifachen Werth des Hirsches und Hundes in gutem Gelde zu erlegen. Den Hund aber liefere ich keinem Menschen aus; eher ersteche ich das Thier auf der Stelle. Ihr wißt nicht, was ich dieser unvernünf=tigen Creatur Gottes schulde, die zugleich sichtbar Gottes

Werkzeug gewesen ist. Wenn Gott nicht will, so bekehren uns seine heiligsten Prediger nicht, und wenn er will, so bekehrt uns ein Hund. Dieser Hund hat Ordnung meinem Geschäfte gebracht, Zucht meinen Kindern, den Hausfrieden meiner Frau, er hat mir den Weg gezeigt zu meinen Freunden und Zunftbrüdern, den Weg zur Kirche und den Weg zum Rathhause; indem ich den Hund zu erziehen glaubte, erzog der Hund vielmehr mich. Das hat mir meine Hausfrau oft gesagt, und ich achtete es als einen artigen Spaß: jetzt, da ihr mir meinen Hund nehmen wollt, erkenne ich mit einemmale, daß es bitterer Ernst gewesen ist."

Diese wenigen Worte nur sprach Meister Richwin, aber er sprach sie mit feuchtem Auge, und Thasso, der seines Herren Bewegung sah, erhob sich langsam, rührte ihn leise mehrmals mit der breiten Vordertatze an und leckte ihm die Hand, als wolle er den Bekümmerten trösten.

Es war ganz stille geworden im Rathssaal; man konnte die Athemzüge hören.

Da streckte der Rathsdiener den Kopf zur Thüre herein und meldete einen Boten des Grafen von Solms. Die Bürger erschraken und ahnten Schlimmes. Um so überraschender klang die Botschaft.

Der Graf hatte mit Bedauern vernommen, daß sein Dienstmann einen Wetzlarer Bürger auf so geringfügigen Anlaß geschlagen, ja verwundet habe. Doch bat er, man möge um guter Nachbarschaft willen den Forstwart wieder freigeben, er — der Graf — mache seinerseits ja auch von dem verletzten Wildbann kein weiteres Aufheben, und damit die Stadt erkenne, wie freundlich er gesinnt, so schicke er dem hohen Rathe anbei einen Hirsch, den er selber erlegt habe und der mindestens eben so gut sei, als der von dem Hunde gejagte und nicht erlegte, nebst einem Fäßlein Bacharacher, damit auch der Trunk zum Schmaus nicht fehle.

Die Rathsherren waren starr vor freudigem Staunen, da statt des gefürchteten Donnerwetters plötzlich so heller Sonnenschein über sie hereinbrach. Sie sagten dem Boten manch artiges Wort und beglückwünschten den Meister Richwin sammt seinem Thasso. Der Meister aber erhob seine starke Stimme, den durcheinander wirbelnden Redeschwall laut übertönend, und bat, daß man vor ertheilter Antwort den Boten noch einmal abtreten lassen und ihm auf wenige Minuten Gehör schenken möge.

„Mißtrauet den süßen Worten des Grafen!" rief er. „Hätte er uns seinen Zorn entboten, ich würde nicht erschrocken sein, aber da er uns seine Huld entbietet, erschrecke ich. Der Graf schenkt uns seinen Hirsch nicht umsonst. Wir bedürfen des Grafen nicht; sein Vetter, der Braunfelser Otto und Landgraf Hermann von Hessen sind uns bessere Bundesgenossen. Graf Johann aber bedarf unser. Und hat er uns erst am kleinen Finger, so hat er uns auch ganz. Thasso, Thasso! du schaffst uns großes Leid, nicht weil du jenen solmsischen Hirsch in's Wetzlarer Feld, sondern weil du diesen Hirsch in die Wetzlarer Rathsküche jagtest! Ich beschwöre euch, werthe Freunde, lehnet das Geschenk freundlich ab, fordert unser Recht und gebt dem Grafen das seine. Schicket den Hirsch zurück und behaltet den Jäger, bis der Graf des Dienstmannes Uebermuth nach der Ordnung sühnen will" — —

Hier unterbrachen die Andern den Redner und hielten ihm vor, er treibe seinen Groll wegen des leichten Hiebes doch zu weit, daß er nicht einmal durch so viel Güte zufrieden zu stellen sei.

Meister Richwin aber erwiderte: „Spräche ich für mich, ich wäre wohl der Zufriedenste mit des Grafen Vorschlag, vorab wegen meines Hundes. Aber ich rede hier als Rathsherr der Reichsstadt und sage: Fordert unser Recht und gebt dem Grafen das seine: dem Grafen ist der Hund verfallen, weil er seinen Wildbann durchbrochen, uns ist der Forstwart verfallen, weil er unsern Burgfrieden verletzt hat. Aus Furcht vor dem Zorne des Grafen wollte ich diesen Hund, meinen treuesten Freund, nicht ausliefern, aber aus Furcht vor des Grafen Freundschaft liefere ich ihn aus. Vorhin, da ich als des Hundes Anwalt sprach, hätte ich weinen mögen über das arme Thier; jetzt spreche ich als der Anwalt unserer Gemeine und da möchte ich noch viel bitterere Thränen weinen, nicht über den Hund — was kümmert mich der! — sondern über das heranschleichende Verderben meiner armen Vaterstadt!"

Der Meister hatte in den Wind gesprochen; er blieb allein mit seinem Argwohn. Das Geschenk ward mit Dankesworten angenommen und passend erwidert, der Dienstmann freigegeben, und Graf Johann von Solms war bald, was er gewollt, der erklärte Freund und Beistand des Wetzlarer Rathes.

Als der Hirsch bei festlichem Mahle verzehrt und der Bacharacher getrunken wurde, blieb Meister Richwin schmollend zu Hause, und Thasso bekam nicht einen Knochen von dem Wild, welches er doch den Rathsherren in die Küche gejagt.

Fünftes Kapitel.

Dieß war geſchehen im Jahre 1372. Im folgenden Jahre ſchlug man vor dem Oberthor von Wetzlar die heiße Schlacht, in welcher der Sternerbund beſiegt warb und vernichtet. Die Bürger der Reichsſtadt fochten unter der Führung des Grafen Johann von Solms, und ihre Weiber vertheidigten die Thore, indeß die Männer braußen im Felde kämpften. Der Landgraf von Heſſen und Otto von Solms-Braunfels theilten ſich mit ihnen in die Ehre des Tages. Meiſter Richwin war auch mit dabei.

Noch am Abend nach der Schlacht ließ Graf Otto die gefangenen Ritter der Sterner, welche in ſeine Hand gefallen, enthaupten; Graf Johann dagegen begnadigte die Uebrigen ohne ſeiner Verbündeten Vorwiſſen.

„Merket auf!“ ſprach der Meiſter Richwin zu ſeinen Mitbürgern. „Ein neues Warnungszeichen! Graf Johann hat doppeltes Spiel im Sinn und hält ſich den Weg offen . nach rechts und links.“

Die Wetzlarer aber achteten’s nicht und meinten, der Meiſter bilde ſich doch gar zu treu nach ſeinem Hunde. Weil Thaſſo nicht mehr ſpiele, ſondern jetzt lieber knurre und beiße, ſo vermeine Richwin, er müſſe nun auch knurrig und biſſig werden. Ein launiſcher Mann ſei er nach wie vor und haſſe jetzt grundlos den Grafen Johann, welcher doch der Stadt ſolchen Ruhm gebracht, wie er auch vordem Liebe und Haß nach Grillen und Einfällen gewechſelt habe. Die Volksgunſt hatte ſich gar raſch von dem Meiſter abgekehrt.

Im Rathe ſaß er nun meiſt faſt ebenſo ſtumm, wie der ſtumme Rathsherr unter ſeinem Stuhle. Sprach er ja ein

Wort, so war es eine Warnung vor der übermäßigen Freundschaft des Grafen Johann; der locke so süß wie der Vogler,
bevor er die Vögel fange. Häufig erschien Meister Richwin
auch gar nicht im Rathe, zumal wenn er wußte, daß Graf
5 Johann auf den Saal komme, um den Bürgern irgend einen
neuen Dienst anzubieten. Denn fast schien es, als ob der
Graf neben dem adoptirten stummen Rathsherrn unter dem
Stuhle nun auch als Rathsherr adoptirt sei, aber nicht als
ein stummer. Das einzigemal, wo Richwin zugleich mit dem
10 Grafen im Rathe saß, hatte Thasso bei jedem Worte des
Solmsers dermaßen geknurrt, daß ihn sein Herr hinausführen
mußte, damit der Hund nicht seines Privilegs verlustig gehe.
Der Meister meinte, das Thier könne eben die solmsischen
Farben nicht mehr sehen, seit es den Strauß mit dem Forst-
15 wart gehabt, und nahm dies als eine gute Ausrede, um
jedesmal wegzubleiben, wann der Solmser kam. Denn ohne
den Hund gehe er nun durchaus nicht mehr auf's Rathhaus.
Die Wetzlarer aber sprachen: Richwin treibe denn doch den
Spaß etwas zu weit und machten Spottverse auf den unbe-
20 liebten Mann. Es lief ein gar lustig gezeichneter Bilder-
bogen mit vielen Reimen um, worauf die gemeinsamen Erleb-
nisse des Meister Thasso und des Meister Richwin naturgetreu
abconterfeit waren mit der Ueberschrift:

„Auf diesen Bildern man ersieht,
25 Wie ein Hund einen Rathsherrn erzieht."

Meister Richwin ließ sich das wenig anfechten; er waltete
still seines aufblühenden Hauses und ließ geschehen, was er
nicht hindern konnte. War es doch nicht das kleinste Verdienst
Thasso's, daß er mit so vielen tausend Unarten seinen Herrn
30 gelehrt hatte, geduldig zu sein und die überfeine Empfindlich-
keit in die Tasche zu stecken.

So vergingen wiederum zwei Jahre. Da ward eines Tages — es war um Sommer-Johanni — Meister Richwin auf das Rathhaus entboten. Ungesäumt solle er sich einstellen, keine Ausrede gelte diesmal; Graf Johann von Solms sei erschienen mit einer Botschaft des Kaisers. Der Meister stutzte. Eine Botschaft des Kaisers, das war freilich eine gewichtige Sache! Und dennoch erklärte er, er könne nicht kommen: sein Hund werde knurren und bellen, wenn der Graf die kaiserliche Botschaft vortrage; denn Thasso, so gescheidt er auch sei, wisse doch nicht des Kaisers Wort von des Grafen Vortrag zu unterscheiden und könne also so zu sagen die kaiserliche Majestät selber anknurren, und ohne den Hund gehe er nun einmal nicht auf's Rathhaus. Selbst Frau Eva redete ihrem Manne zu; er aber blieb standhaft. Da kam ein zweiter Bote und mahnte, der Meister müsse kommen, mit oder ohne Hund, der Rath müsse diesmal vollzählig sein; es gelte die Ehre und Würde der Stadt.

Der Meister faßte Argwohn über dieses Drängen. Aber es galt die Ehre und Würde der Stadt. Also rief er dem Lehrjungen, daß er den Hund an die Kette lege und rüstete sich zum Fortgehen. Es grauste ihm fast, zum erstenmale allein, ohne den Hund, den Rathssaal zu betreten.

Da kam der Lehrjunge von der Straße herein, um Thasso anzuketten. „Meister!" flüsterte er, „es gehen seltsame Dinge vor. Ein Glück für euch, daß ihr so lange gezögert habt! Hinter dem Rathhause stehen Bewaffnete, wohl über hundert, und hinter den Bewaffneten schauen altbekannte Gesichter hervor, patrizische Gesichter, und man meint, sie sähen etlichen Herren vom alten Rathe, den man vor sieben Jahren vertrieben hat, auf's Haar ähnlich. Auch drängen sich solmsische

Knechte nach den Stadtthoren, als wollten sie den Ausgang wehren."

Der Meister erbleichte; doch war er rasch wieder gefaßt. Er sprach zu seiner Frau: „Nimm die Kinder, den Lehrjungen und die zwei Kästchen mit dem Geld und den Kleinoden. Schleicht euch zur Mühle an der Lahn, dort ist das kleine Pförtchen, das wird noch offen stehen; vor dem Pförtchen liegt ein Kahn; den löset und fahret zum andern Ufer. Meidet nur um Gotteswillen die Brücke und die großen Thore. Seid ihr glücklich hinüber, so gehet eilends den jenseitigen Fußpfad nach Gießen. In Gießen treffe ich euch, so Gott will, wieder."

Er drängte die fragende Frau vorwärts, bis sie zitternd vollführte, was er befahl. Dann faßte er Thasso an seiner Kette mit der linken Hand, mit der rechten aber nicht, wie sonst, die Peitsche, sondern das Schwert, und eilte auch nicht auf's Rathhaus, sondern auf den Markt.

Dort sah er die Bürger bereits gewaffnet, zu Hunderten eng geschaart. Aber auch das Rathhaus war schon dicht umzingelt von fremden Rittern und Reisigen. Vorsichtig schlich sich Meister Richwin in die hinteren Reihen der Bürger, die gleichfalls Gefahr geahnt hatten und herbeigeeilt waren, um ihren Rathsherren beizustehen. Vor den Bürgern aber stand Graf Johann von Solms in glänzendem Harnisch, umgeben von zwanzig Rittern, das Reichspanier in der Hand und verkündete, er sei gekommen in des Kaisers Namen, um Frieden zu stiften zwischen den weiland verjagten Geschlechtern und dem neuen zünftlerischen Rathe. Keinem werde ein Leids geschehen, am wenigsten seinen guten Freunden, den Raths-herren drinnen im Rathhause. Friedliche Sühne sei Alles, was er fordere im Namen des Kaisers. Ein neues, reicheres

Gedeihen der Stadt, eine Mehrung ihrer Vorrechte werde die
Frucht dieses schönen Tages sein.   Als treuer Freund und
Nachbar ersuche er darum die Bürger, die Waffen abzulegen,
welche sie voreilig für ihre Obrigkeit ergriffen hätten; denn
dieser drohe zur Stunde nicht die mindeste Gefahr.   5

„Zur Stunde?   Ja!" sprach Richwin zu den Nächst-
stehenden.   „Aber ob nicht in der folgenden Stunde?   Behaltet die Waffen, bis die Rathsleute wieder frei unter uns
stehen!"

Doch schon sah er, daß die Vorderen, gewonnen durch 10
des Grafen süßes Wort, die Schwerter einsteckten und die
Spieße nach Hause trugen.   Die Männer aber, zu welchen
Richwin geredet, schalten ihn, meinten, sein Platz sei doch auch
vielmehr auf dem Rathhause als hier auf dem Markte, und
ob er denn immer der gleiche bissige Hund bleiben wolle, der 15
die besten Freunde der Stadt anbelle und die Bürger unter
einander hetze?

Da Richwin solchergestalt sah, daß Alles verloren sei,
machte er sich eiligst davon, gewann noch zur rechten Frist das
Hinterpförtchen an der Lahn und schwamm mit dem Hunde 20
durch den Fluß, weil der Nachen, welcher seine Frau gerettet,
nun am andern Ufer stand.

Nach wenigen Stunden erreichte er die Seinigen und
fand in Hessen eine sichere Zuflucht; denn Landgraf Hermann
war dem Grafen Johann feind geworden nach der Schlacht 25
bei Wetzlar wegen der eigenmächtig begnadigten Gefangenen.

In's Hessenland aber drang bald eine neue Mähr aus
der Reichsstadt.   Der Graf von Solms hatte, nachdem er den
Bürgern die Waffen aus der Hand geschmeichelt, den zünftlerischen Rath in den Thurm geworfen, die Güter der Raths- 30
herrn eingezogen und drei derselben, Kobinger, Dufel und

Vollbrecht enthaupten laſſen, zwei andere Rathsherrn, Beyer
und Heckerstump, warfen die Solmſiſchen von der Brücke in
die Lahn und erſäuften ſie kurzer Hand, um dem Scharfrichter
die Umſtände zu erſparen. Den ſechsten Mann zu dieſen
5 fünfen hätte man gar gerne dann zur Abwechslung aufge=
hängt: es war dies Meiſter Gerhard Richwin, den der Graf
am bitterſten haßte. Allein in Wetzlar wie in Nürnberg
hängt man Keinen, bevor man ihn hat. Die alten Ge=
ſchlechter aber, mit welchen der Graf längſt unter Einer
10 Decke geſteckt, gewannen wieder die volle Herrſchaft wie
vordem.

Obgleich Meiſter Richwin den beſten Theil ſeines Beſitz=
thums in Feindeshand hatte laſſen müſſen, konnte er doch
mit dem Geretteten ſpäter in Frankfurt als Bürger ſich ein=
15 kaufen und ein neues Geſchäft beginnen. Wenn er nun dort
in wieder geſichertem Behagen bei ſeiner Hausfrau ſaß, den
treuen, bereits ergrauenden Thaſſo zu Füßen, dann ſprach
er wohl manchmal, mit einem wehmüthigen Blick auf den
„ſtummen Rathsherrn“: „Gott verzeih’ mir’s, daß ich Kinder=
20 zucht und Hundezucht vergleiche! Die Zucht der Kinder lohnt
uns Gott und wir erwarten nicht, daß ein Kind den Sold all
unſerer Mühen uns gleich bar bei Heller und Pfennig heim=
zahle. Aber dieſer Hund hat zum Dank für meine Zucht
mich ſelber erzogen und zum Entgelt für tauſend richtig
25 empfangene geſalzene Prügel mir endlich Anno 1375 gar das
Leben gerettet! Niemals ward ein Schulmeiſter ſo raſch und
vollgültig gelohnt, wie ich durch meinen und der Reichsſtadt
Wetzlar ſtummen Rathsherrn.“

Der Dachs auf Lichtmeß.

In einer kleinen schwäbischen Reichsstadt zeigte man
vordem zwei Wahrzeichen: ein mächtiges zweihändiges Rit=
terschwert, welches im Rathhause aufbewahrt wurde — man
nannte es „des Dachsburgers Schwert" und einen sieben Fuß
langen Sandsteinblock vor der Schmiede am Marktplatz —
man nannte ihn „des Dachsburgers Bett." Wer der Spur
dieses Namens weiter nachging, der fand die Trümmer der
Dachsburg mehrere Stunden nordwärts im Gebirge und
zwischen der Burg und der Stadt eine Waldschlucht, „die
Dachsfalle" genannt.

Das ehemalige Reichsstädtlein ist inzwischen fast zu einem
Dorfe heruntergekommen, das Schwert vom Rathhause ward
an den Juden verkauft, der es dann weiter in das Raritäten=
kabinet eines Engländers verhandelte, und der Stein vor der
Schmiede, auf welchem seit undenklicher Zeit die Schulkinder
gespielt, wurde zerschlagen und in den Sockel des neuen
Spritzenhauses vermauert. Nur die „Dachsfalle" hat sich
noch als Namen eines Waldbezirkes auf den Flurkarten der
Gemeinde erhalten und von der Dachsburg blieb ein mäßiger
Trümmerrest. Eine Sage dagegen, welche Burg, Falle, Bett
und Schwert miteinander verknüpft, lebt in voller Frische
fort trotz allen Wandels der Geschlechter bis auf diesen Tag.

In den alten Ritterzeiten, so erzählt sie, wurden die Bürger arg gequält von dem Ritter von Dachsburg, welchen man meistens kurzweg „den Dachs" hieß. Wo er ihnen auflauern und Hab' und Gut wegschnappen konnte, da that er's. Am liebsten hätte er gleich das ganze Städtlein eingesteckt, allein es war doch etwas zu groß für seine Taschen. Auch däuchte es ihm kurzweiliger, auf scharfem Roß in's Weite zu schweifen, als Mauern und Thürme zu berennen. So lange daher die Bürger hinter ihrem Stadtgraben blieben, hatten sie Ruhe; zog aber Einer auch nur ein paar Stunden über Feld, so stand Geld und Freiheit auf dem Spiel.

Ein solcher Stadtarrest kann auf die Dauer auch dem geduldigsten Deutschen zu arg werden. Da sich die Bürger aber zu schwach fühlten, für sich allein dem Dachs zu Leibe zu rücken, so schlossen sie heimlich ein Schutz- und Trutzbündniß mit mehreren Nachbarstädten; allein der Ritter kam ihnen auf die Schliche und verbündete sich nun auch seinerseits mit mehreren benachbarten Rittern. So ward aus der Wegelagerei ein kleiner Krieg.

Da webte und wimmelte es nun auf einmal in dem Städtchen wie in einem Ameisenhaufen, wenn ein Knabe mit dem Stock hineinstößt; denn die sonst so friedsamen Bürger fühlten wohl, was es heiße, als kriegführende Macht auf die Bühne zu treten. In den Kramläden und Werkstätten war allgemeiner Feiertag, auf den Gassen dagegen, in den Schenken, im Zeughaus, im Rathhaus wie nicht minder im Rathskeller wogte Jung und Alt geschäftig durcheinander. Ein Jeglicher hatte Pläne, Warnungen und Prophezeiungen in der Tasche, Jeder wollte reden, Einige sogar hören, was Andere redeten, und vom Schusterjungen bis zum Bürgermeister erschienen Alle als geborene Heerführer und

Staatsmänner, deren Gaben bisher nur verborgen geruht. Vorab aber galt es als das Zeichen eines wahren Patrioten, völlig zu vergessen, daß es noch irgend ein ander Ding in der Welt gebe als die drohende Fehde mit dem Dachs und seinen Spießgesellen.

Von alle diesem war nur ein einziger Mann ausgenommen; der Schmied Michael am Marktplatz. Er schmiedete in seiner Werkstatt weiter, als ob gar kein Dachsburger im Lande sei, ging nur dann zur Schenke, wann er Durst hatte, trank seine Kanne und redete wenig, pfiff und sang sogar noch seine alten Lieblein, während die ganze übrige Bürgerschaft bloß Kriegsmärsche pfiff, und verließ sein Haus nur, wenn es draußen wirklich etwas zu thun gab.

Ja noch mehr. Er hatte stadtkundigerweise eine Liebschaft mit einer Bauerndirne, gut eine Stunde vor dem Thor, und blieb verliebt vor wie nach und besuchte sogar seinen Schatz dreimal in der Woche, wie er schon lange zu thun pflegte, als noch kein Mensch von einem Krieg träumte.

Die Andern schalten ihn darum einen lässigen Bürger, einen schlechten Christen ohne Gemeingeist und faßten dieß nach landesüblicher Weise bündig in ein Wort, indem sie ihn „Michel Leimsieder" nannten. Doch hätte man ihm seine politische Leimsiederei vielleicht noch verziehen, wäre er wenigstens in ein eingeborenes Stadtkind verliebt gewesen; allein seine Trude war ein Bauernkind, und nicht einmal eines Vollbauern, sondern eines eingewanderten Söldnerbauern Tochter, zählte also selbst unter dem Bauernvolk zum hergelaufenen Pack. Und um einer solchen Dirne willen vergaß der reichsstädtische Zunftmann für's Heil der Stadt zu zechen, zu rathen und zu reden! Die Liebschaft konnten sie dem unpatriotischen Schmied nicht wehren, aber das Heirathen wenigstens wollten sie ihm versalzen; so gelobten sich's die Rathsleute und die Zunftgenossen.

Die Stadt, vom Hügel zum Flüßchen niedersteigend, hatte oben einen trockenen Graben und unten einen nassen und dem entsprechend zwei Thore, das Bergthor und das Bachthor. Nach altem Brauch war der Vertheidigungsplan auf die Zunftordnung gegründet, so daß jede Zunft ihr besonderes Stück Stadtmauer zu besetzen hatte. Die trockene Bergseite war von Natur minder fest als die Bachseite; es fügte sich darum ganz bequem, daß man die zahlreichen Zünfte, welche im Trockenen arbeiten, die Schmiede, Schuster, Schneider, Bauleute, Bäcker und Metzger an die trockene Seite postirte, dagegen die kleine Schaar der Gerber, Fischer, Brauer, Schenkwirthe und ähnliche feuchte Berufe an die Bachseite. Die wichtigsten Punkte waren jedenfalls die beiden Thore; am Bachthor hielten darum die fauststarken Gerber Wacht, am Bergthor die noch nervigeren Schmiede.

Nun galt freilich vordem Michael der Schmied für den stärksten und kühnsten Mann in der ganzen Stadt, und man hätte ihm gerne den Befehl am Bergthor übertragen, wäre er nicht neuerdings Michel der Leimsieder geworden. So aber hielt der Rath dafür, daß ein so gleichgültiger, stummer und selbstgenügsamer Mann für den gefährlichsten Posten nichts tauge und stellte ihn in die Reserve zu den alten Leuten und unbärtigen Jungen. Der Schmied nahm das ganz ruhig hin, als ob sich's von selbst verstünde und schmiedete ruhig fort an seiner Esse.

Inzwischen war dem Rath die geheime Kunde geworden, daß der Dachsburger nächste Woche auf Lichtmeß mit seinen Freunden zusammenstoßen und in also vereinter Macht einen Hauptstreich wider das Städtlein führen werde. Es galt,

dieser Vereinigung der Gegner zuvorzukommen, und zwar
stand die Sache derart auf Spitz und Knopf, daß man den
Dachs entweder in dem Augenblick überfallen mußte, wo er
seine Burg verlassen, den Sammelplatz der Gefährten aber
noch nicht erreicht hatte, oder, wenn diese einzige Stunde
versäumt würde, Verzicht leistete auf jeden Angriff und hinter
den schwachen Mauern alle Plage einer sehr bedenklichen
Belagerung auf sich nahm.

Um dem Ritter den Weg zu verlegen, mußten aber die
Bürger wenigstens den Sammelplatz wissen, gen welchen er
auf Lichtmeß von seiner Burg ziehen wolle. Sie schickten
zu dem Ende drei Kundschafter aus: einen Metzgerknecht,
einen Schustergesellen und einen Schneiderjungen.

Allein die Späher kamen nicht wieder, sondern statt ihrer
ein Bote des Ritters, vermeldend, sein Herr habe jene Drei
auf verdächtigen Wegen ertappt und festgenommen, sei aber
bereit, sie gegen sehr billiges Lösegeld auszuliefern. Wolle
ihm der Rath statt des Metzgers ein Paar fette Mastochsen,
statt des Schusters ein Paar fette Schweine und statt des
Schneiders, der gar leicht und mager sei, ein Paar zarte junge
Zicklein senden, nebst sechs Maltersäcken Korn als Brod zum
Fleische, dann könne er die drei Bursche im Stadtwald gegen
Quittung wieder in Empfang nehmen.

Die Bürger waren außer sich über diesen neuen Schaden
sammt dem Spott; dazu drängte die Zeit, denn morgen
bereits stand Lichtmeß im Kalender. Schon früh am Tage
hielt man Kriegsrath auf dem Rathhause. Im engeren Ringe
standen die Hauptleute der Zünfte wie auch die Führer einiger
fremder Mannschaft, die von den befreundeten Nachbarstädten
herübergeschickt worden war, im weiteren Ring die andern
bewaffneten Bürger als Zuhörer.

Es drohte aber eine bedenkliche Spaltung; denn einem Theile war die Nachricht, der Dachsburger wolle auf Lichtmeß ausziehen, nachgerade so verdächtig worden, daß sie behaupteten, der Ritter selber habe sie ausgesprengt, um die Stadt irre zu führen, und die Gefangennahme der Späher sei bereits die erste Frucht seiner gelungenen List. Die Andern dagegen hielten die Kunde für ächt und begehrten den Ausmarsch auf morgen, nur konnte Keiner genau sagen, wohin man eigentlich marschiren solle.

Um den Streit zu schlichten, forschte man nun — freilich etwas spät — genauer nach, woher denn eigentlich jene geheime Kunde gekommen?

Der Bürgermeister sagte, er habe sie vom Zunftmeister der Gerber, der Zunftmeister, er habe sie von seinem Wachposten am Bachthor, der Wachposten, er habe sie von einem fremden Bauern, der in voriger Woche früh Morgens zwischen Licht und Dunkel an's Thor gekommen sei, woher sie aber der Bauer habe, das wisse er nicht.

Nun hatten die Zweifler gewonnen Spiel. „Auf solche Gewähr," riefen sie entrüstet, „ängstet man die ganze Stadt und will uns gar vor's Thor führen, daß wir dem Dachs besto sicherer in den Rachen laufen!"

Da schallte aus den hintersten Reihen der Zuhörer eine dröhnende Baßstimme: „Die Nachricht ist dennoch ächt; morgen zieht der Dachs aus seiner Höhle!"

„Wollt Ihr etwa bürgen für den fremden Bauersmann?" fragte strafend der Bürgermeister den unberufenen Redner.

„Ja! denn der Bauer war ich selber!" antwortete die Stimme, und zugleich sah man die hohe Gestalt Michaels des Schmieds aus der Menge sich emporrichten.

„Und wer hat euch jene Mähr aufgebunden?"

„Ich erlauschte sie von des Ritters Leuten, da ich vorige Woche, wie gewöhnlich, des Abends als Bauer verkleidet den Söldnerbauer und seine Tochter besuchte."

„Das ist kein zuverlässiger Bote, der auf Liebesabenteuer zieht, indeß wir hier, wie auch ihm ziemte, den Schlaf uns abbrechen, um die Stadt zu bewachen!" rief der Gerberzunftmeister, der Befehlshaber am Bachthor.

Ruhig erwiderte Michel Leimsieder: „Hättet ihr wirklich die Stadt bewacht, so hätte ich nicht auf Liebesabenteuer ausziehen können. Denn seht, ich bin in den letzten vierzehn Tagen sechsmal bei Nacht über die Mauer gestiegen und durch den Graben gewatet, hart neben eurem Bachthor, und Keiner hat mich erblickt."

Diese kurze Zwiesprach begann die Stimmung der Menge bereits zu wenden. Man drängte und schob den Schmied in den engern Ring; Vielen dämmerte es schon, daß der Leimsieder allein schweigend gehandelt habe, während die Andern bloß redeten, wie man handeln solle, und daß der einzige Politikus in der Stadt ein Verliebter sei. Alle lauschten athemlos den weiteren Antworten Michels, die so kurz und schwer fielen, wie Hammerschläge auf den Amboß.

„Warum," fragte der Bürgermeister, „habt ihr mir nicht sofort pflichtmäßig Anzeige gemacht von dem erlauschten Geheimniß?"

„Weil ich gern meine eigenen Pfade im Stillen gehe, und den nächtlichen Weg zum Söldnerbauer hättet ihr mir doch gar zu gerne verlegt. Uebrigens glaubtet ihr ja Alle, was ich dem Wachposten entdeckte, ungeprüft. Also konnte ich schweigen. Heute, wo man laut zu zweifeln beginnt, rede ich."

„Da Michel Alles weiß, so kann er uns vielleicht auch

sagen, welchen Weges morgen der Dachsburger ziehen wird?"
sagte der Gerbermeister in zornigem Spott.

„Allerdings," erwiderte der Leimsieder trocken.

„Und habt ihr das auch von den Knechten des Ritters?"

„Nein, sondern vom Ritter selber." Und wiederum schwieg
er, als harre er weiterer Fragen.

„Himmel und Welt!" rief der Bürgermeister, „lauf' doch
Einer in die Werkstatt des Schmieds und hole die große
Zange, daß wir ihm die Worte etwas leichter aus dem Munde
ziehen können!"

„Die Zange brauchen wir jetzt nicht," sagte Michel, „aber
den Hammer werden wir brauchen, morgen früh vorab, wenn
es wider den Dachsburger geht. Und jetzt höret das Uebrige.
Ich selber habe dem Ritter unsere drei Kundschafter fangen
helfen. Das kam nämlich so: es ließ mir keine Ruhe, ich
mußte Näheres erforschen über den Plan unseres Feindes. Ich
schlich mich daher in einem Bauernkittel zum Müller in der
Lohe, wo der Dachs mit seinen Knechten und einer Schaar
Bauern hielt, die er dorthin entboten, um mit ihrer Hülfe
ein waidgerechtes Treibjagen auf die drei städtischen Kund=
schafter anzustellen. Die Bauern kennen mich Alle, aber
Keiner wird mich verrathen, denn wegen des Söldnerbauern
Gertrud halten sie mich für ihres Gleichen. So wurde ich
also mit ihnen im Treiben aufgestellt. Natürlich hatte ich die
Absicht, unsere drei Leute auf meiner Linie auskommen zu
lassen, und das wäre auch geschehen, wenn sie nicht gar zu
selbstgewiß all' meine Winke verachtet hätten. Mögen sie's
also haben. Nach vollführtem Fang bewirthete uns der
Ritter auf der Mühle, und als er nach manchem tiefen Trunk
etwas stark redselig wieder zu Pferde stieg, blickte er nach dem
Mond und sagte zu mir, der ich das Roß am Zügel hielt:

„Wachsend Licht und Ostwind — das gute Wetter wird Stand
halten. Sonnenschein auf Lichtmeß! Der Dachs wird seinen
Schatten sehen, wenn er aus der Höhle tritt. Bäuerlein!
Wie heißt der Spruch vom Dachs auf Lichtmeß?" Da erwiderte ich: „Sieht der Dachs auf Lichtmeß seinen Schatten, 5
so kriecht er auf vier Wochen wieder in den Bau zurück."
Der Ritter lachte und rief zu seinen Leuten, indem er dem
Pferd die Sporen gab: „Heuer wird der Dachs den Spruch
zu Schanden machen!" Ich verstand wohl, was er meinte,
und schlich in meiner Angst dem Reiterzuge nach, der im 10
Schritt den steilen Berg hinanklomm. Indem ich nun so im
Schatten des Waldsaumes nebenher huschte, vernahm ich, wie
der Ritter von der Klosterwiese als dem Sammelplatze sprach,
wo er auf Lichtmeß am Vormittag mit seinen Freunden zu-
sammentreffen wolle. Von der Burg zur Wiese gibt es aber 15
nur einen Weg für berittene Mannen, nämlich durch die
Schlucht im Rauchholz. Dort müssen wir morgen zur rechten
Stunde lauern oder nirgends; und nun wisset ihr Alles, was
ich selber weiß."

Michael wollte bescheiden wieder auf seinen Platz zurück- 20
gehen, aber die Andern duldeten das nicht; Jeder wollte ihn
ausfragen, beloben, seinen Rath hören: der Leimsieder war
mit einemmale der Mann der Volksgunst geworden, obgleich
sich doch Alle vor ihm hätten schämen sollen, als vor ihrem
leibhaften bösen Gewissen, welches ihnen wie ein Spiegel, 25
nur im verkehrten Bild, die eigenen Mängel vorhielt. Keiner
zwar zupfte sich an der eigenen Nase, sondern ein Jeder
seinen Nebenmann, und es gab ein babylonisches Gewirr,
in welchem das Lob des Schmieds mit den gegenseitigen
Vorwürfen der Einzelnen zusammenfloß. 30

Nun fand sich's auch urplötzlich, daß es in der Rüst-

kammer fehle und im Proviantgewölbe; denn Alle hatten
geredet, Keiner gerüstet, Alle gezecht, Keiner gehandelt, den
Leimsieder ausgenommen, der sein Haus bestellt hatte für
jeden Fall, während er ganz still seinem Tagewerk und seiner
5 Liebschaft nachging.

So endete er auch jetzt den gräulichen Tumult, indem er
seinen Harnisch zeigte, der gefestet und blank geputzt, und sein
Schwert, das scharf geschliffen war, und sich erbot, dem
Dachsburger selber in der Waldschlucht zu Leibe zu gehen,
10 wofern ihn nur zwölf tüchtige Bursche begleiten wollten. Die
fanden sich bald, und die Befehlshaber redeten auch kein Wort
wider das Wagniß, denn sie fürchteten schon, der Leimsieder
möge ihnen Allen über den Kopf wachsen; werde er etwa vom
Ritter geduckt, so sei es gerade kein Unglück.

15 Am andern Morgen zog Michael zum Thor aus, nicht
mit zwölf, sondern mit dreißig Genossen, denn Thatkraft lockt
zur That. Ein größerer Haufe marschirte in der Richtung
der Klosterwiese, um, mit Vermeidung eines Gefechts, die
dort sich versammelnden andern Ritter zur Seite zu locken,
20 daß sie nicht etwa dem Dachsburger entgegenritten. So hatte
es der Leimsieder schon längst im Stillen ausgedacht.

Lautlos strich er mit seiner Schaar in der frühen Däm=
merung durch den Wald, und stellte in der Schlucht die
Zünftler in's Versteck hinter die Bäume und Felsstücke. In
25 der Rechten hielt er den wuchtigen Schmiedehammer, das
Schwert ruhte in der Scheide, über der Rüstung trug er den
Bauernkittel, in welchen er sich so oft zu ganz andern Aben=
teuern verhüllt hatte. „Sonnenschein auf Lichtmeß!" war
der Feldruf der Städter an diesem Tage.

30 Als eben die späte Februarsonne hellglänzend durch die
laublosen Wipfel aufstrahlte, nahte sich der Ritter, sorglos den

engen steinigen Pfad herabreitend; die Knechte folgten ihm,
Einer hinter dem Andern, denn der Weg bot nicht Raum für
zwei. Der Harnisch des Dachses glühte im goldenen Licht und
der Schatten von Roß und Mann fiel langgestreckt vor ihm her.

Da trat ihm auf zwölf Schritt der Schmied aus dem Ge= 5
büsch entgegen. „Sonnenschein auf Lichtmeß!“ rief er. „Herr
Ritter, ihr macht ein Sprüchwort zu Schanden: Der Dachs
sieht seinen Schatten, aber er kehrt nicht mehr in seinen Bau
zurück!“ Und bei diesen Worten warf er den Hammer im
Bogen dem geharnischten Mann entgegen; — er hatte den 10
Wurf oft daheim geübt, während die Andern auf dem Rath=
haus Reden übten. Der Hammer sauste dem Gegner an
den Kopf; doch schlug er ihm nur den Helm herab, welcher
lose und bequem aufgesetzt gewesen. Allein das Roß scheute,
bäumte, und ehe der erschrockene Reiter des erschrocknen Thieres 15
Meister ward, stürzte es im Gestein des abschüssigen Pfades.
Mit dem Sturz aber kamen dem kampfgewohnten Manne die
Sinne wieder; im Nu war er aus den Bügeln, auf den
Beinen, zog das Schwert und sprang dem Schmied entgegen,
der kaum rasch genug sein eigen Schwert aus der Scheide 20
reißen konnte. Sie prallten Beide gleichzeitig aneinander.

„Sonnenschein auf Lichtmeß!“ schrie der Leimsieder und
hämmerte in fürchterlichen Naturhieben auf des Gegners
Harnisch, als hätte er glühendes Eisen auf dem Amboß.

„Ich will dir den Sonnenschein auf ewig verdunkeln!“ 25
erwiderte der Ritter und gab ihm zugleich die Hiebe kunst=
gerechter, doch nicht minder kräftig heim.

„Sonnenschein und Sturm zugleich!“ rief der Michel.
„Wenn’s auf Lichtmeß stürmt und tobt, der Bauer sich das
Wetter lobt!“ und schlug dem Ritter einen Querhieb in’s 30
Gesicht, daß das Blut die Backen herunterrann.

Nun kam auch dem Dachs der Humor: „Lichtmeß hell, gerbt dem Bauer das Fell!" entgegnete er und zog dem Michel einen Hieb über die linke Schulter, daß er dachte, er habe den Bauer durch und durch gespalten. Aber der Harnisch, an welchem der Leimsieder gehämmert, während seine Mitbürger Stroh gedroschen, fing den Streich auf und nur der Bauernkittel, in Fetzen geschlagen, fiel von der Schulter, daß der Schmied plötzlich in blanker Rüstung wie ein Junker vor dem Ritter stand.

„Lichtmeß dumper, macht den Bauer zum Junker!" donnerte Michel nun, die richtige zweite Halbstrophe zu der eben gesprochenen ersten des Ritters fügend.

„Wird der Bauer zum Junker, geht die Welt unter!" rief der Dachs mit entsprechendem Streich.

„Für dich geht sie unter heut' auf ewig," antwortete der Leimsieder mit entsprechendem Gegenstreich. Und mit der Losung „Sonnenschein auf Lichtmeß!" fiel er immer wüthender den Ritter an.

„Auf Lichtmeß sieht der Bauer lieber den Wolf in der Heerde als die Sonne am Himmel!" brüllte der Ritter. „Ihr sollt den Wolf haben und die Sonne zugleich!" und schwang sein Schwert gewaltig über Michels Kopf.

Der Ritter behielt das letzte Wort: der Schmied wußte keinen Wetterspruch von Lichtmeß mehr, aber er behielt den letzten Hieb. Denn kaum hatte der Dachsburger jenes Wort gesprochen, so spaltete ihm der Leimsieder den Schädel und rief: „Schweigen ist auch eine Antwort!"

Der Fall des Führers entschied den Tag. Des Schmieds Genossen hatten leichtes Spiel mit den Knechten des Ritters. Roß und Rüstung, welche diesen im offenen Felde so oft den Sieg verschafft über die Städter, wurden in der engen Felsschlucht ihr eigenes Verderben. Als sie vollends den Herrn fallen sahen, wandten sie sich zur Flucht. Doch wurden Etliche niedergemacht und gefangen.

Die Bundesgenossen auf der Klosterwiese harrten bis Mittag ihres Freundes, da meldete ihnen gleichzeitig das Jubelgeschrei und Glockengeläute von der Stadt herüber und ein versprengter Knecht, der aus der Schlucht entronnen war, des Dachsburgers Schicksal. Sie gingen für diesmal auseinander und kamen so bald nicht wieder.

Die Bürger aber in der Schlucht, welche von Stund an die „Dachsfalle" hieß, luden die Leiche des Ritters sammt Schwert und Rüstung auf sein Pferd und führten dieses Siegeszeichen zur Stadt; Michael der Leimsieder ging mit dem Hammer an der Spitze des Zuges. Als sie an dem Hause des Söldnerbauern vorbeikamen, nahm er den Alten zur Rechten und die Gertrud zur Linken. Den zerfetzten Bauernkittel trug der jüngste Lehrjunge der Schmiedezunft ganz hinten auf einem Spieße wie ein erbeutetes Banner.

So schritt die abenteuerliche Rotte zum Thore herein. Am Marktplatz machte man Halt und legte die Leiche des Ritters auf dem Stein vor der Schmiede wie auf einem Paradebett aus, daß Jeder sich überzeugen konnte, es sei auch wirklich der Dachsburger und kein Anderer, den Michael gefällt. Es zeigte sich, daß der Ritter auf's Haar so lang war wie der Stein, nämlich sieben Fuß, gleich als sei der Stein, der schon seit undenklicher Zeit dort lag, eigens für ihn zurecht gehauen worden. Das alte zweihändige Ritterschwert, wie es damals schon kein Mensch mehr zu führen pflegte, ward zu ewigem Gedächtniß im Rathhaus aufbewahrt. Es kam von da der Brauch auf, neu eingeschworenen Bürgern dieses Schwert zu zeigen, damit sie im Andenken an Michael den

Leimsieder erkennen möchten, daß wenig reden und viel han=
deln die erste Bürgertugend sei. Als Lösegeld für den ge=
fangenen Metzger, Schuster und Schneider schickte man die
Leiche des Dachsburgers seiner Familie zurück. Er hatte
bekanntlich die Gefangenen gegen Mastochsen, Mastschweine
und junge Geisböcke ausliefern wollen. Ein Mönch im
Städtlein fand diese Wendung so bedeutsam, daß er am
nächsten Sonntag sehr erbaulich darüber predigte.

Michael heirathete seine Gertrud ohne Einsprache, wie
sich von selbst versteht. Seine Freunde behaupteten noch
lange nachher, nie im Leben, nicht einmal an seinem Hoch=
zeitstage, sei er so gesprächig gewesen wie in der Dachsfalle,
als er mit Hieben gewettert und mit Wetterregeln dreinge=
hauen habe. Und doch sei er auch dort das letzte Wort
schuldig geblieben, nicht aber den letzten Hieb. Der Spitz=
name des Leimsieders ward, wie das damals so oft geschah,
zum Familiennamen. Die Familie blieb in hohen Ehren,
soll jedoch in späterer verfeinerter Zeit jenen Namen abgelegt
haben, so daß mehrere große Männer deutscher Nation, die
ohne Zweifel aus dem Hause Michaels stammten, den Zu=
sammenhang mit ihrem Ahnherrn nicht mehr durch den
Namen, sondern bloß durch ihre Thaten nachweisen konnten,
ganz im Geiste Michaels.

In unsern Tagen, wo man zu jeder alten Sage sofort
eine noch viel ältere Parallelsage aufspürt, wollen sogar
einige Gelehrte behaupten, nicht Michael Obertraut aus dem
dreißigjährigen Kriege, sondern dieser Michael Leimsieder
sei der ursprüngliche deutsche Michel gewesen, der verspottet
schweigt, wenn die weisen Politiker reden, aber zu allerletzt
das Wort und den Hieb führt, wenn Jenen ihr Latein
ausgeht.

Der Leibmedicus.

Erstes Kapitel.

Fürst Casimir III. war seinem hochseligen Herrn Vater,
Fürst Casimir II., auf dem Throne gefolgt. Obgleich sich
nun der Name des neuen Fürsten vom alten bloß durch den
Zuwachs eines kleinen Striches unterschied, so war der Strich,
welcher Hofleben und Politik des Vaters und Sohnes trennte,
dafür um so größer. Casimir II. hatte, wie so viele kleine
Reichsfürsten des achtzehnten Jahrhunderts, breit und glanzvoll Hof gehalten, viel gelebt und wenig geherrscht. Sehr
gründlich dagegen beherrschten ihn sammt dem Land seine
Günstlinge. Der Sohn aber, welcher die Schmach dieser
Wirthschaft von Jugend auf schweigend mit anschauen, die
Last des Prunkes und Ceremonielles tragen und obendrein
ein allezeit vergnügtes Gesicht dazu machen mußte, schlug
beim Regierungsantritt stracks zum vollendeten Widerspiel
seines Vaters um. Der halbe Hofstaat ward entlassen, die
Feste eingestellt, die Günstlinge verschwanden; ein ganzes
Dutzend von Vertrauten hatte das Ohr des alten Casimir
besessen, das Ohr des neuen Casimir besaß kein Mensch; er
regierte selber, und nicht einmal sein Kammerdiener konnte

sich persönlicher Einflüsse rühmen. Welch fabelhafte Neuerung
für das ganze Land: ein Fürst, der selbst regierte, und ein
Hof, an welchem es keine Einflüsse gab! Hätte nicht der
große Komet im Frühjahr Unerhörtes vorbedeutet, die alten
Hofleute würden solche Dinge nicht für möglich gehalten
haben, selbst jetzt nicht, als sie längst schon wirklich waren.

Das Schloß schien verwaist. Der junge Fürst war noch
unvermählt, seine Mutter längst gestorben, die Schwester auswärts verheirathet; es war ein Hof ohne Frauen. Kein
Wunder, daß es in den alten Mauern so still wurde wie im
Kloster. Das einzige Vergnügen Casimirs war die Jagd,
aber nicht in der damals beliebten Form prahlerischer Par-
forcejagd-Feste, sondern die einsame Waidmannslust im ver-
schwiegenen Waldesdickicht.

Nun geschah es einmal, daß der junge Fürst an einem
tückischen Spätherbstabend statt des vergebens erlauerten
Wildes ein Fieber mit nach Hause brachte. Seit den frühen
Kindertagen war er nicht krank gewesen, er konnte wohl mit
Grund auf seine stahlharte Leibesnatur bauen, die der Härte
seiner Willenskraft entsprach, und es war darum kein Wunder, daß er beim Regierungsantritt neben andern Hofbedien-
steten auch den alten Leibmedicus als überzählig entlassen
hatte. Er meinte damals, die Arbeit und das Waidwerk solle
ihm den Doktor und Apotheker sparen und hielt überhaupt
mit seinem Lieblingsdichter Molière nicht sonderlich viel von
der medicinischen Fakultät. Nun war er dennoch krank geworden, und das erschreckte ihn zehnmal mehr als andere Leute,
weil er's so gar nicht gewöhnt war. Da gelang es dem
Hofmarschall, einem tief gedemüthigten Ueberbleibsel des
früheren Hofes, dem im Augenblick besonders stark vom Fieber
geschüttelten hohen Patienten das Versprechen abzuringen, er

wolle ärztliche Hülfe suchen, auch jedenfalls wieder einen Leibmedicus in aller Form anstellen. Die ungeheure Selbstüberwindung, zu welcher sich der Fürst bei diesem Entschluß aufraffte, wirkte wundersam. Unmittelbar nachdem er dem Hofmarschall das Wort gegeben, brach ein heftiger Schweiß aus, dem alsbald ein tiefer Schlaf folgte, und als Fürst Casimir am andern Morgen erwachte, fühlte er sich fieberfrei.

Nun erschrack er freilich über das gestern dem Hofmarschall gegebene Wort und hielt seine Genesung fast für zu theuer erkauft. Doch nach kurzem Besinnen biß er die Lippen zusammen, sprach zu sich selbst: „Ein Mann, ein Wort!" und verfügte die Bestallung eines Leibmedicus. Trotz solches mannhaft ehrlichen Sinnes lauerte aber dennoch der Schalk im Hintergrund. Denn während der Hofmarschall seinen Freunden bereits triumphirend in's Ohr flüsterte, daß das neue System gebrochen sei und der alte Hofstaat wieder erstehe, sann der Fürst, wie er durch die Person des Leibarztes selber den leibärztlichen Posten zu eitel Trug und Schein machen wolle.

Zwei berühmte Aerzte der Residenz wurden von der öffentlichen Stimme als die einzig möglichen Candidaten der beneideten Würde bezeichnet. Der Fürst aber wählte einen Dritten, an welchen kein Mensch gedacht. Die ganze Stadt fiel aus den Wolken über diese Wahl, und wenn überhaupt Einer mehr aus den Wolken fallen kann als Andere, so fiel der Gewählte selbst am meisten aus den Wolken. Er war ein blutjunger Bursche, kaum von der Hochschule heimgekehrt, von wo er neben einer Braut auch den Doktorhut mitgebracht; außerdem war wenig von einem Doktor an ihm zu verspüren. Als frischer, artiger Lebemann stadtbekannt, wurde er in jede lustige Gesellschaft gerufen, allein Niemand berief ihn an's Krankenbett; übrigens besaß

er ein ausgezeichnetes Punschrecept, welches er für die Haus=
frauen der halben Stadt abschreiben mußte; andere Recepte
begehrte man nicht von ihm. Von sehr bürgerlicher Herkunft,
konnte er in vetterschaftlicher Gunst und Nachhülfe keinen
5 Ersatz für seine unerworbenen Kenntnisse suchen, ja der un=
glückliche Mensch hatte nicht einmal einen ordentlichen unter=
scheidenden Namen; denn er hieß Johann Jakob Müller!
Und diesen Dr. Johann Jakob Müller berief der räthselhafte
Fürst zu seinem Leibarzt! Man konnte im Doppelsinne
10 des Wortes sagen: der Fürst war dieses Leibarztes „erster"
Patient.

Müller hatte jedoch eine für Aerzte besonders schätzbare
Eigenschaft: er wußte, daß er nichts wußte, und da er eben
so offen und ehrlich gegen Andere als bescheiden in sich selbst
15 war, so stieg er, zur ersten Audienz berufen, die Marmor=
treppe des Schlosses mit dem festen Vorsatz hinan, dem Fürsten
seine Unfähigkeit gerade heraus zu bekennen und ihn um
allergnädigstes Verschonen mit der zugedachten Würde zu
bitten. Allein zu seinem Erstaunen nahm ihm der Fürst
20 die Gedanken aus der Seele, indem er ihn folgendergestalt
anredete:

„Mein lieber Doktor Müller! Er muß sich nicht einbil=
den, daß ich Ihn wegen Seiner ärztlichen Kunst zu meinem
Leibmedicus ernannt habe. Ich weiß, daß Er auf Univer=
25 sitäten nichts gelernt hat. Allein die Doktores sind allesammt
Charlatans, und wer, gleich Ihm, keine Praxis kriegt, der
kurirt wenigstens Niemanden zu Tode, und ist also fast in
seiner Art der Beste. Weil Er Mutterwitz und Bescheidenheit
hat, darum soll Er mein Leibarzt sein, nicht wegen Seiner
30 Wissenschaft, um welche ich mich den Teufel kümmere. Ich
lasse die Natur walten, als den größten Arzt, und Er soll mir

nicht drein reden. Es ist altherkömmlich an unserm Hofe, daß der Leibmedicus jeden Morgen präcis 8 Uhr im Kabinette des Fürsten erscheint, und da ich nach altem Brauch nun wieder einen Leibmedicus habe, so will ich Ihn auch jeden Morgen zur rechten Stunde vor mir sehen. Im Uebrigen kümmere Er sich nicht um meine Gesundheit und schweige Er bis ich Ihn frage. Sei Er klug, stille und bescheiden, mein lieber Doktor, und Er kann Sein Glück machen."

Durch diese Anrede war Müller aus dem Concept gebracht; er konnte nun nicht mehr ablehnen, denn just aus demselben Grund, aus welchem er sich für unwürdig seines neuen Postens hielt, erklärte ihn ja der Fürst als dessen ganz besonders würdig. Auch erwachte bei den gnädigen groben Worten des Herrn sein natürlicher Leichtsinn wieder; er dachte im Stillen, für einen Fünfundzwanziger, der weiter nichts besitze als eine Braut, sei solch ein Anfang nicht übel, und was der Fürst da von ihm fordere, das könne er so gut leisten wie jeder Andere. Statt abzulehnen, dankte er also unterthänigst für die fürstliche Gnade und ward von dem wortkargen Herrn in aller Huld aus der Audienz entlassen.

Als die beiden jungen Männer einander gegenüberstanden, war Jeder scheinbar recht zufrieden mit sich und seiner Rolle. Allein Beide waren redliche Gemüther. Darum packte den Fürsten so gut wie den Doktor Scham und Aerger über das Spiel, so wie sie sich getrennt hatten. Der Fürst empfand es nur zu klar, daß er sein Wort doch nur dem Buchstaben nach gehalten, dem Sinne nach aber gebrochen hatte, und dies däuchte ihm gar nicht fürstlich. Indem er äußerlich sich treu geblieben, war er inwendig von sich abgefallen. Ja noch mehr: um der Rückkehr zum alten Hofwesen zu trotzen, hatte er bei dessen faulstem Auswuchse wieder angefangen, — er

hatte die erste Sinecure geschaffen. Allein sein Eigensinn
war genau so stark wie seine Ehrlichkeit: also hielt auch die
Schadenfreude über den getäuschten Hofmarschall genau dem
Aerger die Wage, welchen er über sich selbst empfand. Der
5 Doktor seinerseits stieg auch gar beschämt die Marmortreppe
hinab, die er so gehobenen Muthes hinangestiegen war. Zum
erstenmal im Leben empfand er die ganze Schmach der ar-
beitslos vertändelten Lehrjahre. Wäre er wirklich ein rechter
ausstudirter Doktor gewesen, er hätte seinem edleren Sinne
10 gemäß den also dargebotenen Leibmedicus rund zurückgewiesen
und lieber als Landarzt im ärmsten Dorfe elend gelebt, denn
nun als ausgemachte beruflose Hofschranze in der Residenz.
Er schämte sich sogar um der in seiner Person entwürdigten
Wissenschaft willen, obgleich dies doch eigentlich gar nicht
15 seine Wissenschaft war; denn er war ja gerade darum nicht
in der Lage, die dieser Wissenschaft geziemende Würde zu behaupten, weil er nichts wußte von dieser Wissenschaft. Allein
mit solch bitterer Selbsterkenntniß kam ihm auch zum erstenmale das klare Bewußtsein der hoffnungslosen Zukunft, die
20 vor ihm lag, wenn ihm der Fürst nicht den Leibmedicus an
den Kopf geworfen hätte. Heute erst erkannte er den Abgrund, an welchem er bisher leichtsinnig einher geschwebt und
hielt sich darum verpflichtet, dem plötzlich erschlossenen Pfade
der Umkehr nicht auszuweichen. Andern öffnet das Unglück
25 die Augen, ihm das unverdiente Glück. Aehnlich wie beim
Fürsten hielten zwei ganz widersprechende Motive seinen
Willen in der Schwebe: auch er mußte inwendig von sich
abfallen, um zunächst wenigstens äußerlich zu sich selber
kommen zu können. Weil er nichts gelernt hatte, schämte
30 er sich seines neuen Amtes und doch mußte er auch wieder
bei diesem Amte ausharren, weil er nichts gelernt hatte.

Fürst und Doktor aber kamen zu dem gleichen Entschluß, die vollendete Thatsache hinzunehmen und ruhig abzuwarten, was sich etwa daraus entwickele, und ein Jeder schwur sich im Stillen heiligstes Schweigen über die wahre Lage der Dinge und den inneren und äußeren Vorgang der ersten Audienz.

Der Doktor begann nun seine täglichen Besuche im Schloß. Vom höfischen Leben und höfischer Klugheit wußte er gar nichts. Nur eine orientalische Hofregel war ihm beigefallen, die er früher einmal in einem alten Buche gelesen, und diese murmelte er an jedem Morgen vor sich hin, wenn er die Marmortreppe hinaufstieg. Die Regel lautete:

„Kommst du in des Königs Haus,
Geh blind hinein und stumm heraus."

Und dieser Spruch ward ihm zum schützenden Zauber.

Die ärztliche Consultation verlief Tag für Tag folgender= gestalt. Leibmedicus Müller erschien Schlag 8 Uhr im Ar= beitszimmer des Fürsten, der oft schon seit Tagesanbruch hinter Akten und Büchern saß. Das übrige Dienstpersonal mußte sich beim Eintritt des Arztes entfernen, wie es wohl alter Brauch am Hofe war. Allein der jetzige Fürst hielt doppelt streng auf diesen Brauch; denn er hatte bekanntlich guten Grund, seine Umgebung im Dunkeln zu lassen über den wunderlichen Dienst des neuen Leibmedicus. Und da er vollends wahrnahm, daß er hieburch die neugierige Seele des Hofmarschalls auf die Folter spannte, that er doppelt geheim= nißvoll mit den ärztlichen Consultationen. Trat der Doktor in das stille Zimmer, so fragte ihn der hohe Herr zuerst nach dem Wetter und dann nach seinem Befinden. Die Antwort auf die erste Frage wechselte mit Regen und Sonnenschein, die zweite Antwort blieb immer die gleiche. Denn der junge Doktor war eben so kerngesund wie der junge Fürst.

Niemals aber wagte es der Leibmedicus nun auch seinerseits den Fürsten nach dessen Befinden zu fragen. Denn er hatte sich, eingedenk des Mahnwortes der ersten Audienz, fest vorgesetzt, nur zu antworten, kurz und bündig, wenn er angeredet werde und niemals ein weiteres Wort über die Lippen zu bringen. Nachdem also der Fürst erfahren, daß sein Leibarzt gesund sei, arbeitete er ruhig weiter und ließ den Doktor noch beiläufig eine halbe Stunde im Zimmer stehen. Dieser heftete insgemein seinen Blick unverwandt auf die Gobelin-Tapete der gegenüberstehenden Wand, welche eine Saujagd mit gepanzerten Hunden darstellte, zählte die Hunde, die Jäger und Jägerinnen, und die Blätter an den großen Bäumen des Vordergrundes, wagte es aber beileibe nicht, den Blick in andere Regionen des Zimmers umherschweifen zu lassen. Nach Ablauf der halben Stunde wurde er huldvoll verabschiedet.

Die Hofleute, vom Hofmarschall bis zum letzten Lakaien, platzten schier vor Neugierde über die tägliche geheime Conferenz des Fürsten mit dem Arzte; sie lauschten an den Schlüssellöchern und hörten nichts; es war tobtenstill im Kabinet; die Beiden mußten sich wohl ganz leise im hintersten Winkel besprechen, und so folgerte man denn nicht ohne Grund, daß Doktor Müller der erste und einzige Vertraute des Herrn sei, der einzige Günstling, welchen Casimir unter der ostensibeln Würde eines Leibarztes zu sich herangezogen.

Natürlich wandten sich die Neugierigen dann auch bald verblümt bald offen an Müller selber, sie schmeichelten, stichelten, quälten, legten ihm Kreuz- und Querfragen vor, allein der sonst so offene und redselige junge Mann war und blieb verstockt und verschlossen. So meinten die Frager.

In der That aber gab er ganz offene und ehrliche Auskunft wie immer. Denn er sagte einem Jeden, der Fürst rede mit ihm fast nur vom Wetter, sein Dienst sei gleich null, er besitze nicht entfernt das Ohr des Herrn, er habe nicht den mindesten Einfluß und es sei die unverdienteste Ehre von der Welt, wenn man ihn einen Vertrauten Seiner Durchlaucht nenne. Kein Mensch glaubte ihm das; Alle hielten sein Schweigen und Leugnen für die Kunst eines geborenen Hofmannes und man wunderte sich nur, daß man dieses eminente Talent des diplomatischen Geheimnisses nicht früher schon bei den lustigen Doktor geahnt habe. Müller lachte im Stillen über die wunderlichen Leute, welche gerade da die feinste Kunst der Lüge spürten, wo er doch nur die ungekünstelte Wahrheit sprach. Am ergötzlichsten aber däuchte es ihm, daß er selber, der die Neugierde der ganzen Stadt entflammte, von einer ganz ähnlichen unbefriedigten Neugier geplagt war. Denn für's Leben gern hätte er doch wissen mögen, was eigentlich den Fürsten bewogen, ihn so unerhört zu gleicher Zeit öffentlich auszuzeichnen und insgeheim zu demüthigen. Allein er war klug genug, die Lösung dieses Räthsels in Geduld und Schweigen abzuwarten.

In wenigen Wochen durchtönte der Ruf von dem Einflusse des neuen Leibmedicus bereits das ganze Ländchen. Als erstes Zeugniß seines wachsenden Ruhmes kam der Brief eines entfernten Vetters aus einem entlegenen Dorf mit einem höchst ergebenen Gesuch. Der Vetter führte einen Specereikram und wollte schon längst neben Kaffee und Zucker auch Schnittwaaren verkaufen. Das wehrte ihm der Schultheiß, weil dessen Vetter im nächsten Flecken mit Schnittwaaren handelte. Nun wandte sich der Vetter des

Leibmedicus an Letzteren, daß er vom Fürsten einen Machtspruch zu seinen Gunsten erwirke und dem schandbaren vetterschaftlichen Protektionswesen des Schultheißen ein Ende
mache. Doktor Müller belehrte den Vetter umgehend:
„Fürsten pflegen sich nicht um den Schnittwaarenverkauf
zu kümmern, auch besitze ich selber keineswegs den persönlichen Einfluß, welchen man mir fälschlich zuschreibt, und
bedaure also, in dieser Sache gar nichts thun zu können."
Doch siehe — nach vierzehn Tagen wurde der ehrliche Leibmedicus durch ein warmes — Dankschreiben des Vetters
überrascht, begleitet von dem köstlichsten sechspfündigen Käselaib. Der Vetter hatte inzwischen wirklich die ersehnte Concession erhalten und glaubte, der Doktor habe sie ihm doch
ganz heimlich in aller Eile herausgefochten und nur aus
Politik den ablehnenden Brief geschrieben; denn schwarz
auf weiß müsse ein Hofmann allerdings vorsichtig reden.
Und in der That war auch der Leibmedicus die unschuldige
Ursache, daß der langjährige Wunsch des Vetters sich nun
so rasch erfüllte. Denn dieser hatte im ganzen Dorfe dermaßen mit der Macht seines vetterlichen Gönners geprahlt,
daß der Schultheiß Angst kriegte und beigab, bevor noch
das gefürchtete Machtwort des Fürsten ankam. Der Schultheiß schrieb nun aber auch an den Leibmedicus, rühmte seinen
eben bewiesenen guten Willen, der Müllerschen Familie allezeit zu dienen und bat reumüthig, daß man Vergangenes
vergessen und vergeben und ihm doch auch in Zukunft die
hohe leibärztliche Gunst nicht versagen möge. Er sei zu
jedem Gegendienste ergebenst bereit. Doktor Müller ver-
schenkte und verzehrte seine sechs Pfund Käse in aller Stille
und hob die beiden Briefe auf zum ergötzlichen Beweise der
Thatsache, daß man wider Wissen, Willen und Verdienst der

Mann des Einflusses sein und bleiben müsse, wenn man eben einmal wider Willen und Verdienst Leibmedicus geworden. Wie übrigens das Gerücht aus der Stadt ihm die Macht eines Günstlings auf dem Dorfe gegeben, so drang jetzt das Gerücht von dieser Dorfgeschichte, unterwegs in's Großartigere ausgemalt, in die Stadt zurück und stärkte hier wiederum den Glauben, daß Doktor Müller der allvermögende Freund des Fürsten sei.

Hatte in den ersten vierzehn Tagen nur der Vetter Krämer um seine Gönnerschaft geworben, so kamen in der dritten Woche schon angesehene Bürger und Beamte und in der vierten gar der fürstliche Kammerdirektor, eine Art von Finanzminister des Ländchens. Er wünschte eine Steuererhöhung durchzusetzen und erbat sich des Leibmedicus Fürwort bei Seiner Durchlaucht. Doktor Müller betheuerte, wie alle Tage, daß er gar nicht im Stande sei, ein solches Fürwort einzulegen, — „die Redensart kennen wir schon!" dachte der Kammerdirektor und lächelte so freundlich ungläubig wie nur möglich. „Uebrigens," fügte Müller hinzu, „geht die allgemeine Rede, daß unser gnädiger Herr fortwährend auf Minderung der Steuern sinne und seine ganze bisherige Politik scheint dies zu bestätigen. Daher dürfte es wohl sogar Ihnen als einer der ersten Finanzautoritäten im ganzen römischen Reich schwer fallen, seinen eisernen Willen für höhere Steuern umzustimmen, und was soll da vollends mein unberufenes Fürwort nützen!" Der Leibarzt war der Einzige, welcher dem Finanzmann das Urtheil des ganzen Landes trocken zu sagen wagte; alle seine Freunde hatten ihm mit lügnerischer Hoffnung geschmeichelt. Er fiel dann auch mit dem Antrage glänzend durch und warf nun einen stillen tiefen Haß auf den unschuldigen Doktor. „Hütet euch vor diesem über-

müthigen Menschen," flüsterte er seinen Freunden in's Ohr:
„jetzt habe ich wenigstens ergründet, daß er, der mit dem
gnädigen Herrn stets nur vom Wetter zu reden vorgibt, er
allein die geheimen Pläne des Fürsten kennt und sein unbe-
5 gränztes Vertrauen besitzt, und diese sichere Kunde ist schon
einmal einen Durchfall werth!"

So mußte Doktor Müller der fürstliche Günstling sein,
nicht bloß, weil einige Bittsteller, die sich an ihn gewandt,
Erfolg gehabt, sondern mehr noch, weil ein Anderer, der ihn
10 begrüßt, mit langer Nase abgefahren war. Und wenn sich
der Leibmedicus auf den Kopf gestellt hätte, er wäre dennoch
der Günstling geblieben.

Die ganze Stadt theilte sich in zwei Parteien: in offene
Anhänger und in stille Widersacher Müllers. Denn laute
15 Widersacher wagten sich noch nicht hervor. Auf Seiten
des Doktors stand die Aristokratie, die Gegner lauerten unter
der Bürgerschaft. Und doch war Müller ein ganz bürgerlicher Charakter und weit entfernt von aristokratischen Grund-
sätzen und Neigungen. Allein der Hofmarschall, welcher
20 sich ja mit Grund rühmte, die leibärztliche Stelle eröffnet zu
haben, prahlte nun auch ohne Grund, daß sein Fürwort
gerade diesen Müller in die Gnade des Fürsten gebracht.
Als ächter Hofmann gab er die ohne sein Zuthun vollführte
Thatsache für das reine Ergebniß seines Einflusses aus.
25 Er wollte lieber, daß man ihm die verkehrteste Wahl vorwarf,
denn daß man dieselbe als wider sein Wissen und Wollen
erfolgt ansähe. So galt nun der arme Müller vollends gar
für eine Creatur des Hofmarschalls! Zwar ärgerte sich
dieser insgeheim nicht wenig über das ganz unnahbare, ver-
30 schlossene Wesen seines angeblichen Schützlings, war aber
klug genug, den Aerger nicht merken zu lassen und hoffte

den Doktor doch über kurz oder lang mit seinen Netzen zu
umstricken. Die Aristokratie folgte der falschen Fährte des
Hofmarschalls und betrachtete den Leibmedicus überdies als
ein theueres Pfand, daß die alte Günstlingswirthschaft nun
doch wieder ihren Anfang genommen habe und hoffentlich
auch bald ihren breiteren Fortgang finden werde. Da adelige
Söhne sich nicht zum Pulsfühlen und Recepteschreiben herab-
zulassen pflegen, so stand der bürgerliche Günstling hier auch
über dem Neid erhaben oder richtiger unter dem Neid.

Die alten Freunde und Genossen des Doktors wurden
freilich um so mißtrauischer. Sie fanden ihn zurückgezogener,
zugeknöpfter als vorher und nannten das Hochmuth. Und
doch war eigentlich tiefe Demuth die Quelle dieses stillern
Wesens. Denn Müller entzog sich der Gesellschaft jetzt, weil
er, wunderbar genug, Medicin zu studieren begann. Ohne
Unterlaß nagte der Gedanke an ihm, daß er nur darum eine
soviel beneidete und doch so unwürdige Rolle spiele, weil er
nichts gelernt habe. Der arme Mensch saß hinter Lehr-
büchern und Collegienheften, während man glaubte, er regiere
das Land, und schlich sich ganz zerknirscht in's Armenspital,
um die versäumten Stunden der akademischen Klinik nach-
zuholen, indeß seine Zechgenossen im Wirthshause raisonnirten,
daß er aus Hoffart nun wieder nicht beim frohen Gelage
erschienen sei. Es war ihm, als müsse das tolle Spiel plötzlich
mit Schande und Schrecken enden, wenn er nicht inzwischen
wirklich ein ausgelernter Doktor werde und durch solche Buße
das drohende Schicksal beschwöre.

So lagerte auf allen Seiten Dunkel, Verwirrung, Irrthum und Selbsttäuschung. Der Fürst war im Dunkel über
den Aufruhr der Geister, den er in Stadt und Land erregt;
denn Keiner wagte in seiner Gegenwart von dem räthselhaften

Leibmedicus zu sprechen. Während er um der öffentlichen
Meinung willen alles Günstlingswesen vermeiden wollte,
hatte er sich gerade bei der öffentlichen Meinung einen Günstling gegeben, von dem er selber gar nichts ahnte. Der
Hofmarschall tappte im Dunkeln über den Leibmedicus, der
Adel über den Hofmarschall, der Leibmedicus über den eigent-
lichen Plan und Willen des Fürsten, und das ganze Land
über den Fürsten, den Leibmedicus, den Hofmarschall und den
Adel mit einander. Weil der Doktor so ehrlich war und so
verschwiegen, stiftete er die tollsten Intriguen, und weil er
von deutschen Hofregeln gar nichts wußte als einen türkischen
Spruch, war er der vollendetste Hofmann im Lande.

Allein dieses Wirrsal sollte mit Einem Schlage zerhauen
werden, und zwar durch weibliche Hand, durch die Braut des
Leibmedicus.

Zweites Kapitel.

Die Braut war eine arme junge Waise aus altadeligem
Haus, Anna von Lehberg. Ihre vornehmen Verwandten
wollten einen Bräutigam, der sich Johann Jakob Müller
schrieb, anfangs natürlich gar nicht anerkennen. Doch seit
dieser gewisse Müller Leibmedicus und Vertrauter des Fürsten
geworden und der Hoffnungsstern des Residenzadels, wandte
sich das Blatt. Das Verdienst kann sogar einen Müller
adeln. „Hätte ich etwas gelernt," sprach dieser zu sich selbst,
„so hätte ich kein Verdienst, ich wäre nicht Leibmedicus
geworden oder doch gewiß nicht der Vertraute des Fürsten;
hätte ich etwas gelernt, so würde man mir fort und fort meine

Braut abstreiten. Es ist kein Ding so schlimm, es ist zu etwas gut." Er begann mitunter schon zu glauben, daß er wirklich der Vertraute des Fürsten sei, allein den nächsten Besuch brauchte nur das Gespräch mit dem Wetter einzuleiten, so fiel er sofort aus der Täuschung. Einen Laubfrosch, den er lange besessen, schenkte er weg, weil ihn derselbe zu sehr an das Wetter erinnerte. Auch brachte ihn der Anblick des Thieres allzu oft auf den Gedanken, daß er selber nicht eigentlich der Leibmedicus, sondern nur der Hoflaubfrosch Seiner Durchlaucht sei.

Anna, welche auf dem Land bei einem alten Oheim lebte, erfuhr so wenig von dem Geheimniß ihres Bräutigams als irgend eine andere Seele. Sie glaubte ja gern dem allgemeinen Gerücht, das ihre Lage so glücklich gewendet hatte. Allein bei aller stillen Sanftmuth ihres Wesens war sie doch äußerst scharfblickend und konnte darum nicht klug werden aus des Bräutigams Briefen. Denn während er ihr an jedem Samstag in einer zwei bis drei Bogen starken Epistel nicht bloß all sein Denken und Empfinden, sondern auch jedes kleine Erlebniß der abgelaufenen Woche getreulich darlegte, schwieg er über das Haupterlebniß, den Verkehr mit dem Fürsten. Das Fräulein klopfte leise auf die Hecke, aber der Doktor hörte es nicht; er berichtete ihr anfangs dieselbe nackte Wahrheit, welche er aller Welt sagte, und als sie weiter in ihn drang, schrieb er bloß das vieldeutige Orakelwort: „Hofgespräche taugen nichts für junger Mädchen Ohren." Um so dringender wollte nun natürlich das junge Mädchen Näheres von diesen Hofgesprächen wissen, und sprach zuletzt zu sich selbst: hier waltet ein Geheimniß, welches ich um jeden Preis ergründen muß. Fast noch verdächtiger erschien ihr eine andere Lücke in des Doktors neueren Briefen. Vordem,

da der Zeitpunkt des ersehnten Ehebundes noch am fernen
Horizonte einer unabsehbaren Zukunft verschwamm, brachte
jeder Brief des hoffnungsarmen Bräutigams einen Stoß=
seufzer über diese verzweifelt ausgedehnte Fernsicht; jetzt
dagegen, wo der fürstliche Leibmedicus täglich hätte heirathen
können, ja wo selbst die ganze hochwohlgeborene Familie
Lehberg mit einemmale gnädig ihm zulächelte, jetzt schrieb er
keine Sylbe mehr von naher oder ferner Heirath. Der
Grund dieses Schweigens war höchst ehrenwerth: der Leib=
medicus in Amt und Würden erkannte sich als in der That
beruflos und folglich auch zur Ehe noch ganz unberufen; der
beruflose junge Doktor dagegen hatte gar nie so tief gedacht,
und, wie in alle Lebensheiterkeit, sich auch in das reizende
Gedankenbild einer Ehe mit dem wirklich heißgeliebten Mädchen
hineingeträumt, ohne den nüchternen Ernst solchen Beginnens
auch nur zu ahnen.

Diesen Grund hätte Anna freilich niemals errathen.
Allein sie war feinfühlig genug, um sich über die zwiefache
Lücke in des Bräutigams Briefen recht gründlich zu ängstigen,
andererseits aber auch wieder zu feinfühlig, um sich durch
Fragen und Vorwürfe Licht zu verschaffen. Aecht weibliche
Naturen sind jedoch in der Regel entschlossenen Geistes, und
je weniger man hinter ihrem stillen Walten Willenskraft und
Eigensinn vermuthet, um so mehr besitzen sie. So war es
auch bei dem sanften, bescheidenen Fräulein. Sie wollte
durchaus klar sehen, und weil ihr die Briefe immer neues
Dunkel statt neuen Lichtes brachten, so bearbeitete sie den
alten Oheim, daß er mit ihr zum Residenzstädtlein reiste, um
das Haus eines Freundes mitten im Winter mit einem
mehrwöchigen Besuch zu überraschen, den man eigentlich erst
im kommenden Sommer erwartet hatte. Sie dachte: bin ich

nur erst einmal auf der Bühne, dann will ich auch hinter die
Kulissen sehen.

Schreck und Freude mischten sich wundersam in dem gut=
müthigen Gesichte des Leibmedicus bei der unverhofften Be=
gegnung mit der Braut. Dies entging dem verstohlen
forschenden Auge des Mädchens keineswegs; sie fand ihren
Argwohn bestätigt und faßte sofort den klügsten Plan. Sie
wollte Schweigen durch Schweigen brechen, aber nicht durch
das Schweigen des Trotzes, sondern durch das Schweigen der
Güte. Nur ein leiser Anflug verhaltenen Grames sollte es
den verstockten jungen Mann fühlen lassen, wie tief er mit
seinem Geheimniß das treueste Herz betrübe.

Sie hatte richtig empfunden und gehandelt: ihre scho=
nende Zurückhaltung und ihr stiller Dulderblick schnitt schärfer
in die Seele des unglücklichen Doktors, als es die verfäng=
lichsten Fragen und die lautesten Vorwürfe vermocht hätten.

So verlief die erste Woche. Da geschah es eines Tages,
daß die beiden jungen Leute mit dem Oheim im Schloßgarten
lustwandelten. Die Pracht der sonnenbestrahlten Schneeland=
schaft und der herzerquickende Odem der reinen Winterluft gab
den Gemüthern höheren Schwung; der Leibmedicus fühlte
sich mit einemmale so stark und entschlossen, daß er seiner
Braut die offenste Beichte hätte ablegen und doch nicht vor
Scham in die Erde sinken mögen, wäre nur der Oheim nicht
zugegen gewesen, und er nahm sich mannhaft vor, bei der
Heimkehr in den unbewachten Minuten der Dämmerstunde
die volle und ganze Wahrheit ehrlich zu bekennen. Aus diesen
Gedanken ward er plötzlich aufgestört durch das Erscheinen des
Fürsten; auf schmalem Pfade ging er an ihnen vorüber, und
sein Auge weilte bei der Gruppe mit langem forschendem
Blick. Nachdem sie die verschlungenen Gartenpfade eine

Strecke weiter gewandelt, begegnete ihnen abermals der Fürst, und fast däuchte es dem Doktor, er habe ihnen geflissentlich den Weg abgeschnitten, um sie noch schärfer als vorher zu betrachten. Ja beim Ausgang aus dem Garten sahen sie ihn zum drittenmale etwas seitab an der Schloßtreppe.

Dieses auffallende dreimalige Erscheinen des gestrengen Herren erschreckte den Doktor wie ein Gespenst und machte ihn so scheu und kleinmüthig, daß er in den unbelauschten Minuten der Dämmerstunde seines mannhaften Entschlusses ganz und gar vergaß. Allein bei Anna hatte der frische Gang ähnlich ermuthigend gewirkt und der Anblick des Fürsten war ihr keineswegs wie eines Gespenstes gewesen; auch sie hatte sich, während Beide sinnend nebeneinander im Garten gingen, eine offene Frage an den Bräutigam vorge- setzt und wagte sich tapfer heraus mit der Sprache. Die Antwort war eine Selbstanklage Müllers. „Ich weiß," sprach er, „daß Schweigen auch Lügen sein kann, ja indem wir die nackte Wahrheit sagen, können wir lügen, wenn wir wissen, daß Andere unsere Rede anders deuten werden als nach dem Wortsinn. So habe ich dich und die halbe Welt belogen, indem ich geschwiegen und die nackte Wahrheit ge- redet habe. Aber fordere nur jetzt nichts weiteres von mir als dieses bittere Bekenntniß. Gönne mir nur noch wenige Tage Frist und du sollst über meine Stellung zum Fürsten und über unser Beider Zukunft Alles erfahren, was ich selber zu sagen weiß." Er sprach dieß so bestimmt und zugleich so schmerzbewegt, daß Anna nicht weiter zu forschen wagte. Sie ward aber durch seine Räthselworte noch verwirrter als vorher. Denn sie hatte bisher keineswegs geargwohnt, daß ihr Bräutigam zu wenig, sondern daß er zu viel beim Fürsten gelte, indem er sich mit verrannt habe in die sittlichen Irrgänge des Privatlebens, wie man sie auch dem reinsten Charakter auf dem Throne so gerne anzudichten pflegt. Mit diesem Vorurtheil konnte sie nun Müllers Worte in keiner Weise reimen.

Des andern Morgens, als der Leibmedicus zum Schlosse ging, ward er vom Hofmarschall aufgehalten. Der alte Hofmann bat ihn förmlich um eine Gunst. Die Schwester des Fürsten war zu Besuch gekommen, es waren endlich einmal wieder Frauen am Hof, und trotzdem fort und fort das alte Karthäuserleben! Jetzt oder nie galt es, den Zauberbann zu brechen und dem Fürsten wieder Lust zu wecken an Spiel und Fest und Prunk. Die lebensfrohe Prinzessin hatte vergebens den gestrengen Bruder zu verlocken gesucht und den altbefreundeten Hofmarschall zum Vertrauten ihres vereitelten Wunsches gemacht. Dieser brannte vor Begier, sich mit Einem Schlage die Prinzessin zu verpflichten und zugleich den ganzen Hof in das längst ersehnte alte Geleis zurück zu führen. Allein er wußte, daß man im Palast den Hebel tief unten ansetzen muß, wenn man auf die oberste Spitze wirken will. Darum bestürmte er den Leibmedicus, daß dieser vereint mit ihm den Fürsten am Gewissen packe; als Arzt müsse er dem Herrn Bälle und Feste wider seine Hypochondrie verordnen, er wolle dann zugleich als Hofmarschall dem Fürsten die Pflicht der Courtoisie vorhalten, die Anwesenheit der hohen Schwester nicht in so tödtlicher Langeweile vorübergehen zu lassen ohne Sang und Klang. Der trockene alte Mann ward ganz beredt: es war das erstemal, daß sogar er, der Hofmarschall, des Doktors Gönnerschaft ansprach, und während er die bekannte ablehnende Antwort lächelnd anhörte, zitterte er zugleich vor innerer Wuth, daß dieser Mensch wirklich ihn vergebens könne bitten lassen. „Dann aber,“ dachte er und

lächelte dem Medicus recht freundlich in's Gesicht, „dann soll
diese halsstarrige Canaille fallen und müßte ich selber mit ihr
zu Grunde gehn!"

Begleitet von solch frommem Wunsche trat Müller vor
den Fürsten. Casimir III. fragte heute nicht nach dem Wet=
ter noch nach dem Befinden seines Leibmedicus. „Wie heißt
das Frauenzimmer, mit welchem Er gestern im Garten spa=
zierte?" rief er dem Eintretenden entgegen. Der Medicus
war so sehr an die tägliche Wetterfrage gewöhnt, daß er rasch
erwiderte: „Durchlaucht, Nordost mit Schneegestöber!" Und
als der Fürst ungeduldig die erste Frage wiederholte, fuhr dem
Doktor über diese unnatürliche Neuerung ein Schreck durch
die Glieder, wie wenn ihm etwa eine Thurmuhr um Mittag
statt zwölfe zu schlagen plötzlich „Gesegnete Mahlzeit" entge=
gengerufen hätte. Und als er den Sinn der Frage klar be=
griff, folgte ein zweiter Schreck. Er stammelte den Namen
des Fräuleins zur Antwort, verschwieg aber, daß sie seine
Braut sei. Der Fürst, welcher alles Stadtgespräch geflissent=
lich seinem Ohre fern hielt, wußte noch nichts von dieser
Brautschaft und begann nun ein auffallend genaues Verhör,
wie lange das Fräulein schon hier sei, wer der alte Herr an
ihrer Seite gewesen, und so fort. Müller antwortete wie ein
Angeklagter vor dem Untersuchungsrichter. Halb wie im
Selbstgespräche rief dann der Fürst: „Warum versäumt
Baron Lehberg, mir seine Aufwartung zu machen? Der
Adel meines Landes soll nicht an meinem Hause vorüber=
gehen! Ich wünsche, daß man sich bei mir melde. Warum
fliehen die Damen meinen Hof? Doch freilich, ich lade sie
ja nicht ein! aber das soll anders werden. Der Besuch
meiner Schwester fordert neue Geselligkeit. Die alten Hof=
bälle sollen wieder beginnen, sparsamer und nur ausnahms=

weise, aber sie sollen wieder beginnen, gleich in nächster Woche!"

Dem Leibmedicus ging plötzlich ein helles Licht auf: der Anblick Anna's schien den wunderbaren Umschlag beim Fürsten erzeugt zu haben; denn die starrsten Weiberhasser pflegen gerade am raschesten und wie durch Zauberei von Weiberaugen besiegt zu werden. In seiner Herzensangst vergaß darum der arme Doktor alle Klugheit und die Bitte des Hofmarschalls obendrein, und platzte mit dem ärztlichen Rathe heraus, daß Seine Durchlaucht doch nicht allzu jäh das gewohnte Arbeits- und Jägerleben mit dem schwülen Getümmel der Repräsentations- und Ballsäle vertauschen möge. Der Fürst sah bei diesem unerbetenen Gutachten den Doktor fast ebenso erstaunt an, wie vorher der Doktor den Fürsten, erhob drohend den Finger, rief: „Schweigen bis ich frage!" und beschloß mit diesem Worte die kurze Audienz.

Am Abend desselben Tages besuchte der Hofmarschall den Leibmedicus, nicht etwa zu Fuß, nein, er kam bedeutsam und zum Wunder der Nachbarn mit einem Bedienten vorgefahren und sagte dem Günstling Dank für seine Fürsprache, die so schnell des Fürsten ehernen Willen gewendet. Und nicht bloß seinen Dank brachte er, sondern auch den Dank der Prinzessin. Denn was des Fürsten eigener Schwester und dem ältesten Hofmanne nicht gelungen, das hatte, so meinte er, dieser verwünschte Müller, sein „lieber Müller" vermocht, und zwar in der kürzesten Audienz, deren sich die lauernde Dienerschaft jemals entsann. Doktor Müller aber dachte bei sich: so bin und bleibe ich denn verdammt, zu protegiren; wenn ich nichts thue, protegire ich, wenn ich abrathe, protegire ich, ja, wenn ich zum erstenmale den Mund öffne,

um gegen die Wünsche der Leute zu reden, so protegire ich
sie dennoch.

Inzwischen kam, was er voraussah: der Oheim fuhr zu
Hofe und ward mit der schönen Nichte zum nächsten Hofball
geladen. Und am Tage nach dem Ball hörte der Medicus
dann auch genau, was er zu hören angstvoll erwartet hatte.
Der ganze Adel der Stadt war voll Neid auf die grüne
Landpomeranze, die Lehberg; denn für sie allein schien der
Fürst nur Blick und Rede zu haben. Viele meinten zwar,
das komme daher, weil sie die Braut des Günstlings sei,
allein die Klügeren versicherten, der Fürst habe ganz gewiß
von dem plebejischen Bräutigam kein Wort geredet und dieser
werde seinen Freund und Fürsten bald in den gefährlichsten
Nebenbuhler verwandelt sehen. Dem Medicus drohe jetzt
eine Krisis, bei welcher ihm zwischen zwei äußersten Gegen-
sätzen die Wahl bleibe; entweder er sei klüger als verliebt,
dann werde seine Günstlingschaft jetzt erst recht wie in Erz
gegossen sich festigen, ja er könne sogar (etwa mit dem Namen
eines Herrn von und zu Müllerburg) in den Adelstand er-
hoben werden; sei er aber verliebter als klug, dann werde der
Günstling wieder zusammensinken zu der namenlosen Gestalt
eines Dr. Müller ohne Praxis.

In des Leibmedicus Seele aber kreuzten sich die Schreckgedanken der Eifersucht mit der Furcht, eine Stellung zu verlieren, die er eigentlich nie besessen und von welcher trotzdem
das Glück seines Lebens abhing. Es galt rasch zu handeln;
Schweigen und Harren konnte von heute an nicht mehr das
Stichwort seiner Politik sein.

Er eilte zur Braut und eröffnete dem staunenden Mädchen, daß sie jetzt oder nie zum Abschluß des Ehebundes
drängen müßten. Zwar sei der Fürst ein solcher Weiber-

haßer, daß er selbst seiner Umgebung und Dienerschaft das
Heirathen versage, allein er, Müller, habe sich ein Herz gefaßt,
er werde morgen schon dem Herren in offenem, warmem
Wort seine Lage schildern und der Mann müße von Eis oder
Stein sein, wenn er ihm, dem treuesten Diener, die Ehe mit
einem so liebenswürdigen Fräulein nicht gestatten wolle.
„Und doch fürchte ich," fügte er kleinlaut hinzu, überrascht von
dem Selbstbetrug, auf welchem er sich in seinen eigenen Wor=
ten ertappte, „ich fürchte, es wird Alles schief gehen!" Anna
aber tröstete ihn, meinte, der Fürst sei ja gar nicht der Wei=
berfeind, wie man ihn male, und habe sich gegen sie zumal
über die Maßen artig und theilnehmend auf dem Balle er=
wiesen.   Mit diesem zweideutigen Troste des arglosen Kindes
rüstete sich der Doktor zu dem schweren Gang.

Als er folgenden Tages die Marmortreppe hinanstieg,
brummte ihm beständig das allerhöchste Wort im Ohr:
„Schweige Er, bis Er gefragt wird!" und als er auf der
obersten Stufe stand, mußte er stillehalten, um wieder zu
Athem zu kommen, so bleischwer lag ihm die Angst auf der
Brust.   Doch der Anblick des Fürsten gab ihm wieder festen
Muth und während des unvermeidlichen Wettergesprächs
nahm er wieder ganz seine fünf Sinne zusammen.   Er bat
also um eine Minute gnädiges Gehör und entschuldigte sich,
daß er ein Gesuch mündlich vorzubringen wage, welches nach
der Regel schriftlich einzugeben sei.   Der Fürst unterbrach
ihn: „Keine Vorrede, lieber Doktor, komme Er gleich zum
Text. Was will Er? Sage Er's frischweg in drei Wor=
ten!" — „Ich will heirathen." — Der Fürst lächelte über
die buchstäblichen drei Worte und fragte recht gnädig:
„Wen?" — „Fräulein Anna von Lehberg!" — Bei dieser
Antwort lächelte Serenissimus nicht mehr und gnädig sah er

auch nicht mehr aus, sondern wie versteinert von Zorn und
Ueberraschung; er schritt eine Weile schweigend durch das
Zimmer und maß den Doktor mit durchbohrendem Blick.
Dann fragte er, ob ihn denn das Fräulein wolle, und ob er
5 sich denn einbilde, daß die Lehbergs eine solche Mißheirath
zugeben würden? Als der Medicus ein festes „Ja" ent=
gegnete, wuchs das Staunen des Fürsten. Es gab wiederum
eine lange Pause; aber Müller konnte diesmal nicht wie bei
den alltäglichen großen Pausen die Hunde auf der Schweins=
10 jagd und die Baumblätter der Tapete zählen, es verschwamm
ihm Alles vor den Augen. Endlich sprach der Fürst, in der
Leidenschaft eben so kurz und gemessen wie im ruhigen Ver=
kehr: „Erstlich dulde ich nicht, daß einer meiner Diener
heirathe, also bleibe Er entweder ledig oder gehe aus meinem
15 Dienst. Zweitens dulde ich keine Mesalliancen bei meinem
alten Adel; wenn Er also fortgehen und schlechterdings
heirathen will, so suche Er sich eine Andere als die Lehberg.
Und drittens braucht Er überhaupt nicht wiederzukommen zum
täglichen Besuch, bis ich Ihn rufen lasse. Gott befohlen!"

20   Wie Müller nach dieser Audienz den Heimweg gefunden,
wußte er selbst nicht. Genug, er fand sich selbst und seine
Gedanken mit einemmal in seinem Zimmer wieder. Das
Ende mit Schrecken war nun also wirklich da. Nie hatte er
Einflüsse üben wollen, nie auch nur eine Bitte an den Fürsten
25 gewagt, dennoch war er der Gönner und Fürsprecher aller
Welt, und seine eingebildete Gönnerschaft hatte ihm und
Andern nur Nutzen, niemals Nachtheil gebracht. Jetzt aber,
da er zum erstenmal eine wirkliche Fürsprache wagte, fiel er
auf's schrecklichste durch, sein ganzes Lebensglück stand auf
30 einer verlorenen Karte, er war beschimpft vor aller Welt, am
meisten jedoch vor seiner Braut und ihrer Familie.

Es war der herbste Bußtag seines Lebens, und die Stunde, wo er seiner Braut beichtete, die herbste Stunde dieses Tages. Man hätte wohl denken sollen, die Unterlassungssünden seiner vergeudeten Lehrjahre seien nun genug gesühnt. 5

Inzwischen wurde es stadtkundig, daß der Leibmedicus in Ungnade gefallen sei. Die Gegner jubelten schadenfroh, die Freunde erschracken zwar heftig, freuten sich aber doch nebenbei, denn einem hervorragenden Manne gönnen die meisten Leute den Sturz von Herzen, auch wenn sie selber die 10 Folgen dieses Sturzes fürchten sollten.

Beim Fürsten hatte bisher Niemand über den Doktor zu reden gewagt; denn ihn anzuschwärzen getraute sich Keiner, weil dies bei der geheimnißvollen Zuneigung gefährlich schien, rühmen wollte ihn aber auch Niemand, denn sonst hätte ja 15 Serenissimus am Ende noch größere Stücke auf den Günstling gehalten. Und auf alle Fälle war es mißlich, mit dem hohen Herren ein unerbetenes Wort zu reden. Jetzt aber lösten sich die Zungen. Zuerst gratulirte die Prinzessin ihrem Bruder, daß er sich aus den Schlingen des Arztes befreit. Sie 20 erzählte, das ganze Land athme auf nach dem Sturze des Günstlings, und bemerkte nebenbei, daß sogar an den Nachbarhöfen das Müller'sche Regiment das peinlichste Aufsehen erregt habe, ja mehrere verwandte Fürstenhäuser seien auf dem Punkte gewesen, den Fürsten Casimir brieflich abzumah= 25 nen von der Fortführung so unziemlichen Verkehrs mit einem gemeinen bürgerlichen Doktor.

Der Fürst fiel aus den Wolken. Also unbefugte Einflüsse hatte dieser Müller geübt, im Stillen ein Günstlings= regiment geführt, das ganze Land in Parteien gespalten! 30 Ohnehin mißtrauischen Gemüthes, ahnte der Herr mit einem=

male ein Gewebe der schamlosesten Ränke, welches dieser junge Mensch, beispiellos kühn und verschlagen, hinter seinem Rücken gesponnen. Auch über die räthselhafte Heirath mit der Lehberg ging ihm nun plötzlich ein neues Licht auf. Er ließ den Hofmarschall rufen und fragte ihn, wie es möglich sei, daß die stolze alte Familie Lehberg einer Verbindung mit dem plebejischen Doktor Müller zugestimmt habe? und der Hofmarschall, welcher jetzt wieder in seinem eigensten Elemente schwamm, säumte nicht, dem Fürsten vollends die Augen zu öffnen. „Lediglich um Ew. Durchlaucht willen hat die Familie eingewilligt; denn da Müller das unbedingteste fürstliche Vertrauen genoß und so zu sagen als des gnädigen Herrn nächster Freund vor dem ganzen Lande stand, so hat das Haus Lehberg seinen Familienstolz gleichsam Ew. Durchlaucht selber zum Opfer gebracht." Dem Fürsten waren diese Worte wie Salz und Pfeffer auf eine frische Wunde, und der Hofmarschall, den Zorn wohl erkennend, welcher versteckt, aber tief hinter den kalten Zügen seines Herren arbeitete, säumte nicht, nun auch den ganzen Sagenkreis von Müllers Günstlingsherrschaft als geschichtliche Wahrheit zu erzählen. Warum auch nicht? War es doch selbst den schärfsten Köpfen dunkel, was hier Sage, was Geschichte sei.

Rasch zur That, beschloß der Fürst an dem entlarvten Betrüger, der so lange und geschickt die falsche Rolle seines Vertrauten gespielt und ausgebeutet, ein Exempel zu statuiren und ließ ihn sofort in Arrest bringen. Der arme Leibmedicus hatte ohne sein Zuthun das unverdiente Glück eines Günstlings genossen; er sollte jetzt ebenso unverschuldet von einer Höhe herunterstürzen, auf welcher er niemals hatte stehen wollen, geschweige daß er wirklich oben gestanden hätte.

War aber der Fürst auch Despot im Style seiner Zeit

und persönlich hart aus Grundsatz, so besaß er doch keines=
wegs das verknöcherte Herz und den beschränkten Geist eines
Tyrannen. Darum kämpfte sein Zorn bald mit zwei andern
Regungen seiner Seele. Es dünkte ihm unritterlich, mit
blinder Härte gegen einen Mann vorzugehen, der doch
zunächst als Bräutigam des Fräuleins seiner nicht allzu
ehrenhaften Leidenschaft im Wege stand; ja es begannen
peinigende Zweifel bei dem Fürsten aufzusteigen, ob denn
überhaupt sein Groll nicht mehr dem Bräutigam gelte, als
dem Leibmedicus, welcher mit seinem fälschlich angemaßten
Vertrauen Wucher getrieben. Daneben begann er sich auch
schon der fliegenden Hitze jener Leidenschaft herzlich zu schä=
men. Andrerseits ward dieser Müller, der bisher aller Welt,
nur ihm nicht, ein Räthsel gewesen, nunmehr ihm selber das
allergrößte Räthsel. Er wollte mit eigenen Augen sehen, ob
sich wirklich mit so treuherzigem Aeußeren solch eigennützige
Schlauheit verbinden könne, er wollte selber in der Seele
dieses Heuchlers lesen, bevor er ihn verdammte, um alsdann
desto gründlicher die Menschen durchschauen und verachten
zu lernen.

Also rief er den arretirten Doktor noch einmal vor sich
und nahm ihn scharf in's Gebet, daß er dem Frevler Stück
für Stück das Geständniß seiner Umtriebe aus dem Munde
zöge. Doch dessen bedurfte es gar nicht. Der Doktor be=
gann, seiner wahrhaften Natur gemäß, die ganze Geschichte
der stets abgeläugneten und stets wieder aufgedrungenen Ein=
flüsse zu erzählen, wie sie uns bekannt ist, vom Briefe des
Vetters bis zum Bittgesuch des Hofmarschalls. Anfangs
zweifelte der Fürst, dann begann er zu staunen und zu glau=
ben, und zuletzt lachte er gewaltig. Doktor Müller aber schloß
höchst ernsthaft mit den Worten: „Wer nur immer Fürsten

nahe kommt, den stempelt das Volk sofort zu einem Manne des
Einflusses, er mag sich stellen wie er will. So wird dann
freilich der Fürst für tausend Dinge verantwortlich gemacht,
von denen er keine Sylbe weiß und die ganze Umgebung sün=
5 digt auf seinen Namen. Nun sollte man meinen, da möge
der Teufel — entschuldigen Ew. Durchlaucht — Fürst sein.
Allein die Sache ist trotzdem nicht so schlimm, wie sie aussieht.
Denn die Umgebung, welche dem Fürsten im Einzelnen so oft
schadet, nützt ihm doch viel mehr im Ganzen. Weil sie
10 manchmal auf des Fürsten Namen sündigt, so wird sie im
Volksmunde dann auch der Sündenbock für alle wirklichen
Fehltritte des Herrschers. Ist der Fürst gut, so sagt man, er
wäre noch viel besser, ja der beste, wenn er nicht in so schlechter
Umgebung lebte; ist er aber schlecht, so sagt man, der Herr
15 selber wäre so übel nicht, aber die schlimmen Freunde und
Räthe, die verderben Alles. Kurzum der Fürst mag treiben,
was er will, so ist er immer besser als seine Umgebung; diese
aber mag schlafen oder wachen, so übt sie doch immer Einflüsse.
Und also dürfen Ew. Durchlaucht auch mir meine Einflüsse
20 wider Willen nicht allzu hoch anrechnen; im Grunde wurden
sie doch nur durch Ew. Durchlaucht selber geschaffen, indem
Sie mich zu einer so geheimnißvollen Art von Leibmedicus
gemacht."

Der Fürst freute sich bereits im Stillen über das ehrliche,
25 gescheidte Wesen des Doktors, denn er sah nun doch, daß ihn
sein Blick bei diesem Manne von Anbeginn nicht betrogen.
Allein er wollte nicht wiederum voreilig handeln; darum
schickte er ihn einstweilen mit tröstendem Wort nach Hause
und forschte der Sache weiter nach. Trotz aller Verleum=
30 dung, die jetzt hageldick auf den gefallenen Günstling regnete,
fand Casimir dennoch die Wahrheit der Erzählung des Arztes

immer klarer bestätigt. Nach etlichen Tagen ließ er ihn
darum wieder zu sich rufen und sagte, er habe ihn in fünf
Dingen als einen seltenen Mann erfunden, erstlich sei er
bescheiden und voll Selbsterkenntniß, zweitens verschwiegen,
drittens wahrhaftig, viertens wolle er keine Einflüsse üben
und fünftens sei er bei alledem durchtrieben schlau und voller
Mutterwitz wie der älteste Politicus. Die Welt habe ihn zu
seinem Vertrauten gemacht, da er es nicht gewesen, von nun an
solle er es wirklich sein, da die Welt ihn für gestürzt und verun=
gnadet halte. Er befahl darum dem Leibmedicus, an jedem
Morgen wieder zum ärztlichen Besuch zu erscheinen, fragte
aber nicht mehr bloß nach dem Wetter und Befinden, sondern
forderte seinen Rath in allen wichtigen Regierungsangelegen=
heiten. Der Doktor hängte inzwischen seine verspäteten medi=
cinischen Studien völlig an den Nagel und suchte sich ganz
unter der Hand mit staatsrechtlichen und politischen Dingen
bekannter zu machen, wozu in selbiger Zeit und für den Haus=
bedarf eines kleinen Reichsfürsten noch nicht so viel gehörte
als heutzutage. Nach Jahresfrist entpuppte sich der Leib=
medicus zum größten und letzten Staunen des Ländchens zum
fürstlichen Kabinetsdirektor und als solcher heirathete er dann
auch Fräulein von Lehberg. Der Fürst war der liebens=
würdigen Dame noch immer herzlich gewogen, nur nicht mit
so stürmischer Leidenschaft wie am Anfang.

Die Leute wollten es lange nicht glauben, daß Doktor
Müller wieder zu vollen Gnaden gekommen sei, und als es
ihnen endlich im Dekrete des Kabinetsdirektors schriftlich
beurkundet wurde, meinten sie, äußerlich habe der Doktor
allerdings Genugthuung gefunden, aber den ungemessenen
persönlichen Einfluß wie in der ersten Zeit, die volle Freund=
schaft des Fürsten, wie vor dem Sturze, besitze er doch nicht

mehr. Müller war klug genug, das ganze Land in diesem Glauben zu lassen und wurde viel weniger bestürmt und beneidet, als er wirklich im nächsten Vertrauen des Fürsten stand, denn zu der Zeit, da man ihm dieses Vertrauen bloß andichtete.

Der Zopf des Herrn Guillemain.

Wie hätte sich der alte Fritz die Augen gerieben, wenn er vor fünfzig Jahren aus dem Grabe erwacht wäre und der Leipziger Völkerschlacht ein wenig hätte zuschauen dürfen? oder was würde der alte Bonaparte sagen, wenn er heute nur auf einen Tag wiederkäme und seinen Neffen in kaiserlicher Politik hantieren sähe? oder der alte Bach, wenn er eine Beethoven'sche Symphonie hörte? oder unsere Urgroßmutter, wenn sie vom Himmel herunter einen Eilzug gewahrte, wie er gleich einer feuerschnaubenden Schlange durch die Landschaft zischt?

So hat schon Mancher gefragt, und große und kleine Kinder plagen sich überhaupt gerne mit der Räthselfrage, was ein Verstorbener wohl sagen würde, der plötzlich wiederkommend, die ganze Welt verändert fände. Ist inzwischen gar so handumkehrt Vieles neu und besser geworden, worauf Jener bei Lebzeiten vergebens hoffte, dann denken wir, der Mann wird gehörig staunen und sich freuen und zugleich sich ärgern, daß er vor drei oder sechs Jahren hat sterben müssen; uns aber rechnen wir es fast als einen Ruhm an, daß wir so gescheidt waren, noch etliche Jahre länger zu leben und die Sonne nach dem Nebel abzuwarten.

Ich erinnere mich aus meiner Jugend, daß einmal in meines Vaters Hause unter Freunden von solchen Dingen geredet ward. Mein Vater durchschnitt das ziellose Für und Wider mit der Frage, ob denn Niemand den Herrn Guille-main von Mainz kenne, der sei ja fünf Jahre lang so gut wie verstorben gewesen und plötzlich wiedergekommen in eine neue Welt, die mittlerweile fast genau so geworden, wie er sich's gewünscht habe; der könne am besten erzählen, wie es einem da zu Muthe sei.

Ich hörte das nur so im Vorbeigehen; denn als zwölf-jähriger Bube lief ich nur eben im Zimmer ab und zu; aber die wenigen aufgefangenen Worte arbeiteten und wühlten in meiner Einbildungskraft, zumal ich noch vernahm, daß Herr Guillemain ein unglücklicher Mensch geworden sei durch die wunderliche Gnade halbwegs sterben und dann wiederkommen zu dürfen, um eine neue Welt, welche er geträumt, plötzlich aufgebaut zu sehen, wie das Kind am Weihnachtsabend den flimmernden Christbaum. .

Als ich darum kurz nachher mit dem Vater wieder einmal nach Mainz kam, bat ich ihn, er möge mir heute eine rechte Merkwürdigkeit zeigen, und als er mich fragte, was ich denn sehen wolle, ob den Eichelstein oder die Martinsburg oder die Menagerie auf der Messe, antwortete ich: „Ich will nichts weiter sehen als den Herrn Guillemain." Mein Vater er-widerte lächelnd: „wenn's möglich ist."

Nach manch ermüdendem Straßengänge, wobei ich jeden Begegnenden vergebens darauf ansah, ob er nicht etwa Herr Guillemain sei, kehrten wir ein in den „drei Kronen." Es ging dort sehr lebhaft zu, und wir fanden nur mit Mühe noch einen Platz am Wirthstische gegenüber einem muntern alten Herren, der sich mit sichtbarem Behagen seinen Schoppen

schmecken ließ. Er schien ein Stammgast des Hauses und
hatte, redselig wie ein ächter Rheinländer, meinen Vater bald
in ein lebhaftes Gespräch über gleichgültige Dinge verflochten,
von denen man spricht um zu sprechen. Obgleich der Mann
wie ein frischer Fünfziger dreinschaute, erfuhr ich doch nach=
gehends, daß er bereits tief in den Sechzigen stehe. Er war
vornehm, doch etwas altmodisch gekleidet und hatte sein reiches
schneeweißes Haar hinten in ein ganz kleines, bolzgerade
hinaufstehendes Zöpfchen geflochten. Solch ein ächter aus dem
achtzehnten Jahrhundert herübergeretteter Miniaturzopf war
damals — in der Mitte der dreißiger Jahre — längst die
größte Seltenheit, und nur bei einem alten Gerbermeister in
Bingen und einem pensionirten weiland nassau=usingischen
Leibkutscher in Biebrich hatte ich noch seines Gleichen ge=
kannt.

Als wir uns nach einer Stunde Rast wieder zum Auf=
bruche anschickten, flüsterte mir mein Vater zu: „Fasse den
Mann mit dem Zopfe noch einmal recht genau in's Auge, das
ist der Herr Guillemain, den du zu sehen begehrt."

Ich war aus den Wolken gefallen und bedauerte innigst,
daß ich die Menagerie nicht vorgezogen hatte. Denn den
Herrn Guillemain, der fünf Jahre lang so gut wie gestorben
und dann wiedergekommen war, um höchst unglücklich zu
werden, hatte ich mir als einen Patriarchen mit langem Barte
gedacht, den wir in irgend einer Spelunke hätten aufsuchen
müssen, wo er auf dem Stroh gelagert, ein halb verschim=
meltes Stück Brod und einen großen Wasserkrug zur Seite,
von vergangenen und künftigen Tagen im Style der Klage=
lieder Jeremiä mit hohen Worten gepredigt hätte.

„Und der Mann soll so gar unglücklich sein?" fragte
ich auf der Straße recht ärgerlich den Vater. Dieser aber

erwiderte: „Wann du älter geworden, dann wirst du er=
fahren, daß man mit feinem Rock und glattem Gesicht jeden
Abend in den drei Kronen sitzen, ein artiges Gespräch führen
und ein gut Glas Wein mit Verstand trinken und dennoch
5 ein höchst unglücklicher Mensch sein kann. Dann wird es
auch Zeit sein, daß ich dir die Geschichte des Herrn Guille=
main ausführlich erzähle: jetzt verständest du sie doch noch
nicht."

Ich vergaß bald meinen Aerger sammt dem Herrn Guille=
10 main und erst nach vielen Jahren, als der alte Herr mit dem
Zöpfchen längst zum zweitenmale, und nicht blos beinahe, ver=
storben war, erfuhr ich die Geschichte. Seitdem aber gereute
es mich gar nicht mehr, daß ich damals lieber den merk=
würdigen Menschen, wenn auch mit dem Auge eines Kindes,
15 gesehen, als die Menagerie auf der Messe.

Und so erzähle ich denn auch hier wieder jene einfache
Geschichte, nachdem ich bis hierher den Mann ganz ebenso als
ein unverstandenes Räthsel vorgeführt habe, wie er mir selber
zuerst erschienen ist.

20 Erstes Kapitel.

Joseph Guillemain war als junger Mann ein rechter
Erzdemagog — soweit man dies nämlich zwischen 1780 und
1790 in Mainz und der Umgegend sein konnte.

Eigentlich aber war er Maler. Sein Sinn ging auf die
25 hohe und ernste Kunst, er wollte nur Geschichte malen, wie er
später Geschichte machen wollte; Michel Angelo war sein
Vorbild und Liebling, dann Rubens. Die frühesten Skizzen
des Kunstjüngers sahen darum sehr „genialisch" aus, wie

man es damals nannte: — gewaltige Motive, überkühne, oft
verworrene Gruppen, eine Uebernatur in Form und Farbe,
welche die reiche, in Sturm gestaltende Phantasie verrieth,
aber des läuternden Schönheitsgefühles entbehrte. Er war
ein Mann des großen Styles, und seines Vaters großer
Geldbeutel gestattete ihm, so frei wie er nur immer wollte,
im großen Style zu malen.

Als erstes Hauptwerk hatte er einen figurenreichen Carton begonnen, den Tod des Cäsar, welcher von Kennern
mit hohem Lobe geprüft wurde, von Nichtkennern mit noch
höherem, und es galt für ausgemacht, daß der Künstler nach
Vollendung des Bildes mit dem Titel eines kurfürstlichen
Hofmalers tar- und stempelfrei würde begnadet werden. Sein
Vater, trotz des französischen Namens ein ächter Kurmainzer,
wartete mit Stolz auf diesen glücklichen Tag.

Neben all den Bewunderern des Bildes stand nur ein
einziger wahrer Freund, der sein Urtheil ganz ehrlich von der
Leber weg sagte, Doktor Kringel, ein junger Arzt. Er meinte,
mit solchen Mord- und Aufruhrgeschichten solle Guillemain
sich doch nicht plagen, sondern friedliche und ansprechende
Bilder malen, etwa eine badende Nymphe oder den heiligen
Nepomuk, das seien ja auch historische Stoffe, wenn man sie
sechs Fuß hoch anlege.

Guillemain verstand den Spott; denn er war selbst ein
witziger Kopf, und wäre er dies nicht gewesen, so würde er
vermuthlich gar kein Demagog geworden sein. Begeistert für
seine besondere Kunstrichtung, wußte er mit dem übermüthigen
Selbstgefühle der Jugend jede andere in Grund und Boden
zu spotten. Hundert Epigramme, die er in flüchtigem Worte
hingeworfen oder auch beim Weine in einen lustigen Reim
gefaßt, durchliefen die Stadt. Und da die Kunst all sein

Leben erfüllte, so wollte er auch, daß alles andere Leben in
der ganzen Welt nach seinem künstlerischen Ideale umge-
wurzelt werde. Ganz Mainz und das übrige Europa war
ihm viel zu wenig titanisch; ein ächter Stürmer und Dränger,
schlug er Pfaffen und Junker, Pedanten und Spießbürger,
die ihm rings in die Quere liefen, mit der Geißel des Witzes.
Die lebendigen Menschen sollten werden wie die gemalten auf
seinen Bildern, und so ingrimmig freiheitsdurstig, so aufgequollen pathetisch, dazu so hochgestylt im stolzen Togawurf
wie die Figuren seines Cäsar-Cartons bewegten sich die
Mainzer von 1785 allerdings eben nicht. Waren sie aber
auch keine Gracchen und Brutusse, wie es Guillemain gewünscht, so verstanden sie doch einen Spaß besser als vermuthlich jene alten Römer und jubelten dem jungen Maler
Beifall zu, der so keck und lustig Hiebe nach rechts und links
austheilte. Denn jeder Einzelne glaubte sich selbst nicht
getroffen, freute sich aber, daß sein Nachbar etwas abgekriegt
habe. Guillemain war darum bald das Schoßkind der Mainzer
Gesellschaft und wurde einmal sogar zu Wein und Butterbrod in ein adeliges Haus geladen, was zu selbiger Zeit in
Mainz viel sagen wollte.

    Unter Freunden sprach der Maler wie ein Prophet:
„Das deutsche Reich wird seine Revolution durchkämpfen so
gut wie Nordamerika; es wird seinen Washington, seinen
Franklin und Lafayette schon finden, ein neues, freies Leben
wird erblühen!" Fragte dann aber Doktor Kringel, wann
das Alles geschehen werde, so antwortete Guillemain, „heute
und morgen schwerlich, und vielleicht erst, wann uns Allen
längst kein Zahn mehr wehe thut." Und fragte Kringel, wie
denn das verbesserte Reich ungefähr aussehen solle, so erwiderte
Jener, das wisse er nicht; denn wenn er's wisse, so sei es

zu spät zum Prophezeien und die glückselige Zeit schon an=
gebrochen.

Berauscht vom Erfolg ging Guillemain mit seinen Sa=
tyren immer toller ins Zeug und machte eines Tages eine
rechte Dummheit im deutschesten Sinne des Wortes. Als er
nämlich einmal mit sehr jugendlichen und grünen Freunden
nicht mehr beim ersten Schoppen saß, schnitt er sich zum
Zeichen des Bruches mit allen bildlichen Zöpfen seinen
eigenen natürlichen Zopf ab und legte ihn, begleitet von einer
anonymen gereimten Epistel, in eine Schachtel, die er auf der
Stelle wohlversiegelt an den Kurfürsten schickte.

Als der künftige Hofmaler des andern Morgens beim
stark verspäteten Frühstücke saß, trat Doktor Kringel ins Zim=
mer, zog einen falschen Zopf aus der Tasche und beschwor den
Freund, sich doch diesen anzuheften, daß man ihn nicht sofort
als den Absender der frevelhaften Schachtel entdecke. Guille=
main sträubte sich und meinte, da hätte er dem Kurfürsten
lieber gleich einen falschen Zopf überschicken und den ächten
behalten sollen; der Arzt dagegen suchte ihm zu verdeutschen,
daß es freilich nur ein schlechter Witz sei, wenn man einen
abgeschnittenen Zopf an einen Privatmann adressire, sende
man aber einen schlechten Witz an einen Kurfürsten, so sei
das Majestätsbeleidigung.

Entrüstet stutzte Guillemain über dieses Wort; allein er
hatte nicht Zeit, lange zu stutzen, denn der Kapaunenstopfer des
Kurfürsten trat herein, brachte die Schachtel sammt ihrem
Inhalte zurück und meldete, der gnädige Herr lasse danken
für das zugedachte Geschenk und die Verse von wohlbekannter
Hand. Neues habe er nicht aus denselben gelernt, denn daß
Herr Guillemain einen Sparren zu viel im Kopf habe, sei
ihm schon längst bekannt gewesen.

Der Maler stand wie ein begossener Pudel vor dem Kapaunenstopfer, der eine Weile wartete, als hoffe er auf ein Trinkgeld. Da raffte sich Guillemain plötzlich auf, gab ihm einen Louisdor, sagte: „auf eine fürstliche Botschaft gehört fürstlicher Botenlohn," packte ihn beim Kragen und warf ihn die Treppe hinunter.

Er war zunächst wüthend darüber, daß der Kurfürst den schlechten Witz doch nicht für Majestätsbeleidigung genommen hatte; sechs Monate Festung wären ihm lieber gewesen als dieser verachtende Hohn. Dann hätte er grollen und klagen und über dem Zorn die Scham vergessen können, und jetzt war ihm gar nichts anderes übrig als sich zu schämen! Nicht so sehr aber hatten ihn die Worte des Kurfürsten beschämt, als der Bote, welchen man geschickt. Wäre noch der Hofmarschall oder ein Sekretär, oder auch nur ein Kammerdiener oder Lakai gekommen; aber der Kapaunenstopfer! ein versoffener Kerl, eine Karikatur, welcher alle Gassenbuben nachliefen! Noch mehr jedoch als der Bote beschämten ihn dann zuletzt seine eigenen Verse, da er sie nüchtern las. Es waren wirklich recht betrunkene Verse. Und diese Scham nagte am tiefsten.

Er machte sich Luft mit dem Ausrufe: „Es muß besser werden im deutschen Reiche, und wenn nicht heute und morgen, so doch gewiß in Jahr und Tag!"

„Es muß?" fragte Kringel erstaunt, „und gar so bald schon? Sonst sagtest du immer es wird und rücktest den Termin in die blaue Zukunft hinaus! Und wie wird es besser werden?"

„Das weiß ich nicht! Frage mich, wann ich Wein getrunken habe: wie kann man nüchtern ein Prophet sein!"

„Bist du wirklich nüchtern," entgegnete lächelnd der alle-

zeit nüchterne Doktor, „so freue dich wie gewöhnliche Men=
schen, daß dein trunkener Streich so glücklich abgelaufen ist."

Allein gerade weil dieser Streich zunächst ohne schlimme
Folgen blieb, ward er mittelbar erst recht folgenreich für
Guillemain's ganzen Lebensgang.

Als der junge Maler ohne Zopf wieder unter die Leute
kam, bemerkte er gar bald den vollkommenen Umschlag der
allgemeinen Gunst. Ehrsame Bürger gingen ihm aus dem
Wege; vornehme Gönner kannten ihn nicht mehr; Niemand
tadelte ihn ins Gesicht, denn dazu war der Spötter zu ge=
fürchtet, aber er konnte es mit Händen greifen, wie man
hinter'm Rücken über ihn loszog. Weil er diesmal wirklich
taktlos gehandelt, so griff man zurück und entdeckte plötzlich
in hundert lustigen Streichen, die man seit Jahren bewundert
hatte, eine ganze Kette von Taktlosigkeiten. Und was der
Mensch gesündigt, das ließ man dann auch den Künstler
büßen: seine Bilder waren über Nacht bedeutend schwächer
geworden.

Guillemain sagte täglich ein dutzendmal, daß er sich den
Teufel kümmere um die Ungnade aller der Hofschranzen mit
und ohne Livree. Sein Freund aber flüsterte ihm ins Ohr:
„Du würdest das nicht so oft sagen, wenn es dich wirklich so
wenig kümmerte."

Tiefer schnitt bei dem jungen Künstler allerdings das
strenge Urtheil seines Vaters. Der alte Guillemain strafte
den muthwilligen Sohn in harten Worten; die hatte Joseph
erwartet und ließ sie stille über sich ergehn; als er aber
merkte, daß sein Vater nicht blos zürne, sondern zugleich von
ganzer Seele betrübt sei, weil er ihn für einen verlorenen
Menschen halte, da hätte er in den Boden sinken mögen vor
Groll und Schmerz. Der Stolz des Vaters zu sein, war bis

dahin für Joseph selbst der größte Stolz gewesen; er konnte
es nicht ertragen, daß dies mit einemmal anders geworden
durch eine reine Kinderei, welche höfischer Knechtssinn zur
Frevelthat steigerte. Jetzt erst erhielt die öffentliche Ungunst
Bedeutung für ihn; denn sie hatte ihm das Vertrauen seines
Vaters gestohlen.

Um Trost zu finden, ging er zu dem Freunde, mit welchem
er ewig uneins war und den er doch so lieb hatte. Der kam
ihm diesmal in der That mit einem herrlichen Trost, wie er
glaubte, entgegen: Der Kurfürst wußte bis zur Stunde noch
gar nichts von der Schachtel; sein Sekretär hatte sie eröffnet
und, da er Guillemain's Handschrift erkannte, durch den
Kapaunenstopfer zurückgeschickt; durch jenen Sekretär war
dann allerdings der Vorgang stadtkundig geworden. Allein
Guillemain konnte noch immer Hofmaler werden. Darum
rieth ihm der Freund, er möge ganz stille den Cäsar fertig
malen, daß er mit seinem Pinsel wieder gut mache, was er
mit seiner Pinselei bei den Leuten verdorben habe. Trete er
dann mit dem großen Werke sieghaft hervor, so sei die alte
Zopfgeschichte begraben, und der Künstler stehe wieder rein an
dem Platz, der ihm gebühre.

Aber zu solchem Rathe war es bei Guillemain viel zu
spät. Also hatte er nicht einmal in der Gefahr des Märtyr=
thums oder wenigstens der allerhöchsten Ungnade geschwebt,
und nur ein simpeler Sekretär war es, der ihm einen Gegen=
streich gespielt hatte! Und wegen eines solchen Spieles hatte
er die Gunst der ganzen Stadt und das Herz seines Vaters
verloren! Da sah man doch recht die Hohlheit unserer Ge=
sellschaft, welche weder Spaß versteht noch Ernst und nur
nach den kleinlichsten Rücksichten und Vorurtheilen die Men=
schen und Dinge zu messen weiß!

Nachdem Guillemain diese und ähnliche Gedanken seinem Freunde ausgesprochen, erwiderte derselbe ironisch: „Du hast Recht! Das sicherste Mittel, den Aerger über sich selbst zu vergessen, besteht darin, daß man sich über alle Welt ärgert. In dem großen Weltmeer eines stolz aufwogenden Zornes verschwindet dann spurlos das kleine Bächlein der Selbstbeschämung."

Diese Worte nagten an dem Künstler; denn sie bargen Wahrheit. Der Freund hatte ihm sogar den Trost seines Aergers genommen! Um die Lücke auszufüllen, spannte Guillemain nun doch den Carton seines Cäsar wieder auf; ihn hungerte nach Arbeit. Allein er erschrak über sich selbst und über sein Werk: es erschien ihm klein und unreif und hatte ihm doch früher so groß und fertig gedünkt. Er fand mit einemmale zu wenig Ideen in seiner Zeichnung, zu wenig Weltgeschichte; er hätte gern mit Frakturbuchstaben auf das Bild schreiben mögen, daß hier die alte Römerfreiheit siegt, um dennoch unterzugehn, und der Usurpator fällt, um in seinem Tode dennoch zu siegen. Aber wie sollte er das mit dem Pinsel seinen Figuren in die Gesichter schreiben?

Dem Freunde predigte er stundenlang von dem hohen Berufe der Kunst, den Mitlebenden die großen Mahnworte der Geschichte in die Seele zu donnern und von neuen und kühnen Gedanken, welche ihm in diesem Sinne für sein Bild aufgegangen. Allein seine Predigt wimmelte von Fragezeichen und war seltsam sprunghaft und zerrissen, ohne ein abschließendes Wort. Doktor Kringel hörte die Reden anfangs mit wahrer Freundesgeduld, als ein gutes Wahrzeichen, daß Joseph wieder mit ganzem Herzen zu seinem Werke zurückgekehrt sei. Dann aber stutzte er und fragte ihn trocken, ob er denn auch wirklich male?

„Thörichte Frage!" erwiderte Jener im Tone des Zornes und der Selbstironie, „eben darum rede ich ja so viel über die Malerei, weil's mit dem Malen nicht flecken will!"

Der Doktor sagte: „Ich will dir ein Recept verschreiben: Denke eine zeitlang gar nichts mehr und wirf alle Compositionen in die Ecke. Suche dir einen schönen Mädchenkopf und male ihn, rein wie er dir ins Auge schaut, oder einen alten Bettelmann, oder einen hübschen Buben, oder meinetwegen einen Pudel, wenn dir kein Mensch sitzen will, daß du wieder Blick und Hand für Form und Farbe gewinnest. Du mußt dir deine Grübeleien hinwegmalen; denn hinwegdenken kannst du sie doch nicht."

„Da haben wir's!" rief Guillemain. „So urtheilt ein gedankenreicher Kopf: wie soll nun der gedankenlose Pöbel urtheilen!" Der gute Rath dünkte ihm die schwerste Beleidigung. So wenig hatte der Freund ihn verstanden, daß er ihn wieder in die Schule des Modellsaales zurückschickte! Bisher konnte Guillemain nicht mehr malen, aber er wollte es doch noch, jetzt wollte er es auch nicht mehr; er zeichnete zum Trotz nur noch in Gedanken. Wozu überhaupt noch zeichnen und malen? Die Welt muß erst einmal neu geworben sein, dann werden begabte Geister auch wieder Lust und Muße finden zu einer neuen Kunst. Bis dahin sind es nur die Feigen und Schwachen, die sich hinter die Kunst verstecken und wähnen, die Zeit stehe still, weil sie selber stille stehn. So ungefähr dachte der Künstler, und als ihn der Freund wieder einmal zur Staffelei treiben wollte, sprach er: „Ich habe die Kunst einem höheren Berufe zum Opfer gebracht, freudig und doch schweren Herzens, wie ich vorher die Aussicht auf Amt und Würde, die Gunst meiner Mitbürger, ja die Liebe meines Vaters zum Opfer brachte!"

„Und worin besteht denn dieser höhere Beruf?" fragte der unausstehlich klar denkende Doktor.

„Ich kenne ihn noch nicht genau, aber ich suche ihn," erwiderte Guillemain geheimnißvoll. Allem Anscheine nach war es ihm noch nicht ganz deutlich, wie die versunkene Menschheit zu erretten sei, nur wußte er, daß die Fürsten nichts taugten und der Adel gar nichts, die Bürger sehr wenig und die Bauern nicht viel. Ja sogar von sich selbst glaubte er mit unerbittlichem Humor, daß er gerade so schlecht sei wie alle die Andern. Allein er hatte den ernstlichen Willen, sich und die Welt zu bessern, und darum taugte er doch vergleichsweise noch am meisten.

Verbittert und friedlos und dennoch gehoben von dem Bewußtsein eines reinen Strebens nach neuen und hohen Idealen zog er oft wochenlang im Lande umher und ließ den Sturm seiner Seele in Wind und Wetter ausbrausen. „Ich studire nach der Natur," sagte er, „der Doktor hat es mir ja so dringend gerathen, aber ich studire die Menschen, wie sie inwendig sind, nicht wie sie in dem Trugbilde von Gesicht und Gestalt erscheinen." Mit solchen Volksstudien verband er aber zugleich auch die Belehrung des Volkes. Er half den Bürgern die Zeitung lesen und den Bauern brachte er sie mündlich mit. In Frankreich waren die Notabeln einberufen worden, sie hatten den Minister Calonne in die Flucht geschlagen; mächtig wuchs die Theilnahme des Volkes für die Opposition im Parlamente, auf der Straße schon ertönte der Ruf nach Generalständen. „Das sind die Vorboten einer großen Revolution!" weissagte Guillemain. In Holland war der Erbstatthalter vertrieben worden, die neuen Gedanken von Freiheit und Menschenrechten durchleuchteten die Köpfe, die Patrioten rangen mit den Anhängern des Statthalters.

„Seht da!“ rief Guillemain, „die Freiheit triumphirt wieder im alten Lande der Freiheit!“ In Schweden gährte es unheimlich gegen den König Gustav, der für das Mittelalter schwärmte und Turniere und Ringelrennen hielt und sein Volk in die Zwangsjacke einer allgemeinen Nationaltracht stecken wollte. „Wen Gott vernichten will, den verblendet er,“ predigte begeistert der Maler, „und auf das Turnier der Ritter wird das Turnier der freiheitskämpfenden Völker folgen.“ In Polen schlich die Empörung heimlich einher, aber Guillemain sah sie schon offen ihre Blitze schleudern. In Belgien verweigerten die Bürger die Steuern und bewaffneten sich gegen die Reformen Josephs zum Kampfe für das Herkommen, und in Ungarn erhob sich der Adel, um für die Leibeigenschaft zu streiten. „Das ist eine niederträchtige Sorte von Revolution,“ eiferte Guillemain, „aber die Leute haben doch wenigstens das Zeug, Gewalt mit Gewalt zu vertreiben, sie wollen sich nicht wie Schafe regieren lassen, wenn auch vom besten Hirten, und das Volk wird von dem Adel lernen, wie man Revolution macht und wird dann seinen Lehrmeistern auf die Köpfe schlagen. — In allen Winden steigen Wolken auf, sie werden sich zu einem furchtbaren Gewitter über unsern Häuptern sammeln: wohl dem, der sein Haus bereitet hat!“

Einige spotteten über diese Predigt, Andere ärgerten sich, mehrmals ward der Prophet auch aus den Wirthshäusern hinausgeworfen und geprügelt. Das kümmert ihn wenig. Er verglich sich bescheiden mit dem Apostel Paulus, der auch viele Schläge erlitten, doch sagte er's nicht laut, weil Bibelcitate nicht im Geschmack der Zeit waren. Da er aber an seine eigenen Reden glaubte und sie in begeisterter Ueberzeugung vortrug, so bewunderten ihn auch Manche und hingen ihm an.

Guillemain verbat es sich, daß man ihn noch einen Maler nenne, er sagte: „ich bin ein Patriot, weiter nichts, und an diesem Berufe habe ich genug." Doch merkte er in ruhigeren Stunden, daß dieser Beruf einer festen Form des Wirkens ermangele.

Endlich aber glaubte er auch diese gefunden zu haben. Doktor Kringel wünschte die neue Handhabe für den prakti= schen Beruf eines Freiheitsmannes zu sehen. Guillemain sprach: „Es ist nur ein Gedanke, eine Sentenz. Sie lautet: Die Freunde der Freiheit haben überall das gleiche Ziel, sie fechten für ein großes Recht, sie können einen Bund durch alle Länder schließen; die Unterdrücker des Volkes dagegen wollen hundert verschiedene Rechte vertheidigen, sie liegen ewig mit sich selbst im Haber und bringen es nie zur durch= greifend gemeinsamen That. Eigennützige Herrschsucht ist vielgestaltig und entzweit; opfersähige Freiheitsliebe ist ein= heitlich und verbündet."

„Sehr wahr!" sprach der Doktor. „So lange es gilt, die gar verschieden gefesteten Zwingburgen niederzureißen, sind alle Freiheitskämpfer einig. Das ist aber nur der erste Akt. Im zweiten soll darauf ein neuer freiheitlicher Staat an der Stelle des zerstörten aufgebaut werden, und ich glaube, dann werden die Befreier doch wieder gerade so uneins wie es früher die Zwingherren waren. Und so zerfließt deine praktische Handhabe in einen ganz unbrauchbaren Gemein= platz. Ihr seid nur darum einig, weil ihr überhaupt noch nichts seid und habt und blos von der Luft des allgemeinen Gedankens zehret."

Es war zum letztenmale, daß Kringel dem schwärmerischen Freunde so kalt und schonungslos Widerpart gehalten. Guillemain verfolgte seinen Gedanken. Er setzte sich in

Briefwechsel und persönlichen Verkehr mit Revolutionären
aus allen Ländern; er wollte einen allgemeinen Bund der
Freiheitsfreunde gründen, der die wahre weltbürgerliche
Brücke schlüge über jede Schranke der Nationalität und em-
porwüchse zu einer unwiderstehlichen Verschwörung der den-
kenden Köpfe und unabhängigen Charaktere; er reiste umher
in Deutschland, Holland und Frankreich, gewann auch einige
begeisterte Jünger und glaubte schon den festen Grund seines
furchtbaren Geheimbundes gelegt zu haben.   Da aber erfüllte
sich die einzige Weissagung, welche ihm der sonst gar nicht
prophetische Doktor öfters verkündet hatte: Joseph Guillemain
ward im Jahre 1787 unversehens ergriffen und eingesteckt, ich
weiß nicht mehr in welchem Reichslande.   Man fand stark
verdächtigende Briefe, durch welche sich der Faden einer
weitgesponnenen Verschwörung zu ziehen schien.   Das ganze
Gewebe zu entwirren war eine gar zu reizende Aufgabe für
politische und criminalistische Spürnasen, darum behielt man
den jungen Mann in einsamem Gefängniß; denn Einsamkeit
macht mittheilsam.   Der Angeklagte aber blieb stumm und
fest wie jeder ächte Schwärmer, und es ist niemals ermittelt
worden, ob er schwieg, weil er nichts sagen wollte oder weil er
nichts zu sagen wußte.

So lag er denn jahrelang in strengster Untersuchungshaft, trotz aller Bemühungen des Vaters und der Mainzer
Freunde.   Es wäre freilich bequemer gewesen, den Volksver-
führer rasch abzuurtheilen oder kurzweg aus dem Lande zu
weisen.   Allein in den aufgegriffenen Briefen fand sich ein
vornehmer, dem Fürsten des Ländchens nahestehender Mann
mehrmals in bedenklicher Weise erwähnt; er schien sogar mit
Guillemain correspondirt zu haben.   Der dirigirende Minister
hatte jenen Günstling vergebens zu stürzen getrachtet; jetzt

konnte er ihn wenigstens in stäter Angst halten durch den
verhafteten Maler und das gelang auch vortrefflich. So
lange also nicht entweder der Günstling gefallen war oder der
Minister, hatte der Gefangene wenig Aussicht, seiner Haft
lebig zu werden, und während er glaubte, er dulde als Opfer
seines Freiheitsmuthes, duldete er eigentlich nur als Opfer
einer Hofintrigue.

Ist aber Einer erst einmal todt, dann gilt es ihm wohl
ziemlich gleich, ob ihm seine Krankheit oder sein Doktor den
Garaus gemacht, und Joseph Guillemain war todt und be=
graben für die Welt und die Welt war abgestorben für ihn.
Er sah nur den Schließer des Gefängnisses und in langen
Pausen den Richter, der sich die Aufgabe stellte, ewig zu un=
tersuchen und niemals zu richten.

Briefe schreiben durfte er nicht und aus den einlaufenden
Briefen theilte man ihm nur etwaige persönliche Nachrichten
nach Gutdünken mündlich mit.

Obgleich er aber so schauerlich einsam leben mußte, war
er doch nicht allein: hundert Gestalten umschwebten ihn, und
rastlos gährte und arbeitete es in seinem Geiste. Er hielt
große, gewaltige Volksreden, indem er vor den Ofen trat, der
ihm eine Volksversammlung darstellte und verkündete den
Sturz des alten politischen Babels kühner als je in freien
Tagen, oder er unterhielt sich stundenlang mit dem Handtuch,
welches hinter der Thüre hing und ihm für seinen langen,
nüchternen Freund Kringel gelten mußte und machte sich
selber alle die spitzigen Einwürfe, welche ihm der Freund
gemacht haben würde, um sie sammt und sonders zuletzt sieg=
haft zu widerlegen. Namentlich aber versicherte er dem Hand=
tuch stets aufs eifrigste, daß er keinen Augenblick bereue, ja
daß er stolz sei, den Weg gemacht zu haben, der ihn ins Ge=

fängniß geführt, daß er nur um seines Vaters willen betrübt
sei, aber einst mit Ehren aus dem verfluchten Loche zu kommen
hoffe, und daß er heilig glaube, er werde die neue Morgen-
röthe im Aufgang noch mit eigenen Augen schauen.

Guillemain stand fest in seiner Schwärmerei, denn er war
langsam und nothwendig hinein gewachsen. Es gibt keine
geschiedeneren Leute als den Spötter und den Schwärmer.
Allein der Spötter hatte sich geschämt über einen thörichten
Spott und im Aerger über sich selbst die Beschämung aus
seiner Seele hinweg geärgert und dann im Weltärger den
eigenen Aerger erstickt; dem Aerger über alle Welt entsproßte
aber die Begeisterung für die Weltreform, und da kleine Ver-
drießlichkeiten und Opfer zu einem wirklichen Dulderlose sich
gesteigert hatten, so brach aus der Begeisterung endlich die
Schwärmerei hervor. Ein rasch aufflackerndes Strohfeuer
erlischt auch rasch, aber die langsam genährte Flamme brennt
tief und lange.

Hatte der Gefangene sich satt geprebigt gegen den Ofen
und sich satt gestritten mit dem Handtuche, dann malte er —,
doch nicht wie gewöhnliche Maler beim hellen Tageslicht, sondern in den langen, dunkeln Abendstunden. In Gedanken
entwarf er ein riesiges Bild: „Das jüngste Gericht der
Völkerfreiheit." Cäsars Tod war ihm jetzt ein viel zu kleiner
und dürftiger Stoff geworden, aber ein politisches Weltgericht,
zermalmend groß nach Michel Angelo's Vorbild, das dünkte
ihm ein begeisternder Gegenstand. Unser Herrgott selbst sollte
richtend oben stehen; die blutigen Würgengel der Revolution
schmetterten in die Posaunen; schwarzes Nachtgewölk, von
Blitzen fahl durchleuchtet, schattete zur Linken des Richters,
wo die schlechten Könige in den Abgrund stürzten, statt des
Kopfes eine hohle Krone auf dem Rumpf, von einem züngeln-

den Flammenmantel statt des Purpurs umlobert, wo die
Diplomaten von Schlangen umringelt wurden, die ewig
rückschreitenden Pfaffen von großen Krebsen zernagt, die
Edelleute von ihren Wappenthieren, von ächt heraldischen
Greifen, Löwen und Adlern zerfleischt, oder unten im Ab= 5
grunde an vielästige Stammbäume als ihre eigenen Schild=
halter aufgehängt, wo die blutsaugenden Reichen und Wuche=
rer mit schweren Geldsäcken am Halse in bodenlosen Schlamm
tiefer und tiefer versanken und vergebens den armen Lazarus,
den gemeinen Arbeiter, der sich drüben aus seinen Lumpen 10
erhob, anflehten, daß er ihnen das Centnergewicht ihres Geld=
sackes abnehmen möge. Zur Rechten des ewigen Richters
aber strahlte warmes Sonnenlicht vom blauen Himmel
nieder; im Hintergrunde sah man die gebrochenen Burgen
und die rauchenden Schlösser der Tyrannen, überwölbt vom 15
Regenbogen des ewigen Weltfriedens; Kinder warfen die
Mordwaffen des Krieges hinüber in den Abgrund und
zerrissen die Urkunden historischer Rechte und Unrechte, daß
sie in den Lüften zerflatterten; der Bauer im Kittel, der
Handwerker mit dem Schurzfell schwebten aufwärts, halb= 20
nackte Bettler und Fürsten, die ihre Krone bei Zeiten in die
Tasche gesteckt hatten, daß sie nur noch ein klein wenig her=
vorsah, umarmten sich brüderlich, die Herolde der Nationen
legten ihre Fahnen vor einander nieder zum Zeichen der
Völkerbrüderschaft und des allgemeinen Weltbürgerthums, 25
und dem aufsteigenden Zuge der Befreiten voran wallten die
Märtyrer der Freiheit, Brutus, Huß, Rienzi, die Gracchen,
Wullenweber, Savonarola und viele Andere mit dem Bürger=
kranze von Eichenlaub gekrönt und die Palmen des Friedens
und der Verklärung in den Händen. 30

Immer klarer in Form und Aufbau, immer glühender in

der Farbe trat das ungeheure Bild vor die Seele des Ge=
fangenen, daß er die Gestalten im Kerkerdunkel mit Händen
greifen konnte, und manchmal lief es ihm kalt den Rücken
herab, so sehr erschrak er vor dem fürchterlichen Gesicht des
rächenden und sühnenden Gottes der Freiheit, und er fuhr
wohl gar zusammen, weil er schon den ersten Schall der Po=
saune zu hören glaubte und es war doch nur das Knarren
des Schlüssels und der Angeln, wenn der Wärter die Thüre
seines Gefängnisses öffnete.   Und dann blieb Alles wieder
stille wie im Grab.

   Aber draußen, jenseit des Kerkers war es derweil nicht
stille geblieben.   Das Jahr neunundachtzig war gekommen,
ein Stufenjahr der Weltgeschichte; — im Sturm flogen die
Ereignisse; — jene blutigen Würgengel der Revolution,
welche der Gefangene im Traumgesichte seines Bildes sah,
schmetterten in Frankreich wirklich in die Posaunen und ganz
Europa fuhr aus dem Schlummer empor: — nur der arme
Maler des jüngsten Gerichtes der Freiheit blieb im Kerkerschlaf
gebannt, er ahnte nicht, daß die Völker jetzt schon mit leib=
lichem Auge schauten, was er blos dem Auge des Geistes als
eine ferne Weissagung vorzudichten gewagt.

   Gar oft sprachen die Freunde in Mainz bei den unge=
ahnten und erschütternden Botschaften, die jeder neue Tag
brachte: was würde Guillemain dazu sagen, wenn er's hörte!
wie würde er aufjauchzen! wie würde er uns triumphirend
zurufen: habe ich nicht Recht gehabt, kommt nicht Alles wie
ich's prophezeite?

   Allein für Guillemain schlich eine Stunde so öde und
langsam dahin wie die andere, das Jahr neunundachtzig war
ihm ein ganz gemeines Jahr von dreihundertfünfundsechzig
Tagen, und die Zeit däuchte ihm so unergründlich still, als

sei das tausendjährige Reich des allgemeinen Weltfriedens
bereits angebrochen mit seiner ganzen unergründlichen Lan=
genweile.

Zweites Kapitel.

Kurz vor Weihnachten 1792 erhielt Guillemain uner=
wartet seine Freiheit; die Untersuchung wegen der Mitver=
schworenen wurde niedergeschlagen, und für die fünfjährige
Haft konnte er sich als eine gnädige Strafe seiner Umtriebe
bedanken. Im Grunde aber ließ man ihn aus politischen
Rücksichten frei, wie man ihn aus politischen Rücksichten so
lange festgehalten hätte, und befahl ihm auch zum Ueberflusse
noch, binnen vierundzwanzig Stunden das Land zu räumen;
Guillemain wäre schon von selbst gegangen.

Ja er ging nicht, sondern er lief zum Lande hinaus, ob=
gleich es ihm sauer ward und schwindelte vor der frischen
Luft und der ungewohnten Bewegung. Aber die Stadt, die
Häuser waren ihm zu enge, er wollte wieder einmal ein recht
großes Stück Himmel sehen und Wald und Feld, Berg und
Fluß; nur in Gottes freier Natur konnte er sich ja wieder
ganz als ein freier Mann fühlen. Leider trugen seine Beine
diesen Freiheitsrausch nicht lange, sie mußten erst wieder gehen
lernen, und der arme Guillemain kam vom Laufen bald ins
Schleichen und hinkte recht erbärmlich und doch überselig die
menschenleere Landstraße entlang und wußte gar nicht recht,
wohin er eigentlich hinke; er hinkte nur so im Allgemeinen
in die Freiheit hinein.

Am Waldessaume stieß ein fein frisirtes Männlein zu ihm
und blickte ihn staunend und lächelnd an; denn Guillemain
sah in der That gar seltsam aus. In den fünf Jahren war

keine Scheere über sein Haar, kein Messer über seinen Bart
gekommen, und die langen Locken flutheten wild auf Brust
und Schulter herab, und da sein Rock zudem etwas verschabt
und sein Gang so jammervoll war, so konnte er wohl für
5 einen Strolmer vom ächtesten Schlage gelten.

„Schönes Wetter!" rief ihm der Andere zu, „und schöne
Haare tragt Ihr, wunderschöne Haare," und prüfte sie mit
Kennerblick. „Vor einem Jahre noch hätte ich Euch sechs
Batzen für Euer Haar geboten, aber jetzt sind schlechte Zeiten;
10 die Leute fürchten sich fast, Zopf und Perücke zu tragen, und
seit in Paris die Köpfe so wohlfeil geworden, gehen die Men-
schenhaare im Preis herunter wie die Assignaten."

Der fein frisirte Mann war augenscheinlich ein Perückenmacher. Guillemain sah ihn fragend an und sprach: „Also
15 kommen die Zöpfe aus der Mode?"

„Freilich! und auch der Puder. Seit die Ohnehosen in
Mainz hausen, beginnt die Unnatur des ungepuderten Kopfes
sogar auf dem rechten Rheinufer erschreckend um sich zu
greifen."

20 Guillemain staunte wie ein Kind über alle die unver-
ständlichen Worte — Ohnehosen, — wohlfeile Köpfe, — Assignaten. „Die Ohnehosen?" fragte er, „was sind das für
Leute?"

Jetzt sah ihn der Perückenmacher an, als verstehe er ihn
25 nicht. „Nun, die Sansculotten, wenn Ihr's auf deutsch
hören wollt; — die Franzosen meine ich, die freien Neufranken; denn Alles hat jetzt neue Namen."

„Wie!" rief Guillemain erschrocken, „die Franzosen in
Mainz?"

30 Nun kam aber die Reihe zu erschrecken auch an den Perückenmacher. „Das wißt Ihr nicht?" fragte er mit ver-

dächtigem Seitenblicke auf das wilde Gesicht und den star=
renden Blick des Fragers. „Man meint, Ihr seiet von
Gestern!" und er begann allgemach seinen Schritt zu be=
schleunigen.

Aber Guillemain hielt ihn am Rockzipfel. „Nicht von
Gestern, Freund; ich bin von fünf Jahren her. Aber erzählt
mir doch! Also führt der König von Frankreich Krieg mit
dem Reiche?"

„Der König von Frankreich? Nein! Der ist ja längst
unter Vormundschaft gestellt."

„Ist er wahnsinnig geworden?"

„Nein! Aber sein Volk ist wahnsinnig geworden; darum
läßt es sich die Haare wachsen ungepudert und steckt seinen
König ins Gefängniß und hält Gericht über ihn, und man
sagt, der König könne bald um einen Kopf kürzer werden, wie
so viele Andere."

Guillemain ließ den Rockzipfel des Perückenmachers los
und hob die Hände empor wie zum Gebet. „Also ist das
jüngste Gericht der Völkerfreiheit wirklich angebrochen! Es
war kein bloßer Traum, den ich in Gedanken malte. Wie
Sterbende fernen Freunden erscheinen in der Sterbestunde, so
erschien mir der richtende Gott der Tyrannen in der Stunde,
da er wirklich seinen Stuhl bestieg!"

„Pfui Teufel, Ihr seid auch so ein Jakobiner!" platzte
der Perückenmacher heraus, erschrak aber sogleich über sein
eigenes Wort und fügte begütigend hinzu: „Doch sage ich
immer; die Jakobiner sind großentheils besser als man sie
malt; Marat zwar trägt seine Haare wild und struppig um
den Kopf, aber Danton hat doch wenigstens noch eine Phan=
tasie=Locke über jedem Ohre behalten und Robespierre läßt sich
zierlich frisiren und schmückt sich sogar mit einem kleinen

Haarbeutel. Ich sage immer, Robespierre ist ein feiner Mann und er meint es ernst mit dem Volkswohle. Ihr solltet Euch doch auch wenigstens die zwei Locken Dantons über die Ohren ringeln lassen."

Diese Worte aber verhallten ungehört; denn Guillemain stürmte athemlos mit Fragen auf den Perückenmacher. Er sollte geschwind erzählen, wie das Alles gekommen sei in Frankreich und wie es in Deutschland stehe und ob es noch einen römischen Kaiser gebe und Kurfürsten und Herren und Diener überhaupt, und ob der Papst noch in Rom sitze und hundert ähnliche Kleinigkeiten mehr.

Der Perückenmacher erwiderte: „Beantwortet mir doch erst eine einzige Frage gegen so viele: wie kommt es, daß Ihr allein nicht wisset, was alle Welt weiß?"

„Das ist bald gesagt. Ich habe fünf Jahre im Zucht= haus gesessen und komme eben geraden Weges aus dem ver= wünschten Loche."

„Entschuldiget: ich muß jetzt seitab gehen; dadrüben ist eine Holzversteigerung," rief der Perückenmacher und lief was er laufen konnte quer in den Wald hinein. Er hatte bisher nur geglaubt, dem Manne rappele es ein wenig im Kopfe, jetzt sah er einen Verbrecher vor sich, einen Räuber, einen Mörder.

Allein Guillemain sprang ihm nach, würde ihn jedoch schwerlich eingeholt haben, wenn der Flüchtling nicht mit seiner Frisur, wie Absalon, an einem hochwüchsigen Wach= holderbusche hängen geblieben wäre.

„Ich bin kein Räuber," sprach Guillemain und packte den zitternden Haarkräusler fest beim Arme, „nehmt meine Uhr, nehmt meine Börse als Pfand, daß ich Euch nicht ausplün= dern will. Aber Ihr müßt mit mir gehn und mir erzählen.

Ein Anderer würde sich an edlem Weine erquickt haben nach fünfjähriger Qual und Entbehrung: Eure Worte sind mir ein erquickender, berauschender Wein; ich will erzählt haben wie die Welt sich verjüngt hat, o erzählt, erzählet nur!"

„Der Mann ist wirklich kein Räuber," dachte der Andere jetzt, „er ist zu verrückt für eine so solide Profession." Und also folgte er ihm und erzählte was er nur wußte, bunt durcheinander wie Kraut und Rüben: von den Septembermorden und von Freiheit und Gleichheit, vom Staatsbankerott und „Krieg den Palästen, Friede den Hütten," von Emigranten und Nationalkokarden, vom Veto und den Menschenrechten, von den Klubbisten und dem Herzog von Braunschweig, und warf die Notabeln, das Parlament, die Nationalversammlung, den Convent und den Municipalrath in grausamem Wirrsal durcheinander. Und während er so berichtete, warum der König sitze und warum so viele Andere gesessen hätten und geköpft worden seien, wollte er zwischenburch immer wieder erforschen, warum denn nun eigentlich sein Begleiter gesessen habe; dieser aber schnitt ihm jede Abschweifung vom Grundtext sofort am Munde ab und trieb ihn zur Revolution zurück, und als sie endlich im nächsten Dorfe sich trennten, da war dem Perückenmacher der Athem und der Redestoff vollständig ausgegangen, was ihm außerdem nie in seinem Leben begegnet sein soll.

Unserm Freund Guillemain aber brauste der Wein, den ihm der Perückenmacher eingeschenkt, dergestalt im Kopfe, daß er nothwendig ins Wirthshaus gehen und eine wirkliche Flasche darauf setzen mußte, um Feuer durch Feuer zu bändigen. Es war die wonnigste Stunde seines Lebens, seine ganze Seele Jubel und Jauchzen; er hätte den Hausknecht und die Kellnerin umarmen mögen, da gerade kein anderer

Mensch im Zimmer war; allein die letzten fünf Jahre hatten ihm Verschlossenheit und Zurückhaltung gelehrt.

Es brauchte lange Zeit, bis er seine Gedanken von Frankreich, Europa und der Menschheit wieder auf sich selbst zurücklenkte und sich fragte, wohin denn nun eigentlich sein Weg gerichtet sei? Er beschloß sofort nach Mainz zu gehen und später nach Paris, wobei er freilich geradeaus wieder umkehren mußte, denn er war bisher nur seiner Nase nach gelaufen und zufällig in die ganz entgegengesetzte Richtung gerathen. Allein wer so lange gesessen hat, dem schaden ein paar Stunden Umweg nichts.

Also brach er auf nach der befreiten Vaterstadt.

Wie ein Träumender zog er seine Straße und was er anfangs von den Welthändeln weiter vernahm, das steigerte nur den Taumel seines Geistes. Allein nichts macht auch allmählich gedankenklarer als ein strenger Fußmarsch in schneidender Dezemberluft. Je mehr Guillemain Mainz sich näherte, um so schärfer durchdachte er alle Nachrichten. Da stiegen ihm denn manche trübe Zweifel auf. In Paris ging es doch recht polnisch zu, am Rhein entbrannte ein Krieg von sehr ungewissem Ausgang, und im übrigen Reiche war noch Alles beim Alten. Guillemain hatte sich das Gericht der Völkerfreiheit doch etwas anders gedacht.

Getheilt zwischen Begeisterung und Zweifeln kam er gegen Mainz. Da hörte er, die Franzosen ließen wohl Jeden hinein in die Stadt, um aber wieder herauszukommen, bedürfe es besonderen Ausweises, der nicht immer ertheilt werde. Seltsame Freiheit! Sie erinnerte ihn stark an sein Gefängniß, wo er auch so leicht hinein und so schwer wieder herausgekommen war. Er stutzte; und während er früher überall so ungestüm ins Zeug gerannt, wurde er jetzt auf einmal vorsichtig, weil er schon meinte, daß die Leute denn doch mit der Revolution etwas zu ungestüm ins Zeug gerannt seien.

In Hochheim rastete er darum vorläufig einen Tag und schickte einen Boten zur Stadt an den Doktor Kringel. Der kam alsbald heraus. Welches Wiedersehen! Der sonst so kritische Kringel weinte wie ein Kind; Guillemain schien etwas ruhiger, und doch wogte und tobte es in ihm, daß er kaum reden konnte. Seine erste Frage waren die Worte des alttestamentlichen Joseph, da er seine Brüder wiedersah: „Lebt mein Vater noch?"

„Er lebt!" erwiderte der Freund, etwas betroffen, daß man in solcher Zeit zuerst nach einem Vater fragen könne. „Er lebt und ist wohlauf, aber er lebt so insgeheim; wir Patrioten hingegen leben nur noch öffentlich. Wir sind frei! O mein Freund, hörst du das himmlische Wort? Wie Großes ist geschehen, seit wir auseinandergingen, — wie ganz erfüllte sich, was du einst vorhergesagt, — wie fehltest du uns, — wie oft sprachen wir: wenn du nur wiederkämest, wenn du nur nacherlebtest, was wir vorerlebt haben!"

„Nacherlebtest?" sagte Guillemain, — „vielleicht habe ich in meinem Kerker mehr vorerlebt, als ihr jemals nacherleben werdet. Es ist auch gar nicht alles so gekommen, wie ich es gewünscht und gehofft. Doch das ficht mich nicht an, euch aus vollem Herzen zuzujubeln, und ich freue mich auf den Anblick eures freien Gemeinwesens wie ein Kind auf Weihnachten."

Der Doktor fand diese Worte etwas kühl. Allein um so rascher mußte man Guillemain in den vollen Strom hinein schleudern. Also mahnte er zum augenblicklichen Aufbruch nach Mainz.

Unterwegs hätten sich Beide in aller Freundschaft beinahe die größten Grobheiten gesagt und zwar über einen französischen Vorposten, dem sie begegneten. Kringel, der sich fortwährend einen Patrioten nannte, forderte von dem Freund, er solle sich freuen, daß er jetzt die ersten Franzosen auf Reichsboden sehe. Guillemain sagte: „Im Gegentheil, ich bin so frei, mich darüber zu schämen." Der Doktor schwieg. Nach einer Weile deutete er auf die starken Schanzarbeiten, zu welchen die Bauern der Umgegend von den Franzosen gezwungen wurden und sprach: „Die Deutschen drohen zwar, Mainz zurück zu erobern; aber wir Patrioten sind wohlgerüstet und fürchten den Feind nicht."

„Das ist eine neue Welt!" rief Guillemain. „Was für ein Patriot bist du denn eigentlich, wenn du die Deutschen Feinde nennst?"

„Ich bin ein Patriot im Lande der Freiheit, und alle Knechte sind unsere Feinde."

Guillemain erwiderte: „Da ist nun die Sache wieder etwas anders gekommen, als ich gehofft hatte. Kann man die Bürger frei machen, indem man die Völker unterjocht? Die Franzosen werfen uns die Freiheit an den Kopf unter Sengen und Morden, ganz wie die alten Despoten die Knechtschaft. Ich dachte, freie Völker sollten sich nur im Frieden verbünden und nach freier Wahl. Mit dem Erobern hört ja die Freiheit von selber auf."

„Das verstehst du nicht," unterbrach ihn Kringel. „Zuerst muß der Schrecken der Freiheit kommen, dann kommt der Weltfriede. Urtheile überhaupt nicht zu vorschnell. Du siehst eine fertige neue Zeit, wir erlebten die Geschichte, wie sie erwuchs, und eben diese Geschichte, die du im Kerker verschlafen, hat selbst mich, anfangs den nüchternsten

Gegner des Völkersturmes, widerstandslos mit sich fort=
gerissen."

Guillemain dagegen meinte: umgekehrt! er sei Schritt für
Schritt durch alle Stufen des großen und kleinen Märtyr=
thums zum wahren Jünger der Freiheit durchgedrungen,
darum urtheile er jetzt besonnen, Kringel hingegen vorschnell,
denn dieser sei plötzlich kopfüber in ein neues Leben hineinge=
stürzt und folglich fanatisch, wie alle Convertiten.

Hiemit war das erste Scheltwort gefallen, und bald
flogen die beleidigenden Trümpfe herüber und hinüber, wie
wenn sich zwei Knaben mit Schneeballen werfen, aber die
Ballen waren in Eiswasser gehärtet und mitunter auch
Steine darin.

Zum Glück kamen die Freunde gerade an die Rheinbrücke,
als der Zwist zum offenen Bruche umzuschlagen drohte. Der
Anblick der Vaterstadt, wie sie im Abendlicht so königlich stolz
an dem großen Strome sich erhob, griff dem heimkehrenden
Verbannten so mächtig ans Herz, daß er kein Ohr mehr für
die bösen Worte behielt und dem Freunde statt aller weiteren
Gegenrede schweigend die Hand drückte. Der Doktor aber
verstand, was in der Seele des Andern vorging, und als sie
über die Brücke schritten, waren sie wieder versöhnte Leute:
das natürliche Heimweh hatte ihren spitzigen Widerstreit über
den Patriotismus gelöst, das dunkle Gefühl die klaren Ge=
danken verschlungen.

Guillemain wollte sofort in das Haus seines Vaters, doch
Kringel hielt ihn zurück. Nur eine Stunde möge er vorher
der heiligen Sache der Freiheit widmen. Der Klubb der
Freiheitsfreunde war eben jetzt versammelt. Es mußte höchst
dramatisch wirken, wenn Guillemain so wie er ging und stand
mit den langen ungekämmten Haaren, bestaubten, abgetrage=

nen Kleidern, todtmüde und doch aufs heftigste erregt, in die
Versammlung geführt wurde, ein Opfer politischer Verfol-
gung, wie es eben ganz frisch aus dem Kerker kam.

Der Wiedererstandene wollte sich vorher wenigstens käm-
men und bürsten. Kringel widersprach. „Meinetwegen,"
sagte Guillemain, „ich bin noch immer Künstler genug, um zu
wissen, daß Schmutz und Unordnung meist malerischer sitzt, als
eine saubere Toilette."

„Lieber Freund!" rief Kringel heftig, „aufs Malerische
kommt es gar nicht an, wozu überhaupt jetzt noch die Malerei? Aber republikanischer siehst du aus ungekämmt und
ungebürstet, dazu auch etwas märtyrerhafter. Nur eines
Schmuckes bedarfst du noch, der jeden andern aufwiegt, —
der blauweißrothen Kokarde, des Wahrzeichens der Freiheit."

Kringel trug ein ungeheuer großes Exemplar dieses
Wahrzeichens an seinem Hute.

„Ich bin ein Freiheitskämpfer," erwiderte Guillemain,
„also will ich auch mit Stolz die Kokarde tragen, nur bitte ich
um ein kleineres Format als das deinige."

„Das darfst du nicht!" fuhr Kringel dazwischen. „Die
heimlichen Royalisten tragen kleine Kokarden: du würdest
verdächtig erscheinen."

„Verdächtig!" wiederholte Guillemain mit tief ironischem
Nachdruck. „Das Wort ist ja vorrevolutionär, und ich
glaubte die entflohenen Despoten hätten es unter ihrem
andern Plunder mitgenommen. Aber ich bin kein heimlicher
Royalist, also hinweg mit der kleinen Kokarde: ich will eine
recht große, doppelt so groß wie die deinige."

„Das sähe aus wie Spott und Hohn," rief Kringel,
„und die Franzosen im Klubb würden dir's besonders übel
vermerken, sie sind verzweifelt empfindlich für das Lächerliche."

„Aber was gehen mich die Franzosen an!" entgegnete Jener. „Ich will die Freiheit haben, frei zu wählen. Quälst du mich doch mit deiner republikanischen Etikette, als ob wir zu Hofe gehen wollten! Doch das sind Spielereien, mir ist die Sache heilig und jede Kokarde recht. Nenne mir lieber jetzt noch die Haupthelden eures Klubbs, bevor wir hingehen."

Der Doktor nannte Georg Forster — „er war doch nur erst als ein Dilettant von einem Weltumsegler bekannt," bemerkte Guillemain, „zur Zeit, da ich schon als ein fachgemäßer Weltverbesserer gestritten und gelitten hatte" — Hofmann und Böhmer — „zwei unbedeutende Schulmeister, die sind also jetzt Meister des Volkes geworden!" — Dorsch — „der Pfaffe?" fragte Guillemain. „Er war ein Priester," entgegnete Kringel, „allein er hat den Aberglauben abgeschworen und ein Weib genommen." „Das war etwas vorschnell," fiel Guillemain ein. „Auch Luther wäre klüger gewesen, wenn er seine Käthe nicht gar zu geschwind geheirathet hätte. Ehrlich gestanden, mir gefällt es nicht, daß ich fort und fort nur neue Namen höre, die über Nacht wie Pilze aufschießen, in Mainz wie in Paris. Es ist unerträglich, sich überall von Helden umringt zu sehen, die seit ein paar Monaten erst aus dem Ei geschlüpft sind."

Es schien in der That fast, als hätten die beiden Freunde in den fünf Jahren ihre Seelen ausgewechselt, und Kringel sei Guillemain geworden und Guillemain Kringel. Und doch waren sie die Gleichen geblieben, nur daß Kringel die Revolution schrittweise miterlebt hatte und Guillemain dieselbe mit einemmal fix und fertig aus dem Boden gewachsen fand. Der schwärmerische Maler prüfte und verneinte, weil alle Welt ihm mit einer unerhörten Schwärmerei unheimlich

fremdartig gegenübertrat; der nüchterne Arzt dagegen schwärmte,
weil die Schwärmerei ja ganz unvermerkt Mode geworden
war.

Nach den letzten Ausrufen seines wiedergefundenen
5 Freundes aber bereute er beinahe, daß er ihn so unvorbereitet
hatte in den Klubb führen wollen. Doch da war jetzt nichts
mehr zu ändern; sie gingen hin; Guillemain befangen in
zweifelnder Erwartung, Kringel nicht minder befangen in
heimlicher Furcht.

10 Allein diese Furcht schien grundlos gewesen zu sein. Der
weiland verfolgte, jetzt wie vom Tode erstandene Maler wurde
von den versammelten Freiheitsfreunden mit wahrhaft brüderlichem Willkomm begrüßt, und obgleich es ihn anfangs sicht-
lich belästigte, daneben wie ein Wunderthier angestaunt zu
15 werden, so schien er doch bald heimisch in dem Kreise. Uebrigens befremdete es ihn, hier überhaupt nur wenig alte Bekannte, dagegen viele neue Leute zu finden, ein buntes Ge-
misch von Deutschen und Franzosen.

Kringel athmete wieder auf; denn Guillemain benahm
20 sich ja ganz gut. Und doch war es dem Doktor immer, als
müsse es heute Abend noch einen rechten Scandal geben;
darum hütete er den Freund wie ein kleines Kind und wachte
über jedem seiner Worte. Doch Guillemain schien nur zu
beobachten; sein glühendes Auge folgte gespannt den Red-
25 nern, aber kein Zeichen von Beifall oder Mißfallen spielte
um seine Lippen; sein Benehmen im Gespräch zeigte durchaus
den bescheidenen Gast, der achtsam zuhört und theilnehmend
eingeht auf fremden Meinungstausch, ohne die eigene Ansicht
irgend vordringlich geltend zu machen.

30 Da kamen Guillemains Nachbarn in vertraulichem Ge-
plauder auf einen Gegenstand, welcher ihn sichtbar zu packen

schien; man sah, er zitterte, er spannte darauf einzuspringen mit schlagendem Worte so recht von innen heraus. Kringel erschrak; — „sollen wir jetzt nicht nach Hause gehen zu deinem Vater?" flüsterte er ihm ins Ohr.

„Jetzt nicht! Widmen wir der Freiheit noch eine Stunde!"

Die Leute redeten von der Constituirung des linken Rheinlandes als einer neuen Provinz der Freiheit und vom freiwilligen Anschluß derselben an das große Mutterland Frankreich. Guillemain aber merkte bald, daß hierüber unter den Freiheitsfreunden selber eine heftige Parteiung bestand und daß zudem die meisten Mainzer Bürger nicht recht anbeißen wollten, ihre eigene Stadt dem Reichsfeind auf dem Präsentirteller anzubieten.

„Man muß sie in ihr Glück hinein ängstigen," sagte halblaut ein Klubbist; „man muß sie mit verbundenen Augen aus dem Feuer führen," fuhr ein Anderer fort.

„Wie die Ochsen, wenn der Stall brennt," vollendete Guillemain trocken und mit erhobener Stimme. „Gerade so sprachen vordem auch die alten Fürsten."

Alle horchten auf und staunten. Das war eine fremde Tonart.

Kringel aber flüsterte dem Freunde zu, um das Gespräch wieder etwas enger und persönlicher zu machen: „Hast du nicht selbst gar oft gesagt, wie es besser werde in der miserabeln Welt, das sei dir ganz gleich, wenn es nur besser werde?"

„Habe ich das gesagt," rief Guillemain, der schon nicht mehr zu halten war, „so habe ich eine Dummheit gesagt, wofür ich jetzt täglich neue aufklärende Ohrfeigen bekomme."

Und alsbald war er mitten im heißesten Wortgefechte mit den Andern und verwies ihnen ihr gewaltsames, undeutsches

Vorgehen. Man widerlegte und überschrie ihn, verspottete ihn, warnte und drohte. — Alles vergebens. — Die Schleusen waren durchbrochen und Guillemain ergoß jetzt im vollen Strome alle den Tadel über die Sünden und Schwächen der Revolution, der sich seit dem Gang mit dem Perückenmacher in seinem Geiste angesammelt hatte.

Umsonst rief Kringel entschuldigend dazwischen: „Der Mann hat so lange im Dunkel gesessen, daß ihm jetzt die Augen thränen beim Sonnenglanze der Freiheit!" und dann wieder: „er kennt die Verkettung der Thatsachen nicht, er hat ja fünf Jahre verschlafen, die ein Jahrhundert aufwiegen!" Guillemain ließ sich nicht irren, und die Andern fielen immer wüthender aus gegen den seltsamen Märtyrer, der aus lauter Freiheitsidealismus zum besten Anwalte der Reaktion wurde.

Als aber immer wuchtigere Drohworte hereinplatzten, und andererseits Einige den überkühnen Sprecher freundschaftlichst an die Gefahr mahnten, der er sich preisgebe, da war Guillemains Zorn gar nicht mehr zu bändigen. Wie ein Donner im Sturm dröhnte seine Stimme in den Tumult hinein: „Ich fürchte keine Gefahr, und die neuen Gewaltsherren schrecken mich so wenig als die alten! Darum erkläre ich: hier, wie in Paris, herrscht eine kleine Minderzahl kraft des Schreckens, mit welchem sie die Bürger bannt, nicht kraft des Volkswillens, hier, wie in Paris — — —"

Die weiteren Worte wurden verschlungen von dem Sturme des Unwillens, der jetzt den Donner der einzelnen Stimme völlig überbrauste. Allein Widerspruch steigert den Widerspruch, und der tosende Lärm wirkte auf den zornglühenden Redner wie Trommelschlag auf einen Soldaten, er entflammte das ächte Schlachtenfieber. Als darum der Lärm endlich so weit nachließ, daß man schreiend sein eigenes Wort wieder verstehen konnte, sprach Guillemain:

„Man hat mir erzählt, es liegen in dieser Stadt zwei Bücher auf, ein rothes und ein schwarzes" — der Redner machte eine Pause, und die ganze Versammlung ward still und lauschte —; „in das rothe Buch schreiben sich die Anhänger der neuen Ordnung, in das schwarze sollen sich die Gegner derselben einzeichnen. Viele Namen stehen bereits, so sagt man, in dem rothen Buche, kein einziger in dem schwarzen. Aber viele müßten sich nach ihres Herzens Meinung wohl in das schwarze Buch schreiben, so sagt man, doch Keiner wagt es. Nun höret! Ich habe vor Jahren als der Erste in Mainz gewagt, für die Freiheit der Bürger die Freiheit meiner Person einzusetzen. So wage ich denn auch heute das Gleiche, ja ich wage sogar meinen Kopf für diese Freiheit: ich schreibe meinen Namen als der Erste in das schwarze Buch! Und wenn ihr mir entgegnet: durch das schwarze Buch sprichst du zugleich den Wunsch nach Rückführung der alten Zustände aus, so antworte ich als freier Mann: die alten Zustände waren herzlich schlecht, aber die neuen sind noch viel schlechter."

Guillemain schwieg; aber auch die Anderen schwiegen. Durch starres Schweigen spricht der höchste Unwille wie der höchste Beifall; nur hier und da vernahm man ein halblautes „Pfui!" Aber Doktor Kringel, der treue wenn auch allezeit gegnerische Freund erkannte, daß Guillemain jetzt wirklich in persönlicher Gefahr schwebe; denn mit Custine und seinen Franzosen war nicht zu spaßen. Darum ergriff er den Freund, der nur vom Platze aus gesprochen, am Kragen und riß ihn auf die Rednerbühne.

„Sehet hier," rief er auf französisch, „das Opfer der

Tyrannei! Fünf Jahre einsamen Kerkers haben den sonst so
klaren Geist verwirrt, daß er wie im Wahnsinn redet, ja er
ist ein Wahnsinniger! Der von Folterqualen gebrochene
Körper eines solchen Opfers würde schon euer Mitleid erregen
und euern tiefsten Grimm gegen seine Peiniger: wie viel
tieferes Mitleid weckt uns aber dieser von Folterqualen gebrochene und verwirrte Geist! Bürger! Sprecht euer Mitleid
aus für meinen unglücklichen Freund in einem Fluch auf
seine Kerkermeister und Folterknechte!"

Die theatralische Scene wirkte. Guillemain mit dem wild
flatternden Haare, dem tobtenbleichen Gesicht, den rollenden
Augen, den gekrampften Händen sah in der That einem
Wahnsinnigen ähnlich genug und sein vergeblicher Protest,
daß nicht er verrückt sei, sondern höchstens sein mitleidiger
Freund, der ihn für verrückt erkläre, steigerte noch die natur-
wahre Täuschung des Eindruckes. Die anwesenden Franzosen
zumal glaubten, der Mann sei wirklich wahnsinnig; denn der
deutschen Sprache nur halb mächtig hatten sie die genügend
klaren Reden Guillemains ohnedies nicht recht begriffen;
desto überzeugenderen Eindruck machte ihnen die Gruppe auf
der Rednerbühne und die französischen Worte des Arztes.
Die Deutschen dagegen waren froh, daß man den Unruhe-
stifter mit so guter Manier für ihn und Andere unschädlich
gemacht, sie umringten ihn und halfen dem Arzte, seinen zur
Unzeit wieder erstandenen Freund endlich mit heiler Haut
aus dem Saale zu bringen.

Draußen überhäuften sich die Beiden noch eine Weile mit
Vorwürfen: Kringel den Guillemain, weil er ihn so schänd-
lich bloßgestellt, Guillemain den Kringel, weil er ihn öffentlich für verrückt erklärt habe.

Die Stille der kalten klaren Nacht mit ihrem wie zum

ewigen Frieden leuchtenden Sternenhimmel brachte Guillemain wieder zu ruhigeren Sinnen. Er schwieg und sammelte
sich aufs Wiedersehen seines Vaters; der Arzt aber ließ ihn
nicht eher los als bis sich die Thüre des elterlichen Hauses geöff-
net hatte und stand noch eine Weile Schildwacht auf der Gasse; 5
denn er fürchtete immer, sein Freund möge wieder in den
Saal zurücklaufen und sich als nicht wahnsinnig ausweisen.

Der alte Guillemain erschrak, indem er den verwilderten
Mann mit der großen Kokarde ins Zimmer treten sah; denn
als ein schweigender Gegner der Revolution fürchtete er schon 10
lange mißhandelt oder aufgehoben zu werden. Als er aber
in der verdächtigen Gestalt den Sohn erkannte, vergaß er
alles Herzeleid, das er seinetwegen ausgestanden, und allen
Widerwillen gegen die dreifarbige Kokarde und fiel ihm um
den Hals und weinte und hatte nur noch ein Herz für den 15
wiedergefundenen Sohn.

Wie innig wohl that es Joseph, daß er nach so vielen
Jahren zum erstenmale wieder rein menschlich von einer mit-
fühlenden Menschenseele, vom Vater, den er so tief betrübt,
sich angesprochen fühlte. Er hatte dieses Wiedersehen oft gar 20
rührend sich ausgemalt und vorgeträumt; aber auch hier war
die Erfüllung ganz anders als das Phantasiebild der Hoffnung: der selige Augenblick war unendlich rührender und
schöner als er ihn je hatte vorempfinden können, und der altmodisch gesinnte Vater fragte ihn gar nicht, wie er denn schon 25
so geschwind zu der großen Kokarde gekommen und ob er auch
gleich wieder ein Revolutionär neuen Styles geworden sei?
Er sprach bis tief in die Nacht hinein als der Vater mit
seinem Kinde und ließ es sich nicht einmal merken, wie schweren
Kummer ihm dieses Kind gemacht.   30

Am andern Morgen griff Joseph Guillemain vor allen

Dingen zum Rasiermesser und ließ sich das Haar schneiden und einen Zopf flechten. Er sagte: „Man hat mir verwehrt, meinen Namen in das schwarze Buch zu schreiben, so will ich denn in anderer Form öffentlich Zeugniß geben von meinem ungebrochenen Freiheitsmuthe. Als alle Welt Zöpfe trug, schnitt ich den meinigen ab; jetzt, wo die Zöpfe verpönt und mißachtet sind, kehre ich wieder zum Zopfe zurück. Der rechte Freiheitsmann handelt und duldet immer mit der Minderheit; denn bei der großen triumphirenden Masse ist und war die Freiheit niemals."

Da man nun aber Herrn Guillemain über Nacht wohlfrisirt und mit einem Zopfe erscheinen sah, so gewann der Glaube, daß er verrückt geworden, auch unter den Deutschen in Mainz bedeutend an Festigkeit. In der That jedoch bekundete der Mann mit dem Zopfe seinen klaren Verstand vor Andern darin, daß er seine eigene Ohnmacht angesichts des Weltsturmes bald genug begriff, sich grollend in sich selbst zurückzog und Mainz zur rechten Stunde verließ, um erst wiederzukommen, als die Deutschen die Stadt zurückerobert hatten.

Trotz aller Wechsel der Mode und der Politik trug er fortan seinen Zopf, nicht als den Zopf des Rückschrittes, sondern als den Zopf des Eigensinns. Unzufrieden mit jedem bestehenden Zustande, hegte und veredelte er zwar getreulich sein Ideal einer besseren Zeit, allein niemals gelang es ihm dasselbe der gegebenen Weltlage anzupassen; es fehlten ihm eben fünf Jahre erlebter Geschichte, in welchen der Schlüssel für die ganze nächste Zukunft lag. Er kehrte zurück zum Epigramm, womit er begonnen; er blieb ein politischer Kopf und obendrein ein Republikaner, aber er hatte kein Herz mehr für die thatsächliche Politik.

So blieb er auch in Gedanken ein Maler, aber er malte nicht mehr. Er redete oft von seinem neuesten Carton, dem Völkergerichte der Freiheit, doch nie entschloß er sich auch nur das Papier zum ersten Entwurf über den Holzrahmen ziehen zu lassen.

Wie aber die erste Periode seines Lebens durch den unvollendeten Tod des Cäsar bezeichnet war, und die zweite durch das niemals begonnene jüngste Gericht, so hatte auch die dritte ihr neues symbolisches Kunstwerk gefunden. Er sprach nämlich viel von einem philosophisch-politischen Roman, mit welchem er sich trage. Eine Schaar der wüthendsten Jakobiner, die beim Sturze der Schreckensherrschaft der Guillotine entrann, war nach Cayenne verbannt worden. Dorthin kommt nachgehends auch eine Anzahl später geächteter Royalisten. Zwei der entschiedensten Charaktere aus diesen beiden Lagern begegnen sich in der mörderischen Fieber-Einöde, wo sie gemeinsam leben und arbeiten müssen. Der Jakobiner erfährt von dem Todfeinde, wie trotz des Sturzes seiner Gegner, den er gehofft und geweissagt, dennoch die rothe Republik nicht gesiegt hat; die Geschichte ist ihren eigenen Weg gegangen, weitab von der Linie, welche er ihr im Geiste gezeichnet. Der Royalist hofft noch und entwirft kühne Bilder vom Wiedererstehen des Königthums und lebt in giftigem Zwiste mit dem bereits stumpf entsagenden Jakobiner. Als aber nun die Botschaft auch zu dem fernen Lande hinüberbringt, daß Napoleon den Stuhl seiner Kaiser-Despotie auf die Trümmer der Republik gestellt habe, da erkennt auch er, wie alle Traumbilder von künftiger Gestaltung der Völker und Staaten eitel und unwahr sind, und er reicht dem Jakobiner die Hand als dem einzigen Wesen, welches sich mit ihm wenigstens bis aufs Blut zu zanken und also auch menschlich

mit ihm zu empfinden vermag, und Beide, die über der Politik vergessen hatten, daß sie Menschen waren, finden zuletzt
Versöhnung und Sühne in menschlich brüderlichem Gemein-
leben, ja sie einigen sich auch politisch wenigstens darin, daß
sie die ganze europäische Politik möglichst weit hinweg wünschen von dem Lande, wo der Pfeffer wächst; denn in diesem
Lande lebten sie ja selbander.

Es war der tragische Roman seines eigenen Lebens, den
Guillemain solchergestalt in fremder Scenerie sich auszudich-
ten unternahm.

Berühmter aber als durch dieses ungeschriebene Buch und
die ungemalten Bilder war und blieb er durch seinen wirklich
ausgeführten Zopf. Der wurde zum Sprüchwort in der
ganzen Umgegend. Und wenn die Leute so manchmal wahr-
nahmen, daß ein Altliberaler, von dem man gehofft, er werde
sich an die Spitze einer neuen Bewegung stellen, verstimmt in
sich selbst zurückkroch, weil Alles anders gekommen, als er's
erwartet hatte, dann achselzuckend und verneinend gegen die
neuen Volksführer auftrat und zuletzt gerade im Vollbewußt-
sein seines Freisinnes das Banner der alten Zeit ergriff —
so sagten sie: das ist der Zopf des Herrn Guillemain!

NOTES.

BOOKS REFERRED TO IN THE NOTES.

Eve's School German Grammar. *David Nutt.* The references are chiefly to the Syntax. (A second edition, revised and enlarged, has appeared since the following notes were set up in type. The numbering of the paragraphs in the Syntax of the first edition is however retained in brackets in the second.)

Aue's German Grammar. *W. and R. Chambers.*

Whitney's German Grammar. *Macmillan & Co.*

Whitney's Compendious German and English Dictionary, with Notation of Correspondences and Brief Etymologies. *Macmillan & Co.*

Among the works which have been consulted, in writing the notes, the following may be mentioned for the benefit of those who in the prosecution of more advanced studies may wish to make use of the best German sources :

The *Wörterbücher* of Grimm (complete down to N, except G, M and N, which are in course of completion), Sanders (full and complete ; definitions precise and clear, quotations abundant ; as to etymology and the historical development of the language, scanty and not trustworthy), Weigand (chiefly etymological), and Kluge (etymological only). The *Fremdwörterbücher* of Sanders and Heyse. Sachs' *Encyclopädisches deutsch-französisches Wörter-buch* (superior to any Germ.-Eng. Dict. yet published, and very useful to a student with a moderate knowledge of French). Lexer's *Mittelhochdeutsches Wörterbuch.* Schade's *Altdeutsches Wörterbuch.*

Becker: *Handbuch der deutschen Sprache.* Heyse: *Deutsche Schul-grammatik.* Gelbe: *Deutsche Sprachlehre.* Koch: *Deutsche Grammatik* (brief outline of historical grammar). Willmanns: *Deutsche Grammatik* (brief and chiefly elementary, but excellent). Vernaleken: *Deutsche Syntax.* Andresen: *Sprachgebrauch und Sprachrichtigkeit im Deutschen.*

NOTES.

Der ſtumme Rathsherr.

INTRODUCTION.

The growth of towns in Germany hardly dates earlier than the times of Henry the Fowler (919—936). He is regarded as the founder of the burgher class, which as it grew and flourished, furnished a powerful counterpoise to the hitherto crushing supremacy of the feudal nobility and the clergy. The towns grew up spontaneously, or were established by authority, for the most part around royal fortresses, the castles of the princes and great nobles, or powerful ecclesiastical foundations. They were divided from the first into imperial towns (Reichsſtätte), which stood immediately under the suzerainty of the German King and Roman Emperor, and Lantſtätte, whose direct allegiance was due to the sovereign prince (Lantesfürſt), ecclesiastical or secular, of the territory within which they lay. In towns of both these classes there were generally governors and magistrates with various titles (Burggraf, Schult‑ heiß, Vogt), in whom, as representatives of the king or other lord of the town, was vested the ultimate authority in military and civil affairs. The class of burghers, or citizens proper, who alone possessed political rights, comprised at first only the vassals and followers of the king and of the great nobles, together with the independent landed proprie‑ tors of knightly birth (Ritterbürtige),—the so-called Patricians (Patrizier), or "the families" (die Geſchlechter). Afterwards the most wealthy and powerful of the merchant class, which itself comprised many persons of noble birth, became closely allied with and ultimately a constituent part of this aristocratic or ruling order. The mass of the population, the industrial and labouring classes, had no share in the government of the towns, and for the most part did not even enjoy complete personal freedom. In most of the towns the municipal authorities contrived by means of contracts obtained through gifts, or by direct purchase, gradually to get into their own hands the powers exercised by the governors and magistrates appointed by the superior lord, and finally to do away with these functionaries altogether. The government of the towns thus passed over entirely into the hands of the aristocratic class, the Geſchlechter, from whom alone were chosen the town-council (Schöffenrath, Rath), at the head of which stood the Bürgermeiſter or mayor. But meanwhile the lower classes of citizens, the industrial population, had been increasing in prosperity and importance. They were divided, according to their callings, into guilds (Zünfte, Innungen, Gilten), which not only organized industrial production, but developed into compact associations for mutual protection and the representation of common interests. They also early attained a considerable military significance, the common citizens all receiving training for military service under the banner of their special guild and the command of their own guildmaster. Thus the guilds not only succeeded in course of time in winning for their members the full rights of citizens, with eligibility to some offices, but in not a few towns they reversed the old order of things, driving out the patricians and substituting for their aristocratic rule a democratic form of municipal government, which brought the chief power into their own hands. In many cases a time of reaction followed, and the patricians were reinstated. The final result, however, was most commonly a mixed constitution, assuring to the members of the guilds a participation in magisterial and executive functions, but still leaving the larger share in the town government to the patricians, who had been taught by experience to regard their position as a matter less of pure privilege and absolute right, than of public responsibility.

It may interest the reader to know that the original of Thasso, the „ſtumme Rathsherr," was a dog belonging to the author himself, who amused and plagued himself with his "education," and found in their common adventures the suggestion of the humorous element in the following story, and its "moral."

Erstes Kapitel.

Page 3.

Line 3. Hunte mitzubringen. mit, 'with,' is in German not only a preposition, but also an adverb and separable prefix. As such it may be regarded as equivalent to a prep. with its object understood, and is often used where we must supply an obj. with the English prep., or where, as only expressing what is sufficiently indicated by the context, or what is unessential, it may be left untranslated. The unexpressed obj. is often a personal or reflexive pronoun, easily supplied from the context; so here mitbringen = mit sich bringen, to bring [with one][1]; p. 14, 17, mitnehmen = mit sich nehmen, to take with him. Very often, however, it is quite general, and mit simply means, 'along with' [the] others, denoting participation or companionship, e.g. Waren Sie auch mit dabei? Were you there too? Haben Sie mitgetanzt? Did you (lit., join in the dancing) dance? cf. 47, 13; 107, 28. So in composition with substantives and adjectives, Mitbürger (19, 13), a fellow-citizen; cf. 87, 22, n.; 97, 6, &c.— Rathssitzung (Sitzung, **sitting**[2], session), Reichsstadt, see Introduction above.

4. nicht gerate, or (giving more emphasis to the negation) gerate nicht, not just, not exactly. So 42, 14, gerate kein Unglück. For gerate in other applications of the same meaning, cf. 12, 19, n.; 101, 31, n.

5. Nun geschah es doch einmal. (*a*) Most of the numerous usages of the important and somewhat difficult particle doch may be explained under the general form of an antithesis or contrast, the first member of which is in form concessive, while the second, the one containing the particle, is adversative; the latter is insisted on, notwithstanding some real or seeming contradiction of or contrariety with the former, or expresses a restriction of or set-off against it, 'Though, this being so, even if…, *yet*, for all that, in spite of that, on the other hand….' (It may be noted

---

[1] Square brackets [ ] indicate a double reading, according as the letters or words enclosed in the brackets are read or omitted. Thus the above indicates that the preceding German expression will be translated according to requirement by, 'to bring with one,' or simply, 'to bring.'

[2] Clarendon type is used (after the example of Whitney's Dictionary) to indicate an etymological connection between the English and the German word. The student will easily distinguish where the English cognate is given for the sake of the etymology only, not to interpret the meaning of the German word.

that doch is etymologically the same with the Eng. **though**; cf. the colloquial use of the latter, 'You surely won't do that.' 'I shall though.') (*b*) It may thus often be rendered by (or where it is not to be rendered, its force may be apprehended under the form of) a simple adversative, as 'but,' yet, still, cf. 4, 30; 7, 1, 4; 16, 18; 19, 17, n.; 22, 30; 24, 25; 55, 13; 59, 13, &c. (*c*) It is often employed in strengthening union with another adversative word, as aber, allein, so above and in 22, 21; 34, 5; 88, 18; &c. (*d*) Many cases of the use of doch may be made clear by supplying the omitted or indistinctly conceived first or concessive member of the implied antithesis, cf. e.g. 7, 1, n.; 20, 23, n.; 25, 30, n.; 56, 25, n.; 60, 26, n.; 73, 5, n.; 80, 7, n. (*e*) Where the idea of contrast or contrariety is clear and emphatic, doch of course becomes more or less strongly accented, as above, where its force might be rendered, 'It *did* however once happen...,' cf. 20, 23, n.; 28, 18, n.; 56, 13, n.; 74, 25, n.; 75, 31; 80, 7, n.; 84, 8; 88, 12. (*f*) Where on the other hand it is faint and unimportant, doch becomes merely a strengthening and enforcing expletive, uttered without accent, though its adversative character seldom or never becomes altogether unrecognisable. (*g*) Its force may sometimes be conveyed by the corresponding Eng. expletive 'really,' cf. 5, 14, 20; 13, 28; 15, 25; 25, 30, n., &c. (*h*) Often it may be indicated, if not rendered, by 'surely, that you'll allow, presumably, probably, I suppose, &c.,' on the one hand expressing insistance upon what is asserted, and on the other hand modestly or courteously leaving room for a possible difference of opinion or will on the part of those addressed, the one or the other aspect being the stronger, according to circumstances, cf. 4, 6; 20, 10; 23, 16; 31, 13; 41, 24; 74, 21; 107, 8, &c. (*i*) In this last usage doch is often almost synonymous with wohl (48, 18, n.) similarly used, the general difference being that doch has in view rather the possibility that something to the contrary may be urged or thought, while wohl rather assumes that this will not be the case, and takes assent for granted. Du gehst doch nicht hin? You surely are not going? Du gehst wohl nicht hin[?] I suppose you are not going[?]—einmal, see 5, 15, n.—sieben Jahre lang: cf. eine Zeit lang, 'for a time' (not, a long time); tagelang, for days; zwei Stunden lang, &c.

6. wenn auch (cf. 34, 10, n.), even if, 'although,' so 7, 3; 80, 14, &c.— Stimme, 'voice,' hence 'vote,' cf. the humorous word-play, 20, 22.

8. also, strengthened form (all so) of the now commoner, more conversational so, '**so**, thus'; cf. 4, 4; 52, 10. The commonest use of also is as a conjunction, = therefore, accordingly, then, so, cf. 8, 29; 70, 23; 107, 12. It is *never* to be translated by the Eng. 'also.'

9. Wetzlar is an ancient little town on the river Lahn, which flows into the Rhine near Coblenz. In the 12th century it became an imperial free town, but was at a later period brought under the protectorate or overlordship first of Nassau and later of Hessen Darmstadt. In history it is noted chiefly as having been the seat of the Reichskammergericht, from 1609 until the dissolution of the Empire in 1806. Goethe studied law in Wetzlar for some months of 1772, and wrote shortly afterwards his famous novel Werther, which was founded in part upon some incidents in his own life here. Since the rearrangements of territory which took place in 1815 Wetzlar has belonged to Prussia.

11. Dafür feierte nun…: dafür, lit., 'for this,' in stead or requital of, as a set-off against this, is often used simply to point a contrast, and may either be rendered by an adversative expression suited to the context, —'on the other hand,' ' but then,' 'however,' 'all the more,' &c.—, or (47, 8) left untranslated.—feiern (fr. Feier,—L. Lat. *feria*,—holiday, rest from labour; cf. Ferien, fr. Lat. *feriae*, holidays), to keep holiday, rest from work, be idle.—vergeutete. The original meaning of the inseparable prefix ver (Eng. **for** in **forbid**, verbieten, in **forego**, &c.) seems to have been 'away, off,' which in various modifications (cf. 4, 23, n. ; 13, 17, n.) will serve to explain many of its current usages, cf. verjagen, 19, 9, and vertreiben, 29, 30, to drive away, expel, &c.; vergehen, 29, 1, and verlaufen, 63, 17, to pass away; verschenken, 56, 28, to give away; verbannen, 115, 13, to banish, &c. vergeuten (from geuten, obsolete, to make a display, live extravagantly), to squander 'away,' is generally accompanied by an expressed accus. object.

12. wenn er's…so fort trieb, so war…geworden. trieb and war geworden for getrieben hätte and wäre geworden. Both in the protasis and the apodosis of a conditional sentence (see Eve's Germ. Gr., Syntax, 261), the indicative is sometimes used in place of the subjunctive, as giving more vividness to the supposed realisation of the indicated possibility.— treiben, to **drive**, fig. to pursue, carry on, practise, cf. 8, 22, trieb…allerlei neuen Unfug, perpetrated all sorts of fresh mischief; 73, 11, Wucher treiben, to practise usury; 74, 16, der Fürst mag treiben, was er will, may 'do' what he will; &c. Hence generally, es (cf. 4, 25, n.) so oder so treiben, to act thus or thus, to 'go on.'—fort, **forth**, on, in loose or close composition with verbs, expresses the 'going on' doing a thing. '…and if he went on in the same course another ten years….'—bis dahin, by that time. Note that bis means both 'until,' 'up to,' cf. 13, 14, &c., and as here, 'by'; thus, Ich bleibe bis Morgen hier, until to-morrow; Sie sollen es bis Morgen haben, by to-morrow. Almost all the dictionaries overlook this

latter usage. $\mathfrak{hin}$ (cf. 5, 2, n.) marks the direction 'away' from us of the movement of time, towards the point indicated by $\mathfrak{da}$, then; cf. the corresponding $\mathfrak{bis}$ $\mathfrak{hierher}$, until now, 80, 17.

13. $\mathfrak{vermuthlich}$ ($\mathfrak{vermuthen}$, to suppose, conjecture), presumably, probably; cf. $\mathfrak{bekanntlich}$, 46, 5 ($\mathfrak{bekannt}$, known), as is known, as we know; $\mathfrak{hoffentlich}$, 59, 5, n., &c.—$\mathfrak{aus}$ $\mathfrak{A.}$ $\mathfrak{wird}$ $\mathfrak{B.}$, lit., out of A., B. grows or comes to be, $=\mathfrak{A.}$ $\mathfrak{wird}$ $\mathfrak{B.}$, A. becomes B., cf. 34, 18.

14. $\mathfrak{Lahngasse}$, Lahn Street, just as in many Rhine towns there is a $\mathfrak{Rheinstraße}$. $\mathfrak{Gasse}$ (older Eng. **gate**, a way, as still seen in the names of certain streets in many old towns) is the original Germ. word for street; in modern usage it is generally distinguished from $\mathfrak{Straße}$ (Lat. *strata*, Eng. **street**) as a small narrow street, a lane. The original application of the word is however still seen in many surviving names and expressions.—$\mathfrak{hochgiebelig}$. The meaning of many compounds not to be found in the smaller dictionaries will easily be ascertained by looking out their elements; $\mathfrak{hoch}$, high, $\mathfrak{Giebel}$, a gable, hence $\mathfrak{giebelig}$, gabled. So with such words as $\mathfrak{Erfindungsgeist}$, 9, 19 ($\mathfrak{Erfindung}$, invention, $\mathfrak{Geist}$, spirit), $\mathfrak{ausprügeln}$, 14, 23 ($\mathfrak{prügeln}$, to beat, $\mathfrak{aus}$, out); $\mathfrak{stadtkundig}$, $\mathfrak{zornglühend}$, &c.

16. $\mathfrak{erst}$ (8, 23, n.) $\mathfrak{vor}$ $\mathfrak{zehn}$ $\mathfrak{Jahren}$, only ten years before.—$\mathfrak{von}$ $\mathfrak{Grund}$ $\mathfrak{aus}$ ($\mathfrak{Grund}$, bottom, lowest part, foundation, 92, 8), from the very foundation. Hence also, as in 6, 23, thoroughly, entirely.

17. $\mathfrak{bezeugen}$, to bear witness to, attest (cf. $\mathfrak{Zeuge}$, a witness, $\mathfrak{Zeugniß}$, testimony), should be clearly distinguished from $\mathfrak{bezeigen}$, to show ($\mathfrak{Achtung}$, respect, $\mathfrak{Gefälligkeit}$, &c.), with which it is sometimes confused by German writers.

19. $\mathfrak{handeln}$ $\mathfrak{mit}$..., to deal in.—$\mathfrak{mehr}$ $\mathfrak{noch}$: note that the accent lies on $\mathfrak{mehr}$, just as it would if $\mathfrak{noch}$ preceded it.

20. $\mathfrak{Kaufmannsgilde}$...$\mathfrak{Zunft}$. The words $\mathfrak{Gilde}$, $\mathfrak{Zunft}$, $\mathfrak{Innung}$, &c., all expressing a kind of guild or corporation, have differed in usage at different times and in various parts of Germany. Here the $\mathfrak{Kaufmannsgilde}$ is a corporation of merchants, i. e. capitalists engaged in traffic with other than home-made wares, $\mathfrak{Zunft}$, a guild embodying the organization of a special handicraft, cf. 45, 17, $\mathfrak{Schmiedezunft}$, the smiths' guild, where $\mathfrak{Gilde}$ would not be used. Though ranking only among the chief of the $\mathfrak{Zünftler}$, Richwin was more a merchant than a handicraftsman.—$\mathfrak{zählen}$ $\mathfrak{zu}$..., to count among, either trans., as in 23, 4, or intrans., as here; 'would have had a place in...'

Page 4.

1.   So aber... (accent on fo), but as it was, as things really stood;
so again, 36, 21.—vornehm (nehmen, to take, vor, be**fore** or in preference
to; hence primarily, distinguished by superior worth), distinguished in
rank, quality or bearing, aristocratic, cf. 17, 24; 79, 7, vornehm gekleidet,
dressed like a gentleman, &c.

3.   Zunftgenosse (Genoß or Genosse, companion, associate; etymologically and originally, ein Mitgenießender, one who shares with us the
enjoyment of anything), member of a guild. Cf. Bundesgenosse, 45, 4
(Bund, alliance), an ally, &c.

6.   es dünkte ihm. The original and proper forms of this verb are,
inf. dünken (Eng. **think** as in **methinks**, A. S. *thyncan*, to seem), imperf. däuchte (5, 11), perf. part. gedäucht (13, 29). But it is now quite as
often conjugated as a weak verb (17, 19), and along with the pres. dünkt
a new pres. däucht (formed fr. the imperf. däuchte) is still used, as also
sometimes a new inf. däuchten. dünken is now used almost equally with
the dat. and the acc.; the latter, at one time alone in use, is regarded
by many grammarians as the correcter form. bedünken is properly
transitive and used only with the acc.—doch, cf. 3, 5, n. (*h*).

7.   um einen Kopf. um = 'by,' denoting the amount of difference; it
is commonly used, esp. with comparative adjs., where in Eng. it is more
often left unexpressed, cf. below, l. 27, um so mehr, so much the more,
all the more; 8, 28, um so länger, &c.—die Zünfte überhaupt, the guilds
altogether, all the guilds. Haupt, **head**, also in the sense, 'head' of
cattle, &c. ; M. H. G. (Middle High German) *über houbet* = without
taking count of number, or difference between one and another ; taken
in the gross, altogether, all of them. Hence the very common use of
überhaupt (often hardly to be rendered), to express a thing 'in general,'
removed from the limitations and conditions of a particular case or
circumstance. For exx., cf. 15, 19, n., and passages there quoted.

8.   auf ein Haar is most commonly identical in meaning with auf's
Haar (29, 31 ; 45, 24), 'to a hair,' precisely, exactly; the former phrase
however is also sometimes used in the sense (=bei einem Haare, um ein
Haar), within a hair['s breadth], very nearly. So alle bis auf den letzten
may mean either: all, up to, i. e. including, the last, or: all up to, but
not going on to include, i. e. 'except,' the last. In which of the two
senses mentioned the phrase auf ein Haar is to be taken in the present
passage,—whether 'every whit,' or 'all but'—, is one of those nice
questions which hardly admit of being positively decided, as the

context may fairly be looked at in such a way as to favour the one or
the other.   The balance of usage inclines decidedly in favour of the
first.—Patrizier, see Introduction.

11.   Bube as a familiar word = Knabe, Junge, is chiefly South German; it now more generally means a low, rascally fellow, cf. Spitzbube,
rogue, &c.

12.   raufen, to pull, pluck out, as hair, &c.   Hence Einen raufen, to
pull one by the hair; to handle roughly, fight with; more common is sich
[mit Em.] raufen, to scuffle, fight [with].   raufen as intrans. is not as generally used, but it is regarded by some as a more select expression.
Here perhaps it is used for the sake of co-ordination with the preceding
spielen.—Es waren .., They were..., see Aue's Germ. Gr. § 201, note 1.
Eve, 13.   Cf. l. 28 below; 81, 22; 98, 22, &c.

13.   Einem ('dat. of interest,' cf. 8, 9, n.) das Leben sauer (cf. 97,
15, n.) machen, to embitter one's life; to make one's life a burden, &c.
'...were the plague of their mother's life.'

15.   Zucht (fr. ziehen, to train, 10, 19, n.), discipline.—bei (18, 21, n.),
'among.'—Range, wild, ill-mannered boy, young scapegrace.

16.   jede Unart. Art, kind, species; hence, characteristic quality,
manner or way (18, 18; 21, 1); cf. gutartig, 7, 27, of good disposition,
good-tempered; Lebensart, manners, &c.   Unart thus expresses wrong or
bad natural quality (cf. Unzeit, 112, 25, wrong or unseasonable time,
&c.), naughtiness, ill-behaviour, naughty trick, &c.; so 5, 14; 9, 20.

20.   Klagte die arme Frau....   In the protasis, or 'if' clause of conditional sentences, the conj. wenn is very often omitted; the clause then
begins with the finite verb, standing immediately before the subject,
cf. below, line 25, hätte er's gemerkt, = wenn er's gemerkt hätte (so in Eng.,
had he observed it, = if he had observed it); so again, 5, 12; 7, 28;
8, 16; 13, 12, &c., &c.   So also in a clause beginning with als, cf. 8,
17.—dem = ihrem, cf. 8, 9, n. (end of note).—Note that klagen is commonly used as a trans. verb only with a dat. of the person to whom the
complaint is made.   Otherwise, to complain of a thing is über etw. klagen,
or sich über etw. beklagen.

21.   hören, to hear; zuhören (with dat., or absolutely), to listen [to].

23.   eine verkehrte (i.e. Antwort).   The prefix ver, 'away' (cf. 3, 11, n.),
often conveys the notion of contrary, false or untoward direction; cf.
verführen, 15, 18, to lead astray, mislead; 6, 11, n.; 6, 22, n.; 64,
31, n.   So verkehren, to turn out of the right into a false direction or
position, to turn upside down; hence verkehrt as adj., inverted, upside
down; fig., perverted, twisted, absurd (58, 25), wrong.

24. in antern Stücken (Stück, detached part, piece; single article, item), in other points; cf. 73, 22, Stück für Stück, point by point.

25. hätte er's gemerkt (cf. above, l. 20, n.), er würde.... According to the general rule for the inverted construction (Eve, 205, 196; Aue, § 48) we should have so würde er... (cf. above, 20-21; 6, 7-8, &c.). But deviation from the rule, chiefly for the sake of emphasis and point, is common enough, cf. 25, 13; 26, 1-2; 48, 3-5, &c.—er würde es besser gemacht haben, he would have done better. So, 'I know better,' 'You ought to know better,' &c., will always be rendered by es besser wissen. es here represents as object (for its similar use as subject in 'impersonal' verbs, cf. 6, 19, n.; 11, 16, n.; 15, 13, n.; &c.) the undefined matter in question, or things generally, cf. 3, 12, n.; 91, 14, n., &c.

28. und wenn ja = und wenn er ja mit ihr sprach. ja (a long and accented) in the protasis of a conditional sentence, generally serves to mark the realisation of the condition as more or less unlikely or exceptional. It may usually be rendered in Eng. by laying some emphasis on the finite verb; so here, 'and if he *did* speak to her....' Cf. 16, 21; 17, 29; 27, 29, &c.

PAGE 5.

1. Hab' und Gut, estate, property, possessions generally. The German language has a special leaning towards combinations of more or less synonymous, often alliterative or rhyming words, to express more fully one idea; cf. Haus und Hof, Handel und Wandel; 54, 29; 65, 26; 107, 29, &c., and the Eng. 'house and home,' &c.

2. heranschleichen (schleichen, to slink, creep), 'creeping on, approaching.' The adv. and prefix her means *hither*, i.e. in the direction towards, hin, *hence*, i.e. in some direction away from, the speaker or person in question; cf. 53, 13, Geh blind hinein und (komme) stumm heraus (the standpoint of the speaker being outside). So woher (38, 11) is 'whence,' i.e. from what or which point hither; wohin (38, 8), 'whither,' i.e. to what or which point hence; heran (9, 2) or herbei (9, 5) is 'on' towards, or 'up' to the speaker or person concerned. Cf. also 15, 13, hinauf...geschickt, sent upstairs (away from the sender); 41, 11, hinaufklomm, was climbing up (away from the narrator).— irgend, as adv., = 'at all,' in any way.—steuern as trans. = **steer**, pilot; with a dat., to check, repress, restrain.

3. Viel Unrechtes. Cf. as to ways of rendering the Germ. neut. adj. used substantively, 6, 10, des Unschicklichen genug, enough of what was, or, that was improper, improper things enough; 6, 11, n., das Schickliche, pro

priety; 24, 21, Schlimmes, evil; 48, 4, Unerhörtes, things unheard of; 103, 17, wie Großes, what great things, &c.

4. Jedem Einfall. Etw. fällt Em. ein, something 'occurs' to one; hence Einfall, a chance idea, a fancy, whim, &c.

5. Jedem...gab er sich hin. hin (cf. above, l. 2, n.) = 'away,' 'up'; he surrendered himself, gave himself up to....

6. welche...zu vollführen...Noth war. In this construction the subst. Noth, necessity, is used adjectively, = nöthig, necessary (and was in M. H. G. compared, *næter*), and is often written with a small initial letter, es ist sehr noth, daß... So also with haben,—Ich habe das nicht noth, do not need it; and with thun,—Was uns noth thut, what we need.— Wenn es galt,...nachzusehen. nachsehen, used absolutely, = 'look after things.' gelten (related with Geld, money, and giltig, valid), to be worth; to be, or be allowed to pass as, valid, &c., has numerous idiomatic usages (cf. 12; 11, n.; 14, 29, n.; 29, 16, n.; 35, 2, n.; 64, 30, n.; 93, 8, n.). Es gilt...zu... means, the matter in hand, the task or aim before one, the one thing imperative at the moment, is to..., cf. 65, 10. 'When things wanted looking after in the weaving-rooms.'

8. Note that Lust means both desire or inclination (so 13, 6; 88, 22), as in the phrase Lust haben, etw. zu thun, and pleasure or delight (cf. 15, 12; 48, 13); often the two ideas lie in it more or less combined, and tend to run into each other, cf. 7, 26; 13, 15; 65, 11. Hence such compounds as rauflustig (22, 18), delighting in and eager for frays.

9. In aufsitzen, to mount (a horse), the intrans. sitzen receives through the idea of motion implied in auf, together with the context, the force of sich setzen.

12. bei, = 'at' (cf. 18, 21, n.), 'among.'—Webstuhl or Weberstuhl, a loom. Stuhl here = framework, machine; cf. Dachstuhl, the rafters or frame-work of a roof, Glockenstuhl, belfry, &c.

13. dann schaute Meister Richwin wohl...zu. Under the old guild regulations Meister was the recognised title of one who, after ending his Lehrjahre, or apprenticeship, had worked as a Geselle, or journeyman, and after several Wanderjahre, or years spent in travelling, in order to become acquainted with his trade as practised in various places, had made his Meisterstück, i.e. a specimen of his skill attesting his qualification for the rank of Meister, with the right of doing business for himself, and of employing Gesellen and taking Lehrlinge, or apprentices.—zuschauen, zusehen differ from the simple sehen, as zuhören differs from hören (4, 21, n.); sehen, trans., to see; zusehen with dat., to look on at, be a voluntary spectator of, observe.—The force of wohl (48, 18, n.) in such sentences

as the above (in which it marks what is said as probably and usually occurring under the given circumstances, without categorically stating that it always or on any given occasion actually did occur) may generally be rendered by the Eng. 'will,' 'would,' 'then Master R. would look through the window at....' So 13, 20; 32, 18.

14. ſann, wie er...wolle, reflected or turned over in his mind how (i.e., tried to think of means by which) he could—or should... wolle is however used, not könne or ſolle, as marking that what he is devising ways and means of carrying out is something he has first *willed* or resolved upon (cf. 49, 16). Richwin's reflections run thus: Du willſt (or mußt) doch einmal..., and as immediately springing from or simultaneous with this, wie willſt du...? The latter implicitly contains the former, and becomes in oblique oration (5, 25, n.),...wie er wolle. Perhaps wolle will here be best rendered by 'should.' doch, cf. 3, 5, n., esp. (*g*).

15. einmal (usually pronounced with the chief accent on the second syllable, einmál; the ei of the first syllable is often reduced to the sound of e in Knabe, e'nmál, or the first syllable disappears altogether, 'mal or mal), at some time or other, once, for once, in the pres., past, or fut., cf. 3, 5; 15, 8; 16, 22; 19, 19; 53, 9, &c. It is frequently used, esp. in combination with other advs., in cases where its force is slighter than would be conveyed by any Eng. expression by which it could be rendered, and often becomes a mere expletive, serving to give to the style a more familiar and conversational tone, cf. 20, 13; 57, 2; 58, 6; 88, 21, &c.— wehren with a simple dat.=ſteuern, l. 2 above, to resist, check, repress.— vergaß aber darüber...: etw. über etw. (generally *dat.*, cf. 84, 11; 116, 1) vergeſſen, to forget one thing 'over' another, i.e. *in* it (84, 11), while occupied with or absorbed in it. Here we might say, 'but forgot meanwhile....'—geraume Zeit: the adj. geraum, =geräumig (Raum, **room**, space), spacious, ample, is now current only as applied to time; ſeit geraumer Zeit, for a considerable time, &c.

17. und fuhr mit der Elle ins Zeug. fahren, now generally used, as a synonym of gehen, for motion from place to place by some artificial mode of conveyance (zu Wagen fahren, mit der Eiſenbahn fahren; ſpazieren fahren, to take a drive, &c.), originally denoted in the most general sense, to move from place to place, =gehen, kommen, ziehen, wandern, &c., usually however with the idea of greater speed and energy than gehen, &c. Hence its still current use=to sweep, dart, dash, start, &c.; cf. 14, 16; 18, 31; 66, 11, n.; 96, 5, n., 17; 106, 20, n., &c. '...and brandished his yard-wand over the stuff....'—als wolle er...: wollen is not only ' to will, want, wish to'; it must often be rendered, according to the context, to 'mean

to,' 'be about to, going to,' 'attempt or try to,' &c. These various mean-ings, while never precisely synonymous, lie so near each other that they naturally often occur in indefinite combination, so that in many cases no Eng. rendering is comprehensive enough to reproduce fully the idea of the original, and we have to choose the aptest among more or less incomplete renderings. Exx., 8, 17, n.; 10, 6, n.; 11, 15, n.; 22, 9; 37, 11, n.; 41, 20, n. ; 88, 27; 90, 6, n.; 100, 31, n., &c.

19. Geſchäftsfreund, a business connection, customer; so 7, 4, &c.

20. gar zu ſäumig. The original meaning of gar as an adv. (gar as adj. orig. = finished, ready for use, now only = 'done,' cooked enough), 'completely, quite,' is still seen in ganz und gar, completely, gar nicht, not at all, &c. ; so in gar zu..., 'quite too...,' in order to express an excessive, or only a very high degree, cf. 39, 27, gar zu gerne, only too gladly, gar zu ſchön, so very pretty; so 92, 16.—grob : note that gröb (cf. Hof, 10, 25, n.) is one of those words which have the vowel short in the uninflected form, but long in the forms lengthened by inflection ; so, ein gröber Kerl, comparative (l. 23 below) gröber (ŏ long as in größer), &c.

21. ſich (dat.) etw. hinter's Ohr ſchreiben (cf. 8, 9, n., and note the acc. with the prep. after ſchreiben ; so, Er ſchrieb ein paar Worte auf einen Bogen Papier) is a familiar phrase for, to take due note of, bear in mind, lay to heart, &c.—noch um einen Grad, or um noch einen Grad (um, 4, 7, n.), a degree more....

25. Böſe Zungen meinten...: meinen, to mean (41, 9), means both to be of opinion, to think (27, 19; 54, 31), and to express an opinion or surmise, to 'observe, remark' (15, 18; 23, 14). Often it is uncertain whether the latter or only the former is meant, cf. 27, 19; 68, 9.— wenn das ſo fortgehe, dann werde...: subjunctive of oblique oration (*oratio obliqua*), which is regularly used (both in principal and in subordinate clauses, 51, 16; 68, 10) when the speaker or writer is simply reporting, or referring to, the utterances or thoughts, the wishes, perceptions, argu-ments, &c., of others (or even his own, if he is regarding them objectively, is merely referring to them, without any present purpose of asserting them, cf. 19, 1, n.). A clause in oblique oration is usually dependent upon some verb of a more or less affirmatory character ; or it may stand in apposition to a subst., 10, 19, n. ; 59, 16. It may either be introduced by daß (14, 8; 19, 1), wie (15, 5; 100, 7), &c., the verb going to the end, or the direct order may be used without any introductory conjunction or adverb (10, 17; 13, 24; 17, 19; 23, 10, 12, 14; 25, 29; &c.): in both cases it is the mood of the verb that shows the oblique character of the clause. The direct order is almost always used where

the oblique oration is carried through a number of clauses, in which the repetition of daß would be awkward (27, 19 ff.; 29, 7, ff.; 37, 15, ff.; 83, 27, ff.). Very often only the first or the first few of these clauses are directly dependent on an expressed verb (glauben, meinen, erklären and the like); the rest may be regarded as depending upon it more remotely and loosely, i.e. as depending on it in a modified form, or on some verb of cognate meaning understood (probably not present to the mind of the speaker, and required only for the logical explanation of the construction), cf. 24, 26, Doch bat er, man möge..., er (sagte, or ließ sagen, er) mache...; 28, 13, 17; 56, 25 ff. (see note on l. 27); 65, 20, ff. Indeed the oblique oration being so distinctly marked by the mood, it is often used (with the direct order) in clauses standing entirely by themselves, the verbal idea upon which they logically depend being altogether unexpressed ; the mood together with the context sufficiently marks that the utterances or sentiments of a third person (or the speaker's own, objectively regarded) are being reported, cf. 105, 27, n.

27. ohnedies, without or apart from this, 'as it was,' 'in any case,' 'anyhow' (=so wie so), cf. 112, 19, n. It may be noted that ohnedies, überdies (7, 12), vordem (12, 26), ohnehin (71, 31), &c., belong to a rather large class of compound words that are accented on the first or the second element, according to the stress of the meaning, and the accentuation of the words with which they stand in immediate connection. The dictionaries for the most part give only one accentuation for these words, and differ considerably from each other.—Ein. vorleuchten, to bear a light before anyone, to 'light' him onward ; hence, to give a brilliant example, be a shining light. So again voranleuchten, 19, 11.

28. modesüchtig. Mode, fr. the Fr. *mode,* fashion. Sucht (formerly = Krankheit, cf. siechen, to be sick, to pine, Fallsucht, the falling sickness, epilepsy, &c.) always denotes a *morbid* or *inordinate* desire or propensity, cf. Habsucht, habsüchtig, avarice, avaricious, &c. So modesüchtig, fond of fashion, fashion-loving.

29. durch reiches Kleid. Kleid here = Kleider or Kleidung, Anzug, 'dress.' The sing. Kleid is now in ordinary use only for a single garment, and properly speaking one that comprises the covering of the whole person, hence chiefly a woman's or child's dress.—Tracht (fr. tragen, to wear), costume, garb.—im Prunkrock (Prunk, splendour, state, display, cf. Prunk- or Staatszimmer, a sumptuous apartment, &c.): cf. l. 31, below, in den ...Hosen, 6, 1, die...Kugelmütze. The def. art. is very commonly used in Germ. in its representative or generalising sense, indicating merely the class of thing named by the subst., often the well-known thing so desig-

nated. This is especially the case in the contracted forms im, zum, &c., in translating which into Eng. we generally use the indef. art., or none at all; cf. 7, 19, zum Geschenk, as a present; 23, 3, zum offenen Kampfe, for [an] open fight; 43, 9, im Bogen, in a curve; 95, 19, im Kittel, in a blouse; 105, 5; 110, 3, &c. So here we might say 'in a splendid coat, &c.'; but it would better suit the present passage to render the def. arts. by the poss. pron. 'his.'

31. buntgestreift: bunt, many-coloured, variegated, gay; also simply 'coloured,' in contrast with black or white. Streif, **stripe.** The Hosen are here of course not the modern trousers or pantaloons, but 'breeches,' 'small-clothes,' **hose** in the older sense.

Page 6.

1. Schnabelschuhe (Schnabel, beak, bill, point), peaked shoes.—auf dem (8, 9, n., end of note) Kopfe die Kugelmütze. Kugelmütze (Mütze, a cap; Kugel or Gugel, now obs. or provincial,—unconnected with Kugel, a bullet—, fr. Lat. *cucullus*, a **cowl** or hood), a close-fitting cap, turned up (aufgeschlagen) in front and behind, fashionable in the 14th century. Note that die Kugelmütze is absolute accus. (Eve, 57), as also the following, das Haar; cf. 9, 1, den Schwanz zwischen den Beinen, 'with his tail...'; 13, 2; 32, 16, &c.; so in Eng. 'He stood there, hat in hand.'

4. dann konnte man glauben. In three of the 'verbs of mood,' können, müssen and dürfen, the imperf. indic. is often used where the pluperf. subj. (39, 9, n.) might also be used, and where in Eng. the form corresponding to the latter would generally be used; so here we might say, dann hätte man glauben können, one 'might have supposed.' The difference between the two constructions is seen from a literal interpretation: Das konnten Sie thun, you were (at the time spoken of) able to do it, it was possible for you, in your power; Das hätten Sie thun können, you might have done it (sc. but did not). Cf. 7, 14; 13, 31, n.; and on the other hand the exx. quoted in 39, 9, n. The indic. construction here noted is seldom used with the other verbs of mood, sollen, wollen, mögen, because of the ambiguity that would often be caused.

6. ein Herr, a nobleman. In the Middle Ages the title Herr belonged properly to noblemen who, without possessing sovereign power, like the Fürsten and Grafen, were yet 'lords' of subjects. In common usage, however, it was applied to all the higher and ultimately also the lower nobility (with the addition of the name of their estates, as der Herr von Neitecf), finally becoming the ordinary prefix to a man's name, = Mr.

8. Etwas übel nehmen, to take something amiss, be offended at it.

9. verletzbar or verletzlich (verletzen, to injure, wound), liable to injury, vulnerable, hence = empfindlich (7, 5), sensitive, touchy.

11. fürchtete er sich doch graufam. graufam as adv., cruelly, is sometimes used in familiar language to express exaggeratingly a high degree, graufam häßlich, 'frightfully ugly,' graufam reich, 'awfully rich,' &c.— gegen Etw. (e.g. die Wahrheit, das Gesetz, &c.) verstoßen (ver marking wrong or untoward direction of the action, cf. 4, 23, n.; stoßen gegen, to knock or push against), only fig., to offend against.—das äußerlich Schickliche: the neut. adj. as subst. (5, 3, n.) may here, as often (106, 9; 106, 31, n.), be rendered by an abstract subst., 'outward propriety.'

12. Zug (fr. ziehen, to draw), 'trait.'—eben nicht = gerade nicht, 3, 4, n.

13. Jmd. in Verdacht haben (im V., when the art. in im is further defined by a following genit. or a dep. clause, e.g. im V. der Untreue, im V., daß...), to suspect, a phrase representing the (in this sense) obsolete verdenken, fr. which Verdacht (l. 17 below), suspicion, is derived.

14. auf zwei (or beiden) Achseln tragen, lit., to carry on both shoulders, is a common expression for false and double dealing, cf. the Eng. 'ambidextrous.'

15. Hoffa[h]rt is the now current form of the older Hochfa[h]rt (cf. hochfahrend, high-flown, haughty), arrogance, haughty pride. Popular etymology has associated the word with Hof, a court, with which it has no connection.—zu Em. stehen, to stand on the side of, adhere to anyone.

17. bitterböse, colloq. = sehr böse (cf. bitterkalt, &c.); böse here = schlimm, cf. 74, 7, n.; '...was a dreadful thing.'

18. Gemüth is a word that has no exact equivalent in English. Speaking generally, Geist denotes 'mind' on the side of reason, intelligence, Gemüth on that of the feelings and affections. It must be variously rendered according to context—mind, heart, soul, feeling, disposition, &c.; cf. 51, 23, n.; 63, 21, n.; 71, 31.

19. gährte es gewaltig (gähren, to ferment: gewaltig, powerfully, mightily, violently), there was a mighty ferment or commotion going on. In such 'impersonal' verbs the action expressed by the verb is indicated as going on, without being referred to any definite subject; cf. 7, 6, es...bergab ging, lit., there was a going downward; 41, 31, es... fehle, there was a lack; 103, 8, es wogte und tobte, there was a heaving and raging; &c. The context will often furnish a definite subject for the verb used in translating; here we might say, 'the minds...were in violent commotion'; in 7, 6, 'whose fortune was on the decline'; cf. 40, 13, n. Sometimes the purport of the subject es is to indicate vaguely

an undefined or indescribable something, see 40, 15, n.; 96, 3, n. On the similar use of es as general or undefined object, cf. 4, 25, n.—Die edeln Geschlechter (see Introd.): edel here = adelig, of noble birth or rank (its primary meaning).—tagen, to hold a Tag, *diet*, assembly, session; to meet for deliberation ; here, to ‘ sit.’

21.   Säckel, commoner form Seckel (diminutive of Sack, **sack**, **bag**), somewhat old-fashioned or provincial word for purse, treasury (Kasse). Note that Säckel, though a diminutive, is masc. (not neut., as Whitney, Dict., *s. v.*).   Cf. Hügel, Knöchel, &c.   But Säckchen is neut.

22.   verstricken (ver, 4, 23, n.; stricken, to knit, net; to twine about with a Strick, cord, string, snare), to get into one’s net, to entangle, ensnare.   Cf. umstricken, 59, 2, n.

24.   voll zum Ueberlaufen : zu = ‘up to the point of.’   Note that über-laufen is a separable verb, with the accent on the prefix.

25.   wucherte auf : wuchern, to grow luxuriantly; auf as in aufwachsen, &c., to grow up.—weitverzweigt (Zweig, a **twig**, branch), lit., far-branching, with wide-spreading branches, ‘ wide-spread.’

26.   Hatte doch so manche...: doch thus used, along with the inversion of subj. and finite verb, is nearly equivalent in force to ja (24, 27, n.) in the direct construction (so here, Es hatte ja so manche...), though it still re-tains even here its distinctively adversative character (cf. 3, 5, n.).   It often serves to put forward a statement or reminder that is regarded as needing no proof, but as proper under present circumstances to be brought into special notice and recognition.   Like ja it may sometimes be rendered by the Eng. ‘why’ (107, 3); oftener however it is hardly translatable except by the tone of utterance, cf. 28, 28; 72, 21.—so manche andere...: so has here a strengthening force, cf. 16, 7; 109, 2, and the Eng. ‘so many a...’   Cf. on the other hand 78, 10, n., and 116, 14, n.

27.   Em. ten (8, 9, n.) Stuhl vor die (13, 18, n.) Thüre setzen, to turn out of doors, eject, dismiss.

30.   diesem...gegenüber, lit., over against, fronting, in presence of, this; fig., with respect to, towards.—wühlen, to dig with a boring movement, like an animal rooting in the ground, to rummage or toss about; fig., to stir up disturbing and revolutionary ideas and feelings, to ‘agitate,’ cf. 78, 12.—Pläne schmieden (schmieden, to forge, Schmied, a **smith**), to devise, contrive plans.

31.   sich so oder so verhalten, to **hold** or comport oneself thus or thus, ‘ remain’....—zweideutig (deuten, to point out, to interpret), capable of two interpretations, ambiguous, equivocal. ‘...preserved a cold and equivocal bearing.’

Page 7.

1. noch (3, 5, n., *d*): *although* his behaviour was so unsatisfactory, and it might therefore seem proper to let him alone, *yet, still*, he was the first man...—noch immer, strengthened noch (12, 12, n., *a*), still.

3. Ansehen: ansehen, to look at (cf. anbellen, 13, 16, to bark at, &c.), to regard; hence angesehen (57, 11), perf. part. as adj., held in regard, respected, and the subst. infin. Ansehen, esteem or respect enjoyed, influence, authority, Lat. *auctoritas.*—wenn...auch, cf. 3, 6, n.

4. Geschäftsfreunde, 5, 19, n. Zechfreunde (zechen, to drink, carouse), boon companions. The play on the word Freund can hardly be preserved.

8. lohnen, to reward, takes the gen. when used impersonally, es lohnt [sich] der Mühe, it is worth while.—wohl might here be taken either as an ordinary adverb (with the accent upon it), 'well,' or (unaccented) as a particle (48, 18, n.).—Sache, thing, affair; 'cause;' cf. Lat. *res.*

9. winkte...ihm zu. Winken means to make any motion as a sign; so mit der Hand, dem Taschentuch, dem Auge, &c. winken; to beckon, sign, wave, **wink**, &c. Hence Wink, a sign, a hint (40, 27). Note the difference between a separable compound verb (e.g. nachrufen, zuwinken, &c.), with its case (Er rief mir nach, he called after me), and the simple verb, followed by the preposition which in the compound verb appears as prefix, and the case governed by the preposition (Er rief nach mir, he called for me; Ich winkte ihn zu mir, I beckoned him to me).

10. Es verfing alles nicht: verfangen, to have the natural or desired effect (18, 22), to avail, be of use.

12. ihr hoffärtiges (6, 15, n.)...Wesen. Wesen (old infin. of verb to be, from which come war —orig. was—, wäre, gewesen, cf. Eng. **was, were**), mode of being, essential character; behaviour, bearing, manners; cf. 58, 30; 59, 14; 61, 15; 74, 25.—edel, becoming an Edelmann, noble, aristocratic, distinguished. — fein, refined, well-bred, gentlemanly.— Ueberdies (5, 27, n.), over and above this, beyond this, 'besides.'

13. jede Zucht: jede, every, = every sort of, hence 'all.'

14. gewinnen konnte, cf. 6, 4, n.

15. wie sollte er...: sollte is here imperf. indic. (not subjunct. as in 16, 11, see note there; in that case it would refer to the time of speaking, and mean, how or why should he, now, at the present time), lit., how was he to..., i.e., how was it to be expected that he should..., 'why should he...?'

16. zu gewinnen stand. We say, etw. (or impers., es) steht zu erwarten, zu ändern, zu erweisen, &c., = ist zu erwarten or läßt sich erwarten, &c.

Zweites Kapitel.

19. zum Geschenk, (for, i.e.) as a present. For zu thus expressive of purpose or destination, cf. 9, 14, zum Spotte, (for, i.e.) in mockery (so zum Spaß, for a joke, in joke); 13, 29, zum Zeitvertreib, for amusement; 15, 15, n.; 17, 10; 32, 23, &c. Note that in such expressions the art. always coalesces with the prep., zum, zur.

22. Race, pronounced and often written as a Germanised word, Raſſe, **race**, breed.

23. noch ganz ungezogen. ungezogen here in the literal sense, nicht gezogen (cf. 20, 14, fertig gezogen), untrained (cf. 10, 19, n.), without training. The most familiar use of the word is as an adj., meaning ill-bred, ill-behaved, naughty.—Muthwille, the indulgence of the will according to one's Muth or **mood** (cf. 21, 29, n.), wantonness, waywardness (cf. muthwillig, 85, 26); sportive or mischievous wantonness, mischief.

24. Note that Ehre machen means to 'do' honour only in the sense, bring or be an honour to, redound to the honour of, Er macht ſeiner Schule alle Ehre, &c. To do=*show* or render honour is (Ein.) Ehre erweiſen, anthun, &c.

26. Raufen (4, 12, n.).—Luſt (5, 8, n.).—gutartig (4, 16, n.).

28. nicht Jedermanns Vergnügen: cf. the common phrase, etw. (es) iſt nicht Jedermanns Sache..., it is not everybody that cares for..., not everybody's taste....—Ging ein..., 4, 20, n.

PAGE 8.

1. auffallend, adv. qualifying raſchen. etw. fällt Em. auf, something strikes one, catches his notice, surprises him; hence auffallend, striking, remarkable, unusual.—raſchen Schrittes, with quick step[s]. For this absolute use of the genit. to form adverbial expressions of time or manner, cf. below, 1, 14, n.; 17, 30; 52, 6; 71, 31; 88, 29, &c.

2. hinterdrein (cf. 21, 17, hinter dem Thier drein, and on the adv. drein, 8, 12, n.; 9, 30, n.), adv. (lit. 'in,' i.e.) 'on' behind or after; in Eng. perhaps the prep. with its case is to be preferred, 'after him.'

3. riß aber auch gleich...mit herunter: gleich (10, 1, n.), expressing immediate connection or coincidence in time (gleich anfangs, at the very beginning; gleich bei meiner Ankunft, &c., is sometimes, as here, almost equivalent to zugleich, 'at the same time' (cf., e.g., to some one going out to do business, Bitte, bringen Sie mir doch gleich das und das mit). The

dictionaries say nothing on this point. mit in the next line is adv. (3,
3, n.), =along with, at the same time with (viz., the tugging, 3upfen).

8.   Em. nachſeßen (ſeßen, to **set**, is also used intransitively, with a
middle sense,—cf. 33, 20, n., or Eve, 180—, as in the Eng. 'set out, set
off,' &c., e.g. über einen Fluß, einen Graben ſeßen, to cross, spring, pass
over), to pursue, hasten after. Cf. nachſpringen, 9, 14; nachſchleichen, 41,
10, and bear in mind the distinction pointed out in 7, 9, n.

9.   hüpfte ihm zum Kopfe (=zu ſeinem—or deſſen—Kopfe) hinauf. For
this very common construction, in which a dat. of the person (subst. or
pron.) followed by the def. art. stands in place of a genit. or a poss.
pron., cf. in the next line, tem Reiter nach ter Hand, =nach tes Reiters Hand;
18, 27, ſchüttelte ihm tie Hand, =ſeine Hand; 21, 19; 22, 9; 24, 15; 26,
26; 49, 14; &c. The two constructions however are seldom exactly equivalent in force, nor can the latter by any means always be substituted
for the former. In the former the dat. of the subst. or pron. is almost
always more or less distinctly recognisable as a *dativus commodi* [*vel
incommodi*], a 'dat. of interest' (or relation), serving to put into greater
prominence than a genit. or a poss. pron. would do, the person mentioned, as affected by the act or condition in question. This may be
very distinctly seen in the last two of the examples quoted. The def.
art. is in German also often used alone instead of the poss. pron., when
the posessive relation is quite clear from the context; so 4, 20; 6, 1;
9, 1; 31, 11; 58, 31, &c. Cf. also such idioms as those explained in 6,
27, n.; 15, 21, n.

11.   bäumen, more usually ſich bäumen, to rise up (straight, like
a tree), to rear.

12.   Huftritt: treten, to **tread**, tread on, also means, to give a thrust
or blow with the foot, to kick.—tavonzutragen. tavon, lit., 'therefrom,'
i.e., from the place just spoken of, or otherwise pointed out by the context. Often however the place to which ta refers is entirely undefined,
it means simply the place where the person indicated by the subject of
the verb may happen to be. Von is here an adverb (though not now
in use as such); combined with ta it forms a compound adverb,
(as prefix in numerous compound verbs), 'off, away,' cf. below, l. 21,
tavonlaufen, to run away; 31, 19, ſich tavon machen, to take oneself
off, to make off. Cf. also tarein or trein, 9, 30, n.; tabei, 10, 9, n.
For ta in composition with an adv. still used as such, cf. tahin, 96,
28, n. tarentragen, to carry off, used as above, =to come off with,
'get,' cf. 12, 13, n.

13.   ſcheuen, of animals, to **shy**.—weichen, to yield, give place (22, 12);

hence zurückweichen, to retreat ; ausweichen, 9, 13 ; 52, 24, to draw back out
of the way, to avoid, &c.

14. ſtiegen hoch auf. ſteigen, a technical expression used of horses, =
ſich bäumen, to rear.—durchgehen, to run away.—troß Zügel und Schenkel.
Schenkel, leg, esp. (= Oberſchenkel) thigh. Riders use the phrases, das
Pferd gehorcht dem Schenkel, obeys or answers to the pressure of the rider's
leg ; ein Pferd zwiſchen Schenkel und Zügel nehmen, to rein in a horse, pressing his flanks with the legs.—geſtreckten Laufes (cf. note to l. 1 above ;
perhaps we should more usually say in geſtrecktem Lauf), at full speed.
ſtrecken, to **stretch** ; ſich im Lauf ſtrecken, of horses, to put on the best pace ;
geſtreckter Trab, fast trot, &c.

17. In German dieſer, this one, 'the latter,' is often used, in order
to point out more distinctly the person or thing last spoken of, where in
Eng. a *pers.* pron. would or might be used, cf. 9, 2 ; 10, 1 ; 58, 29 ; 60,
24 ; &c. jener, that one, 'the former' (82, 31 ; 88, 1, &c.), is used in a
similar way, for the person or thing first spoken of.—augenblicklich, here
apparently = einen Augenblick, 'for a moment.' The word is not much
used in this sense, because of the ambiguity occasioned by its commoner meaning, 'in a moment,' 'immediately.' As an adj. in the
corresponding sense (21, 16), it is both less liable to confusion, and less
easy to replace.—als wollte er ſagen (= als wenn er ſagen wollte, cf. 4,
20, n.), as though he would say, as if he meant to say (wollen, 5, 17, n.).

18. ich kann's (cf. 4, 25, n.) noch viel beſſer (sc. machen, cf. 16, 24, n.).—
drauf, darauf, thereupon, then.

20. Drohte…R. aber gar. gar is thus used (cf. the similar use of vollends, 'completely,' 23, 16, n., and note that gar had originally the same
meaning, 5, 20, n.), to mark something as forming a climax or crowning
point, and is often equivalent to ſogar, 'even,' cf. 9, 12 ; 32, 25 ; 57, 12,
&c. 'But if R. even went so far as to….'—verwandelte ſich, refl., = an
Eng. intrans., 'changed into…,' cf. 33, 20, n.

21. lief…davon, cf. l. 12 above, n.—Furcht vor… : vor, before, in the
presence of, is often used where in Eng. another prep., esp. 'of,' is required, cf. 22, 19 ; 41, 24 ; &c. Cf. 9, 12, n. Eve, 112, (4).

22. durchſchwärmte die halbe Stadt. ſchwärmen, to **swarm**, first of a
number (Schwarm, **swarm**), as bees, &c., then also of individuals, to
rove, wander at will, often with the idea of impetuosity or disorder.
Note that when a *transitive* verb is formed from an *intransitive* by means
of one of the doubtful prefixes (durch, hinter, über, um, unter), it is always
inseparable, cf. l. 9 above, umkreiſen ; 13, 2, durchziehen ; 55, 23, durchtönen ;
89, 30, durchleuchten, &c. The same is the case when from a transitive

verb a transitive compound is formed, which bears a modified or figurative meaning, or takes a different object; cf. 30, 25, umgeben, to surround (lit. give round); 70, 3, durchbohren, to penetrate, &c.—trieb…neuen Unfug, cf. 3, 12, n.

23. ſchlich erſt ſpät: erſt, **first**, = not earlier than, 'not until,' 'not before,' 'only,' cf. 17, 5; 20, 13; 52, 21; 82, 28, &c. But as a thing which took place 'not earlier than,' 'not until' a certain time may in another aspect be regarded as having taken place 'no farther back than,' 'so recently as,' that time (cf. 3, 16, ein Holzbau, erſt vor zehn Jahren aufgeführt), erſt may with an expression of past time mean 'only,' in the sense of 'but,' 'so lately as,' cf. 107, 22; so erſt geſtern may mean 'not until yesterday,' or 'but yesterday.'

28.   We write das nächſte Mal or das nächſtemal; so zum erſten Mal or zum erſtenmal, 12, 22; mit einem Mal or mit einemmal[e], 21, 6, all at once, suddenly, &c.—um ſo länger, 4, 7, n.

29. Alſo (3, 8, n.) nahm ſich Meiſter R. vor,…zu…: ſich (dat.) etw. vornehmen (or verſetzen, 54, 3; 64, 13; whence Vorſatz, 50, 16, a purpose, resolve), lit., to take or put a thing before oneself, i. e. to purpose to do it, determine upon it.—auf friſcher That (friſch, **fresh**, recent), 'in the very act.'

30.   lief…hinter dem Reiter her. In both her (5, 2, n.), einher (orig. = herein, but in use rather = heran, 5, 2, n.), and daher (lit., from there *hither*: or, the point of departure indicated by da becoming indefinite, = the simple her), the conception that the motion is directed towards the speaker or other person in question not seldom falls into the background, so that her, einher, daher denote free motion 'along,' cf. 10, 21; einherſtolzieren; 17, 31; &c.   Often a prep. with a dat. object, expressing the place where, indicates implicitly at the same time the direction in which the motion takes place,—so above; cf. 21, 1; the compound adv. nebenher, 41, 12; &c. In some cases it may be doubtful how far the proper force of the prefix is to be recognised; in 90, 9, einherſchleichen at least conveys it less decidedly and definitely than heranſchleichen would do.

PAGE 9.

1.   zerknirſcht (knirſchen, to **gnash**; zer, 33, 17, n. : zerknirſchen, to crush, bruise, chiefly fig.), bruised or crushed in spirit, 'contrite.'

2.   herankommen, 5, 2, n.—ſowie or ſo wie (13, 2), as soon as.

3.   auf zehn Schritt, 'up to' the distance of, i.e. 'within' ten paces, so 43, 5, &c.   Schritt here follows correctly the rule that masc. and neut.

names of measures are not inflected in the plural ; but the plur. Schritte
is also used.—Reißaus nehmen = ausreißen. reißen, to 'tear,' also in the
sense, ' rush along,' now chiefly in the pres. part., ein reißender Fluß, a rapid
river, and in compounds, as einreißen, to make rapid inroads, ausreißen,
to break or run away, to bolt. Reißaus as subst. is formed fr. the
imperat., reiß aus !

5.　kam herbei, 5, 2, n.—lief...davon, 8, 12, n.

8.　bei (18, 21, n.) ihm, with him, in his neighbourhood.—vom Leibe
(Leib, body), from his person, from him. Cf. the phrases, Drei Schritt
vom Leibe ! Keep your distance ! Bleiben Sie mir damit vom Leibe !
Don't bother me about that ! Cf. also 34, 14, n., Em. zu Leibe rücken.

10.　wer denn endlich gewinne, = gewinnen werde. The pres. with fut.
meaning is much more widely used in German than in English. Where
the time is sufficiently indicated by the context, the pres. is often used
in preference to the fut., especially in conversation, as being terser and
more animated. This is more particularly the case where the certainty
or immediate sequence of the event is assumed or indicated, cf. 20, 1;
23, 23; 30, 11; 38, 25, &c. With the above, where we have the pres.
subj. with fut. meaning, cf. 28, 5; 53, 3.

12.　zitterte vor Wuth. For this use of vor with the dat. to express
cause, = 'for' or 'with,' cf. 25, 3; 54, 18 ; 65, 15, and esp. 97, 15, which
shows clearly also in this use of the prep. (cf. 8, 21, n.) the meaning,
' before,' ' in the presence of.' Eve, 112, (5).—gar, 8, 20, n.

14.　apportiren (fr. Lat. *apportare,* cf. Fr. *apporter*) = herbeiholen, her-
beibringen, used chiefly of dogs trained to fetch and carry.

16.　sein Rächer (rächen, to revenge, avenge, Eng. **wreak**) would
usually mean some one who avenged him upon another ; here the context shows it to mean the person—his master—taking vengeance on him,
punishing him.—zum Hiebe ausgeholt hatte. ausholen (holen, to fetch), to
throw back or stretch out the arm or a weapon, preparatory to the forward stroke, in aiming a blow, to 'make ready.' Cf. Luther's Bible,...
und holte mit der Hand die Axt aus, das Holz abzuhauen, with the Eng. version,
'and his hand *fetcheth* a stroke with the ax to cut down the tree...,'
Deut. xix. 5.

19.　The primary idea of the prefix ent, is 'up,' 'out,' hence 'forth,'
'away'; it indicates a change of condition, either with reference to the
new condition into which the subject enters, so that it marks the
beginning of the action, as in entbrennen (102, 20), to burst out into
flame, be enkindled ; entblühen = erblühen (49, 16, n.) ; entschlafen, &c.; or
with chief reference to the condition out of or away from which the

change takes place—cf. l. 21 below, entrinnen, to escape from; entreißen,
11, 13, to tear or snatch out of or away from; entwachſen, 20, 31, to grow
out of, leave behind;—so that ent often denotes reversal of the action
indicated by the simple verb, or becomes directly privative, thus
entfalten, to *un*fold (hence, to display, exhibit); entbinten, to unbind;
enthaupten, 27, 13, to behead; entwürtigen, 52, 13, to *dis*honour, degrade;
entlarven, 72, 23, n., and entpuppen, 75, 19, n.

    20.   Unarten, 4, 16, n.—rechtzeitig, at the right time, 'timely.'

    22.   erſt (cf. 8, 23, n.), erſt jetzt (18, 29, n.), erſt recht (68, 17, n.; 85,
4, n.), are expressions indicating that though what is predicated, or
something like it, had already existed in some degree, or might have
been supposed to exist, it now for the first time really exists, is now
true in a degree compared with which the past is of but little account.
They are thus often used, where they can hardly be directly rendered,
to express emphasis and climax. The force of erſt in the present passage,
contrasting the distracting disorder of the present with the comparatively
trifling disturbances of the past, might be indicated by a somewhat
emphasised 'now'; cf. notes on the passages quoted above.—tas leibhaftige
Unheil: leibhaft or leibhaftig, in bodily shape, in actual presence,—Da ſtanb
mein leibhafter Bruter ver mir, my brother himself—; hence, real, actual,
incarnate (41, 25),—Er iſt tas leibhafte Ebenbild ſeines Baters, the very
image of his father. It is thus often used to intensify,—Der leibhafte
Hunger ſah ihm aus ten Augen, devouring hunger stood written in his
eyes.

    23.   Heil (subst. fr. adj. heil, Eng. **hale** and **whole**, cf. 112, 25, n.),
orig., wholeness or health; then extended to mean happiness or welfare
in general, cf. 35, 29, für's Heil ter Statt, for the good of the town.
Unheil (20, 1), misfortune, mischief, evil.

    24.   balgten mit…: usually ſich balgen, = [ſich] raufen, cf. 4, 12, n.

    25.   tergeſtalt (ter, gen. or dat. sing. fem. of the demonstr. ter, that,
=such, cf. ſolchergeſtalt, 31, 18; Geſtalt, figure, form, fashion), in such
fashion, to such extent, 'so.'

    26.   entſcheiten mochte. mögen here in its original but now almost
disused meaning (seen in the derivative Macht, **might**), = vermögen, to be
able, can, so again 20, 8; 63, 24, n.

    29.   unb hatte er ſie verher…(= wenn er ſie verher…hatte, cf. 4, 20, n.), ſo
ſchalt er jetzt…, and if before he had only…, now he…. This mode of
expressing antithesis or contrast, though not unfamiliar in English, is so
much more frequently used in German as to render a wider range of
expression ('while' instead of 'if'; the simple placing of the two state-

ments side by side, &c.) desirable in translating into English; cf. 10, 4; 57, 9; 72, 31; 82, 11, &c.

30. obentrein. barin = in with the dat. of what ba stands for (cf. babei, 10, 9, n., l. 3); barein = in with the acc. of the same. barein or brein, lit., 'into it'; as indep. adv. (formed as explained in 8, 12, n., and further in 10, 9, n., the place or thing expressed by ba remaining indefinite), and as prefix in comp. verbs, 'in' (cf. 21, 17, n.; 46, 13, n.; 51, 1, n.). Here brein, like Eng. 'in,' = into the bargain. oben, adv., above, probably meaning here in the first instance, on the top of the purchased wares. Hence obentrein, into the bargain, over and above, besides; so 47, 14; 114, 30.

31. so ließ er ben Zorn an ber Frau (= seinen Zorn an seiner Frau, cf. 8, 9, n.) aus: auslassen, to **let out**, give vent to; seine Wuth, seine üble Laune, &c., an Em. auslassen, to vent one's rage, ill-temper, &c., on some one.

PAGE 10.

1. biese, 8, 17, n.—so mußte sie..., 'she had to....'—gleich, sogleich = at once, straightway; gleich is more colloquial than sogleich.

3. Seit ber Hund im Hause war, since the dog had been in the house. In German as in French the pres. and imperf. are regularly used, where we employ the perf. and pluperf. respectively, to express some act or condition both as having gone on for some time, and as still going on, e.g., Ich bin schon sechs Wochen krank, I have been (and still am) ill...; on the other hand, Ich bin sehr lange krank gewesen, I have been ill...(but am now better). Cf. 35, 17; 45, 26; 48, 6; 55, 28; 66, 21; 79, 10, &c. Eve, 150-1. But deviation from the strict rule is in practice not altogether uncommon, in cases where even momentary misconception is precluded by the context or the nature of the case. Cf. 13, 14, n.; 83, 31, n.—gab sie ihren Mann...bem Verberben geweiht (verberben, to spoil, destroy; Verberben, ruin; weihen, to consecrate, dedicate); a not very usual form of expression, formed in analogy with the current phrase, En. or etw. verloren geben, to 'give up for,' 'regard as,' lost.

5. vorher schon, or schon vorher. schon, 'already,' as early as, without going further, without anything further being necessary, is largely used in German in strengthening qualification of other advs. of time and degree (upon which of course, not upon schon, the accent rests), where its force will be differently conveyed in English, or need not (e.g. in 42, 21; 66, 21, &c.) be rendered at all. Here we might render, 'even.' Cf. 15, 14, n.; 57, 11, n.; 58, 5, n.; 112, 4.

6.   Er wollte (cf. 5, 17, n.), he wished or wanted to, determined or meant to, was bent upon.—vor allen Dingen, before or above all things, in the first place.

7.   dreſſiren (Fr. *dresser*), to break in, train, of horses and dogs;—used also of human beings with regard to mere mechanical training.

8.   durchaus planlos: durchaus (lit. **throughout**, but not equivalent in meaning to this word, except where the latter happens—as e.g. in 108, 26—to be practically synonymous with) thoroughly, quite, absolutely, in every respect, cf. 62, 25; with a negative, durchaus nicht, 28, 17, by no means, not at all, absolutely not, durchaus kein, 13, 6, no...at all.

9.   In dabei (cf. daran, &c. 8, 12, n.; on bei, cf. 18, 21, n.), da = 'there' or 'here,' both in the literal local, and in a metaphorical sense. Some-times it stands (like the other compds. of da, cf. Eve, p. 30) in the place of a pers. or demonstr. pron., as the object of the prep., denoting something mentioned in the context; thus if l. 30 below followed im-mediately upon l. 24, dabei might there be rendered as· equiv. to bei dieſem, i.e. dem Aufzug, in this, in the procession. Often however the object of bei remains indefinite, and the compound adv. dabei means simply 'here' or 'there', = at the place in question, on the occasion or under the circumstances in question, &c., so here and in 16, 19; 27, 10. It may thus often be dispensed with in translation, as here and in l. 30 below.

10.   nachſehen (Em. etw. nachſehen, or with an acc. of the thing or a dat. of the person alone, etw. nachſehen, Em. nachſehen), to overlook, be indulgent towards, excuse, wink at.

11.   vielmehr as one word (accented on the second syllable) cor-responds to the Eng. 'rather,' in the sense in which it substitutes one thing for another, in the way of correction or reversal,—'on the contrary,' more properly, more correctly speaking, &c., Lat. *potius*, cf. 24, 8; 31, 14. It should be kept distinct from viel mehr (written and spoken as two words, with the literal meaning, 'much more,' *multo magis*), from which it of course originated; cf. 16, 13, n.—das bischen Zucht: Bischen (usual, but incorrect spelling for Bißchen, diminutive of Biß, a **bite** or **bit**) is in this sense of ein wenig, a trifling amount, a little, usually written with a small initial letter.—vollends, = völlig, gänzlich, completely, entirely. The suffix ·s (true genit. in advs. formed from substs., as anfangs, abends, &c.) is used to form advs. from some adjs. and esp. from participles, or to give a more adverbial appearance to words already advs., formed in various ways; zuſehends (16, 3), visibly; eilends (30, 10), in haste; nachgehends (79, 5), = nachher, &c. vollend is

however only in appearance a participle, being M. H. G. adj. *vollen*, with the addition of an inorganic b. Cf. also neuertings, 36, 21, n.

13. fort unt fort (fort, **forth**, onwards, on), continuously, incessantly, without end (60, 27).—Störenfried, the same with Friebensstörer (Friete, peace; stören,—Eng. **stir**—, to disturb).

14. erfehen, to **set** or put a substitute or equivalent in the place of something, to replace; hence Schaten erfehen, to repair or give compensation for damages; cf. Schatenerfah (12, 2), damages, indemnification.—vergüten, to make **good** (cf. 86, 17, n.), to make amends or give compensation for.—Em. gute Worte geben, to give one fair words, speak him fair.

15. einstecken (stecken, Eng. **stick**), to put in (31, 11, to sheathe), = in tie Tasche stecken, to put in one's pocket, to pocket, both lit. and fig., cf. 34, 5.

17. trangen in ten Meister: in En. bringen (tringen, to press, intr.; cf. the factit. trängen, 68, 31, n., and Eng. **throng**), to urge, persuade; again 61, 25.—er möge..., see 11, 7, n.—toch (3, 5, n.) is of frequent use, as an unaccented particle, in sentences expressive of a request or wish. Like most of the renderings by which its force may sometimes be expressed in English—'pray' (as here; cf. also 83, 15; 100, 12), 'do' (40, 7, n.; 99, 7), 'really' (55, 18), the emphasizing of the verb (55, 18; 100, 3, n.)—it on the one hand (true to the double aspect of its adversative character, cf. 3, 5, n., esp. *h* and *i*) lends urgency and emphasis to the request or wish, while on the other hand it may express a certain modest deprecation or reserve, thus falling into a mere courteous expletive, Sagen Sie mir toch, Pray tell me, Geh' toch hinauf, just go upstairs, will you, &c.

18. bei etw. bleiben, lit., to remain fixed at, i.e. adhere to, anything.

19. Sah (fehen, to **set** or put, M. H. G., to express in words; hence, to affirm, declare; whence still, to *posit* or lay down, to assume) seems here to mean in the first place Ausspruch, 'declaration,' 'what he had said,' at the same time naturally touching upon or blending with itself the kindred meanings Vorfah (what he had sich vorgefeht, cf. 8, 29, n.), 'his purpose,' and Grunbfah (14, 11), the 'principle' he had laid down for himself.—er felber wolle..., clause in oblique oration (5, 25, n.), which may be regarded either as in apposition to the subst. Sah, or as dependent upon the verbal idea it contains. So in 28, 1, eine Warnung...; ter lese....—erziehen. ziehen (7, 23; 20, 14), to rear, train, bring up, is used of plants and animals, as well as human beings, erziehen, to educate, properly speaking only of the latter. Its application here to the dog is in keeping with the gravely humorous tone of the whole narrative.

20. lammfromm (fromm, of animals, innocent, harmless, quiet), as gentle as a lamb.

21. einherstolzieren: einher, 8, 30, n. ; stolzieren (stolz, proud), to be proud in bearing and movement, to strut. stolzi[e]ren is one of the few verbs (cf. halbieren, schattieren, &c.) formed from German words by means of the termination i[e]ren (ier = O. Fr. *ier*), which forms Germ. verbs from Fr. and Lat. roots, as tranchieren, studieren, &c.—Ritter Kurt (Ritter, knight), Sir Kurt, one of the Wetzlar Patrizier.

22. Fanghunt (fangen, to catch), a dog that itself attacks the game, not merely starts or fetches it ; a stag hound, or dog used in the hunting of boars or other large game.

24. einen altherkömmlichen......Aufzug begingen. herkommen, to come 'hither' (5, 2, n.), i.e. down to us in the present, by custom or tradition (of persons, to descend, whence Herkunft, 50, 3, descent, extraction, birth); hence as subst., das Herkommen (90, 12), both abstract, tradition, usage, and concrete, traditional customs; herkömmlich, altherkömmlich, traditional, customary.—Aufzug (aufziehen, to 'draw up,' to march), a procession.—begehen (ein Fest, einen Geburtstag, &c.) = feiern, to celebrate.

25. gewaffnet (Waffe, orig. Waffen, a weapon); in modern Germ. bewaffnen (29, 27 ; 37, 31) is more usual than the simple verb.—die geistlichen Höfe. geistlich (O. E. **ghostly**), ecclesiastical, spiritual as opposed to temporal, as die geistlichen und weltlichen Fürsten, ein Geistlicher, a clergyman, die Geistlichkeit, the clergy. geistlich is to be clearly distinguished from geistig, pertaining to the mind or spirit, intellectual, spiritual.—Hof (now genly. pron. Hōf, in N. Germ. still Hŏf, but with long vowel in the lengthened forms, Hōfes, &c.), a courtyard enclosed by buildings, hence, farm-house, country-house, hotel, palace, &c. The geistliche Höfe are here the establishments belonging to the various ecclesiastical foundations in the town.

26. Deutschherren or Deutsche Herren, the designation of the Knights of the Teutonic Order (Ritter des teutschen Ordens, cf. 11, 10). This order arose in Palestine during the third Crusade, being formed after the pattern of the earlier religious orders of the Hospitallers or Knights of St John, and the Knights Templars. It quickly developed into a compactly organized and wide-spread corporation, half monastic, half military, and acquired considerable possessions in all parts of Germany and in a less degree throughout Europe. In the 13th cent. the Teutonic Knights conquered and converted the heathen Prussians, colonized their territory, and established themselves in it as a sovereign power. Prussia was lost to them in 1525, when the Grand Master Albert of Brandenburg became

a Protestant, and converted the territory still left to the order in Prussia into a dukedom. But though no longer a sovereign power, they still kept their ground as an ecclesiastical knightly order until 1809, when Napoleon declared this to be dissolved, and assigned its estates to the territories within which they lay. In Austria and in the Netherlands however, the Teutonic Order is still in existence.

27. bei den Deutschherren..., bei...: say, 'from' the...; cf. 18, 21, n.

28. Dechant or Dekan (Lat. *decanus*, one set over ten), **dean**; here dean of the chapter.—The Gulden or florin (orig. adj. = gulden, the subst. Pfennig, used in the sense of coin generally, being omitted and understood) was originally a gold coin, but about the beginning of the 15th cent. began to be coined in silver. The Goldgulden was so called to distinguish it from the silver gulden (so that the term was not current at the date of our story); its value varied according to time and place. The gulden now survives only in the Austrian coinage, with a value of 2*s*.

29. Gerechtsame (fem. subst. fr. adj. gerechtsam, obs. or prov., according to Recht), right, privilege, title.

30. Hauptstück: Haupt, **head**, in compds. = chief, principal, main (61, 21); Stück, 4, 24, n.—dabei, cf. note to l. 9, above.

PAGE 11.

1. noch, 12, 12, n.—bei Menschengedenken (gedenken, to **think** of, bear in mind, remember, whence Gedächtniß, 45, 29, memory), in or within the memory of man.—Hinkelchestag: Hünkel or Hinkel is a diminutive form (now used only provincially) from Huhn, a fowl; che is chen, as a second dimin. suffix (cf. Büchelchen, Sächelchen, &c.), with the n dropped.

5. heuer (Old High German, *hiu jâru*, instrumental abl., = *hoc anno*), adv., now obsolete or obsolescent, except in South Germany, 'this year.'

7. Befehl..., daß man...halte, = Befehl...zu halten. The use of a dependent sentence (with and without daß) in place of an infin. clause, when the subject of the latter would be different from that of the main verb, is in Germ. more frequent than in English, cf. 17, 14, jeden Hund herausfordern, daß er...zupfe, provoke to tug; 29, 20, &c. In a few cases, as with wünschen, this construction alone is admissible,—'I wish you to come,' must be, Ich wünsche, daß du kommst, cf. 66, 27. It is particularly common with the auxiliary verb of mood mögen (cf. 86, 16, rieth ihm..., er möge... malen, = zu malen), esp. when the subject of the dep. clause is indefinite, cf.

24, 25, Doch bat er, man möge..., he begged them to.... Cf. further 10, 17; 19, 21; 25, 9, &c.

9. mitten in, aus, unter, &c., in or into, out of, &c., the middle or midst of. The adv. mitten is in origin dat. plur. of an obs. adj. mitte, seen in Mittag, **mid**day, Mittwoch, &c.

10. Amtmann, here = Rentamtmann, Güterverwalter, the steward or bailiff of the estates of the order.

11. flügeln = mit den Flügeln schlagen (cf. 17, 6, n.), to beat the wing, flutter. This is not a common use of the word; Grimm quotes one passage from Fr. Müller.

12. im Nu. Nu, older form of nun, **now**, used as subst.; now rare except in the phrase im Nu, in a moment, in a twinkling.—erspähen. The most common use of the prefix er (cf. 49, 16, n.) is in the formation (chiefly from intr. verbs) of tr. verbs which convey the idea of attaining or acquiring what is desired, by means of the action expressed by the simple verb; thus spähen, intr., to **spy**, look out, erspähen, to get sight of or discover by spying, to descry; rathen, to guess = make a guess at a thing, errathen (19, 21), to guess = succeed in guessing, find out; greifen (Eng. **gripe**), to grasp = make a grasp (e.g. nach Schatten greifen; also however in limited use as a tr. verb), ergreifen, 31, 4, to grasp = actually take or get hold of, to seize; beuten (rare, = Beute machen), to make **booty**, carry on plunder, erbeuten, 45, 18, to gain by plunder, as booty; erkaufen, 49, 9, to obtain by purchase; cf. 12, 13, n.; 23, 29, n., &c. In a few cases the idea of attainment is absent, as in ersehnen, 56, 12, to long for, hanker after; in some others it is not necessarily involved, thus erforschen, 40, 16, may mean either, to ascertain by investigation, discover, or simply, to search into, endeavour to ascertain by investigation, = forschen nach; cf. further erlauern, 48, 16, n.; sich erbitten, 57, 14.

13. flog darauf (= auf ihn, den Vogel) los. los, **loose**, free, as a sep. prefix of verbs, often denotes the *beginning* of an action; especially = 'off, away, out,' &c., the sudden or energetic transition from a state of rest into one of activity, cf. 19, 8, losbrechen, to break out; 85, 12, über Gn. losziehen, to make an onset upon, to 'set upon,' attack some one, lit. and fig., to rail at or inveigh against him. So losdonnern, to thunder forth; auf etw. losarbeiten, to work away with a will at a thing, &c.—entriß ihn der (dat.) Hand..., 9, 19, n.

14. zerrte ihn, daß...: daß is often used alone = so daß, indicating result, cf. 43, 31; 44, 3, 8, &c.

15. welcher abwehren wollte. abwehren, to ward or keep off; here used absolutely, the obj. den Hund being left unexpressed.—wollte (5, 17, n.),

was going to, tried to.—fräftigſt : on this mode of forming the absolute
superl. of advs. cf. Aue, § 241, 3, *b.*

16.   als es Meiſter Richwin endlich gelang.   Note that Meiſter R. is in
the *dat.* case.   Etw.—ein Verſuch, &c.—gelingt, proves successful, succeeds, cf. 93, 2.   With the dat. of a person, etw. gelingt Einem, one
succeeds in something, in doing something, 18, 1.   Hence the common
impersonal form, Es (i.e., the matter in question, or about to be expressed by a following infinitive with zu, cf. 4, 25, n.) gelingt Einem,
one succeeds.   On the use of the perf. part., gelungen, see 38, 6, n.

19.   Nun hatte man kein…Huhn mehr.   mehr, as adv. of time, **more**
= 'longer,' 'further,' may often, when connected with a negative (nicht
mehr, 'no longer,' 51, 10; 80, 13; kein…mehr, 'no longer a…, or any…,'
82, 29), be rendered in Eng. by 'now,' cf. 46, 21; 62, 7; 85, 9;
105, 18; 114, 30.   So.with other words of negative meaning, e.g., Das
kommt kaum (or ſelten) mehr vor, that rarely happens now.   Where it
follows a nun or jetzt (as here and in 51, 10; 62, 7), it often cannot or
need not itself be rendered.   It will easily be seen how kein…mehr comes
to be often equivalent to Eng. 'no more' preceding a subst., cf. 44, 24,
keinen Wetterſpruch mehr, no more weather proverbs.   That it is not to
be so interpreted in the present passage is to be seen from the context,
Nun.hatte man…, in which nun is a full adv. of time, 'now,' not a
mere expletive particle.   The meaning is simply, Now they no longer
had a…, Now they were [left] without a….

20.   ohne lebendes Huhn keinen Umzug.   In such elliptical expressions
a subst. may be put into one case or another, according as we conceive
the construction if expressed in full.   Here with the acc. we may
understand, konnte man keinen Umzug halten, or the like.   The nom. might
also have been used, with the idea, war kein Umzug möglich.

22.   An den pünktlich erfüllten Wahrzeichen…: = An der pünktlichen Erfüllung der Wahrzeichen….   On (lit., the **punctually** observed, i.e.) the
scrupulous observance of legal symbols depended in those times law or
justice itself.   This construction—perf. part. used attributively with a
subst., in place of a verbal subst. followed by a genit. of the latter—
though not uncommon in classically educated writers, and in certain
phrases (more esp. after the preps. vor and nach, as nach ausgebrochenem
Kriege, nach erfolgter Antwort, &c., cf. 25, 9; 40, 28) in more or less fully
established usage, is not without reason objected to by grammarians
and critics as foreign to the genius of the Teutonic languages, and in its
use even by the best writers (Goethe writes, nach verleſenen einigen lateini-
ſchen Gedichten; nach zwölftauſend umgekommenen Einwohnern, &c.) an illogical

and often grotesque disfigurement of style. The student will do well
either to avoid it altogether, or to use it only in well-established phrases
in which it is perfectly clear and is recommended by its brevity. A comparison and translation into English of the following passages, 19, 13; 24,
28; 31, 26; 52, 3, and others in which it may be met with in reading, will
however show that it is difficult to draw a hard and fast line; in 31, 26,
wegen ter eigenmächtig begnatigten Gefangenen might be rendered into
English by a construction nearly related to that in question, 'on
account of the prisoners pardoned on his own authority.'—Wahrzeichen
(for the most probable etymol., see Whitney, Dict., *sub* wahren), distinguishing mark, that which attests a thing as being what it seems,
a sign or token (87, 28), 'symbol' (106, 14); cf. 12, 11, Rechtsfymbol.

24. erreichte (er, cf. above, l. 12, n.)..., taß man...wolle: the clause
taß..., 'that they were willing to..., — would...,' is the object of
erreichen, expressing the result obtained. If we render literally, a
subst.—'the concession'—will have to be supplied as the direct obj.
of erreichen, the dep. clause following in apposition. An act. verb with
the indefinite subj. man, representing some person or persons who
cannot or need not be more specifically mentioned, may often be
most suitably rendered in Eng. by the passive; '...that the whole
affair would be considered....' So below, l. 29.

25. ten ganzen Vorgang. Vorgang (fr. vergehen, 29, 25; 105, 21; to
go forward, go on, proceed, take place) properly expresses an occurrence or transaction of some duration and various stages;—'all that
had occurred,' 'the whole affair.'—als ungeschehen, as not having happened; cf. Geschehene Dinge sint nicht ungeschehen zu machen, ' What's done
can't be undone.'

27. zur Stelle schaffe. schaffen (weak conjug., to be distinguished
fr. schaffen, str., to create), 'to be active, do, effect,' has the meaning,
'to bring, convey,' only when accompanied by an adverbial expression
indicating change of place, etw. irgentwohin schaffen, to convey or see
that a thing is conveyed somewhere; etw. zur Stelle schaffen, to see that
a thing is forthcoming, to produce, furnish.

28. Die...Uebergabe sollte tann...beginnen. sollen—Eng. shall—expresses moral constraint, or the determination of what is to be, proceeding from the will of some person not the subject of the verb, or
from some recognised source of authority, more or less definitely conceived and indicated by the context. The chief uses of sollen are:
(*a*) to express an individual and private determination, tas soll...
(66, 29, 31), 'that shall...,' such is my resolve, cf. 63, 10, n.: (*b*) to

convey an individual determination expressed with the force of a command, Er ſoll gleich kommen (sc. tell him that, let him know that), he is to come at once, cf. 29, 3, n.; 66, 26, n. : (c) ſoll very often = 'am to,' 'is to' (i.e. according to the will or arrangement of some competent authority, or the dictate of circumstances, or mutual agreement, or merely—cf. 46, 18, n.; 57, 25, n.; 82, 30; 88, 14—some one's conception), 'must,' 'ought,' &c., cf. below, l. 31; 14, 21, n.; 22, 22; 29, 3, n.; 38, 9; 39, 18; 41, 24; 72, 28, n.; 81, 19; 100, 3; 111, 7, &c.

29. The compound Rechtsverwahrung may bear either of two meanings: (a) Recht (= right or rights) is the obj. of the verbal subst. Verwahrung (verwahren, to preserve, keep guard over), and Rechtsverwahrung = Verwahrung der Rechte, reservation of one's rights : (b) Rechts is equivalent to rechtlich; Verwahrung = protest (ſich verwahren gegen etwas, to defend oneself or protest against a thing, to ward it off from oneself), and Rechtsverwahrung = rechtliche Verwahrung, legal protest. Both would here come to the same thing—though the context seems to point rather to (b)—as it will come to the same thing in the Eng. whether we render 'reservation' or 'protest.'—Daß man nicht etwa...: etwa marks the matter in question as one of possible occurrence or of conjecture; its force might here be paraphrased, 'as it was conceivable they might attempt to do'; in 67, 19, nicht etwa zu Fuß, 'as might perhaps be supposed.' Sometimes it may be rendered 'perchance,' cf. 42, 13, 20; sometimes it is almost interchangeable with vielleicht, as in 38, 26, 'Wollt Ihr etwa...' 'Perhaps you will...?' and in 78, 27.

PAGE 12.

2. Schadenerſatz, cf. 10, 14, n.—Schmerzensgeld, money paid as indemnification, in the first place, as here, for actual bodily injury, then generally, compensation. Cf. Eng. 'smart-money.'

6. in der letzten vorgeſteckten Minute: this use of vorſtecken, to 'set before,' lay down, appoint, fix,—cf. Goethe, Wechſelwinde treiben | ſeitwärts ihn der vorgeſteckten Fahrt ab—, is now usual only in the phrase, Em. or ſich ein Ziel vorſtecken (or vorſetzen), to mark out an aim for.

7. auf den...Hof. The use of the prep. auf, 'up,' 'upon,' with dat. and acc., where we use 'in,' 'into,' is explained partly by the different mode of conception, e.g. in auf der Straße, auf dem Markte (31, 14; auf den M., 30, 17), the street and the marketplace are regarded as extended surfaces (thus we say, not auf, but in einer Straße wohnen; cf. also am Marktplatz, 33, 6, n.), while the Eng. 'in the street,' &c., regards them as

bounded spaces; partly by the fact that in O. and M. H. G. auf in many cases gradually supplanted an and in, custom having decided in different cases for one or the other, so that we still say in bie Schule but auf bie Universität, in bie Kirche but auf ben Kirchhof gehen; an ber Schule sein of a master, but auf ber Schule of a pupil, &c.   Lastly, auf is still used in a number of cases because the original conception was that of a place at some height, so auf einem Schlosse wohnen, auf bie Burg fahren, auf einem Zimmer (an upper one), cf. 19, 26, auf bem Rathhause; 28, 5, 17, &c.

9.   bie...gespreutelt gewesen [war].   haben and sein, as auxiliary verbs of tense, are often omitted, for the sake of brevity and euphony, at the end of dependent sentences, cf. 15, 30; 16, 10; 26, 27; 27, 12, 25, &c.

11.   Etw. gelten (5, 7, n.) lassen, to allow a thing to pass muster, as valid, to admit, accept.

12.   noch.   (a) noch indicates primarily a continuation of or addition to something (thing, condition or action) previously existing,—'still,' 'yet,' of time past, present, or fut., cf. 7, 1; 11, 1; 13, 29; 23, 8; 33, 19; 46, 10; 88, 19, &c.; 'further,' 'in addition,' 'more,' cf. 3, 12; 5, 22; 11, 17; 23, 16; 35, 3; 78, 13; 97, 12, &c.   (b) The continued existence or occurrence (with a neg., the absence, noch nicht, not yet) of the matter in question is often marked as extending up to a certain more or less defined time (or conjuncture, cf. 35, 23, n.),—'as yet,' 'still,' 'up till now,' 'up to this point,' cf. the first list of exx.   (c) The conception of a previous condition or action often becomes subordinate in importance, or altogether general, the thought resting mainly or entirely on the new condition.   noch thus sometimes expresses simply that something is 'now,' as contrasted with the past (cf. 15, 31, n.), or is and will be 'henceforth,' or will 'yet' at some time be or take place (94, 4).   (d) It is further often used to indicate that something 'still' continues, or 'yet' takes place within certain more or less defined limits, frequently with the underlying idea that these limits might perhaps have been thought to exclude it or render it improbable; its force may here, even when it cannot be rendered, or is too slight for translation, often be explained in paraphrase by 'as late as this,' 'so far on as this,' 'still, though late,—though at so advanced a stage of things,' so in the above passage, and in 19, 17 (see note); 25, 10; 31, 19, n.; 35, 23, n.; 78, 29, n.   (e) Sometimes it may be rendered by 'very' or 'same,'—noch heute, this very day, cf. 27, 11.   (f) With an expression of past time it is often equivalent to Eng. 'only,' 'but,' cf. 19, 17; 98, 8.—alle (17, 4, n.) Betheiligten.   sich an etw. (dat.) betheiligen (Theil, part, share), to take part in something; ein Betheiligter, a participator, one concerned in a matter.

13. mit einem blauen Auge davonkommen (cf. 8, 12, n.), to come off with a (blue, i.e.) black eye, is a familiar phrase for, to come off cheaply, escape with comparatively little injury.—erwürgen (er, cf. 11, 12, n.; würgen, intr., to choke, and tr., to strangle), orig. and properly, to kill by suffocation or strangling; then generally, to kill, slay, cf. 94, 27, Würgengel.

14. die...Henne ausgenommen (ausnehmen, to 'take out,' 'except'), perf. part. used absolutely, = Eng. pres. part. 'excepting,' similarly used. Note that ausgenommen is generally used with the *accus.* (cf. 42, 2), which it precedes or follows, or with a following clause, daß... Sometimes it stands with a nom., keiner ausgenommen. It has however also become a mere particle, with no determining influence on the case of the subst., e.g. Er erinnerte sich aller Umstände, ausgenommen des einzigen, daß...

16. von Stund' or Stund an (art. omitted), from this or that time on, 'henceforth.' So, zur Stunde, at the time (viz. the time in question, pres. or past), 'now'; at that time, 'then,' cf. 13, 31; 31, 5;—bis zur Stunde, up to this or that time, hitherto, as yet. In these phrases Stunde shows its earlier meaning, time, point of time; in the word-play in 31, 5—7 is involved its now only current meaning, 'hour.'

18. Um aller Welt Güter (aller Welt genit., Güter, acc.) = the common phrase, um alles in (or auf) der Welt, 'for all the world'; cf. um jeden Preis, 61, 29, for any price, at any cost; &c.

19. gerade (3, 4, n.) jetzt, here = just now of all other times.—Recht haben (87, 2), Fr. *avoir raison*, to be in the right; Recht behalten (behalten, to keep), to remain in the right, have the right on one's side at the end of the dispute; to prove one's point, gain one's cause. Cf. 44, 23, n., das letzte Wort behalten, and 105, 19.

20. Auftritt (auftreten, lit., to step up,—on to a platform, stage, &c.; to make one's appearance, in stage language, to 'enter'), a scene, both on the stage, and in an extended sense; cf. Scene, 9, 18.

Drittes Kapitel.

26. wie er's...nicht (sc. zu thun) gepflegt hatte. es (always unexpressed in English, not seldom also in German) refers to the action just mentioned.

PAGE 13.

1. wimmeln von, to swarm or be crowded with, be full of, so 87, 25; also impers., 34, 20.

3. auf einen Reiter...spannte. spannen (Eng. **span**), to stretch, to put or keep on the stretch, in a state of suspense or expectancy, as dieser Roman spannt sehr, or ist sehr spannend, is very exciting; gespannt (108, 24),

excited[ly]. As intrans., auf etw. spannen, to turn eager attention to, be eager for (109, 1); die Katze spannt auf die Maus, watches intently, preparing to spring.

4. faßte es...: faſſen = empfangen, to receive, get, only colloq. and provincial, chiefly in the language of soldiers.—augenblicks, genit. adverbial form (10, 11, n.), = augenblicklich or im Augenblick, in a moment, instantly. The last mentioned forms are the more common.—ſeinen richtigen Peitſchenhieb. The word richtig conveys here a more comprehensive signification than can be expressed by any single rendering. It means in the first place, right, correct, as it ought to be, and this in the twofold aspect, correctly aimed, well-planted, and proper, due, deserved. At the same time it marks the blow as being just what the spectator might be expecting to follow, as we exclaim, richtig! when something occurs, or turns out to be true, which we have predicted or expected, e.g. Ich behauptete, er käme doch, und richtig! da trat er ſchon herein.

6. Reue...Buße. Reue is 'repentance' simply in the sense of more or less remorseful regret for the past, wish that something had not been done, and could be undone. Buße as a synonym of Reue is repentance in the fuller sense of the word, implying with regret for the past an earnest purpose of amendment. The radical meaning of the verb büßen is to remedy or make good, to render satisfaction, whether by suffering a penalty, or making material restitution, or by repentance for the past and the resolve to do better. Thus Buße may mean penance undergone, atonement made, or repentance as just explained, or it may more or less combine these meanings, as here and in the next line,—Thasso had evidently felt compunction, but had shown no inclination to atone for the past by bettering his ways.

7. ſühnen, now current only in the sense, to expiate or atone for (23, 26; 25, 26; 71, 5), and ſöhnen (now rare, its place being partly filled by ausſöhnen and verſöhnen, cf. 19, 12; 116, 3), to 'atone' in the old sense of making *at one*, to reconcile, conciliate, bring or come to agreement and restore peace, are really the same word, the different forms of which do not appear at any period of the language to have been strictly marked off from each other. Sühne (30, 30, n.; 116, 3) or Sühnung represents (like the Eng. 'atonement') the double meaning, expiation or satisfaction (rendered or enforced), and reconciliation (now more usually Verſöhnung). Here Sühnung means reconciliation, the re-establishment of good relations, as following the penance expressed by Buße. Cf. 96, 5, n. The history of the words here in question, German and English, shows that the ideas of expiation in satisfaction

of justice, and reconciliation, have always tended to run into each other.

9. Dreſſur, subst. to treſſiren, 10, 7, n.

14. hatte bis dahin eine...: hatte=hatte...gehabt, cf. l. 22 below, and n.

16. die Gemeinde, the congregation, cf. 26, 13, n.

17. Lärm ſchlagen, to beat or sound an alarm (so Lärm blaſen, läuten, &c.), raise a hue and cry, &c.—Das verlernte er jetzt. The prefix ver (cf. 3, 11, n.; 4, 23, n.) often indicates the activity of the simple verb, applied in the opposite direction, thus kaufen, to buy, verkaufen, to sell (cf. verbitten, 91, 1, n.); so verlernen, to *un*learn, sometimes in the Eng. sense of this word, but more frequently=to forget, to lose some knowledge, skill, or habit, through want of practice or occasion.

18. vor die offene Thüre : note the accus. after vor (so 38, 21), lit., *to* before or outside, cf. 27, 3, n.

19. hörte, wie...die Frühmeſſe geleſen wurde. A clause with wie or daß, after verbs of seeing, hearing, &c., is often the equiv. of an infin., translatable by an Eng. part. or infin.,—Ich ſah, wie or daß er auf und abging,=Ich ſah ihn auf und abgehen, I saw him walking, or walk, up and down ; cf. 116, 15. Here however the meaning is not that R. 'heard early mass said,'—hörte...die Frühmeſſe leſen (cf. 23, 19, n.)—, but that he knew from the sounds that reached his ear that mass was being said.— ſo blieb er wohl auch, cf. 5, 13, n.

22. ein Stück Morgenſegen, cf. 36, 8, ein Stück Stadtmauer, a piece of..., &c.;—apposition in place of a partitive genitive.—Bis dahin war er...geweſen, cf. 10, 3, n., and note that the perf. is here used as indicating what up to now had been, but was no longer.

24. glaubte er..., der Tag ſei..., auch gehe..., cf. 5, 25, n.

28. doch (3, 5, n.) might here be rendered, if at all, by an unemphatic 'really.'

30. zum (7, 19, n.) Zeitvertreib (die Zeit vertreiben, to pass, lit. **drive**, away the time), as a pastime, for amusement.

31. zur Stunde, 12, 16, n.—gearbeitet werden mußte, cf. 6, 4, n.; lit., when 'there was an obligation' that work should be going on, =wo...hätte gearbeitet werden müſſen, when work 'ought to have been' going on (cf. 39, 9, n.).

PAGE 14.

1. gar ſtill. gar, orig.=ganz, quite, completely (cf. 5, 20, n.), became gradually weakened down to express simply a considerable degree (cf. the similar modification of meaning seen in the concessive use of

ganz and Eng. 'quite,'—ganz hübsch, quite pretty), so that it often hardly differs, as regards definable meaning, from sehr (cf. 23, 4; 27, 27; 28, 20; &c.), though it is sometimes used where sehr could not be (cf. 18, 20, gar manches, many a..., where gar simply strengthens, and hardly admits of or needs translation), and generally has a peculiar colouring of its own.

2. so spät [als] es ihnen beliebte. After so with an adj. or adv., als is very commonly omitted, cf. 19, 6, so bald wir...sind; 91, 18, so lange es gilt..., &c. In some phrases it has entirely dropped out of use, as in so viel ich weiß, as far as I know.

3. Wetter, **weather**, also = Gewitter, storm; hence wettern, to be stormy, also fig., to storm, rage, curse. Cf. Donnerwetter, 25, 4; and 46, 13, n.

7. hätten...gerne vergiftet. Etw. gern thun (gern, willingly, with pleasure), to like to do, be fond of doing, &c.; Ich möchte gern gehen, or Ich ginge gern, I should like to go; cf. 32, 5; 39, 25; &c. Etw. lieber thun (18, 11; 44, 19, &c.), to do something 'rather' (than something else), to prefer to do it. For the superl., am liebsten, cf. 34, 4.

8. sie merkten wohl, daß er allein Schuld sei (5, 25, n.): instead of sei we might have had the indic. war, but the object of the narrator is simply to report what the journeymen observed, not to let us know that he regards what they observed as really true. So in 15, 5, begriffen nicht wie der... geworten sei.

9. Schuld (ultimately fr. sollen, cf. Eng. **shall**, **should**), debt, fault, &c.; cause or occasion (genly., but not always, blamable cause of something untoward); an etw. Schuld (or schuld) sein, to be the cause or occasion of anything, to be to blame for it.

14. hatte...seinen besonderen Haken. Haken, a **hook**; fig., a difficulty, drawback, hitch; die Sache hat einen or ihren Haken, there is a difficulty or hitch in the matter, it does not run smoothly. '...had undesirable results of its own.'—Verkaufsgewölbe. Gewölbe (wölben, to arch, vault), first a vaulted roof—e.g. das Himmelsgewölbe—, then an apartment with such a vault. Vaulted chambers being often used for warehouses (42, 1) and places of business, Gewölbe came to be used of a store or shop generally, cf. Eng. 'spirit-vaults.'

16. so fuhr (5, 17, n.) Thasso unter der Bank hervor, dashed forth from under the bench. Note that in the Germ. equivalent of the Eng. construction with two preps., 'from under...,' 'from behind...,' &c., after a verb of motion, only the second prep. (the one which marks the 'place where' the motion takes place) is found, followed by the dative

case, while the idea of motion is expressed, not by a prep., but by an adverb standing as prefix to the verb, usually hervor. Further exx., 21, 26; 29, 28. We have the same construction in the German in, an einem Hause vorbeigehen, zur Thüre hereinkommen, &c.; also in neben Em. hergehen (8, 30, n.), and the Eng. equivalent, 'to walk along beside' someone.

18. war...nicht zu halten, was not to be restrained. For this idiomatic use of the act. infin., where in Eng. the pass. is required (cf. however, 'a house to let'), cf. 25, 30; 49, 29; 69, 25, &c. Eve, 169.

20. mit Noth. Noth, 'necessity,' means also the pressure of necessity, embarrassment, distress, difficulty; hence mit Noth, with difficulty, hardly, scarcely.

21. betrat...ten Weg der Milde. betreten (treten, intr., to **tread**; be forms trans. verbs, see Eve, Acc., 154, Aue § 279, 1), to set foot on or in, to enter (29, 23); einen Weg betr., fig., to enter upon or adopt a course.—sollte er...(11, 28, n., c), 'was he to...?'

27. bot...seine lichteste Miene auf. aufbieten, to **bid** or call up, to summon; hence fig. (seine Kräfte aufb., Alles aufb.), to exert, employ, put into requisition, summon up, muster.

29. daß es hier einem Geschäftsfreund...gelte. gelten, cf. 5, 7, n. Etw. gilt Em. (or einer Sache), is intended for, aimed at, concerns him, has him as its object (73, 9), e.g. Wem gilt diese Bemerkung? es (cf. 4, 25, n., and 6, 19, n.) here indicates generally the whole proceeding, 'that he was dealing with a customer...,' or, 'that here a customer...was in question—in the case.'

PAGE 15.

4. verstohlen (part. as adj. and adv., fr. obsol. verstehlen), secret[ly], furtive, &c.

6. über Nacht, **over night**, during the night; hence, in the course of a single night, suddenly, all at once, cf. 107, 20; 114, 11.

8. just im bedenklichsten Zeitpunkt. just = gerade, just, but is used only in a quite familiar colloquial style.—bedenken (cf. betreten, 14, 21, n.), to **think** upon, take into deliberation; sich bedenken, to hesitate, have doubts and scruples; hence bedenklich, of a character to occasion apprehension or misgiving, critical, doubtful, serious, cf. 37, 7; 38, 1; 92, 29.

9. das wilde or wüthende Heer, in popular Teutonic mythology, the army of spirits of the air which, with Wuotan or Wodan at their head, sweep with terrible howling and shrieking through the winter storm; hence used familiarly for a wild noisy troop. The myth is exceedingly

ancient, and has widely prevailed, in the most various forms, and interwoven with other myths of gods and heroes, throughout the Teutonic countries. The Thuringian legends of $\mathfrak{Frau}$ $\mathfrak{Holla}$ and $\mathfrak{der}$ $\mathfrak{getreue}$ $\mathfrak{Eckart}$ (cf. Goethe's poem with this title) may be mentioned.

10. $\mathfrak{fuhr}$, 5, 17, n.—According to its etymology, $\mathfrak{zwischen}$ (contracted fr. in $\mathfrak{zwischen}$, O. H. G. *in zuiskên*, between **two**) stands to $\mathfrak{unter}$, in point of signification, as Eng. 'between' to 'among'; it is however, while retaining its narrower meaning, 'between' two, also commonly used = $\mathfrak{unter}$, 'among' several. Note here the acc. after the prep., denoting motion towards.

12. $\mathfrak{die}$ $\mathfrak{verhaltene}$ $\mathfrak{Lust}$: $\mathfrak{verhalten}$ ($\mathfrak{ver}$, cf. 3, 11, n.), to hold 'away, off,' keep 'down,' suppress, hold in check; so again, 63, 10.

13. $\mathfrak{den}$ $\mathfrak{Kindern}$ $\mathfrak{bekam's}$ ($\mathfrak{es}$, 4, 25, n.) $\mathfrak{übel}$. $\mathfrak{Etw.}$ $\mathfrak{bekommt}$ $\mathfrak{Em.}$, something agrees with one, hence in familiar language, $\mathfrak{Es}$ $\mathfrak{wird}$ $\mathfrak{ihm}$ $\mathfrak{schlecht}$ $\mathfrak{bekommen}$, $\mathfrak{wenn}$ $\mathfrak{er}$..., it will be the worse for him, if he...; $\mathfrak{Mir}$ $\mathfrak{bekam's}$ $\mathfrak{übel}$, I came badly off, &c.

14. $\mathfrak{die}$ $\mathfrak{beiden}$ $\mathfrak{Knaben}$. Note that the use of $\mathfrak{beide}$ is wider than that of the Eng. **both** (cf. 43, 21, n.; 64, 13); it often means simply 'two,' less in a precise numerical sense, than as used collectively.—$\mathfrak{schon}$ (cf. 10, 5, n.) $\mathfrak{anderen}$ $\mathfrak{Tages}$, the very next day.

15. $\mathfrak{zur}$ $\mathfrak{schärferen}$ $\mathfrak{Zucht}$ (cf. 7, 19, n.), for, i.e. to be kept under, stricter discipline.

18. $\mathfrak{Unarten}$, 4, 16, n.—$\mathfrak{verführt}$, 4, 23, n.—$\mathfrak{meinte}$, 5, 25, n.

19. $\mathfrak{wie}$ $\mathfrak{kann}$ $\mathfrak{man}$ $\mathfrak{überhaupt}$...? $\mathfrak{überhaupt}$ (see 4, 7, n.) puts the matter as a general question, apart from any particular circumstance or condition. This force may sometimes be expressed by 'at all,' 'anyhow,' esp. in negative and interrogative sentences. Often it is hardly translatable. Cf. 48, 24; 49, 24; 73, 9, and notes; 77, 13; 104, 28; 106, 10, &c.

21. $\mathfrak{Em.}$ $\mathfrak{den}$ $\mathfrak{Daumen}$ $\mathfrak{auf's}$ $\mathfrak{Auge}$ $\mathfrak{halten}$, $\mathfrak{setzen}$, $\mathfrak{drücken}$, lit., to keep or put one's thumb on a man's eye, is a familiar expression for, to keep him in check, keep a tight hand over him.

23. $\mathfrak{mußte}$, felt impelled to, could not but...; cf. $\mathfrak{Es}$ $\mathfrak{war}$ $\mathfrak{so}$ $\mathfrak{drollig}$, $\mathfrak{daß}$ $\mathfrak{ich}$ $\mathfrak{lachen}$ $\mathfrak{mußte}$,...that I could not help laughing.—$\mathfrak{alle}$ $\mathfrak{die}$ $\mathfrak{Verwandlungen}$: the art. $\mathfrak{die}$ has here almost the force of the demonstr. pron. $\mathfrak{diese}$, cf. 17, 4, n.

27. $\mathfrak{Ja}$ $\mathfrak{wohl}$! a somewhat strengthened $\mathfrak{ja}$, oh yes, yes certainly, to be sure. It is however often used merely as less curt and laconic than the simple $\mathfrak{ja}$.—$\mathfrak{Standbild}$. $\mathfrak{Bild}$ means anything formed or fashioned ($\mathfrak{gebildet}$), picture, image, &c.; $\mathfrak{Standbild}$, a statue.

31.   In nur noch (noch, 12, 12, n., *b*), indicating the continuation of something under limitations, or under altered conditions, noch may often be rendered by the Eng. 'now,' cf. 88, 20; 103, 15; 113, 15. In 17, 17; 21, 18 the force of noch is the same, though it will not be rendered, another adv. of time being expressed.

PAGE 16.

1.   denkt nicht von Weitem an's Beißen. von Weitem, from afar; nicht von Weitem = nicht entfernt (55, 4), nicht im Entferntesten, not in the remotest degree, not by any means; 'has not the remotest idea of biting.'

3.   zusehends, cf. 10, 11, n.—En. kurz halten, to keep one short, to keep a tight hand over, be strict with.

5.   grundverderblich: Grund (3, 16, n.) in composition with adjs. = gründlich (47, 11), down to or at the very foundation, fundamentally, thoroughly.

7.   Etw. thut Em. wohl, is gra'eful to one's feelings, is very pleasant. Note here the greater freedom of order in the German; we might also say, wie wohl es mir thut, or, wie es mir wohl thut (or wohlthut).   Cf. 18, 28, wie seid ihr ein besserer Mann geworden!

11.   wie sollte ich dir's nicht danken?   In this common mode of expression sollte is imperf. subjunct.; wie sollte ich, lit., how should, or could, it be that I should...? (cf. 20, 15), how can I...?   Hence, Wie sollte ich das und das nicht thun—nicht wissen, &c.? often means, 'Why of course I do—Why to be sure I know, &c.'   So in Lessing's *Minna v. Barnhelm:* Sie verstehen sich doch auf Juwelen? Nicht sonderlich. Was sollten Ihro Gnaden nicht?   Cf. George Eliot, *Middlemarch:* "And how should Dorothea not marry?"

13.   noch vielmehr..., cf. 10, 11, n.   The meaning here however appears to be, noch viel mehr, = noch weit mehr, 'much more.'

19.   Dabei (10, 9, n.) waltete...: walten (whence Gewalt, power), to hold or have sway, govern (28, 26), be in ruling or pervading activity. Some freedom of expression is generally required in rendering the meaning of this word, cf. 50, 31, n.; 61, 29, n. ; 62, 23; here we might say, 'But here a strange instinct guided the animal.'

21.   wenn es ja..., 4, 28, n.

22.   Muthwillen, cf. 7, 23, n.—wieder einmal: einmal, not 'once' in a definite sense, but (cf. 5, 15, n.), for once, once in a while, occasionally.

24.   Landstreicher (streichen, 42, 22, to pass along, range, roam), a va-

grant, tramp.—verüber laſſen. The ellipse of a verb of motion is common in German, when the idea of motion is sufficiently conveyed by an adverb or adverbial expression. This is more especially the case after the 'verbs of mood,' after which also other verbs, the sense of which is sufficiently conveyed by the context (as thun or machen, 8, 18; haben, 70, 4), are often omitted. wollen is used with the ellipse of very various verbs or verbal ideas, cf. 69, 27; 88, 18; 105, 26.

28. Feierabend (cf. 3, 11, n.) is the time (in the first place the evening-time, then generally the time early or late) of cessation from the work of the day.—pflog Meiſter N....zu gehen. pflegen, in the meaning to be accustomed, is now seldom conjugated as a strong verb.

30. des Strickes frei: a more colloquial expression would be des Strickes ledig (93, 5), or vom Strick befreit.—bewähren (root wahr, true), to give active proof of anything, confirmation of its reality or genuineness; to show by trial.

PAGE 17.

2. ein Junker aus den Geschlechtern (cf. 6, 19, and Introd.). Junker, M. H. G. *junc-herre*, junger Herr (Herr in the applications explained in 6, 7, n.), a term used in the first place of the sons in a noble family, as distinguished from its head, but afterwards extended to mean a noble or person of distinction generally. It is still sometimes used, chiefly by the lower people, for a young nobleman; generally, however, only as a term of contempt for the petty Tory nobility. Prince Bismarck has endeavoured without success to re-establish the word in its more respectable meaning, for a country nobleman.—tänzeln, diminutive verb from tanzen, to **dance** (cf. lächeln, to smile, fr. lachen, to laugh, &c.), to skip, caper, 'mince,' &c.

4. alle Lehren des Morgens. The article is not required after all = Eng. 'all the,' except where there is more or less of real demonstrative force to be expressed, as in 15, 23 (see note); 89, 10; 98, 20, &c. When it simply means 'the…in question,' as further defined, or as indicated by the context, i.e. when the services of a demonstrative or 'definite' article are unnecessary, it is very generally omitted, cf. 12, 12; 20, 1; 22, 25, &c. But the art. is often used when its demonstrative force is but slight, e.g. in 20, 1, all das Unheil, or on the other hand in 110, 4, allen Tadel would be equally correct, and would alter the expression only by a shade.

5. erſt...nachdem, cf. 8, 23, n.

6. wedeln (Wedel, tuft, brush, fan-like object; as a sportsman's term,

tail, 'brush'), to move to and fro, fan, wag. wedeln is not very often used absolutely, as here, = mit dem Schwanze (or, den Schwanz) wedeln.

8. mitten (11, 9, n.) entzwei: entzwei is a corruption of in zwei, **in two.**

14. jeden Hund: note that jeder represents both of the closely allied meanings 'every' and 'any' (=any you like to select or mention, any whatever), cf. 37, 6; 42, 4; 61, 29.—herausfordern (fordern, to demand, call for, summon), to challenge, call upon; say, 'tempt.'—daß, cf. 11, 7, n.

15. As we say einen (freundlichen, bösen, &c.) Blick auf En. werfen, to 'cast' a glance at anyone, so we can say seine Liebe, Gunst, &c., einen Haß (57, 30), Groll, &c., auf En. werfen, to bestow on, conceive or entertain towards.—Hoffart, 6, 15, n.

17. nur noch, 15, 31, n.—im schlichtesten bürgerlichen Gewand. Bürger (orig., inhabitant of a Burg,—fr. bergen, to shelter, protect, 87, 8, n.—, A. S. burg, fortified castle, or town, see Introduction), a **burgher**, citizen, commoner, as distinguished from the Bauern, or tillers of the land, and especially from the Adel, or nobility, cf. 89, 7—8. Hence bürgerlich, of the rank of Bürger or commoner, not noble (59, 8); of a character or style suited to that rank, simple, plain, unpretentious. Cf. 50, 3, n.; 58, 17. Luxury and social distinction were in Germany until a comparatively recent period chiefly confined to the Adel.

19. Dazu (zu = in addition to), besides this, besides, also.

22. die (8, 9, n.) Ohren verstopfte: stopfen, to **stop, stuff**; ver has in many compounds the force of closing up, shutting out, as in verschließen, 58, 30, to shut or lock up; verschütten, to block up, &c.; cf. verlegen, 37, 9, n.

24. Wie spöttisch hätte nicht...: nicht, pleonastic, as 'not' is sometimes used in English, to add force to an exclamatory statement.

27. sich fast zum Fußfall gesteigert hätte. Fußfall, a falling at someone's feet, prostration. In German, to express that something came near happening, though it did not really happen, the pluperf. subjunct. is commonly used,—Ich wäre beinahe zu spät gekommen, I almost came too late, = I came near being too late (though perhaps I arrived after all in very good time); but Ich kam beinahe zu spät, I came almost too late, i.e., when I arrived it was almost too late. Cf. 104, 1.

29. wenn Thasso ja (4, 28, n.) noch einmal: it is often necessary to distinguish between the compound expression noch einmal, 'once more,' and the same words coming together but to be taken separately; so here, noch (12, 12, n.), still, einmal (5, 15, n.) as in wieder einmal, 16, 22, n. So again 25, 10, n.

PAGE 18.

1.   was keinem Andern gelungen war, cf. 11, 16, n.

5.   feſt und fertig (feſt, fixed, settled: fertig, M. H. G. *vertec, vertic*, fr. *vart*, Fahrt, hence orig., prepared for a journey; finished, completed, ready) = the current colloquial expression fix und fertig, 107, 29, n.

6.   auf Oſtern, provincial for zu Oſtern; cf. in the title of the next story, auf Lichtmeß.—zur Frankfurter Meſſe, the celebrated Frankfurt fair, once second in importance only to that of Leipzig, its younger rival. The autumn fair dates as early as the 12th century, that held at Easter from 1330, only forty years before the date of our story. The Frankfurt fair has in recent times lost all significance, while that of Leipzig, held at Easter and Michaelmas, with one of less consequence at New Year, still remains of great importance in wholesale trade. Frankfurt, Wetzlar, Friedberg (l. 23 below), and Gelnhausen were the four imperial towns of the Wetterau, the two former however really lying outside its original territory.

7.   geſchloſſen zuſammenhielt (geſchloſſen, mil., in closed or serried ranks), kept close together. In old times it was needful for traders resorting with their merchandise to the great fairs to travel in large parties, for mutual defence against marauders, which they usually did under the convoy of armed men furnished by the rulers of the states and the governing bodies of the imperial towns. At Frankfurt these cavalcades were met outside the gates by a company of cavalry specially formed for this purpose from among the citizens, and escorted into the town. Goethe in the first book of his autobiography gives an account of some of the ceremonies with which in his boyhood the Geleitstag was still observed.

8.   die Wetterau (die Wetter, a small river flowing into the Nidda, itself a tributary of the Main; Au or Aue—ultimately related with Lat. *aqua*—water, stream; then land surrounded or traversed by water, holm, meadow, plain), name of a fertile district lying between the Main and the Lahn (on which lies Wetzlar), the Taunus range and the Vogelsberg.

11.   hielt ſich ſonſt lieber (14, 7, n.) zu...: ſich halten zu..., to keep to, associate oneself with, form one of the party of.—ſonſt has numerous meanings which will become clearer by regarding as the fundamental idea present in all, 'other than' what in the particular case is thought of or mentioned. Thus it means, at another time or other times; hence, at a former time, formerly, once (103, 6; 112, 1); under other cir-

cumstances, in other respects, otherwise, usually (34, 22; 54, 30), &c. It thus often has a less narrowly defined signification than any one word by which it will be rendered in English.

13. Klepper, orig., a riding horse generally; a quick-trotting pony; now for the most part only of a riding horse of an inferior breed, nag, roadster.—Nachhut (Hut, f., **heed**, protecting care, guard; cf. auf der Hut sein, to be on one's guard; hüten, to watch, protect), rear-guard, contrasted with Vorhut, vanguard, van.—heuer, 11, 5, n.

14. Rappe (another form of Rabe, a **raven**), a black horse.—Saumthier (Saum, burden borne by an animal, fr. L. Lat. *sauma*, ultimately fr. Gr. σάγμα, a pack-saddle), a sumpter-beast, beast of burthen.

21. welche...bei Richwin...nicht verfangen (7, 10, n.) hatten. The prep. bei often finds in an idiomatic Eng. translation no literal equivalent; this renders the more necessary a clear recognition of its exact force in the German, which will often be facilitated by a reference to its original local meaning. bei (Eng. **by**) denotes neighbourhood or conjunction without contact, and thus corresponds to the Eng. 'at,' near, by, with, among, &c., in literal and still more in metaphorical use; cf. 4, 15, n.; 5, 12; 9, 8, n.; 26, 23; 28, 10; 32, 16; 47, 16, &c. Applied to persons, in its metaphorical use, it may often be rendered by 'with,' or 'in the case of'; e.g. in the above passage, 'speeches which had not taken with Richwin' (perhaps better more freely, 'which had produced no impression upon R.,); cf. 52, 25, Aehnlich wie beim Fürsten, just as with or in the case of the prince; 57, 15, Fürwort bei..., intercession with...; 62, 24; 64, 10. Here as elsewhere, however, it is generally easy to trace the local meaning; e.g. above bei marks metaphorically where the speeches should have taken effect, but did not; in 57, 15 the place at which, i.e. the person to whom, the petition was to be presented, &c. Cf. 49, 3, n.; 71, 14, n.; 85, 24, n.; 96, 22, n.

22. fanden...die beste Statt. Statt is here the M.H.G. *state*, orig., whatever helps a thing to become effective, suitable place or favouring circumstances. Hence Statt finden, to find furtherance, to be permitted (cf. gestatten, to permit, orig. = *state* geben, to afford furtherance), or well received, to take effect. So here. Statt finden or haben is now most commonly used = 'to take place,' happen, where perhaps may be traced some blending of meaning with Statt, place (M.H.G. *stat*), pl. Stätte, which became a new sing. (cf. Eng. **stead** in homestead, anstatt, instead, Werkstatt, 13, 20, or Werkstätte, &c.). Statt as an indep. subst. survives only in the form Statt, a town.

23. Warte = Wartthurm or Wachtthurm, watch-tower. The Friedberger Warte still stands outside Frankfurt, on the road to Friedberg.

24. da war M. R. eingeweiht: war in such cases should be distinguished

not only from wurde, which expresses the taking place of an action in the past, but also from war...worden, which indicates the same in pluperfect time.   war, on the other hand, indicates not an *act* but the *condition* consequent upon an act past and completed.

29. erst jetzt, 9, 22, n.   ein ganzer Mann, a man coming up to one's idea of a man, a real man, a man every inch of him.   So we say ein ganzer Jäger, a thorough sportsman, &c.   The whole clause, ja...Mann, might be made parenthetic, and rendered, 'why now you really *are* a....'

30. Frist, a space of time within or at the end of which something is to be done, set term; hence often, respite, delay, time allowed, cf. 64, 24.   In its wider meaning, = Zeit, time generally, point of time or definite space of time (23, 6; 31, 19), it is now not much used except in one or two phrases, as in or nach Jahresfrist, 75, 19.

PAGE 19.

1. Ich wußte wohl, daß...sei, und daß...fehle.   (Cf. 5, 25, n.)   Verbs in the indicative might of course have been used.   But the propositions here neutrally expressed by the subjunctive clauses, without assertion or negation (cf. 20, 27, n.), are simply referred to by the speaker as expressing the belief that formed the motive of his action at the time of which he is thinking.   With their truth or falsity as a present question his mind is not engaged; that he still adheres to his former conviction of their truth is sufficiently implied in the word wußte.   Possibly also the use of the subjunctive here is in part due to the instinctive courtesy which leads a speaker to refrain from anything like a tone of positiveness in mentioning facts in the truth of which he is interested, but which are too clear to need insisting upon.   Similar considerations will often explain the use of the subjunctive of oblique oration in German in cases where the indicative might also have been used. Often however, especially in colloquial German, the direct and indirect oration are used with little real (i.e., purposed and felt) difference of meaning.

3. es (20, 18, n.) geht nichts über..., lit., nothing goes beyond...; 'there is nothing better than..., nothing to beat..., nothing that comes up to....'

4. Schule, school; fig., discipline, training, cf. 88, 17.   Of an artist or singer one may say, er hat keine Schule, he lacks training.   The dictionaries leave this usage unnoticed.—die bändigt...: die is here the de-

monstr. pron., = *this* or *that* (person or thing), which is regularly used in place of the third personal pronoun (or of biefer, jener, used as explained in 8, 17, n. ; so 86, 8), where the latter, as having demonstrative force, becomes accented. Thus, '*He* knows where it is,' is Der (not Er) weiß, wo es ist. Cf. 26, 14, was kümmert mich ber? Further, 78, 5; 99, 9; 107, 12, &c. When however the third pers. pron. is emphasised simply in contrast with another subject or object in question, then of course the pers. pron. is used also in German, cf. 65, 22; 70, 4.

5. freigesprochen...von der Lehre. Lehre, teaching, training, apprenticeship. freisprechen, to declare free, acquit, discharge. von der Lehre freisprechen was the technical phrase for the formal discharge of an apprentice at the end of his time of service, cf. 5, 13, n.

6. das soll geschehen: geschehen is not merely to 'happen,' come about (3, 4; 82, 27), but also serves as a passive to thun, like Lat. *fieri* to *facere*, cf. 30, 29; 40, 26.

Viertes Kapitel.

8. losgebrochen, 11, 13, n.—verjagt, 3, 11, n.

10. Regiment (Germ. pronunciation of the g, accent on the last syllable), Eng. **regiment** (both fr. Lat. *regimentum*, fr. *regere*, to rule) in the now disused sense 'government.' So 71, 23.

11. hatte voran geleuchtet, cf. 5, 27, n.

17. noch vor einem Jahre,..., war es.... noch (cf. 12, 12, n., *b, d, f*) may here be rendered by 'only' or 'but,'—the lit. meaning being, (as lately as) a year ago it was *still*, &c.—da er sich doch (cf. 3, 3, n.)...nicht...(lit., when he yet did not...), might here be rendered, 'though he did not then....' Similar exx. are 21, 29; 26, 26; 27, 24.

18. das Gemeinwohl, the common or public **weal.**—Traumbild (cf. 15, 27, n.), fabric of the **dreaming** fancy, image or vision seen in a dream; here 'dream'; so 115, 28.

22. daß er...möge, cf. 11, 7, n.—oder doch mindestens: for doch here, cf. 60, 26, n.

24. mancherlei Ausflucht. mancherlei, indecl. adj. (mancher, genit., -lei, used only in composition, = Art, kind, sort), of many kinds, various. It is used with a singular or a plural substantive.—Ausflucht (Flucht fr. fliehen), lit., a fleeing out, escaping by flight; chiefly used fig., an evasion, excuse.

28. nicht mitnehmen (3, 3, n.) darf. It should be noted that dürfen never means to 'dare,' with the now obsolete Germ. form of which verb

(durren, türren, pres. ich dar or tar, imperf. ich dorste or turste) it has no
etymological connection. Owing however to a partial similarity of
meaning, the forms of the two verbs were often interchanged, and
eventually the latter was superseded by the former, although not fully
replaced by it. dürfen (formerly to need, in which sense now bedürfen)
has always in its current usage the meaning, to be at liberty, be authorised or have permission to,—Ich darf, I 'may,' there being nothing
(in the dictate of circumstances, of moral obligation, or of any authority)
to forbid or restrain; cf. 20, 7, wir dürfen...nicht..., we must not; 23, 12,
15; 77, 3; 78, 16; 93, 15; 106, 20.

PAGE 20.

1. so kommt (9, 10, n.) wieder alles (17, 4, n.) Unheil (9, 23, n.).

2. Ich sage wohl...: wohl is here concessive, almost = zwar (60, 14, n.),
'indeed'; so 102, 25. Some qualification or counterbalancing statement,
introduced by aber, doch, or other adversative word, either follows or is
understood.—der Hund hat ausgelernt. auslernen, to learn to the end,
finish learning (cf. auserzählen, to finish one's story; ein Sturm braust aus,
ceases to rage); ein Schüler, Lehrling hat ausgelernt, has finished his
school-course, his apprenticeship.

5. rückfällig (Rückfall, a falling back, relapse) werden, to relapse,
lapse, degenerate.—es ist mir begegnet, daß...: begegnen, to meet, is used
with a personal dat. (seldom without) in the sense of 'to happen,
befall.'

8. mag ich..., cf. 9, 26, n.

9. Schiff, **ship**; the 'nave' (fr. Lat. *navis*, a ship) of a church.

10. kann ich doch..., cf. 3, 3, n., *h*.

13. erst (8, 23, n.)...wenn T. einmal (5, 15, n.) ganz fertig (18, 5, n.; etw.
fertig machen, schreiben, &c., to finish [making], writing, &c.) gezogen
(10, 19, n.) ist, 'when T.'s training is quite finished.'

15. und wie sollte ich..., cf. 16, 11, n.—Gemeinwesen (Wesen, cf. 7, 12, n.,
mode of existence and activity; system or set of institutions, customs,
abuses, &c., in active working, cf. 51, 30, n.; 56, 3, n.), Lat. *res publica*,
common-weal or commonwealth, community.

18. künfte, 4, 6, n.—es solle Thasso...erhalten, = Thasso solle...erhalten. It
will be seen that the use of es in German as provisional subject, preceding the verb, while the real subject follows it,—Es war einmal ein
Mann..., There was once a man..., &c.,—is wider than the corresponding
use in Eng. of 'there'; cf. 32, 6, Es war dies..., = Dies war..., &c.

19. vor allen Hunden...das Vorrecht...: Vorrecht, a right that is enjoyed by one 'before' or in preference to others, that is not possessed by others, a privilege (cf. Privileg below, l. 28). The prep. vor with the subst. simply expresses the same meaning, cf. 10,6,n.; 114, 15. 'T. should be privileged above all the other dogs of the town with a....'

21. Klausel, **clause**, in the legal sense, condition, stipulation. The German word comes directly fr. the Lat. *clausula* from *claudere*, to shut, the Eng. fr. L. Lat. *clausa* for *clausula*.

22. sich etw. anmaßen (maßen, obs.=messen, abmessen), as it were, to **measure** out to oneself, assume, now only in an unfavourable sense; to arrogate to oneself, assume without authority or right (73, 10), to presume to do, &c.—Stimme, cf. 3, 6, n.

23. fügte sich M. R. doch dem Willen.. : fügen, to join or fit on (whence hinzufügen, 23, 12, to add; cf. 44, 12, n.). sich fügen, to adapt or accommodate oneself, to yield. Impers., es fügt sich (36, 10), lit., it fits or joins on to things as they are, it happens, occurs.—doch (accented, but with no particular emphasis, and hardly needing to be translated) = 'after all,' i.e. 'though' he had at first resisted, cf. 3, 5, n., *d*.

27. man hörte in Jahr und Tagen nicht, daß er...gesündigt hätte : note the regular use of the subjunct. in a dependent subject or object clause expressing a merely conceived fact or notion, without involving either affirmation or negation. Such a clause may sometimes be exactly conveyed in Eng. by a corresponding subst. infin. clause, as here, one did not hear of 'his having secured....' Cf. on the indirect oration generally, 5, 25, n.; 19, 1, n.—Jahr und Tag, orig. a legal expression for a full year, with the addition first of a day of grace, afterwards of a longer period, varying in different provincial systems of law. Thus Jahr und Tag came to be used as a popular expression for a Frist (18, 30, n.), or time, of considerable but indefinite length, 'a long time,' 'ever so long.' Jahr und Tage is less common; we have the usual form in 84, 24.

31. den Flegeljahren entwachsen. Flegeljahre (Flegel, a **flail**; fig., an uncouth rustic, a churl, ill-mannered fellow), a popular expression, introduced by Jean Paul Richter, for the years of unmannered and wayward boyhood and youth.—entwachsen, cf. 9, 19, n.

PAGE 21.

1. schritt...hinter seinem Herrn einher, cf. 8, 30, n.

2. sich des Vorrechtes...bewußt. bewußt is perf. part. as adj. fr. bewissen (obsol. since O. H. G.), to know about; Etw. ist mir bewußt, is

known to me, I know of it. sich (dat.) einer Sache bewußt sein, to be conscious of a thing.

8. da rauschte und krachte es (cf. 6, 19, n.), there was a rustling and crackling,—something rustled and crackled....

11. ein Zwanzigender, a stag with twenty Enden, ends or points to its horns, a twenty-tined stag.

13. Wucht (a word of recent adoption fr. the Low Germ.), **weight**, is not identical in meaning with Gewicht; it always implies either considerable mass, causing intense pressure, or considerable energy of movement, causing great momentum, or both combined. Cf. wuchtig, 110, 16.

17. fuhr (5, 17, n.) hinter dem (8, 30, n.) Thiere drein (9, 30, n.), lit., rushed or dashed 'in' (where we should perhaps rather say 'on') behind the animal, i.e., 'rushed after the...'

18. nur noch, 15, 31, n.—fernher (fern, **far**, denoting the distant 'place where,' her, 5, 2, n., the motion 'hither'), from afar, from a distance.—das Rauschen is the rustling of the leaves or branches in the dog's passage, already mentioned in l. 8 above.—das Pfeifen, 'whistling,' seems to be used of the shrill noise made by the dog, serving as a sign to the huntsmen of his course.—Laut geben is a sportsman's expression, used of the dogs, to 'give tongue.'

22. trieb er ihm den Hirsch zum Graben entgegen: note that entgegen belongs as sep. prefix to trieb (Ein. etw. entgegentreiben, to drive something towards one); zum Graben, to the moat, is an independent adverbial extension of trieb.—gleich als (**like as,** = als, as) wolle er..., = als wenn er...wolle.

23. dem Herrn, 'dat. of interest,' for his master. zum (7, 19, n.) Schusse = zum Schießen, lit., (so as to be in a position) 'for shooting at.' stellen is the factitive of stehen, to make to stand, bring to a stand; ein Thier stellt sich, makes a stand, stands at bay; die Hunde stellen das Thier, bring it to a stand, to bay.

25. Solms'scher, belonging to the Count or the territory of Solms, line 6, above. Cf., as illustrating varying usage, 22, 22, solmsischen, written with a small initial letter, and with the suffix isch in full.— Forstwart or -wärter = Forsthüter, keeper of a forest with the game in it, forester and gamekeeper.

26. anlegen, to **lay on** or to, to lay a weapon to the cheek, to take aim with it.—Armbrust (probably an early corruption of popular etymology fr. L. Lat. *arbalista*, Lat. *arcubalista*, a machine provided with a bow, for hurling missiles), a cross-bow.

27. schämt euch, der ihr...wollt. When the rel. pron. der has for its

antecedent a pers. pron. in the 1st or 2nd pers., this pers. pron. must
be repeated after ꝛer (standing, of course, like this, in the nom. case;
hence here ihr, corresponding to euch in the acc.), if the verb is to agree
with the pers. pronoun. If the relative is not followed by the pers.
pron., the verb stands in the 3rd pers., in agreement with the *relative*,—
euch, ꝛer...will. So in 40, 31, zu mir, ꝛer ich...hielt (1st pers.), or, zu mir,
ꝛer...hielt (3rd pers.).

28. wollen is sometimes idiomatically equivalent to 'maintain, pretend,' as Er will es selbst gewesen sein, he will have it, he declares that it
was he himself.

29. ꝛoch, cf. 19, 17, n.—Jagtmuth, spirit of the chase. Muth is the
mood, frame of mind (52, 6; 78, 8, n.), temper, spirit; cf. Uebermuth,
25, 26, n.; Hochmuth, 59, 12, haughtiness; Sanftmuth, 61, 15, gentleness;
kleinmüthig, 64, 8, faint-hearted; Freiheitsmuth, 114, 5, spirit of liberty, &c.
Often used with epithets implying boldness and high spirit (cf. 69, 21),
Muth has come to be used without further qualification (like Eng.
'spirit' for high spirit) for courage, bravery.

30. Dienstmann (cf. 41, 16, n.), vassal, retainer.

31. Wort, a **word**, is also used for any short speech or saying, cf.
61, 25. It may often be rendered by simply putting it into the plural,
cf. 29, 10; 67, 16.

PAGE 22.

2. truẞig, somewhat archaic form of troẞig, fr. Troẞ, archaic Truẞ,
defiance. The form Truẞ is still regularly retained in the expression
Schuẞ- und Truẞbündniß, 34, 15, n.

3. ꝛer Hund ist mir verfallen: verfallen with dat., to **fall** or lapse to,
become forfeit to; so verfallene Güter, confiscated estates, &c.

4. Bann denotes certain exclusive rights, or jurisdiction, within a
certain territory or circuit; also the territory within which such rights
are exercised. Here Bann may be taken as equivalent to Wildbann,
game-preserves; in 23, 26, Wildbann denotes the exclusive right over the
game, the right of preserving.—Ihr folget mir..., pres. with imperat.
force, as we more frequently use the future, 'you will follow me.'

6. so sei ihm das Leben geschenkt. Note that the imperat. passive (including the subjunct. used as imperat.) is in the 2nd person nearly always,
and in the other persons most commonly, formed with sein, not with werden.
sein, marking the completed *condition*, consequent upon the act (while
werden represents the taking place of the act itself, and must be used
even in the imperat., where this is to be distinctly expressed), here ap-

propriately expresses the final object towards which the will is directed,
the mind springing over the intermediate action to the state of fulfilment.
Seib gesegnet! Es sei gewagt! A similar line of consideration will apply
in many cases of the use (which is still very common) of sein instead of
werden to form the pass. infin., e.g., Die Schuld muß balb bezahlt sein. But
in M. H. G. the imperat. pass. was regularly formed with sît (or wis,
fr. wesen, 7, 12, n.), and the infin. pass. with sîn, and these forms have
only partially given way in modern German to a stricter marking of the
distinction above mentioned, between sein and werden as auxiliaries.

9.   wollte, 5, 17, n.—ihm...über ben Arm, 8, 9, n.

14.   auf ten Lärm: auf with the acc., = 'upon' with the idea of motion,
marks the action of the verb as following upon, hence as caused or occasioned by, the object of the prep., cf. 84, 4, n. This relation is expressed in Eng. sometimes by 'on' or 'upon' (24, 24; 38, 19, n.),
sometimes by 'at,' cf. 23, 12, auf Begehren..., at the request, upon the
demand.

18.   rauflustig, cf. raufen, 4, 12, n., Lust, 5, 8, n.

20.   Strauß, chiefly poet. and archaic, = (harter) Kampf, struggle.

21.   starf, strong, mighty, as adv. often = sehr, cf. 40, 30; 83, 13, &c.

22.   In both anfangen and beginnen the idea of *commencement* often
becomes entirely subordinate to that of *action,* so that they mean little
more than to 'do.' Was fangen wir heute an? What shall we do to-day?
sein thörichtes Beginnen (cf. 62, 15), his foolish conduct or action. In this
usage, as in general, beginnen is the less familiar word of the two; but as
subst. infin. in the sense explained Beginnen only is used.

27.   Etw. geht Em. an, something concerns one. We can say, bas
geht mich nicht or nichts an; nicht as adv. simply negatives, nichts as subst.
expresses measure or degree. Cf. 36, 23, ...für ben...Posten nicht[s] tauge.

28.   Kragen, collar, is still found in a few familiar phrases in its
primary meaning, = Hals, neck; es geht Em. an ten Kragen, one's neck or
life is threatened, is in danger.

29.   so sehr man ihm [auch]...war, [so] schien es boch..., much as...,yet...,
cf. 29, 9.

PAGE 23.

1.   haufen, to live in a **house**, to dwell; then = haushalten, wirthschaften,
sein Wesen treiben, to keep house, manage, 'live' in such and such a style,
either in an orderly and sober, or more commonly in a wild and riotous
way; hence finally, to run riot, ravage, infest, &c. From the nature of
the word it may bear more or less of an evil meaning according to
context; cf. 98, 17.

2. The Gefellſchaft or Bund vom Stern was the most considerable among the numerous Ritterbünde, or private confederations of knights, which began to spring up in the early part or the middle of the 14th century. At first they were simply associations of persons of knightly rank (Ritterbürtige), for mutual protection in the enjoyment of the traditional rights and privileges of their class, which seemed to be threatened by the rising power both of the sovereign princes and of the towns. The real aim of many of them, however, was to cast off the authority of the sovereign princes, and establish for their members a lawless independence. Others allied themselves with the princes, sharing in their feuds. Not a few were mere bands of robber knights, the terror of travellers, and a source of disquietude to the towns and the territories of the smaller princes. The Sterner were close allies of Otto of Braunschweig in his war of succession with the Landgrave Hermann of Hessen, indeed they seem to have had no other clear basis of union than this alliance, and the triumph of the Landgrave was followed by the dissolution of the short-lived confederation. The records of the time tell us that the conduct of the quarrel was marked on both sides by the most lawless outrages and reckless devastation, the year 1372 being a year of terror for the districts in which it was waged. The Sternerbund received its name from the star, the coat of arms of the Counts of Ziegenhayn, the chiefs of the alliance, which its members wore as a badge, that of the knights being of gold, while the squires wore one of silver.

4. Herren (cf. 6, 6, n.) here designates generally the petty nobles of lower rank than the Counts and knights just mentioned.

6. Etw. kommt Em. ſo oder ſo (with adj. or adv.), 'comes' = 'is' (with adj.).—überquer, adv. (= quer, adj. and adv.), crosswise, athwart; fig. (provincial), in a way crossing or thwarting one's purpose, = ungelegen, inconveniently, unpleasantly. A more generally current expression is Em in die Quere kommen; e.g. here, es kam ihr ſehr in die Quere.

7. kriegstüchtig (tüchtig, 42, 10, Eng. **doughty**,—fr. obsol. Tucht, fr. taugen, 36, 24, to be fit or good for—, capable, able), well qualified for warfare, warlike.

10. tarthun, lit., to (do, i.e.) 'put there,' i.e. before one's eyes, to set forth to view, show, prove.—ſei...geweſen, 'was,' or 'had been,' i.e. (cf. 5, 25, n.) according to the opinion of the councillor engaged in proving it. Note the difference in oblique oration between the pres. subjunct., ſei, = 'was' now, at the time of speaking, and the perf. subjunct., ſei geweſen, = 'was,' or 'had been,' at some past time indicated by the context (here, at the time of the action between the gamekeeper and

Richwin), cf. 66, 22. The corresponding forms in direct oration would be, for the former, the pres. indic., ter Forſtwart iſt im Rechte, for the latter, the perf. ind., ter Forſtwart iſt im Rechte geweſen, if the fact is looked at singly and independently, the imperf. ind., ter Forſtwart war im Rechte, if (as is here the case) the speaker mentally goes back to the time and circumstances of the action. In oblique oration both these tenses, not only the perf. but also the imperf. indic. as an aorist (past indefinite), are changed into the perf. subjunctive. For the cases in which the *pluperf.* subjunct. would in Germ. be used in oblique oration, cf. Eve, 225.

11. bejahen, to say ja to, to affirm, assent to; verneinen, 107, 30; 116, 18, to say no to, to deny, take up a negative attitude.

12. hinzufügte, 20, 23, n.—auf Begehren, 22, 14, n.—türfe man...nicht... (cf. 19, 28, n.), must not, ought not to....

15. verüben (üben, to practise, exercise, put into effect) always implies the doing of some wrong or injury, to 'commit, perpetrate.'

16. man türfe ſich nun roch (3, 5, n., esp. *h*) nicht vollents noch (12, 12, n., *a*)...: vollents (10, 11, n.), 'completely,' is often used to mark something as coming by way of climax to what has preceded, to complete or crown all, so that it has a similar force to that of gar (8, 20, n.), 'they surely ought not to go so far as even to...' Cf. 45, 1, n.; 53, 24; 57, 25, n.—ſich (dat.)...ten Solmſer...turch ihn auf ten Hals hetzen laſſen. Hals, the neck, as the part where a burden presses or an incubus clings, is used fig. in many fam. expressions,—ſich etw. auf ten Hals laten, to bring something troublesome on oneself; bleib' mir tamit vom Halſe, don't bother me with that, &c. hetzen, to hunt, drive. laſſen, cf. 27, 11, n. '...allow him to bring upon them the enmity of the Count of Solms.

19. als er ſeinen Namen nennen (act. infin.) hörte, when he heard his name mentioned (passive). Cf. Ich ſah ten Baum vom Blitze ſchlagen, I saw the tree struck by lightning. This latter example shows that the construction cannot always be explained, as it might in the first case, simply by the ellipse of an accus. object of the main verb, als er Jemant ſeinen Namen nennen hörte. The infin. is here to be taken as a subst., standing in the relation of object to the main verb, and expressing the verbal idea without referring it to a subject, but at the same time so far retaining its functions as a verb as to take an object. (Cf. the occasional similar use in Eng. of a verbal subst., the equivalent in function of a subst. infin., taking an object; thus Sir W. Scott: 'The disabling dogs,..., was called lawing.') Thus in Ich hörte meinen Namen nennen, nennen is subst. infin. obj. of hörte, I heard a naming, but at

the same time passes on its action to Namen as its object, I heard a
naming (of) my name, I heard my name mentioned. Hence the construction can be used in exx. like, Er hörte sich [von Jmb.] rufen, &c.

23.   so gewinnen wir ihn, cf. 9, 10, n.

24.   Der Mann : ber is here the demonstr. pron. (distinguished from
the def. art. by being always accented, the more strongly the more
emphatic it is; cf. 79, 30, where it is printed, as here, in leaded type,
corresponding to our italics, to indicate the emphasis), = this or that.
The use of ber as a subst. pron. is noticed in 19, 4, n.; 36, 5, n.

26.   Wildbann, 22, 4, n.—gefühnt, 13, 7, n.

27.   Distinguish between sich erbieten with infin., to offer to do
something, so again 42, 8, and etw. anbieten (28, 6), to offer a thing;
e.g. Ich erbot mich, bei ihm zu bleiben, I offered to stay with him, and
Ich bot ihm an, bei mir zu bleiben, I offered to let him stay with me.

29.   The use of the pres. for the fut. (cf. 9, 10, n.) is especially
common to express a purpose, the execution of which is conceived as
speedily and certainly following,—Ich gehe gleich hin..., I'll go directly;
morgen komme ich wieter, &c.   It thus often conveys a decided expression
of *will*, especially with a negative,—Nein, ich gehe nicht, No, I *won't* go;
so here and in 26, 10, liefere ich...aus, = will ich...ausliefern; cf. 70, 13, n.
—erstechen (er, cf. 11, 12, n., and erwürgen, 12, 13, n.), to kill by a stab or
thrust, to stab to death. So erschießen, to shoot = kill by shooting,
erschlagen, ermorten, &c.

PAGE 24.

7.   intem ich b. H. zu erziehen glaubte: cf. 91, 6, glaubte er...tiefe gefunten
zu haben, he thought he had found this, 92, 8, &c., and note that in
this construction (infin. with zu, representing a substantival sentence,
as object of verbs of thinking, hoping, fearing, &c., e.g. Ich hoffe, ihn
zu sehen = baß ich ihn sehen werte) the logical but unexpressed subject of
the infin. must be the same as that of the main verb—Sie erflärte bas
nicht zu wissen, She declared that she did not know that (cf. Eve, 218,
219), and that the *acc. and infin.* construction, 'I believe him to be...,'
'She declared it to be...,' &c. (not uncommon in German writers of the
last century), must in modern German be rendered by a subst. dep. sentence, Ich glaube, baß er...ist, Sie erflärte, baß es...sei, &c.   But we still
say, Ich glaubte ihn schultig, Ich wähnte mich sicher, &c., cf. 82, 16; though
modern usage confines this construction also to somewhat narrow limits,
so that the student will do well to use it only where he has the authority
of the best modern writers.

9. meine Hausfrau. Hausfrau, mistress or lady of the house; still
sometimes archaically or poetically used = Frau, or Gattin, wife. Here it
serves to express Richwin's respectful sense of his wife's practical
wisdom and discernment.

18. Athemzug (ziehen, to draw), a single drawing of breath, a breath.
Die Athemzüge, denoting the single inspirations, each distinctly heard,
conveys more effectively the idea of dead silence than would the more
abstract expression, das Athmen der Leute.

21. ahnten Schlimmes (5, 3, n.): ahnen, to have a presentiment or
fore-feeling of (not only evil, but also what is favourable or indifferent)
to forebode, suspect, have an inkling or idea of, cf. 55, 11; 60, 4; 71, 31.

23. der Graf hatte..., doch bat er.... Subjunctives might here have
been used, der Graf habe..., doch bitte er..., these statements forming a
part of the Count's message; but the author has preferred to convey
them to us in his own person, in the direct oration, using however
the oblique oration in further reporting the essential contents of the
message,—habe...mache...erkenne, cf. 5, 25, n., where this passage is noticed. See also 86, 10, n.; 111, 3, n.

27. er...mache..ja.... Ja, **yea, yes,** used with verbs as an asseverative
or strengthening particle (pron. without accent, a short and sharp, as in
the Fr. def. art. *la*), serves to mark what is said as something that is
already known, or might have been supposed to be known, or of which
but a reminder or hint will be needed, or the pertinence and conclusive-
ness of which it is assumed will at once be recognised. It is thus similar
in force to the Eng. 'why' (88, 2; 99, 9), 'don't you see,' 'you know,'
'you see,' 'as we know already,' &c., by which or some similar expression it may, when used in direct address, be sometimes rendered.
It is however (especially in narrative and in the oratio obliqua) more
generally untranslatable by any corresponding expletive; and its force
is frequently, though quite distinct and appreciable in the German, too
slight to bear a rendering by paraphrase. Cf. 39, 27; 51, 12, n.; 58, 20, n.;
61, 13, n.; 66, 29, n.; 69, 10; 71, 15; 78, 5; 81, 22; 108, 2, &c.

28. von dem verletzten Wildbann = von der Verletzung des Wildbannes,
cf. 11, 22, n.—ein Aufheben or viel Aufhebens von etw. machen (orig. from
aufheben as a fencing expression, for the 'taking up' of the weapons,
and the preliminary play with them), to make much ado or fuss about
a thing, to make much of.—Note that mache, though we can hardly
translate otherwise than 'would make,' is here quite appropriately put
in the present tense, as expressing the present attitude and conduct of
the Count.

29. wie freundlich er gesinnt (sc. sei, cf. 12, 9, n.): so oder so gesinnt sein, to be of such and such a Sinn or Gesinnung, so or so minded, disposed, to have such or such sentiments (113, 25). It should be distinguished from gesonnen (= gewillt, Willens) sein, to 'be minded' = 'intend.'

30. dem hohen Rathe: hoch is regularly used as an epithet of honour, = worshipful, august, princely, royal, &c., cf. 48, 31; 53, 27, &c.—anbei, 'along with' the message, 'herewith.' So in a letter, on an invoice, &c., Anbei folgt..., Enclosed, or, Along with this, you receive...&c.

PAGE 25.

1. Bacharacher (sc. Wein). Bacharach on the Rhine, near Coblentz, was in the Middle Ages the central mart for the wines of the Rheingau, and was also celebrated for its own vintage. It is still chiefly a wine-growing place, though of less importance than in earlier times.

2. der Trunk zum Schmaus: zu = belonging to as its complement, appropriate to, cf. 37, 21, als Brod zum Fleisch.

8. den durcheinander wirbelnden Redeschwall (Schwall, **swell**, flood, torrent; Rede, say, of words): einander, implying reciprocity among a plurality of objects, is sometimes used of a subst. sing. in form but plur. in idea (as, man schüttelte einander die Hände); durcheinander = in confusion.

9. bat, daß man...möge, 11, 7, n.—vor ertheilter Antwort, 11, 22, n.

10. noch einmal, each word is to be taken separately (noch, 12, 12, n.; einmal, 5, 15, n.), as in 17, 29 (see n.). The whole expression is however hardly translatable here, and is too nearly expletive to need translation.

13. Em. etw. entbieten (now somewhat stiff or archaic), to send a command or message to some one; einen Gruß, &c., entbieten, to present, send, announce, &c.—ich würde..., cf. 4, 25, n.

16. der Braunfelser Otto, Count Otto of Solms-Braunfels (27, 8). Solms-Braunfels was a branch of the house of Solms, which took its name from the family castle of Braunfels.

19. und hat er uns erst...: for this use of erst, nur erst, [nur] erst einmal (5, 15, n.) = Eng. 'once,' 'only,' 'fairly,' cf. 63, 1, bin ich nur erst einmal..., if I am but once...; 93, 8.

26. Uebermuth, an excessive giving of the rein to one's own Muth (cf. 21, 29, n.), in various directions; hence, overflow of animal spirits, wild delight; the overweening arrogance and boldness that spring from youthful spirit and inexperience, cf. 81, 27; haughtiness, overbearingness, insolence, cf. 57, 31.—fühnen, 13, 7, n.

28. und hielten ihm vor, er treibe... (daß er...treibe, cf. 5, 25, n.): Em.

etw. vorhalten, to hold up something to view before one, in the way of admonition or reproof (cf. 41, 26; 65, 24); hence often, to reproach one with a thing, remonstrate with him about it. A similar but stronger expression is Em. etw. vorwerfen, 58, 25, whence Vorwurf, a reproach, 62, 20, &c.

30. doch (3, 5, n., esp. *d* and *g*): i.e., *though* it might be to some extent justified, *yet*.... In colloquial English **though** is used with the same force, 'That's going too far though.' Here we might render by an unemphatic 'really' or 'surely.' Cf. 28, 18, n.—daß er..., =intem er .., lit., in that he was not..., in not being...—nicht einmal (pron. as explained in 5, 15, n.) = not even; so 47, 21, &c.—zufrieden zu stellen (14, 18, n.): stellen (factitive of stehen), to put or place into a certain position or condition, indicated by the context; hence with adjs., fest stellen, to fix, sicher stellen, to make secure, zufrieden stellen, to satisfy, &c.

<h2 align="center">PAGE 26.</h2>

3. vorab (provincial, South Germ. and esp. Swiss), above all, in the first place, especially.

7. Burgfriede (Friede in its old, legal sense), the public security guaranteed within the limits of a Burg (cf. 17, 17, n., and Introduction), i.e. here, of the domain of the free imperial town of Wetzlar. Any infraction of the Burgfriede was regarded, if not intended as an open declaration of war, as a grave public offence, to be expiated by severe penalties.

10. vorhin, 'just now,' 'a little while ago.' Whitney omits this current meaning of the word, while giving one now obsolete, 'formerly,' = ehemals.

11. hätte ich weinen mögen (cf. 39, 9, n.)...; ...und da möchte ich...weinen: mögen, thus used (cf. the common Ich möchte, I should like; 55, 18, hätte er...wissen mögen, he would have liked to know, &c.), means, to feel an inclination or tendency, feel as if one could..., &c. 'I could have wept....' Cf. 85, 30, hätte er in den Boden sinken mögen, he felt as though he must.., as though he would fain...; 63, 24, n.; 101, 30.

13. Gemeine or Gemeinte (13, 16), community or body politic of a town or village; church community, congregation (13, 16). Of the two parallel forms given, Gemeinte is the more current in modern usage; Gemeine is still sometimes used in the latter of the two meanings here given, but seldom, as in the present passage, in the former.

14. was kümmert mich der? Cf. 19, 4, n.

21. was er gewollt (sc. hatte, cf. 12, 9, n.): note that as the perf. part. of the 'verb of mood...' wollen (Eve, Acc. 114, 2nd ed., 174) here stands alone, the ordinary form is used; on the other hand, when connected with an infin., the perf. part. assumes the form in which it coincides with the infin., 46, 4—6, hatte ausliefern wollen; 72, 29, &c.

23. verzehren: zehren, to consume (mostly intrans., to live by consuming, cf. 91, 28); ver='away' (cf. 3, 11, n.), 'up,' so in verbrauchen, to use up, cf. vermauern, 33, 18, n.

26. doch, cf. 19, 17, n.—den Rathsherren in die Küche, 8, 9, n.

Fünftes Kapitel.

PAGE 27.

3. vor dem Oberthor: vor, lit., 'before,' in front of, is often in use equiv. to Eng. 'outside,' Er wohnt vor der Statt; Stellen Sie meine Stiefel vor die Thüre, &c. ; cf. 13, 18, n.; 35, 15; 38, 21.

9. theilten sich...in die Ehre. Two or more persons theilen sich in etw., divide it among them, share it. The case is of course different in 58, 13, theilte sich in zwei Parteien, divided into...

10. war mit (3, 3, n.) dabei (10, 9, n.), i.e. in the battle.

11. ließ Graf Otto die...Ritter...enthaupten (act. infin.), *caused* the knights 'to be beheaded' (pass. infin.); cf. 58, 31, den Aerger nicht merken zu lassen, not to *let* his vexation 'be noticed'; 72, 5, Er ließ den Hofmarschall rufen, *caused* or *ordered*...'to be called,' sent for; 99, 30, R. läßt sich...frisiren, *has* his hair 'dressed,' &c. It is often said (cf. Whitney, 343, 5, *c, d*) that in this German construction the act. inf. has virtually become a *pass.* infinitive. This seems however to be a mere grammatical fiction, of which, as Heyne (Grimm, *s.v.* lassen) remarks, 'das Sprachbewusstsein...absolut nichts fühlt.' Whether the construction (found in O. and M. H. G.) really originated (cf. Heyne, *l.c.*) in the ellipse of an accus. of the person,—Ich lasse Jemand etwas thun—, or not, it seems clear that the infin. in it is in function exactly analogous with that in the construction remarked upon in 23, 19, n. (which see);—Ich lasse etw. thun means, 'I allow or cause the doing (of) something,' without referring the act of doing it to a definite subject. Hence the use of this construction seen in exx. like, Er läßt sich [von seinem Bedienten] frisiren; Lassen Sie sich rathen (= Lassen Sie mich Ihnen rathen), &c.

14. ohne...Vorwissen, without the (lit. previous) knowledge.

23. nach wie vor (less commonly and less correctly vor wie nach,

35, 16), just as before, still.   Note that neither nach nor vor is used
as an independent adverb, except in this standing phrase.

24.   grundlos, without **ground**, reason.   On the other hand, bodenlos
used fig. = enormously, immensely, fearfully.—doch, 19, 17, n.

29.   sprach er ja ein Wort, 4, 28, n.—eine Warnung...; der leise...,
cf. 10, 19, n., seinem Satz: er selber wolle....

PAGE 28.

11.   dermaßen, generally regarded as an irregular combination of the
genit. plur. of the demonstr. der and the dat. plur. of die Maße, older
form of das Maß, which meant both **measure**, degree, and Art und
Weise, manner.   dermaßen thus meant both, in such degree, 'so,' and
(= dergestalt in its primary meaning, cf. 9, 25, n.), in such manner, 'so.'
In this latter meaning however it is now rare (Grimm alone notes it and
gives examples), except so far as the two meanings mentioned naturally
tend to run into one another, cf. 56, 19.   This meaning of -maßen,
= Art und Weise, is clearer in folgendermaßen, = folgendergestalt, in the
following manner, as follows; the other is seen in einigermaßen, to some
extent, &c.

12.   einer Sache verlustig (Verlust, loss, fr. verlieren) gehen, to lose,
forfeit.

13.   könne...nicht...sehen, could not see, = could not bear to see,—
a common idiom, so, Sie kann kein Blut sehen,—keine Musikübung hören, &c.

16.   jedesmal...wann : present prevailing usage would here require
wenn, so in 35, 9; 80, 1; 82, 28; 84, 29.   Of the parallel forms wann
and wenn, the former is now generally used only in a temporal sense, as a
direct or indirect interrogative, e.g. Wann kommt er? Ich weiß nicht, wann
er kommt. Fragen Sie, wann er kommt, cf. 82, 26.   wenn, on the other hand,
is used as a relative conjunction of time, = zu der Zeit wo, Lat. *quum ;*
and further as a conditional or hypothetical conjunction, = 'if.'   Some
few good writers still adhere to the use of wann in the former of
these senses, on account of the ambiguity arising from assigning to one
word the two meanings just given to wenn, which is illustrated by the
fact that it may often be rendered equally well by 'when' or by 'if,'
cf. 30, 10, n.   But cf. 84, 29 (and note), where the use of wann is itself
at first sight ambiguous to readers familiar only with the prevailing
usage, while wenn would be free from all ambiguity.

18.   denn doch (3, 5, n., *d* and *e*), cf. 25, 30, n., and note that here
doch, following the proclitic denn, itself becomes more strongly accented.
So 103, 2.

21. die gemeinsamen Erlebniſſe des...: Erlebniß, what one erlebt (103, 20, n.), an 'event' or 'occurrence' in one's own experience, what happens in one's own life, cf. 61, 20, 21. Here we might render, 'the events in which...had figured together,' or 'the common adventures of....'

23. das Conterfei (M. H. G. *conterfeit, kunterfeit*, Eng. **counterfeit**, fr. Fr. *contrefait*, L. Lat. *contrafactum*, fr. *contrafacere*), orig., counter-feit or alloyed metal, now only = Abbild, portrait, likeness; abconterfeien, fam. used for abbilden, to portray.

26. anfechten (cf. anfallen, to fall upon, angreifen, &c.), lit., to attack in fight, now only fig.; eine Meinung, ein Teſtament, &c., anfechten; etw. ficht mich nicht an = kümmert mich nicht. ſich etw. anfechten laſſen, to let a thing trouble one, to be put out by it.—walten (16, 19, n.) with gen. is now chiefly confined to the higher style of composition; such expressions often serve in another style to give a gravely quaint or humorous tone.

28. war es doch..., cf. 6, 26, n.—verdienen, to gain by service, earn; thus also, to deserve (whether the thing deserved be received or not); hence—der Verdienſt, what is earned, gain, profit; das Verdienſt (60, 23), desert, merit, meritorious action.

PAGE 29.

2. um Sommer-Johanni. Johannis, or with the s dropped, Johanni, the genit. of Johannes, has become through the ellipse of the governing subst. (*festum* or *dies*) an indeclinable term for St John's day, the feast of St John the Baptist, the 24th of June. The Johannisfeſt, falling so near to the summer solstice, blended with itself many elements attaching to the ancient observance of Midsummer-Day, the 21st of June, and is still sometimes called Sonnwendefeſt or Mittſommerfeſt; Johanni is often used as a general term for midsummer, cf. Michaelis or Michaeli, Michael-mas[-Day], autumn. The form Sommer-Johanni is not generally current, but it is probably used to distinguish the feast of St John the Baptist (which is also in French called *la fête de la Saint-Jean d'été*) from that of St John the Evangelist, which falls in winter, on the 27th of De-cember.

3. auf (12, 7, n.) das Rathhaus entboten. En. irgendwohin entbieten, to send a requisition to someone to come somewhere.—ungeſäumt, properly perf. part. of ſäumen, to delay, with neg. prefix un, but used adverbially = ohne zu ſäumen or ohne Säumen, without delay, promptly.—ſolle er (cf. 11, 28, n., *b* and *c*), he 'was to,' i.e. according to the requisition made by those who sent the summons.—ſich einſtellen (= ſich einfinden, cf. Fr. *s'y*

rendre and Eng. to 'put in an appearance'), to present oneself, go or come somewhere, appear.

4. keine Ausrede gelte (5, 7, n.), was valid, here = könne man gelten laſſen (12, 11, n.), could be allowed to pass, be accepted.

9. ſo geſcheibt er [auch] ſei,...doch..., cf. 22, 29, n.

10. des Kaiſers Wort (21, 31, n.), the emperor's **words**, message.— des Grafen Vortrag: Vortrag, whatever is orally brought or laid before (vorgetragen, cf. the previous line, and 90, 31) or delivered to an audience, a speech, lecture, report, &c.

11. die kaiſerliche Majeſtät: note the idiomatic use of the def. art. in place of the poss. pron., His Imperial Majesty.

12. gehe er = werde (9, 10, n.) or wolle (23, 29, n.) er...gehen.—nun einmal: the force of this expression can often be conveyed in English only by the tone; the idea is, 'it *is* so and there is no altering it,' 'and so it is of no use talking,' Ich habe es nun einmal verſprochen, I have promised (and therefore so it must remain). The accent lies sometimes, but without special emphasis, on ein, sometimes almost equally upon the two syllables, often on mal, esp. when doch precedes; einmal is then often contracted into 'mal or mal, —es iſt doch nun 'mal ſo, it is so though, and so there's an end of it.

16. es gilt with an acc. object (cf. the same with an inf. clause as object, 5, 7, n.), e.g., es gilt das Leben, means, it concerns, is a matter of,—the thing expressed by the object 'is at stake.'

18. faſte Argwohn über...: cf. einen Plan faſſen (63, 7), to conceive a plan, Muth f., to take courage, Abneigung f., to conceive an aversion, &c.

25. es gehen ſeltſame Dinge vor, cf. 11, 25, n.

26. (Sc. Es iſt) Ein Glück für euch, it is fortunate for you.

27. wohl über hundert: wohl (cf. 48, 18, n.) = 'probably,' 'I should think'; 'a hundred or more.'

29. ſie ſähen etlichen (= einigen) Herren...auf's Haar (cf. 4, 8, n.) ähnlich. Em. ähnlich ſehen (here = ausſehen), to look like, be like; so 112, 12.

PAGE 30.

1. als wollten ſie (5, 17, n.) den Ausgang wehren : a dat. of the person is understood, als wollten ſie Jedem den Ausgang [ver]wehren (35, 30, n.); den Ausgang = das Ausgehen;—as though they would forbid egress, would prevent any one from passing out.

3. ſich faſſen, to collect or compose oneself; hence gefaßt, perf. part. as adj., collected, self-possessed, calm.

R. N.

5. ten Kleinoten. The now more usual plur. of Kleinot is Kleinotien, which, formed fr. the L. Lat. form of the Germ. word, *clenodium*, plur. *clenodia*, has displaced the true Germ. plural. Kleinod orig. meant a *little* thing; then through an older meaning of klein (orig., bright, smooth; then pure, clear, cf. Eng. **clean**; then elegant, fine, artistically wrought), any object finely wrought from costly material; becoming finally narrowed down to its present use, jewel, costly ornament.

9. meidet nur...: meiden, to avoid, is now less common in colloquial language than the compound vermeiden (42, 18; 60, 2).

10. feib ihr... = wenn ihr...feib (4, 20, n.). Note how either of these two constructions here indefinitely combines the temporal and the conditional or hypothetical signification, 'when' and 'if,' cf. 28, 16, n.

20. umzingeln (zingeln, from M. H. G. *zingel*, an encircling entrenchment, from Lat. *cingulus*, a girdle), as mil. term, to surround, hem in, beset.—von...Reifigen: reifig, adj. (fr. Reife in its old meaning, Kriegs= zug, military expedition), = mounted and ready for a war expedition; ein Reifiger, a horseman, trooper.

25. das Reichspanier (absol. acc., cf. 6, 1, n.) in ter Hand. Panier (in which p has displaced the b of the earlier form Banier) and Banner (45, 18) are collateral forms fr. Fr. *bannière*.

27. weiland (M. H. G. *wîlent*, dat. plur. with inorganic *t* from *wîle* Weile, **while**, time; O.H.G. *wîlôm*, Eng. **whilom**, fr. A. S. *hwîlum*, dat. pl. of *hwîl*. The original meaning is thus 'at times'), adv., formerly, at one time, cf. 79, 13; 108, 11. It is now used chiefly in the Kanzleistyl or official style, or as designedly archaic.

28. Keinem werde ein Leids .geschehen (19, 6, n.). In the expressions Ein. viel Leib[e]s, kein Leids, ein Leids thun or zufügen, to do one an injury, &c., Leides is originally a partitive genit. of the subst. Leid, pain, harm, trouble. In modern usage this origin has been for the most part lost sight of, and Leides is looked upon as nom. or acc. neut. of the adj. leid; even Sanders treats it as such.

30. The context shows that Sühne (13, 7, n.) does not here mean expiation, material satisfaction to be rendered, but a coming to terms again, reconciliation.

PAGE 31.

4. voreilig, hurrying **forward**; hence over-hast[il]y, precipitate[ly]. So vorschnell, 104, 28.—Obrigkeit, a collective subst. (cf. die Geistlichkeit, the clergy, &c.), those who are **above** or set 'over' us, the civil authorities, magistrates, municipal body.--ergriffen, 11, 12, n.

5.   zur Stunde...in der folgenden Stunde, cf. 12, 16, n.

18.   solchergestalt (cf. dergestalt, 9, 25, n.), in such wise, thus.

19.   machte er sich...davon, cf. 8, 12, n.—noch (12, 12, n., *d*) zur rechten Frist (18, 30, n.) might here be rendered 'just in time.'

26.   wegen der eigenmächtig begnadigten Gefangenen, cf. 11, 22, n.

27.   Mähr, Mähre or Märe, now only archaic, news, report. Its further meaning, story, tradition, legend, is partly preserved in the diminutive Märchen.

30.   Thurm (M. H. G. *turn*, O. H. G. *turri, turra*, fr. Lat. *turris*), **tower**; tower used as a prison; hence prison generally.

31.   einziehen, lit., to draw in; as a legal term, to confiscate.

PAGE 32.

3.   kurzer Hand, genit. adverbial phrase, Lat. *brevi manu*, without delay or ceremony, summarily.—Scharfrichter (scharf, **sharp**) orig. = mit dem Schwert Richtender.   richten, to judge (cognate with Recht, **right**, law, justice), in its widest meaning includes the whole judicial process, trial, sentence, and execution; hence Nachrichter or Scharfrichter, he who 'after' the trial and sentence completes the judicial act by carrying the latter into execution, the executioner.

4.   Umstände, lit., circumstances; formal detail, ceremony, trouble, &c.; so, ohne Umstände verfahren, keine Umstände machen, &c., to dispense with ceremony, make short work, &c.

5.   zur (7, 19, n.) Abwechslung (abwechseln, to alternate, relieve one another, vary), for a change, for variety's sake.—es war dies, 20, 18, n.

7.   Die Nürnberger hängen Keinen, sie hätten ihn denn (=wenn sie ihn nicht haben), is an old and still current proverb. It is often quoted ironically in much the same way as the beginning of Mrs Glasse's famous (reputed) recipe, 'First catch your hare.'

9.   mit Jmd. unter einer (or Einer, with capital E to mark the word not as an art., but an emphatic numeral) Decke stecken or spielen is a familiar phrase to express secret confederacy, generally in something discreditable.   It might here be rendered by 'to play the same game.'

14.   sich einkaufen, to 'buy oneself in' anywhere, obtain admission by payment (e.g. ins Krankenhaus, in eine Gesellschaft, &c.).   sich als Bürger einkaufen, to acquire the rights of burgher by the payment of certain dues. Under the guild laws prevailing at this time, Master Richwin would on establishing a business in a new place have to procure association with a local guild or corporation, and would probably acquire certain civic rights by the purchase of house-property.

17. ten (6, 1, n.) ergrauenten (grau, **grey**) Thaffo…: in verbs formed from adjectives the prefix er denotes *becoming* or *causing to become*, as erleichtern, to make light, relieve; ermüten, to grow or make weary, &c.—bann fprach er wohl, 5, 13, n.

22. bei Heller und Pfennig = bis auf ten letzten Heller. Heller and Pfennig, both small copper coins, the former now disused, the latter = $\frac{1}{100}$ Mark, or about half a farthing.—heimzahlen, heimbezahlen, heimgeben (43, 26), to pay **home**, back, give as good as one gets, &c.

25. für taufend richtig empfangene gefalzene Prügel. Prügel, a thick stick, cudgel; in plur., hard blows, a thrashing. Es—Eins—Prügel aus tem Salze (cf. Eng. 'a rod in pickle') kriegen, to get a good trouncing; '…for many a duly received sound thrashing.'—gar, 8, 20, n.

27. vollgültig (gültig—etymologically more correct, though hardly as common, giltig—fr. gelten, cf. 5, 7, n.), adj., having full value, as eine voll. gültige Münze. Here adv., 'fully.'

Der Dachs auf Lichtmeß.

A story of the old days of chivalry (den alten Ritterzeiten, 34, 1), giving a picture of the times when through the influence of the Faustrecht, or right of carrying on private feuds, the institution of chivalry had largely degenerated into a system of lawless brigandage. Numerous robber knights (Raubritter) scoured the country, attacking and plundering monasteries, and lying in wait for travellers, especially merchants, whose goods they seized as booty, and whose persons they carried off to their strong castles (Raubschlösser), in order to extort large sums as ransom. It was only by the repeated assertion of the imperial authority, and the combined efforts of the sovereign princes of the empire, that this system of knightly filibustering was brought to an end. Chivalry itself gradually fell into decay after the invention of gunpowder; the Emperor Maximilian I., who died in 1519, is often styled der letzte Ritter (as in the title of a „Romanzenkranz," or series of ballads by Anastasius Grün).

PAGE 33.

1.   auf (18, 6, n.) Lichtmeß, at *Candlemas*.

3.   Wahrzeichen (cf. 11, 22, n.), remarkable objects peculiar to a place and characterising it, symbols or relics attesting its past history and giving it an identity, its curiosities and antiquities.

6.   am Marktplatz. Note the difference between auf dem Markte (31, 14), in, lit., *on*, the market-place, i.e. somewhere in the open space (cf. 12, 7, n.), and am Markte, in, lit., *at*, the market-place, i.e. situated close to or forming part of one of its bounding sides. Cf. 52, 22, Abgrund, an welchem..., abyss, at or on the edge of which...; 64, 5, n.; 105, 17, an dem großen Strome, on = on the banks of, in contrast with auf dem Strome, on the water itself; 30, 6, die Mühle an der Lahn, &c.

7. Wer..., der fand.... Note that wer is not, as many grammars describe it, a relat. pron. with its 'antecedent' der following instead of preceding it. wer = whoever, any one who, if any one; and the following der (which is frequently not required at all) is a resumptive *demonstr.* pron. with the functions of an accented pers. pron. (cf. 19, 4, n.), 'he,' &c.; cf. 50, 26; 73, 31; 90, 6.

9. The German Stunde (Weg[e]stunde) as a measure of distance (that supposed to be traversed in an hour by an average pedestrian) is strictly three-fifths of a so-called teutsche or geographische Meile (15 geogr. Meilen = 1°; 25 Wegestunden = 1°), = Fr. *lieue*, but is generally understood as equal to about half a German mile, = not quite 2½ miles English. In practice it is naturally often vaguely and inexactly used.

14. an den Juden verkauft: the art. here gives to the sing. subst. a representative or general meaning, as when we say, 'I must go to the dentist,' &c. The trade of 'general dealer' has always been largely pursued by Jews.—der es...in das Raritätenkabinet eines Engländers verhandelte, lit., who (negotiated or bargained, i.e.) sold it, disposed of it into..., a pregnant construction for, 'disposed of it to an Englishman for (or, who bought it for, placed it in) his cabinet of curiosities.'

16. seit undenklicher (or unverdenklicher) Zeit, 'from time immemorial,' 'time out of mind.'

17. zerschlagen: zer denotes the falling, breaking or resolving into parts or pieces, often in the way of destruction, cf. zersetzt, 45, 16, torn into Fetzen, tatters; zerhauen, 60, 13, to **hew** to pieces; zerfliessen, 91, 24, to melt away; zerflattern, 95, 19, &c.—Sockel, **socle**, plinth, base.

18. Spritzenhaus: Spritze, squirt, syringe, fire-engine (Feuerspritze).— vermauern (mauern fr. Mauer, Lat. *murus*, a wall; ver, cf. 26, 23, n.), to use up in the building of a wall, in masonry-work; in den Sockel vermauert, built up into..., used as building material in....

19. Bezirk (M. H. G. *zirc*, fr. Lat. *circus*, **circle**), a tract or district within defined boundaries. Waldbezirk, tract of forest.—Flurkarten, **charts** or maps of the Flur or Feldmark, i.e. of the total extent of territory belonging to the village Gemeinde (26, 13, n.).

20. hat sich noch...erhalten, (has been, i.e.) is still preserved. Cf. for this frequent use in Germ. of a reflexive verb where in English the passive is generally used, 41, 31; 42, 11; 56, 18; 73, 16. The use of the passive in Germ. in such a case as the present (or in 8, 20; 41, 31; 73, 16, &c.), would represent the action as taking place through definite individual agency, while the reflexive fulfils the part of a middle voice (cf. Eve, 180), expressing the taking place of an action which affects the

subject of the verb, without referring that action to any definite agent, or rather, referring it by a figure of speech to the subject of the verb itself. Thus the Eng. equivalent of such refl. verbs is perhaps quite as often an intrans. as a passive verb, cf. 8, 20, verwandelte ſich in..., changed or turned into....

21.　Sage (fr. ſagen, to **say**, tell, recite; used along with ſingen of the recitations of the old bards and story-tellers), a story sprung up through oral tradition, legend, myth, &c.

23.　Geſchlecht, here of course not as in the previous story, but in the sense of 'generation.'

PAGE 34.

3.　kurzweg, without further ado, curtly, briefly.—heißen, trans., to call, and intr. (45, 11), to be called, bear a name.—Em. auflauern (lauern, 49, 13, to lurk, lie in wait), to lie in wait or be on the watch for.

4.　Hab' und Gut, 5, 1, n.—Am liebſten..., 14, 7, n.—einſtecken, 10, 15, n.

7.　kurzweilig, adj. fr. the subst. Kurzweil[e], what makes the time (Weile, **while**) short, 'pastime,' amusement.—auf ſcharfem Roß : we say ein ſcharfer Ritt, a quick ride, im ſcharfen Trab, at a smart trot, &c., but ein ſcharfes Pferd or Roß for a swift-going horse is unusual.—in's Weite zu ſchweifen: das Weite (adj. as subst., cf. 5, 3, n.), the open country, stretching out far and **wide**, the far unbounded distance, cf. das Weite ſuchen, to be off and away, make one's escape; Etw. in's Weite ſpielen, to prolong a matter indefinitely, &c. ſchweifen, to **sweep**, roam, wander.

8.　berennen (rennen, to **run**; be, cf. 36, 8, n.), to overrun or surround with troops; here used as an archaic expression from the times of chivalry, = beſtürmen, belagern, to storm, besiege. In modern warfare it is used, strictly, of the enclosure or investment (Einſchließung) of a place, which precedes a regular siege; then also more generally, of the whole siege, including both blockade and assault.

10.　auch nur... : auch, 'also,' often has the force of 'even' (cf. Lat. *etiam*), cf. l. 12, below; 65, 1; esp. combined with nur,—auch [nur] der geringſte Fehler; so 62, 16 ; 70, 24, &c. Cf. also the concessive wenn auch (3, 6, n.), even if, although.—über Feld, 'across country.'

11.　Etw. ſteht auf dem Spiel (cf. 70, 29), lit., stands or rests, i.e., is staked, upon the game, 'is at stake.'

12.　Stattarreſt (cf. in Arreſt bringen, 72, 26, = arretiren, 73, 21, to **arrest**), enforced confinement within the town. Arreſt, chiefly a military term, is often used also in a wider application, so Haus- or Zimmerarreſt is a familiar expression for confinement to the house or one's own room, whether as a punishment or for whatever reason.—auf bie Dauer (Dauer, **dura**tion, permanence, a long time), if it exist permanently or for a long time; the phrase may often be rendered, 'at length,' or 'in course of time.'

14. Em. zu Leibe rücfen (or gehen, 42, 9), as it were, to march boldly up to, come to close quarters with; to attack, 'tackle.'

15. ein Schutz- unb Trutzbünbniß (Schutz, protection, Trutz, 22, 2, n.), an offensive and defensive alliance. (Note that in Germ. the order is reversed.)

16. Em. auf bie Schliche kommen, or hinter Imbs. S. kommen (Schlich— fr. schleichen, to **slink**, creep softly—, a secret way, by-way; a trick, artifice), to detect some one's manœuvres or tricks.

18. Wegelagerei = Wegelagerung (fr. weg[e]lagern, to **way-lay**), brigandage, highway robbery.

20. ba webte unb wimmelte (13, 1, n.) es (6, 19, n.). weben, to move to and fro, be in activity. 'And now...there was a bustling and thronging...'—Note that auf einmal means 'at once' in contradistinction to gradually, at twice or more, &c., and also 'all at once,' suddenly, but never 'at once'=immediately, which is sofort, sogleich.

23. was es heiße...zu...: from the meaning, 'to be called, bear a name' (45, 11) is developed that of 'to mean, signify,' and thus 'to be,' in expressions such as, bas hieße lügen, that would be telling a lie; er weiß was es heißt, arm [zu] sein, &c.

26. Zeughaus (Zeug in a former signification = Kriegsgeräth, the implements and materials of war), arsenal, armoury.

27. Rathskeller, public wine-**cellar** or beer-house underneath the Rathhaus, town-hall wine-vaults. A Rathskeller is still to be found in many German towns.

PAGE 35.

2. galt es als bas Zeichen..., cf. 5, 7, n. gelten als (with nom.), or für (with acc.), to be regarded as, pass for; so 36, 18; 58, 27; 93, 25.

3. ein anber (=anberes) Ding, cf. 38, 19, gewonnen Spiel; 41, 1; 43, 20; 80, 4, &c. This use of the attributive adj. without inflection, in the nom. and acc. sing. neut., is chiefly confined to poetry or a poetical style, and to certain colloquial expressions, beyond which the student will do well in his own practice not to extend it.

5. Spießgesell (Spieß, spear, javelin), here in its original meaning. = Waffengenosse, companion in arms. The word is now used almost

solely for an associate in something evil or contemptible, an accomplice
or tool.

7. Er ſchmiedete...weiter, = (36, 26) ſchmiedete...fort, cf. 3, 12, n.

8. als ob...ſei, as if there were. As a general rule a merely supposed case is expressed in Germ. by the past tenses of the subjunctive,—
als ob...wäre or geweſen wäre— ; but this rule is not very strictly adhered
to, and the present tenses of the subjunct. are not seldom purposely
used, as probably both here and in 45, 25, in order to convey more
vividly the impression of an actual present fact, the supposed case
so engaging the imagination as for the moment to be regarded as real.

9. ging nur dann, wann = wenn, cf. l. 12 below, and 28, 16, n.

10. Kanne, Eng. **can**, fr. Lat. *canna*, a reed, then a small vessel,
Gr. κάννα or κάννη, a reed or something made of reed. Kluge however
rejects this commonly accepted etymology, and thinks it probable that
Kanne is a genuine Teutonic word. It is used of a vessel of any
material, in shape cylindrical or widening out in the middle; so
Bierkanne, Theekanne, Porzellankanne, &c.

11. die ganze übrige Bürgerſchaft ; -ſchaft collective (cf. Mannſchaft, 37,
29; Dienerſchaft, 67, 28), 'all the rest of the citizens.' Note the use of
the verb in the singular with this collective.

14. ſtadtkundigerweiſe. kund, adj. used only predicatively (orig. perf.
part. of können = kennen, to know), known; Kunde (36, 28) = Kenntniß,
knowledge, news; kundig, both 'knowing,' acquainted with (e.g. einer
Sprache kundig), and 'known,' public, notorious. In the latter meaning
kündig or kundbar is more usual, except in compounds, as land-, ſtadt-
kundig (71, 6), &c., known over the country, town, &c. In colloq. Germ.
adverbs are very freely formed with -weiſe (Weiſe, way or manner), Eng.
wise; those formed fr. adjs. are adverbial genitives. ſtadtkundigerweiſe,
as was known all over the town (cf. 89, 11).

15. gut eine Stunde (33, 9, n.), or eine gute Stunde, a good hour's
walk.—vor dem Thor (27, 3, n.) = outside the gate and distant from it,
'from the town-gate.'—vor wie nach, 27, 23, n.

19. ſchelten, to **scold**, chide, abuse, cf. Scheltwort, 105, 9; Jmd. ſo
und ſo (now almost only in censure or reviling, e.g. einen Narren, einen
Lügner) ſchelten, to 'call' reproachfully, to rail at as....

20. Gemeingeiſt (gemein, common ; cf. Gemeinwohl, common **weal**, &c.),
public spirit.—faßten dieß...in ein Wort. faſſen, to put as contents into
some receptacle, to bring or mould into a certain form (expressed by in
and an accus.), esp. a form of words, to 'express'; cf. 81, 30.

21. nach landesüblicher Weiſe: landesüblich, adj., according to the

usage of the country. Weife (cf. l. 14, above, n.) simply serves to form an adverbial expression.—bünbig (binten, to **bind**) means both binding in point of logic, convincing, as ein bünbiger Beweis, and also compact or concise in expression, pregnant, laconic. Here we have the latter meaning, as also in the phrase furz unb bünbig (54, 4), to the point, plainly, laconically, categorically.

22. Michel Leimfieber. Leimfieber, lit., glue-boiler, is used fig. of a phlegmatic, listless person, without interest in what he does or what is going on. Here perhaps we might render 'Sluggish Mick,' and then Leimfieberei below, 'sluggishness.'

23. hätte man ihm…noch verziehen. noch (cf. 12, 12, n., *b*, *d*) is often used not so much of time, as to mark a certain stage or point reached or occupied in a scale (cf. 84, 14, n.); so here it expresses that up to the point indicated—that. of his political indifference—their willingness to forgive might 'still' have held out. noch may in such cases often be rendered by 'even.'

24. eingeboren, **born in** (lit. into) a place, native.

25. Trute, familiar abbreviation of Gertrub.—The word Bauer (fr. bauen, to cultivate, till), once applied to the whole population outside the Burgen, or towns (cf. 17, 17, n.), is still in its widest meaning equivalent to the Eng. 'peasant' or countryman in general, cf. 104, 9, bie Bauern, the peasantry. But while the English word peasant in its narrower application denotes particularly the lowest class of tillers of the soil, chiefly mere day-labourers, the word Bauer as a specific class-designation usually denotes the independent cultivator of a larger or smaller portion of land, either his own or held under a fixed tenure. In this sense a simple day-labourer, or Tagelöhner, has no claim to the title of Bauer, which marks a class including many well-to-do farmers of their own land, and thus is not adequately rendered by the Eng. 'peasant.' Numerous expressions, most of them provincial, designate the different grades of Bauern. A Vollbauer or ganzer Bauer is one who possesses an undivided Hof or farm of a certain extent, in distinction from a Halbbauer, who possesses only half as much, a Viertelbauer, &c. A Selbner or Sölbner is according to Schmeller (*Bayerisches Wörterbuch*) the owner or occupant of a Selben = ⅛ or $\frac{1}{16}$ of a Hof; much the same as the N. G. Rothfaß, Käthner, or Kötter (Eng. **cotter**), the owner of a cottage and but a small patch of land.

27. zum hergelaufenen Pack. herlaufen, to run or wander hither (5, 2, n.), i.e. from elsewhere, from nobody knows where. Hence, from the distrust with which in old times all were regarded who wandered

away from their own parish to seek their fortunes elsewhere, hergelaufen
= vagrant, vagabond. Pack, contemptuous, **pack**, mob, rabble.

29. Zunftmann = Zunftgenoffe (4, 3), Zünftler (6, 5), fr. Zunft (4, 1, n.).
—für's Heil der Stadt, 9, 23, n.

30. Em. etw. wehren (or verwehren, 114, 2), to forbid a person a
thing, to prevent him from doing or getting something; so 55, 29. For
wehren with dat. alone, cf. 5, 15, n.

PAGE 36.

1. verfalzen: ver (cf. 4, 23, n.) denotes error, as verzeichnen, to draw
wrongly; to spoil something by overdoing, as verbacken, to overbake,
burn, &c. Em. etw. verfalzen, colloq. (= Em. etw. verleiten), to spoil a
person's pleasure in a thing, 'give him a sickening' of it, &c.

5. dem entsprechend: dem demonst., = diefem (19, 4, n.), as in troßdem,
außerdem, &c.

6. It has already been mentioned in the Introduction to the preceding story that the guild organization served also as the basis of the
military system, so far as concerned the artisan class. Every handicraftsman served in his guild, under the leadership of the guildmaster.

8. Stattmauer zu befetzen. In composition with verbs already transitive,
the prefix be generally *changes the direction* of the action expressed by
the verb, e.g. gießen, to pour (water on plants, &c.), begießen (84, 1), to
water (plants, &c.), drench; so fetzen, to **set** or put (something on or in
something), befetzen, to cover, fill, occupy (something with something put
on or in it), e.g. ein (sc. mit Speifen) gut befeßter Tifch, a well-spread table;
ein Plaß ift befeßt, is occupied (in the first place, by laying something on
it, to keep it). So as a military term, eine Statt, einen Paß, &c. [mit
Truppen] befeßen,—die Truppen befeßen den Paß, 'occupy,' 'man.'

10. es fügte fich, 20, 23, n.

17. Wacht, Schildwacht (113, 5), now generally Wache, Schildwache (cf.
Wachpoften, 38, 14), **watch**, guard, sentry.—nervig, like Eng. **nervous**, for
sinewy, strong.

21. neuerdings, recently, lately. Cf. allerdings, 40, 3, n., fchlechter-
dings, 70, 16, n., &c. These anomalous forms have arisen by corruption
from an original gen. plur. used adverbially, neuer Dinge, &c.; the s of
the gen. sing., which has crept as an inorganic element into other advs.,
as giving them more of an adverbial appearance (cf. 10, 11, n.), has here
displaced the true plur. form of the second element in the compound.

22. dafür halten, daß..., to **hold**, be of opinion, that....

23. ſelbſtgenügſam (genug, **enough**; genügen, to suffice), self-sufficing, finding all one wants in oneself, hence, [slightingly] indifferent to others. This seems to be all that is meant in the present passage; the word in itself might also include, like the Eng. 'self-sufficient,' the idea of complacent self-satisfaction, presumptuous vanity, which however would be out of keeping with the character of the smith as here drawn.—für... nichts (cf. 22, 27, n.) tauge (cf. tüchtig, 23, 7, n.).

25. Der Schmied nahm das ganz ruhig hin. In hinnehmen, to 'accept,' take in a philosophical or matter-of-fact way (cf. 53, 2), submit to, put up with, hin retains its proper meaning, 'away' (cf. 5, 2, n.), but as this meaning has become subordinate to the chief idea of taking to oneself, accepting without resistance, it seems at first sight as though hin had changed its meaning and assumed that of her. The idea however that really lies in the word is that of meekly or wisely 'taking away' to oneself, or quietly accepting, something that is or is thought to be unwelcome.

26. Etw. verſteht ſich (cf. 33, 18, n.) [von ſelbſt],—iſt ſelbſtverſtändlich, is a matter of course.

28. Kunde, 35, 14, n.—Etw. wird Em., something (lit., becomes, i.e.) falls to or is given to one, one receives something.

30. mit ſeinen Freunden zuſammenſtoßen. zuſammenſtoßen mit..., as here used, is a specially military expression, used of troops and their officers, =ſtoßen zu...(cf. 97, 27, n.), ſich vereinigen mit..., 'to join.' In ordinary language it is generally used only of an accidental or unconcerted rencontre (cf. auf Einen, etw. ſtoßen, to come upon, meet with), not of an arranged meeting, for which zuſammentreffen (41, 14) is the usual word.

31. einen Hauptſtreich führen (Haupt-, 10, 30, n.; Streich, **stroke**, blow; quick military manœuvre; führen, to 'deal,' direct), to make a grand assault.—Es galt...zu, 5, 7, n.

PAGE 37.

1. Em. or etwas (dat.) zuvorkommen, to **come** or get **before**, anticipate, forestall, prevent.

2. Etwas ſteht auf Spitz und Knopf is an old, now little known phrase (Auerbach however writes: daheim habe der Meiſter...gethan, wie wenn Alles bei ihm auf Spitz und Knopf ſtehe), indicating such a critical position of affairs that a decision between two alternatives must promptly be made or happen. Spitz or Spitze is here the point of the sword, Knopf, **knob**, the chief piece of the hilt, which in old times was used in sealing contracts; hence the phrase Spitz oder Knopf! used to present the alternative

of death or a treaty of surrender, and the expression above quoted. 'And such was the critical nature of the situation, that they had only the alternatives...'

6. ſäumen, to delay, tarry, linger; verſäumen (ver, 3, 11, n.), to throw away or lose through delay or neglect, to let slip, allow to pass unused, &c., as eine Gelegenheit verſ., cf. 59, 21; also, to neglect to do something, 66, 24.—auf etw. Verzicht (renunciation) leiſten (to do, perform, &c.), = auf etw. verzichten, to renounce, relinquish.—jeben, 17, 14, n.

7. alle Plage, 17, 4, n.—bedenklich, 15, 8, n.

9. Em. den Weg verlegen (cf. verſtopfen, 17, 22, n.), to block up one's way (lit., by **laying** down something in it; cf. verſchütten, to block up, fr. ſchütten, to pour or throw down), hinder one's progress, prevent one from going anywhere, cf. 39, 27.

10. gen, archaic,=gegen, of which it is an abbreviation.

11. er...ziehen wolle (5, 17, n.), he 'meant to,' 'was going to' march; so 38, 2; 41, 15.

12. zu dem (19, 4, n.) Ende.—Kundſchafter, one who kundſchaftet, goes out in search of Kundſchaft or Kunde (35, 14, n.), a spy, one sent to reconnoitre.

13. Geſelle (5, 13, n.), journeyman; Junge, boy, here=Lehrling, apprentice.

16. En. auf or bei etw. (dat.) ertappen, to catch or surprise one in a thing; so 69, 8.—verdächtig, 38, 3, n.—feſtnehmen=gefangen nehmen.

17. billig, fair, reasonable; hence (of prices) low, (of the wares) cheap.—Löſegeld, fr. löſen, to make los, **loose** or free, to redeem.

18. Maſtochſen (Maſt, **mast**; food for fattening, mast or other) are stall-fattened oxen, ready for slaughter.

21. Malterſack, **sack** containing a Malter, a corn-measure varying according to time and place.

23. gegen Quittung (quittieren fr. the same L. Lat. source as Fr. *quitter*, fr. which Eng. **quit**), in return or exchange for a receipt, 'on giving a receipt.'—in Empfang nehmen, denoting an active reception or taking into possession, is not quite the same with empfangen, which may denote a passive and involuntary reception.

24. außer ſich (dat.), lit., outside of, i.e., 'beside' themselves.— dieſen Schaden ſammt dem Spott. Schaden, damage, disaster, loss. Spott, ridicule, derision. Wer den Schaden hat, darf (=braucht...zu) für den Spott nicht ſorgen (lit., need not trouble himself about the ridicule, i.e., it is sure enough to come of itself), is a standing proverb, which we might render, 'The laugh is always against the loser.'

29. einiger fremter Mannſchaft (ſchaft collect., 35, 11, n.) : fremt, strange, foreign, may mean, according to context, not belonging to the same family or circle,—to the same community,—to the same province or native country. It can often be rendered into English only by paraphrase. Here we might say, 'of some troops not belonging to the town,' but it will be better to leave fremb untranslated, as the context renders it unnecessary.

PAGE 38.

3. verdächtig (fr. Verdacht, suspicion, cf. 6, 13, n.) is 'suspicious' =open to, calculated to awake suspicion (cf. 37, 16; 61, 30; 113, 12); hence also, the subject of, under suspicion, suspected, e.g. er—ſeine Behauptung—iſt mir verdächtig, I suspect or distrust him—his assertion; er iſt eines Diebſtahls verdächtig, he is suspected of theft. Cf. 92, 14, n.; 106, 22. 'Suspicious'=entertaining or manifesting suspicion, is argwöhniſch, miſtrauiſch; but cf. 98, 31, n.—worden for geworden. The regular use of the prefix ge in the perf. part. of verbs (=O. E. *y* in *yclept*, &c., and originally, like this, used or omitted almost at will) is of comparatively modern origin, and its omission in the perf. part. of worden as an independent verb, and of certain other verbs (e.g. gehen, bleiben) which according to the modern rule require it, is not uncommon in the dialects and in poetry.

4. ſprengen, factitive of ſpringen, to **spring**, fly, &c.; hence ausſprengen, to disperse, fig. (eine Nachricht, ein Gerücht, &c.), to spread, set afoot, noise abroad. Cf. verſprengen, 45, 7, n.

5. irre (Eng. **err**), astray, &c.—Gefangennahme: Nahme, used only in compounds,=the subst. infin. Nehmen.

6. gelungen, perf. part. of gelingen, used as an adj.,=successful. It is of course applicable only to words that can form a subject to the verb gelingen (cf. 11, 16, n.), and is therefore used only of things, never of persons.

7. begehrten...auf morgen, demanded...for to-morrow, i.e. that it should take place next day.

10. ſchlichten, to make ſchlicht (70, 16, n.), smooth or even; einen Streit ſch., to compose, adjust.

16. fremt, 37, 29, n.—in voriger Woche (or in the accus. without prep.. vorige Woche, 39, 1) : vorig, **former**, preceding, is now used only=next preceding, 'last.' In the wider sense of 'former,'=früher, it is now rarely used.

19. gewonnen[es] (35, 3, n.) Spiel haben, lit., to have a won game;

to be victorious, triumphant.—Auf (22, 14, n.) ſolche Gewähr (Gewähr,
warrant, **gua**rantee, surety), on such authority.

21.   gar, 8, 20, n.—vor's Thor, 27, 3, n., and 13, 18, n.

26.   Wollt Ihr etwa…? see 11, 29, n.

27.   ſtrafend, rebukingly, reprovingly.   This meaning of the verb
ſtrafen, which now usually signifies to punish, chastise, fine, is still found
in such expressions as mit Worten ſtrafen (85, 25); En. Lügen ſtrafen,
to reproach one with lying, to give the lie to ; En. ſtrafend anſehen, &c.

31.   Mähr (31, 27, n.).—Em. etw. aufbinten, to make a person
believe something that is false (as it were, to fasten it on him, cf. to
'impose' on); Em. eins aufbinten, to tell one a cock and bull story,
hoax or dupe him.

PAGE 39.

1.   erlauſchen: er, 11, 12, n. ; lauſchen (l. 19 below), to listen intently.

4.   auf Liebesabenteuer zieht : auf Abenteuer ausziehen (l. 9 below), to go
forth in search of adventures.

5.   ſich (dat.) etw. abbrechen (as it were, to break off from one's
portion and give up), to deprive oneself of, deny oneself anything.

9.   ſo hätte ich nicht…ausziehen können.   In English, since the auxiliary verbs which correspond to the German 'verbs of mood' have no
compound tenses, we are obliged to resort to the not strictly logical
forms with a past infinitive, 'I could *have gone*,' 'he must *have
yielded*,' &c., or must express the force of the modal auxiliary by a paraphrase, 'I *should have been able* to go,' 'he *would have had* to yield,' &c.
The German language, however, is able to use in all its 'verbs of
mood' the same form that is used in other verbs to express the same
relation (e.g. Ich hätte es zu thun vermocht), i.e. the modal auxiliary stands
in the pluperf. subjunct. (with the peculiarity noted in 26, 21, n.,
infin. form können for part. gekonnt, when coupled with another infin.),
with the principal verb in the *present* infin., Ich hätte gehen können,
Er hätte weichen müſſen, &c.   These and similar examples (cf. 41, 24,
obgleich ſich…Alle…hätten ſchämen ſollen, ought to have been ashamed ;
55, 18, gern hätte er…wiſſen mögen, he would have liked to know ; 63, 23 ;
77, 4 ; 79, 25, &c.) will illustrate the unvarying type of construction,
which must be used in translating into German both the anomalous
construction noted in the Eng. auxiliaries, and the various verbal
phrases which are used instead of these, or which correspond in Eng.
to the Germ. 'verbs of mood.'   Perhaps the best practical guide is to
remember that of the two forms, 'he could have done it,' and 'he

would have been able to do it,' the latter, with the *present* infin., is the analogue of the German construction. Er konnte or Er könnte es gethan haben would bear quite a different meaning. Further exx. occur in 83, 17; 84, 10; 85, 30; 87, 16; 101, 30. A further comparison with other languages (Lat., *potuisset illud facere;* Fr., *il aurait pu le faire*) will serve to make quite clear to the student that it is the *English* idiom, not the German construction, that is here at fault.

16. Vielen dämmerte es schon (dämmern, to be or become twilight; to grow dusk, to dawn), it began to dawn upon the minds of many.

19. Polititus (or Politicus 75, 7), older form with Lat. ending for the now current Germanised form Politifer, politician; cf. Muficus and Mufifer, Medicus (in the title of the next story) and Mediciner. Polititus is now used as a jocular term for a shrewd fellow.

23. pflichtmäßig. -mäßig (fr. die Maße, cf. 28, 11, n.), in the measure or manner of, = gemäß; in a way suitable to, = angemessen. It is freely used as a suffix to form adjs. fr. substs., cf. soldatenmäßig, soldierlike; riefenmäßig, gigantic; gesetzmäßig, lawful, &c.; pflichtmäßig, conformable to duty; here, 'as in duty bound.'

25. meine eigenen Pfade...gehe: Weg is the more usual word; we say seinen [eignen] Weg or seines Weges, seine [eignen] Wege and seiner Wege gehen, to go one's [own] way.

27. gar zu, 5, 20, n.—verlegen, 37, 9, n.—Uebrigens glaubtet ihr ja (24, 27, n.) Alle: übrigens = im Uebrigen (51, 5), was das Uebrige betrifft, ' as to the rest,' serves to add something to what has preceded, which it generally supplements or confirms; it may then usually be rendered by 'moreover,' or 'besides,' so here, cf. 49, 31; 57, 19. What is added may however stand rather in contrast with what has preceded, or in some way or other modify it, or may have but an undefined or incidental connection with it. Thus übrigens has come to be not seldom used as a mere connective word, to link on or effect a transition to some statement which without some such connective would hardly seem relevant to what has preceded; the logical connection is somewhat loose, but does not need to be more precisely defined. The force of the word may thus be variously conveyed according to context (e.g. in 49, 31 we might render 'too'; in 108, 15, 'however'; in 57, 3 by a simple 'And'), and not seldom it may in English, which dispenses with connective words much more than German, be omitted altogether.

PAGE 40.

1. welchen Weges...ber D. ziehen wird: as in the expression noted above, 39, 25, n., so here we might have the accus., welchen Weg.

3. Allerbings (cf. neuerbings, 36, 21, n.), originally = in all things or points, completely, absolutely; now used only in the same way as freilich, 'certainly,' 'to be sure,' both to convey an emphatic or confirmative assertion, or (56, 16 ; 85, 24) as concessive.—trocken, 57, 27, n.

6. harren is in common modern prose more usually constructed with auf and the accus., with the genit. chiefly in poetry and the higher style.

7. Himmel und [die] Welt! is a less common exclamation than Himmel und Erbe! 'Heaven and earth!' 'Good heavens!'—lauf' doch Einer...: note that laufe is subjunct. with imperat. force (Eve, 155), lit., let some one run. The force of doch here (cf. 10, 17, n.) may be expressed by a strengthening 'do' put before the imperat., 'do run, some one.'

13. wenn es wider den D. geht. es (6, 19, n.) geht, lit., there is a going, the context showing who or what it is that goes. Thus, Wo geht's denn hin? may mean, Where are you going? Where are they going? or, Where shall we go? Nun geht's bergab, the road goes, or we go, downhill. So here, 'when we march against the Badger.'

15. fangen helfen: helfen is one of a few verbs which through a false analogy have come to be regularly used with (apparently) the same formation of the compound tenses as the 'verbs of mood,' cf. 26, 21, n.—Es läßt mir keine Ruhe (es, 6, 19, n., an indefinable or undefined something), I feel restless, unsettled.—ich mußte, 15, 23, n.

16. Näheres or das Nähere, particulars, details.—erforschen, 11, 12, n.

17. Bauernkittel, peasant's blouse or smock-frock.—zum Müller in der Lohe: die Loh (Lohe, Lohen, &c.), now only provincial, a piece of marshy meadow-land. in ter Lohe here serves as a proper name to designate the mill.

19. wo der D....hielt: halten, Halt machen (45, 20), to **halt, make halt,** both of the act of stopping (as in 45, 20), and of the ensuing rest in a place. That the latter is here meant may be shown by using the imperfect in translating.—entboten, 29, 3, n.

20. ein waidgerechtes Treibjagen. Weide, obsol., = Jagd, hunting, the chase; hence Waidmann (more correctly but less commonly Weid-, 48, 13), sportsman, Waidwerk (48, 23), sport. waid- or jagdgerecht (cf. Ein. or einer Sache gerecht werden, to do justice to, satisfy the requirements of), in accordance with the laws of sport.—A Treibjagen, now more commonly Treibjagd, is a—so-called—hunt in which the game is beaten up and driven

together by attendants (treiben, to **drive**), for the sportsmen to shoot down at their convenience, a *battue*, in contrast with a Heßjagd (heßen, to chase) or Parforcejagd (48, 12, n.), in which the sportsmen really hunt the game, with hounds.

21. anstellen, to 'set on,' i.e. on foot; to institute, arrange, begin.

23. In feines, ihres Gleichen, &c. (or feinesgleichen, &c.), his **like** or **likes** (cf. provinc. 'the likes of him'), his equals, &c., we have the adj. gleich, used as a subst., in the now indecl. form Gleichen, in anomalous combination (the precise history of which is somewhat disputed), with a possess. pron. in the genit. singular. In O. and M. H. G. gleich could be thus used as a subst. only after the genit. of a pers. or demonstr. pron., as *ir* (= ihrer) *geliche*, or together with a poss. pron. in agreement with it, *mîn gelîche*, accus. *mînen gelîchen*, &c.

24. aufstellen, to 'set up' or on, to station.

27. selbstgewiß (gewiß, certain, sure, fr. wissen, to know), confiding in one's own knowledge and judgment, self-confident.—Winke, 7, 9, n.— Mögen fie's alfo haben (es, 4, 25, n., the undefined consequences of their own folly), so let them take the consequences.

28. Nach vollführtem Fang, 11, 22, n.

31. fagte zu mir... : note that fagen takes zu with a dat. of the person, when the *ipsissima verba* are given in direct oration, but the simple dat. when the thing said is expressed in oblique oration;—Er fagte zu mir: „Ich komme morgen wieder," but, Er fagte mir, er käme morgen wieder.—der ich...hielt, 21, 27, n.

PAGE 41.

1. Wachfend (35, 3, n.) Licht—das gute Wetter wird Stand halten (Stand halten, to keep one's **stand, hold** one's ground), the fine weather will 'hold out,'=wird Bestand haben, will last.—It is a widespread popular belief that a fine Candlemas (Feb. 2nd) portends a prolonged and severe winter. A Scotch proverb runs, 'If Candlemas be fair and clear, There'll be twa winters in the year.' This gives the key to all the sayings about Candlemas weather that follow in our story. If the badger sees his shadow, i.e. if the sun shines, when he emerges from his den at C., he creeps back to sleep through the cold weeks yet to come. The peasant is pleased with a stormy C. (43, 29), and does not like to see the sun shine (44, 19), because the cold weather to be looked for after a clear C. will 'tan his hide' (44, 1), while the good season to be expected after a dull one will make him rich (44, 10).

4. Wie heißt (cf. 34, 23, n.)=lautet, 53, 11, n.—der Spruch (fr. fprechen,

to **speak**), the saying, saw, proverb, adage.—vom Dachs. In the proverb
of course the animal is meant, but the knight, surnamed the Badger,
makes use of it to hint covertly at his predatory intentions.

6.　in den (8, 9, n.) Bau, = Höhle, l. 3 above, **hole**, den. Bau (fr. bauen,
to build) is used only of the dwellings of animals that construct these for
themselves underground, as badgers, foxes, &c.

7.　rief zu seinen Leuten: the more usual expression is Em. etw. zurufen,
cf. 6, 9, n.—indem er...gab : a clause introduced by indem (lit., 'in
that,' i.e. in or during the time that, while), expressing an accom-
panying circumstance, may often be rendered by the pres. part. in Eng.,
cf. 50, 20; 64, 31; 93, 21. Here we might say, ' at the same time
giving....'

9.　zu Schanden machen. Schande, shame, disgrace; zu Schanden (dat.
plur., as in Ehren, 46, 17, &c.) werden, to be dishonoured, ruined, de-
stroyed, to come to nought. zu Schanden machen, to destroy, over-
throw, put to confusion, &c.; here = falsify.

12.　nebenher (neben, beside, her, cf. 8, 30, n.), adv., along at the side,
viz. of the troop of horsemen.—vernahm ich, wie..., 13, 19, n.

16.　beritten (perf. part. of bereiten) as adj. = mounted, on horseback.—
Mannen, plur. of Mann in the meaning of vassal, retainer. Here it
may be rendered simply 'men' or 'troops.'

17.　Rauchholz (rauch,—the same word with rauh, rough—, covered
with hair, feathers, or the like; cf. Rauchwaaren, skins with the hair on,
furs) is explained by Adelung (*Wörterb.*) as a forester's term for wood in
leaf, trees with the foliage on, or a tract covered with such, in contrast
with clearings where the trees have been felled and stripped. Here the
term seems to be used as a proper name for a particular wood.

20.　Michael wollte (5, 17, n.), was about to, going to.... Next line,
Jeder wollte..., wanted to..., or tried to....

21.　duldeten: note here the use of the simple imperf., 'did not
allow,' where we should generally say ' would not allow ' (and in Germ.
might also say, wollten ..nicht dulden). The use of a pres. with the force
of will with an infin. has already been noticed in 23, 29, n.

24.　obgleich sich doch (3, 5, n.) Alle vor (8, 21, n.) ihm hätten schämen
sollen (39, 9, n.).—leibhaft, 9, 22, n.—verkehrt, 4, 23, n.—vorhielt, 25, 28, n.

27.　Zupfen Sie sich doch an Ihrer eignen Nase (zupfen, to pull, pluck), is
a very colloquial expression for, ' Look first at home.'

31.　Nun fand sich's..., 33, 20, n.—daß es...fehle, 6, 19, n.—Proviantgewölbe, 14, 14, n.

PAGE 42.

3. fein Haus beftellen or befchicken, to 'set one's house in order,' arrange one's affairs, esp. in preparation for death.—für jeben (17, 14, n.) Fall, lit., for any contingency, i.e. in case 'anything should happen' to him.

7. gefeftet, made feft, right and tight, put into good order; not a usual application of the word.

8. fich erbot...zu..., 23, 27, n.—bem D....zu Leibe zu gehen, 34, 14, n.

10. wofern, in so far as, provided that, if.—tüchtig, 23, 7, n.—Die, demonstr. (19, 4, n.), These, or, They....—fanten fich, 33, 20, n.

13. werte er etwa..., cf. 11, 29, n. ; 'if he should happen to be....'

14. ducken (fr. the same root with tauchen, to dive), trans., to **duck** or press down. ben Kopf ducken or fich ducken, to duck [one's head], crouch suddenly. Jmb. ducken, fig., to humble him, make him 'knuckle under.'— gerate (3, 4, n.) fein = nicht gerate ein; cf. Sei fein Narr!

18. mit Vermeitung...: the prep. mit or unter (104, 21) with a subst. representing a verbal idea is often used as the equivalent of an adverbial dependent clause (as here, intem er...vermiet), or of a pres. part., which, as here, may often be used in translating into English. So, Unter heftigem Weinen trückte er mir tie Haut, = Heftig weinent..., &c.

24. Verfteck (fr. verftecken—ver, 3, 11, n.: ftecken, 10, 15, n.—, to put or hide away), a place of hiding, ambush.

PAGE 43.

4. langgeftreckt, **stretched** out at great length, is often used as an adj. of anything long in proportion to its other dimensions, as ein langge- ftrecktes Gebäute, &c.—vor ihm her, cf. 8, 30, n.

6. Herr Ritter: cf. 47, 3, n.; here we may render, 'Sir knight.'

8. nicht mehr (cf. 11, 19, n.), here and often = nicht wieter, 'no **more.**'

9. unb bei biefen Worten warf er: bei (18, 21, n.) = 'at' these words, and would more usually mean, on hearing these words, spoken by another, cf. 51, 13 ; 69, 30. In the meaning here, 'with' these words, mit tiefen Worten would be the usual expression. On the plur. Worte, cf. 69, 27, n.—im Bogen, 5, 29, n.

14. aufgefetzt gewefen (12, 9, n.): note the use of gewefen, to express a past *condition*, cf. 22, 6, n. aufgefetzt worten would have indicated the *act* of putting on.

16. Geftein: ge collective, **stones**, rubble.—abfchüffig (abfchiefen, to **shoot** or fall **off** suddenly, slope), steep, precipitous.

21. Sie praflten Beite gleichzeitig aneinanter (praffen, to come into violent collision, esp., to strike so as to rebound). This looks at first sight like a double pleonasm, but (cf. on beite, 15, 14, n.) the meaning is, that the movement made by the two was simultaneous and equal, in opposite directions, so that each met the shock of the other's attack midway in his course.

23. in...Naturhieben, blows delivered with the untutored force of natural strength, as contrasted with the trained skill of the knight, cf. l. 26 below. We might render 'sledge-hammer blows,' which would be especially appropriate to the smith, and would serve to point the same contrast.

26. gab ihm...heim, 32, 22, n.—funstgerecht (cf. waitgerecht, 40, 20, n.), in accordance with the rules of art, skilfully.

29. ter Bauer sich tas Wetter lobt (regular order, so lobt sich ter B. tas W.). loben, to praise, is used familiarly with a dat. of the reflexive pron. (an example of the 'ethical dative'), as indicative of a special personal preference or satisfaction. Cf. in Goethe's *Faust*, Mein Leipzig lob' ich mir, 'Leipzig's the place for me'; so also, Ich lobe mir ein gutes Beefsteak, 'Commend me to a good beefsteak,' &c. Cf. 78, 7, n.

PAGE 44.

2. Em. eine Ohrfeige, einen Hieb, &c., ziehen (prov. and colloq.), to 'deal,' lit. 'draw,' i.e. administer with a quick stroke through the air.

8. blant (fr. blinten, to gleam, shine), bright, polished. The word, originally Teutonic (cf. A. S. *blanca, blonca*, a white horse), passed over into the Romanic languages; whence Eng. **blank** and **blanch** fr. Fr. *blanc, blanchir*.—Zunter, 17, 2, n.

10. tumper, provincial (Austrian, Swabian), = finster, tüster, dark, gloomy.

12. The simple fügen (20, 23, n.) is here used rather than the common hinzufügen (23, 12; 99, 26), to 'add' something to what has been said, in order to indicate the appropriate 'fitting on' of the rest of the quotation to the preceding part.

23. behielt tas letzte Wort, cf. 12, 19, n.; say, 'had...,' or 'came off with....'

24. feinen Wetterspruch (41, 4, n.) mehr (11, 19, n.). Note the use of the sing., where the Eng. generally uses the plur., 'no more weather proverbs.'

25. kaum hatte der D. .., so spaltete ihm der L...., scarcely had..., when the.... This construction of the consequent clause generally gives a more direct and animated tone than a clause with als and the verb at the end. We can say, kaum war ich ausgegangen, als es zu regnen anfing, or, so fing es an zu regnen.

27. Schweigen ist auch eine Antwort is a familiar proverbial saying. Perhaps a commoner form of it is, Keine Antwort ist auch eine Antwort. It is applied in various ways, the common idea in all being that an answer is superfluous.

PAGE 45.

1. als sie vollends.. : the force of vollends (23, 16, n.) might here be given by rendering, 'and when, added to this, or, to crown all....'

5. Die Bundesgenossen...harrten..., da meldete ihnen..., a parallel construction to that noted above, 44, 25, n., da meldete... being equivalent to a clause with als and the verb at the end. In the example quoted above we could also say, ...da fing es an zu regnen. We could not however inversely in the present passage use so instead of da.

7. ein versprengter Knecht. versprengen (ver, 3, 11, n.; sprengen, 38, 4, n.), lit., to make to **spring** or run 'away'; den Feind versprengen, to scatter the enemy; ein versprengtes Corps, a corps separated or cut off from the main body;—here used of an individual, 'a retainer in solitary flight.'

9. so bald nicht (note the emphatic position of the negative, cf. 3, 4, n.) expresses with more or less of irony, 'not in a hurry.'

19. die abenteuerliche Rotte. The word Abenteuer (Fr. *aventure*, adopted in the M. H. G. period in the form *âventiure—iu* pron. û—took early the form *abendteur* from a mistaken association with Abend and theuer) and its cognates have a wider use than their Eng. equivalents. abenteuerlich often means simply, wonderful, fantastic, odd, queer: eine abenteuerliche Idee, a wild idea, ein abenteuerliches Kostüm, &c.

21. legte die Leiche...auf dem Stein...aus : note the *dat.* here, as marking the 'place where' the body was laid out. For the laying of the body upon the stone, the simple verb legen with the *accus.* would of course have been used.

22. Paradebett (Fr. *parade*), bed of state, bed on which a body lies in state.—daß Jeder...konnte, a consequent clause (daß = so daß, 11, 14, n.), 'so that every one could....' It might also be taken as a final clause (daß = damit), 'in order that every one might...,' for the indic. is not

seldom used in final clauses (cf. Eve, 244—5). Where there might be
any ambiguity, the subjunctive should be adhered to in such clauses.

24. ten 𝔐. gefällt (sc. hatte, 12, 9, n.): fällen, to **fell**, factit. of fallen,
to fall, cf. fprengen, 38, 4, n.; trängen, 68, 31, n.—auf's Haar, 4, 8, n.

26. tet…lag, 10, 3, n.—eigens (fr. eigen, **own**, with adverbial s,
10, 11, n.), specially, expressly.

28. Das…Ritterfchwert, wie es… : wie followed by a pers. pron.
referring to a preceding subst. is often used = 'such as,' 'which'; e.g.
Hüte, wie man fie jeßt trägt, hats (lit., as people now wear them, i.e.) such
as are—the hats that are now worn; cf. 65, 1; 69, 11, n.—ein Schwert,
ein Ruter, &c., führen, to wield, ply, &c.; cf. 46, 30, n.

29. zu (7, 19, n.) ewigem Getächtniß, lit., for everlasting remembrance,
i.e. to be eternally remembered; 'as an everlasting memorial.'—Es
kam von ta ter Brauch auf. Etw. kommt auf, kommt ab, comes into, goes out
of, fashion, vogue. Eine Mete, ein Gebrauch, &c., kommt auf, arises,
springs up. ta is here temporal. 'From that time it became the
custom….'

<h2 style="text-align:center">PAGE 46.</h2>

5. bekanntlich, see 3, 13, n.—Maftochfen, 37, 18, n.

7. fanb riefe Wentung fo bereutfam. finten (etw. fo oter fo f.; f. taß…)
is very commonly used in Germ., like *trouver* in Fr., for to think, con-
sider, &c. Das finte ich ganz in ter Ortnung, that seems to me quite right;
Ich finte, taß er Recht hat, I think he is right, so 103, 28.—Wentung,
here, turn of affairs, reversal of fortune.

9. Einfprache or Einrete (cf. treinreten, 51, 1, n.), objection, opposition, interference.—wie fich von felbft verfteht, cf. 36, 26, n.

13. mit Hieben gewettert unt mit Wetterregeln treingehauen: the double
word-play should be noticed (the subst. Hieb is formed from the pre-
terite of hauen). mit Hieben gewettert = (mit H. being equiv. in meaning
to an acc.) Hiebe herabgewettert, stormed down blows. mit Wetterregeln
on the other hand expresses an accompaniment to the following treingehauen. treinhauen (trein, 9, 30, n.), lit., to **hew** or strike in, i.e.
(almost = tarauf losphauen, cf. 11, 13, n., esp. last ex.) 'with a will,' 'right
and left,' to 'hew away.'

15. Etw. fchultig (Schult, 14, 9, n.) fein, to owe something; hence
etw. fchultig bleiben as a common fig. expression, not to produce a thing
or have it at command when it should be forthcoming. Sie bleibt nie
eine Antwort fchultig, she is never at a loss for an answer; fie blieb ihm
keine Antwort fchultig, she was quite a match for him, &c. Here we

might say, 'he failed to have...'; cf. 44, 23, n.—Der Spitzname (nick-
name) des Leimsieders: we could also say, in apposition, der Leimsieder.

18. Etwas soll sein, something 'is said' to be (again, 101, 24), i.e.,
report will have it that it is; according to the conception or judgment
of those who make the assertion, it 'is to' (cf. 11, 28, n., *c*) be so, i.e.
so regarded, is to be accepted as a statement of the facts; cf. 79, 30,
Und der Mann soll...sein? And you, they, people, mean to say that
this man is... ?

25. aufspüren (spüren fr. Spur, **spoor**, trace, &c.), to trace or spy
out, discover.—wollen einige...behaupten: almost = behaupten einige...; wollen
however marks rather the *inclination* or *readiness* to assert and defend
the proposition in question. wollen itself often has the meaning of
'to maintain,' cf. 21, 28, n., in which, however, it is used chiefly of
assertions which concern the person himself who makes them.

26, ff. The name Michel is popularly used (like Hans, Peter, &c.,—
ein dummer Hans, ein langweiliger Peter, &c.) for an awkward, stupid
or churlish fellow, a simpleton, &c.,—Er ist ein rechter Michel, ein grober
Michel, &c. Der teutsche Michel is used humorously or ironically as a
national sobriquet of the typical German or of the German people
generally (analogous to the English 'John Bull' and the American
' Brother Jonathan '), to express their supposed national characteristics,
—on the one hand their unsophisticated honesty and fidelity, their
tenacity and plodding patience, on the other, and chiefly, their rudeness
of manners, slowness and awkwardness in practical life, &c. The origin
of the expression is much disputed, but it seems to be explained with
the greatest probability—if it needs any other explanation than the
usage first mentioned above—as having been first applied to the Knights
of the Teutonic Order (der teutsche Orden, cf. 10, 26, n.), both as following
in the steps of St Michael, and also (M. H. G. *michel*, O. H. G. *mikil*,—
Scotch **mickle**—, = groß, tall) as being for the most part tall fellows, and
then extended to Germans generally (G. v. Loeper, *Anmerkungen zu
Goethe's Dichtung und Wahrheit*, III. 257). H. Kurz says in his edition
of the works of Grimmelshausen (1625—76), among which is a tractate
entitled Der teutsche Michel, "The Spaniards gave this name in the Thirty
Years' War to Lieutenant-general Johann Michael Obertraut, in the
Danish service, who did them great damage," but Loeper states that
the expression is used by Sebastian Brandt (1458—1521), and quotes
a recently discovered song, dating from the middle of the 16th century,
in which the Teutonic Knights say, „Die teutschen Michel man uns
nennt."

28.   der verſpottet (= wenn er verſpottet wird) ſchweigt.

30.   das Wort und den Hieb führt: einen Hieb führen (cf. 36, 31, n.), to 'deal' a blow; das Wort führen is a common phrase for, to speak, be the spokesman. The epigrammatic conciseness of the original is not easily attainable along with exactness in rendering; perhaps we might say, 'takes the lead in counsel and fight.'—wenn Jenen ihr Latein ausgeht. Jenen, used in place of the pers. pron. ihnen, to point out more unmistakably and with rather more emphasis, the persons referred to, die weiſen Politiker. These being the persons last spoken of, Dieſen might also have been used (8, 17, n.), but jener has rather more marked demonstrative force. ausgehen = to 'run out,' come to an end. mit ſeinem Latein zu Ende ſein (Fr., *au bout de son Latin*) is a familiar phrase denoting that the resources of one's learning and wit are exhausted. Hier geht mein Latein aus, I'm at the end of my tether, out of my depth, nonplussed, &c.

The scene of the story is the court and residence-town, or capital, of one of the petty German princes of the eighteenth century. No historical names are given, nor is the particular state mentioned, even under a feigned name. In whatever proportion fact and fiction may be mingled in the present narrative, it gives a faithful picture of the course of things at one of the *better* courts of that period. It must be remembered that even at the close of last century the so-called German Empire was still composed of some three hundred sovereign territories, ruled by princes possessed to all intents and purposes of absolute power. Most of them either ground down their subjects, or left them entirely to the oppressive or reckless rule of their officials and favourites, regarding them only as a means of raising the large sums of money they constantly required, to keep up the luxury and splendour in which they sought to vie with the French court. A few only, in the latter part of the century, influenced chiefly by the example of Frederick the Great of Prussia, and the Emperor Joseph II., endeavoured in the exercise of a benevolent paternal absolutism to promote the real good of their people. Constitutional government in its reality was totally unknown; even its barest forms were in most cases wanting or in abeyance. When ministers are mentioned in the following story, it must be remembered that these were but the advisers, often but the executive officials of the monarch, appointed and dismissed by him at his sovereign will and pleasure.

Erstes Kapitel.

PAGE 47.

1. Leibmedicus (cf. Politicus, &c., 39, 19, n.): the now current term is Leibarzt (49, 17). Leib originally meant Leben, life (so in the phrase Leib und Leben, cf. Hab' und Gut, 5, 1, n.); in M. H. G. it is often used

for *person* (*mîn lîp* = id)). This meaning prevails in many compounds, in which Leib- is equivalent to 'personal,' attached to the person of an individual, so Leibkutſcher (79, 14), coachman reserved for the personal service of a prince or princess (in distinction from Hofkutſcher, serving the court), Leibjäger, Leibdiener, &c. In another series of compounds, traceable to the same origin, Leib- signifies 'favourite,' = Lieblings-, as Leibeſſen (orig., dish prepared specially for one person), favourite dish; so Leiblied, &c.

3. The word Fürſt (M. H. D. *vürste*, **first**) is both the general term for a sovereign ruler, and the specific title of certain minor sovereigns,— now very few in number—, under the rank of Herzog. It is also a conferred title of nobility, next above Graf. It should in all its applications be distinguished from Prinz, a title borne only by the non-regnant male members of a ruling family. The families however of many mediatiſirte Fürſten (i.e. princes who through the annexation of their territories have ceased to be sovereign) still retain their titles, as nobles of the empire. 'Prince' Bismarck is not Prinz, but Fürſt, and there are certain differences between his rank and that of the mediatised Fürſten of the old empire. Like them he is styled Durchlaucht (55, 6, n.), but his sons do not bear the title of Prinz, which is still retained by the sons of some mediatised Fürſten; his title descends to his eldest son, the younger bearing the title Graf.—Caſimir III.: the figures are of course in each case to be *read* in accordance with the context; here Caſimir der Dritte, in the next line dem Zweiten, in apposition to the preceding substantive in the dative. —ſeinem hochſeligen Herrn Vater: ſelig, blessed (ſelig werden, to 'be saved') is the Germ. for 'deceased, late'; hochſelig (see hoch, 24, 30, n.) is applied to princely personages. We say in Germ. Ihr Herr Vater, Ihre Frau Mutter, &c., as in Fr. *monsieur votre père;* used otherwise than with the poss. pron. Ihr, 'your,' i.e., otherwise than in speaking to a son or daughter of the person mentioned, this form is now a mark of special respect, employed chiefly in speaking of persons of rank. In the last century its application was more general; Herr Vater, meine Frau Mutter, ſein Herr Bruder, &c., were often used in addressing or referring to the persons in question. In 1770 Lessing as a man of forty still addressed his father in his letters as Hochzuehrender Herr Vater.

6. Zuwachs (wachſen, to **wax**, grow), lit., a growing or growth to; i.e. increase, addition.

8. dafür (3, 11, n.) um ſo (4, 7, n.) größer.

9. hatte...breit und glanzvoll Hof gehalten: cf. the colloq. phrase ſich [mit etw.] breit machen (as it were, in self-importance to monopolise the

scene for display), to make a parade of something, be ostentatious, &c.
Here we might paraphrase, 'in circumstantial pomp and splendour.'

10. viel gelebt: leben used pregnantly and euphemistically for, to
lead a life of dissolute pleasure.

13. Wirthschaft (activity or sphere of activity of a Wirth or Wirthin,
housekeeping, farm-management, management generally; formerly also
= Bewirthung, entertainment, festivity) is used colloquially to express a
disorderly and careless style of management, a wild and loose way of
living, official or social corruption, &c. Thus wirthschaften often = hausen
(23, 1, n.) in the bad sense.—Etw. mit (3, 3, n.) ansehen or anschauen, to be a
passive spectator of....

15. ein...vergnügtes Gesicht dazu machen, to show a pleasant (lit.,
pleased) face. dazu need not here be rendered; it has the same meaning
as e.g. in Was sagte er dazu? What did he say [to it]? Er lächelte nur dazu,
He only smiled (at what was passing or being said). Was meinen Sie
dazu? What do you think (upon the matter in hand)?

16. schlug...zum...Widerspiel...um: the prefix um, about, round, is in
many compounds expressive of change, cf. umformen, to re-shape, sich
umkleiden, to change one's dress, &c. A very early meaning of schlagen,
to 'strike,' is, to take a certain direction (with some energy or rapidity),
as, die Flamme schlägt in die Höhe, 'rises' (cf. Eng., to 'strike to the left,'
&c., and the phrase einen Weg einschlagen, to enter on a path, take a
direction). Hence umschlagen, to turn round, change suddenly; Umschlag
(67, 4), sudden change; so 85, 7; 105, 15.—Widerspiel or Gegenspiel =
Gegentheil, opposite, contrary.

17. Der halbe Hofstaat. Staat, **state**, the grand style of living supposed appropriate to a high **status** or condition; costly display (thus,
[mit etw.] Staat machen, to make a display [of something]), then all
that contributes to this, as numerous retinue, splendid accoutrements,
&c. Hofstaat means both the pomp and splendour of a court, and also
the court or royal household itself, with all its officials and appurtenances,
cf. 49, 16. Here of course the officials simply are meant.

PAGE 48.

1. persönlicher Einflüsse: this use of the plural of Einfluß (cf. 70, 24;
71, 28, &c.) is somewhat unusual; it is however meant to indicate the
repeated exercise of influence in various ways, so l. 3 below; 74, 18.

4. Unerhörtes, 5, 3, n.—vorbedeuten, to *pre*-signify, foretoken, augur.
—die alten Hofleute würden, = so würden die..., cf. 4, 25, n.

8. vermählen (cf. Gemahl, consort, husband), verheirathen (ver, 3, 11,

n.), to give 'away' in marriage; hence ſich vermählen, verheirathen, to marry, to 'be married.' The perf. part. may belong either (as a *pass.* part.) to the trans., or (with middle sense) to the refl. verb, i.e., verheirathet may mean either 'disposed of in marriage' by some one else, or 'married'=having contracted a marriage, entered into matrimony. It should be noted that in this latter sense we never say geheirathet (though it is sometimes so used provincially). vermählen is regarded as a more select and formal word than verheirathen, and is used more particularly of persons of high station.—auswärts (or nach auswärts) verheirathet, married to someone who lives elsewhere, to a stranger. So, Sie hat ſich nach Leuten verheirathet, she has married and gone to [live in] London, &c.

12. Parforcejagd (hybrid formed with the Fr. *par force*) = Hetzjagd, a hunt in which the game is really chased (gehetzt) with the aid of dogs (Hetzhunde), coursing; in distinction from Treibjagd, 40, 20, n.

13. Waidmannslust: cf. 40, 20, n., and Waidwerk, l. 23 below; Luſt, 5, 8, n., is here pleasure, enjoyment.—im verſchwiegenen Waldesdickicht. Etw. verſchweigen (66, 17), to be silent about, say nothing of, conceal. verſchwiegen, perf. part. as adj., mostly of persons (60, 10), silent, taciturn, discreet; metonymically (chiefly in poetry and the higher style) of places, silent, noiseless, hushed.

16. des vergebens erlauerten Wildes erlauern (er, 11, 12, n. ; lauern, 34, 3, n.), to obtain by lurking or lying in wait ; or, as here, simply to endeavour to do so, to lie in wait for, waylay.

18. er könnte wohl mit Grund.... The general force in declaratory sentences of the unaccented particle wohl,—'probably, presumably, surely, perhaps,' &c.—, is to modify the direct assertive force or categorical tone of a statement. It serves either to mark that what is said is to the speaker himself matter of conjecture, or at least of less than perfect certainty,—Er war es wohl nicht, I do not think it was he, it is not likely it was he, cf. 53, 19; 54, 21 ; or to give a more modest and courteous form to an assertion, assuming or tacitly asking the assent of the hearer or reader (on its difference from doch, cf. 3, 5, n.). It of course often indefinitely combines or lies between the two, as here, er könnte wohl, so the author thinks (or represents the prince as thinking), and so the reader will probably think with him; cf. 57, 22, n.; 71, 3; 93, 8; 98, 4; 111, 11.

19. auf etw. (*acc.*) bauen, to build, i.e. fig., to rely on, put confidence in.—Leibesnatur, often Natur simply,—Er hat eine geſunde, eine kräftige Natur, [physical] constitution.

21.　Hofbedienstete (bedienstet, perf. part., used only as subst. adj., fr. a disused verb bediensten,—fr. Dienst, service, employment—, to furnish with or put into an office) = Hofbeamte, court officials, lower and higher.　It is used especially for minor officials who yet would not be called Bediente, servants, or as a comprehensive term to include petty officials with others of higher position.

22.　überzählig, above the (normal, required) number, supernumerary, superfluous.

23.　Er meinte..., die Arbeit und das Wattwerk (40, 20, n.) solle (on the sing. verb cf. Eve, 9, Obs. 1, 2).　Note that meinen (5, 25, n.) does not here signify to **mean**, 'intend.'　We say indeed ein wohlgemeinter Vorschlag, es gut oder böse [mit Jmb.] meinen, to mean well or ill, &c., but meinen is now never (or rarely) used for 'to mean' or 'intend' to do a thing, or that a thing shall be, i.e., with a following infinitive or other dependent clause, *expressive of a purpose.*　But the phrase gemeint (= gesonnen, 24, 29, n.) sein, etw. zu thun, is still current.—Er meinte..., die A. und das W. solle.　sollen (11, 28, n.) is sometimes used with apparently a simple future meaning, but with the underlying idea that the speaker fully expects that the thing in question 'will' be, because according to the nature of the case, or the probabilities, it 'must' be, or 'is to' be, or on the other hand that he pledges his will or discernment that it 'shall' be,—Nun, sind Sie endlich am Ziel? Nein, aber ich hoffe, es soll nicht lange mehr dauern (= 'will not,' but with a certain admixture of 'can not,' 'is not to,' and 'shall not'); Ich denke, das soll noch kommen ('is to,' and therefore 'will').　So here, solle may be translated, so far correctly, by 'would,' but it blends with this meaning more or less of the ideas that they 'ought' or 'must,' and that he meant that they 'should.'　Various other approximative renderings might be proposed,—e.g., 'He thought that...should,' 'It was his idea that...were to,' &c.—, but probably none will be found to express the whole force of the word as here used.

24.　viel von or auf (cf. 71, 16, n.) En. or etw. halten, to think a great deal of, esteem highly.—überhaupt (cf. 4, 7, n.), 'in general,' 'besides,' 'anyhow.'

28.　We usually say etwas (acc.; less often, an etw.) or einer Sache gewöhnt, or an etwas (acc.) gewöhnt (66, 9), accustomed to a thing.

31.　dem hohen Patienten, cf. 24, 30, n.; so 53, 27, der hohe Herr, = der Fürst; 65, 24, &c.

PAGE 49.

3. bei tiefem Entfdjluß. bei (18, 21, n.), denoting conjunction or contemporaneity of things or events, may often be paraphrased by 'on occasion of,' and rendered by an adverbial clause of time or condition; so here we may say, 'when he made (or, in making) this resolution'; cf. 96, 22, n.

4. aufraffen (Eng. **raff**, obs., and **rap**), to snatch or gather up quickly. fich aufraffen, lit. and fig., to gather oneself together, pick one-self up, rouse oneself (84, 3), rise with effort or energy.—wirfte wunter-fam: wirfen, to **work**, act (64, 11), be effective (cf. 112, 10), have a certain effect (cf. 105, 30).

6. tem…ein tiefer Schlaf folgte, 'which was followed by a deep sleep.' folgen, governing the dat. case, cannot form a personal passive; hence we often find it constructed in the active where in Eng. the passive would be preferred. So too in rendering the Eng. passive of 'follow' and similar verbs into Germ., the active construction must often be adopted,—He was succeeded by his son, Ihm folgte fein Sohn, &c.

11. Ein Mann, ein Wort, also, Ein Wort, ein Mann, 'An honest man is as good as his word.'—verfügte tie…, issued a Verfügung, or official order, for…, 'gave orders for….'

12. Beftallung (probably not fr. beftallen, as Whitney gives, but vice versa; nor does either word come from Stall; Beftallung was prob. formed fr. beftallt, an old perf. part. of beftellen, fr. which verb we have the current Beftellung), now used only in the Kanzleifprache or official style, for the formal appointment to an office (Stelle, Anftellung).

16. Hofftaat, 47, 17, n.—erftehe. The prefix er (related to aus, if not orig. identical with it) has the root meaning 'up, out, forth,' cf. erfchließen, 52, 23, to open up; erbauen, to build up; and often indicates (like ent, 9, 19, n.) a rising into being or activity, thus erftehen, to arise; erblühen, 82, 26, to blossom forth, spring up; ergehen, 85, 27, to go forth, erlaffen, to let go forth, issue, &c. It thus often denotes the action es-pecially in its beginning, so ertönen, 89, 26, to begin to sound, sound forth; erfcheinen, to shine forth, appear, &c.—fann…wie er…wolle, 5, 14, n.

18. eitel Trug: eitel, vain, empty (115, 29), Eng. idle, once meant also, mere, pure. Hence its use (as early as the M. H. G. period) without inflection, as a sort of fossilised form, before substs., like the now commoner lauter (110, 14, n.), = 'nothing but,'—aus eitel Eigenfinn, from mere self-will, &c.

19. Residenz is the designation of a palace, or of a town (Residenz-stadt, 62, 27), in which a ruling prince resides with his court, especially the chief town or capital of the land he governs.

23. aus den Wolken fallen, to fall from the clouds, i.e., from the heights of fancy and day-dreaming; to be undeceived, disappointed (79, 20), to have one's eyes opened (71, 28), &c.

24. überhaupt (4, 7, n.) = as a general question, at all (cf. 15, 19, n.), need not here be translated.

26. blutjung: blut- has in many compounds simply an intensifying force, = 'very,' cf. blutarm, blutfremd, &c.

27. Hochschule or hohe Schule in Germ. = Universität.—neben einer Braut: Bräutigam and Braut are not simply equivalent to **bridegroom** and bride, but denote persons engaged to be married, during the whole period of their engagement or Brautstand. The context of the story shows that the young graduate did not actually bring his Braut away with him, but only came away engaged.

28. Doktorhut. Among the formalities that once used to be observed in conferring the doctor's degree was the placing of the doctor's four-cornered red hat by the dean of the faculty upon the head of the candidate. Hence the still current fig. use of the term Doktorhut for the doctor's degree. This ceremony of 'capping' still survives in the Scotch universities as the regular mode of conferring the doctor's degree.

29. Lebemann is a word of modern origin (cf. Fr. *bon-vivant*), not found before Goethe. It is used with very various shades of meaning, given by the context; it may mean an epicurean free-liver and man of the world, in the worst sense of the term (cf. leben, 47, 10, n.), or simply, as here, a man of gay and cheerful disposition, bent on the enjoyment of life. The word has come often to include further more or less of the notion of the 'gentleman' (one who zu leben weiß, Lebensart hat), as regards outward address and social tact.

PAGE 50.

1. Punschrecept...; andere Recepte: Recept, **receipt**, means both a recipe and a medical prescription (59, 7).

3. von sehr bürgerlicher (17, 17, n.) Herkunft (10, 24, n.), of humble origin, sprung from the lower middle class.

4. vetterschaftliche Gunst (Vetter, cousin, used for relatives generally; Gunst, favour), the patronage of relatives. Vettergunst is sometimes used as a term for nepotism.—nachhelfen, Nachhülfe (etym. more correct, though

hardly as common ‚Hülfe) seem to combine the ideas of giving a help up from behind, hence helping forward generally, and help given 'after' or in addition to the means ordinarily regarded as sufficient, cf. Nachhilfe‑ ftunten, private lessons supplementing the ordinary instruction.

7. Müller und Schulze are the German 'Brown, Jones and Robinson.'

8. berief...zu (7, 19, n.) feinem Leibarzt: cf. En. zum Erben einſetzen, to appoint as heir; zum Vorſitzenten wählen, to elect chairman; 50, 23; &c.

18. allergnätigſtes Verſchonen mit...: Jmd. mit etw. verſchonen, to spare a person something, i.e., refrain from troubling him with it or inflicting it on him.—gnädig, gracious (now much used in address to ladies gene‑ rally—gnädige Frau, gnädiges Fräulein, and by servants in speaking of or to masters and mistresses of the upper class—der gnädige Herr, &c.), was formerly applied as a term of distinction (like hoch) of princes and public bodies, cf. 24, 30, n.) exclusively to persons of noble birth, and what pertained to them, cf. 57, 20; 58, 3; 72, 12. allergnädigſt is used, like allerhöchſt (69, 16, n.), only of royal personages. Both gnädig and allergnätigſt are naturally often so used as to blend the literal with the conventional sense (cf. e.g. the pun in 51, 13); so here allergnätigſt combines the meaning, most gracious or kind, with that in which it is synonymous with allerhöchſt, as used in 69, 16. We might render, 'and to beg of his royal favour that he might be spared....'—mit der (sc. ihm) zugetachten Würde: Em. etw. zutenfen, to destine in thought, i.e., intend a thing, for some one.

19. nahm ihm...die Gedanfen aus der Seele, divined his thoughts, drew them forth as it were from the recesses of his mind.

20. folgentergeſtalt (9, 25, n.), in the following manner, as follows.

22. Er muſ.... After the sing. of the third personal pron., Er, Sie, as the polite form of address, had been superseded by the third pers. plur., Sie, now in use (a change not fully established until about the mid‑ dle of last century), it was still often used in addressing inferiors, as well as by persons of a lower station towards each other. Frederick the Great addressed even his generals and highest officers of state as Er.

24. auf Univerfitäten. In Germany it has always been the custom for students to go from one university to another, keeping a few terms or Semeſter at each; hence, while we say, some one has studied 'at the university,' we can say in Germ. auf der Univerfität or auf Univerfitäten.

25. die Doftores (cf. 39, 19, n.): the Germ. plur. form Doftoren is now alone used.

26. Charlatans: on the plur. in s cf. Aue, § 153. The plur. Char‑

latane is also used.—wer, 33, 7, n.—kriegen in the sense of bekommen, erhalten (cf. 56, 21, n.; 82, 17, n.), though still very common in familiar colloquial usage, is now generally regarded as inelegant, or even vulgar. Formerly however it was used (as *krijgen* still is in Dutch) in the most correct and serious style, and even so modern a writer as Goethe, though not using it in literary composition, did not hesitate to do so freely in a colloquial way, and in letters to persons of position. The primary meaning of kriegen was, 'to exert oneself, strive,' 'struggle'; whence its now current signification in High German. In Low German the word took a different development, losing much earlier the primary meaning, and assuming in its place—probably at first by way of abbreviation of the compound erkriegen (er, cf. 11, 12, n.), 'to gain by striving or struggle,'=erwerben, erlangen—the meaning of which we are treating. From the L. G. this use of the word made its way into H. G., and in the literary prejudice against it as „Platt" felt by the educated classes, speaking and writing High German, Hildebrand finds the reason of its final rejection, after long contest, from cultivated speech. He thinks this rejection however to be a decided loss to the language, and insists that the word is entitled, by many associations and much good service, to retain its place in familiar colloquial usage.

31. Ich laſſe die Natur walten, cf. 16, 19, n. 'I leave nature free play—leave all to nature—let nature take her own course.'—Er ſoll, 11, 28, n., *b* and *c*.

PAGE 51.

1. drein reden, or dreinreden (drein, cf. 9, 30, n.), to break in upon a conversation, to interrupt a speaker in order to bring forth objections or offer opposition; hence generally, to make objections; with a personal dat., to oppose, thwart, interfere with, &c. The dictionaries give only the meaning, 'to interrupt.'—altherkömmlich, 10, 24, n.

2. Kabinett (fr. Fr. *cabinet*), **cabinet**, small retiring room, closet; private business and consultation room of a prince.

9. Em. aus dem Concept bringen, or, Em. das Concept verrücken or verwirren (Concept, rough draft, sketch, notes), to break in upon and confuse one's ordered train of ideas; hence generally, to confuse, discompose, put out, &c.

12. erklärte ihn ja der Fürſt... (cf. 24, 27, n.). A narrative describing the reflections and motives of one of its characters easily assumes a form in which it seems to lie indeterminately between a simple report addressed by the author to the reader, and a kind of oratio obliqua,

in which the person figuring in the narrative is represented as reasoning out the matter to himself or putting it to an imagined audience.
So here the ja may be that of the author to the reader, referring to
the fact alluded to as already known to him, or that of Müller addressed
to himself (cf. 66, 29, n.) in his reasoning soliloquy, or may be taken as
indefinitely combining both.   Cf. 52, 15; 71, 15; 97, 19; 108, 20.

13. bei ten gnätigen groben Worten tes Herrn, cf. 50, 18, n.; the
prince's words were kindly meant, though rude, and are also termed
gnätig in the sense (=allerhöchst, 69, 16, n.) in which this is equivalent to
fürstlich, or to the following tes Herrn.

15. einen Fünfunkzwanziger (subst. formed with the suffix er, and
declined like all other mascs. in er), a man of five and twenty.

16. ter weiter nichts besiße... : note the subjunct. also in the subordinate clause in oblique oration (5, 25, n.), which is here used to report
the young doctor's reflections.

23. Beibe waren retliche Gemüther (6, 18, n.).   We say in Germ., Er
ist eine sanguinische Natur (=von sanguinischer Natur), he is [a man] of a
sanguine temper; Er ist ein etles Gemüth (=von etlem Gemüth, etlen Gemüthes, cf. 71, 31), a man of noble disposition, &c.

26. tech (3, 5, n., d), 'after all,' 'in truth.'—tem Buchstaben nach,...tem
Sinne nach : nach, =according to, in accordance with, sometimes precedes
(64, 20), sometimes follows its case,—nach seinem Briefe or seinem Briefe
nach muß er balb eintreffen.   Here we may say, 'in the letter..., in the
spirit (lit., sense).'

30. Hofwesen (Wesen, cf. 20, 15, n.), court-life.

PAGE 52.

2. Em. or einer Sache tie Wage (or bas Gleichgewicht) halten (Wage here
in the abstract sense, state of balance, equilibrium,= Gleichgewicht), to
maintain a state of equipoise against..., to counterbalance, be of equal
weight or strength with.

6. so gehobenen Muthes (8, 1, n.; Muth, 21, 29, n.), in such an exalted
frame of mind.

8. vertänteln : ver, 3, 11, n.; tänteln (fr. Tant, trifles, toys, frippery),
to trifle, toy, dally.—Lehrjahre (cf. 5, 13, n.), very commonly used of
youth generally, as the time of learning; ci. Goethe's novel, Wilhelm
Meister's Lehrjahre.

9. ein rechter ausstutirter Doktor. recht, **right**, real, genuine (114, 7),
regular, downright (80, 21; 108, 21). ausstutiren (cf. auslernen, 20, 2, n.),

to complete one's university course of study; the perf. part. is somewhat anomalously used (being a *passive* part. with *active* meaning,—ein
Ausftudirter = einer, der ausftudirt hat;—cf. geſchworen, erfahren, &c.; also
ungeſäumt, 29, 3, n.; unverwandt, 54, 9, n., &c.) as an adj., ein ausftudirter
Mediciner, a graduate in medicine.   In the technical sense of the term
Müller *was* an ausftudirter Doktor, having kept his terms and taken his
degree, but he felt that he was but a sham after all.

   10.   den alſo (3, 8, n.) dargebotenen Leibmedicus, i.e. the *office* of private
physician, so l. 20 below.—rund, **roundly**, plainly, bluntly; so, ew.
rund herausſagen, to say straight out, in plain words.

   11.   denn = 'than' is now almost disused, except to prevent an
awkward repetition of als, as here and in 58, 26; 76, 4.

   12.   als ausgemachte berufloſe Hofſchranze (ausgemacht, settled, decided,
undeniable, eine ausgemachte Sache, a thing settled and certain, cf. 81, 11),
as an established and recognised court parasite without a profession.

   22.   den Abgrund an (33, 6, n.) welchem...einher (8, 30, n.)..., the
abyss, along the brink of which.

   24.   ausweichen, 8, 13, n.—Andern (cf. 8, 9, n.) öffnet das..., ihm (sc.
öffnete) das...: the omission here is somewhat irregular, the verb to be
supplied being in a different tense from the first verb öffnet.

   25.   Aehnlich wie beim Fürſten, see 18, 21, n.

   27.   in der Schwebe halten (Schwebe, state of that which ſchwebt, cf.
l. 22 above), to keep hovering in the balance, in equipoise, undecided.

PAGE 53.

   2.   die vollendete Thatſache (Fr. *fait accompli*, here = thing done and
beyond recall) hinzunehmen (36, 25, n.), 'to take things as they stood.'—
abzuwarten, was ſich etwa (11, 29, n.) daraus entwickele (9, 10, n.): etw. ab-
warten, to await a thing, wait patiently until it comes (55, 22; 77, 22);
here, 'to wait and see....'

   5.   der äußere Vorgang (cf. 11, 25, n.) here denotes what took place
outwardly and visibly between the two, der innere Vorgang, the course of
their secret thoughts and feelings during the interview;...'and as to
what had passed, and what he had thought and felt....'

   9.   Etw. fällt Em. bei, almost the same with fällt Em. ein (5, 4, n.), the
latter expression however more commonly denoting that something
suddenly 'occurs' to one, comes into one's thoughts as something new;
the former, that something 'recurs' to the memory.

   10.   murmelte...vor ſich hin.   The preps. vor and für having a

common origin, and being nearly related in some of their meanings, became confused with each other both in construction and in signification.
The rules laid down by grammarians for their distinction were only
gradually established, and the old confusion is still seen in a few cases
of fluctuation between the two (cf. vorlieb for the correcter fürlieb nehmen),
or of the use of the one where the original meaning would according to
present usage be conveyed by the other. Thus we say on the one hand,
für fich reten, to speak or talk (lit. 'for,' i.e. Eng.) to oneself (cf. the stage
direction für fich, = Eng. 'aside'), and on the other vor fich hin fprechen,
murmeln, &c. In the latter expression, vor fich—so far as the prep. is
understood in its own proper sense—is to be taken as local, 'before one,'
hin (5, 2, n.) expressing extension 'away,' as is seen in vor fich hin fchreiten,
bliden, &c.

11. Die Regel lautete : lauten, lit., to sound; used with regard to the
import, to 'be,' 'run,' 'read,' as Die Antwort lautet günftig; Wie lautet der
Brief, das Gefetz? So 91, 9.

13. In common prose, one standing outside would say to another
geh hinein, but fomm heraus, cf. 5, 2, n.

18. Aften (Afte, f., chiefly in plur.), deeds, legal or official documents.—Dienftperfonal. Perfonal, the **persons** collectively who belong to
the same body in a certain calling; so Lehrerperfonal, the whole body of
masters belonging to one school; Bühnenperfonal, the whole of the actors
at one theatre, &c.

20. auf etw. halten (used absolutely, and thus differing fr. viel, wenig,
&c., auf etw. h., 48, 24, n.), to attach importance to, be watchful or
careful of, insist upon.—befanntlich, 3, 13, n.

22. feine Umgebung: the word Umgebung[en], 'surroundings,' is frequently used to denote simply the *persons* about one, cf. 69, 1; 74, 4.

23. wunterlich (to be distinguished from wunterbar and wunterfam,
49, 4, wonderful), odd, peculiar, whimsical, eccentric, &c.

25. fo oter fo thun, to act or behave thus or thus; genly., to put on
an appearance or air, to pretend to be, as groß thun, to swagger, böfe
thun, to pretend to be angry, geheimnißvoll thun, to put on a mysterious
air.

31. ferngefunt (Kern, **kernel**, core, heart), healthy to the core, 'as
sound as a bell,' applied probably in the first place to trees and fruits.
In a number of compounds Kern- expresses robustness and vigour,
as Kernmenfch, a sound, sturdy fellow, Kernfprache, vigorous, pithy
language, &c.

PAGE 54.

4.   furz unt büntig, see 35, 21, n.

8.   beiläufig=ungefähr, etwa, 'about,' is a South Germ. provincialism; here, 'half an hour or so.'

9.   unverwantt (cf. ungefäumt, 29, 3, n.), properly perf. part. of verwenten (ver, 3, 11, n.), to turn away or aside—fein Auge verwenten von...—, with neg. prefix un, but used adverbially,=without turning aside the gaze, fixedly, steadfastly.

10.   Gobelin-Tapete (Tapete, f., **tapet**, obs., **tapes**try, paper-hangings; Tapet, n., carpet—now used only in the phrases etw. aufs Tapet bringen, to bring up as a subject of conversation, &c.—; and Teppich, m., carpet, also table-cover, are all of one origin, fr. Lat. *tapete* or parallel forms), Gobelin tapestry, so called because woven in the factory established by Colbert, the minister of Louis XIV., in premises belonging to the brothers Gobelin in Paris.

13.   beileibe nicht. bei (18, 21, n.) often means, 'on pain of', as bei Totesstrafe, bei tem Strang, bei tem Verluft ter Augen, &c.   bei Leibe (=Leben, 47, 1, n.) or beileibe, 'for your life,' is now used only with a negative, as an energetic and familiar 'by no means.'

18.   schier, colloq. and fam.,=faft, beinahe, almost.—ver, 9, 12, n.

21.   mußten sich wohl...: wohl (48, 18, n.), 'probably,' 'most likely,' here of course expresses the conjecture of the persons whose doings and inferences are here being described.

22.   folgern, to draw consequences (Folgen; Folge fr. folgen, to **follow**), to infer.

25.   welchen Casimir...zu sich herangezogen (sc. hatte), lit., had drawn near himself, i.e., had placed about his person, favoured with his intimacy.   Cf. zum Kriegstienfte heranziehen, to summon to military service; En. zu etw. mit heranziehen, to invite any one to participation in a thing, &c.   The idea heranbilten, heran erziehen, which often lies in the word (cf. Imb. zu feinem Leibtiener heranziehen, to take and train for one's personal service), would hardly be in place here.   This verb should not be confused with anziehen, to attract.

27.   balb..., balt (indicating quick succession or alternation)=now..., now; at one time..., at another.

28.   verblümt: verblümen, to cover up with flowers, chiefly fig. of flowers of rhetoric; esp. of polite hints and euphemisms to express a thing in a veiled manner. verblümt, figurative, allegorical; in hints and covert terms, &c.

29. ſticheln, to prick as with a Stichel (cognate with Stachel, prickle, sting, &c.; both fr. ſtechen, to pierce), or graving tool; hence fig. (= Stichelreten führen), to make stinging remarks, inuendoes and covert sarcasms, to taunt, rally, gibe, &c.—Kreuz- unb Querfragen (cf. 5, 1, n.), cross-questions.

30. ſein and bleiben are often conjoined to express with emphasis something persistent and unalterable; Er iſt unb bleibt ein Pfuſcher, he is a hopeless bungler; cf. 67, 29; 116, 12.

PAGE 55.

1. Auskunft (-kunft fr. kommen), means of getting out of a difficulty, expedient, resource; but more especially and commonly, 'information.'

3. gleich null (taken from the language of arithmetic and algebra, $a - a = o$, read a minus a iſt gleich null, equals nothing), a mere cipher. Null is here written with a small n as being a numeral; otherwise it is a fem. substantive.—nicht entfernt, cf. 16, 1, n.

6. Seiner Durchlaucht: turchlaucht, 'illustrious,' 'serene' (orig. turch-leucht, shortened form of the perf. part. turchleuchtet, fr. turchleuchten, to light up), cf. Lat. *illustris.* It is now used (but genly. in the form turchlauchtig) like the similarly formed erlaucht, only with regard to persons of princely rank. In a subst. form, as a specific title, Turchlaucht was formerly applied to princes up to the rank of grand-duke. The present scale of titles is Erlaucht, Turchlaucht, Hoheit, Majeſtät, the first of which is given chiefly to mediatised Grafen, the second to the few still sovereign Fürſten, as well as to the mediatised and created Fürſten (47, 3, n.), while the Herzöge have assumed the style Hoheit, and Majeſtät remains the prerogative of Könige and the Kaiſer.

7. Kein Menſch glaubte ihm tas: glauben can take a dat. of the person and an accus. of the thing at the same time,—no one believed him,—no one believed that, i.e., no one believed him when he said that. In Eng. however one of the objects will generally be simply omitted.

8. etw. für...halten, to regard a thing as .., deem it to be....

13. tie feinſte Kunſt ter Lüge: Lüge abstract, = tas Lügen, lying, deceit. fein, subtle, skilful, wily.

14. tie ungekünſtelte Wahrheit (ungekünſtelt, not worked or touched up by art, unaffected), the plain and simple truth.

17. fur's Leben gern (colloq. and fam. for ſehr gern) hätte er tech (cf. 5, 14, n.; here hardly strong enough to need rendering) wiſſen mögen (39, 9, n.), 'he would have uncommonly liked to know....'

19. unerhört (erhören now bears this meaning, 'to hear of,' only in the perf. part., used with a negative) as adv. = in unerhörter Weise; 'in so unprecedented a manner.'

27. mit einem höchst ergebenen Gesuch, with a most respectful or deferential petition. ergeben, lit., devoted, attached, is much used in conventional forms of politeness, as at the end of letters, Ihr ergebenster Diener, Your obedient servant,—Ihr ergebener N. N., Yours very truly, N. N.,— hochachtungsvoll ergebenst der Ihrige, &c.; Ich melde, bitte, &c. ergebenst...; Meine ergebenste Empfehlung an..., My best respects to...; cf. 56, 28.

28. führte einen Specereikram. Kram here = Klein- or Detailhandel, retail business, cf. Kramladen, 34, 24. ein Geschäft, einen Handel führen, to carry on a business, keep a shop. Specerei (fr. Ital. *spezierie*, while the Eng. **spice**, **spicery** come through O. Fr. *espice*, *espicerie*, all coming ultimately fr. Lat. *species*), meaning properly spice or spices, and applied further to drugs and aromatic substances, is also with its Germ. synonym Gewürz used like the Fr. *épices* to denote grocery wares, sugar, coffee, &c., such as are now more generally termed Kolonial- or Materialwaaren.— wollte schon längst..., cf. 10, 3, n.

29. Schnittwaaren. Schnitt- or Ausschnittwaaren (ausschneiden, im Ausschnitt verkaufen, to cut off from the piece and sell by retail) are drapery goods sold by the yard, as woollen and cotton stuffs, then dry goods generally.—wehren, 35, 30, n.

30. Schultheiß (Schuld—fr. sollen—in the orig. sense of 'what is due,' obligation, duty; heißen, to bid, command; hence lit., the person who orders the performance of what is due), the chief magistrate of a community, bailiff, mayor, now only in villages, the term Stadtschultheiß having been superseded by Bürgermeister. For the earliest use of the term, see Introduction to „Der stumme Rathsherr."—dessen (gen. sing. of *demonstr.* pron.) is here used as referring distinctly to Schultheiß, while sein might be at first understood as referring to ihm, the doctor's cousin. Cf. Auc, § 200, note 1.

PAGE 56.

1. Letzteren (= den Letzteren with idiomatic omission of art.) is here used because ihn might at first be taken as referring to Schultheiß.— Machtspruch, an authoritative and absolute command or decree.

2. erwirken (er, 11, 12, n.; wirken, 49, 4, n.), to effect, bring about by effort or influence.

3. vetterschaftlichen (50, 4, n.) Protektionswesen. Protektion, not **protection** in the Eng. sense, but as cognate in meaning with protegieren (67,

29)—fr. Fr. *proteger*—, to patronise, cf. *protegé*, which we have adopted into English. Wesen, cf. 20, 15, n. Protektionswesen, system of patronage.

4. umgehend = mit umgehender Post (by the next post that goes or comes round, in the course of its next regular circuit), 'by return of post.'

9. Doch siehe—: the imperat. sieh or siehe is used interjectionally, = 'lo,' 'behold,' and as so used, remains in the 2nd pers. singular.

11. sechspfündig, weighing **six pounds**. Käselaib, prov. (Swabian), a round flat cheese. Laib (etym. more correct, but less usual, Leib), loaf, in the first place of bread, then applied to other objects, as cheese and sugar. The word has however almost gone out of use in many parts of Germany.

12. ersehnen, 11, 12, n.—Concession, the **concession** or granting of right or privilege ; the right or privilege itself; esp. the right to exercise a profession or sell wares, a licence.

13. habe sie ihm...herausgefochten: herausfechten here = erfechten, to win by fighting, by struggle.—doch, accented (3, 5, n.), 'after all,' i.e. *though* he had declined to do so.

15. schwarz auf weiß, lit., black on white ; the usual Germ. equiv. of the Eng. 'in black and white.'—allerdings, 40, 3, n.

18. der langjährige (= lange Jahre or seit langen Jahren gehegte) Wunsch, the wish of many years; so, eine langjährige Freundschaft, &c.

20. dermaßen, 28, 11, n.—mit etw. prahlen, to boast *of* a thing.— Gönner, patron; cf. gönnen, 71, 9, n.; and Gönnerschaft, 57, 10.

21. Angst kriegen (kriegen, cf. 50, 26, n.; Angst, see Whitney, Dict.), fam., = in Angst gerathen, to get frightened, become uneasy.—beigeben, usually klein beigeben, in cards, to play a low card, giving up the trick as lost ; and hence as a colloq. expression, to lower one's tone, be crest-fallen, timidly give in. The phrase is not uncommon, yet almost all the Germ.-Eng. dictionaries overlook it.

25. hat... , daß man... doch...möge (11, 7, n.): this passage may serve to show the adversative character of doch (see 3, 5, n.), even in its use in imperative and optative sentences (10, 17, n.),—*though* he might be supposed to have forfeited it, *yet, still*....—Vergangenes, 5, 3, n.

27. Er sei..., need not be taken as directly dependent on schrieb, several lines above (cf. 5, 25, n.), but it reports the further purport of the letter, and hence the subjunct. of indirect oration is used. 'He declared himself ready....

28. Gegendienst, cf. 86, 25, Gegenstreich, counter-trick, trick in return ; 105, 20, Gegenrede, answer, retort, &c.—ergebenst, 55, 27, n.

6. in'𝔰 Großartigere ausgemalt. großartig (Art, kind, sort, character), grand, magnificent. ausmalen, to paint in full, fill out a sketch ; fig., to delineate, describe. The prep. in with the accus. denotes fig., motion into the sphere of... ; the subst.-adj. is equiv. to an abstr. subst., das Großartige = die Großartigkeit. The literal meaning of the above phrase is then, 'amplified into greater grandeur,' i.e., so as to be more grand or imposing. Cf. Lessing's *Laokoon:* die Nachahmung in'𝔰 Schönere..., die Nachahmung in'𝔰 Häßlichere, the imitation which aims at making the object produced more beautiful, more ugly, than the object imitated. Here we might render, ' magnified and embellished on the way.'

7. allvermögend (vermögen, to be able, 63, 16, &c.), all-powerful.

9. Krämer (cf. 55, 28, n.), a retail dealer, shopkeeper. Like Kram, however, it is now little used except to express depreciation or contempt, and (without the *Umlaut*) in the official style of certain old corporations, as the Kramerinnung in Leipzig.

11. schon is not here to be taken with the adverbial of time that precedes, but with what follows, angesehene (7, 3, n.) Bürger. schon (10, 5, n.) here serves to mark the point ' already' reached in the ascending scale of dignity (as noch would mark the point 'still' occupied in a descending scale, cf. 84, 14, n.) by the Doctor's visitors. It may be rendered by ' even.'

12. gar, 8, 20, n.—Kammerdirektor, director of the Finanz- or Schatz-kammer (Kammer fr. Lat. *camera*, a vault or arch, in L. Lat. a chamber, and thus treasury), the exchequer.

14. durchsetzen, to ' put through'; to succeed in effecting, to accomplish or achieve in the face of opposition or difficulty.—sich (dat.) etw. erbitten (11, 12, n.) = um etw. bitten.—Fürwort, a word for someone, recommendation, intercession, mediation.—bei, 18, 21, n.

17. ein Fürwort (ein gutes Wort, eine Fürbitte) für Jmd. einlegen, to ' put in' a good word for one, speak in one's favour, &c.—die may here be taken either as art., without accent, or better, as accented demonstr. pron.,=that, cf. 19, 4, n.—Redensart (lit., manner or mode of speech), turn of expression, phrase; hence, empty phrase, mere words,—das ist ja eine bloße Redensart.—schon (10, 5, n.) is probably not to be taken here as a full adv., in its precise literal meaning (though this would also make very good sense; Müller has already used such phrases), but in its application as an unaccented strengthening particle, giving a tone of emphasis or assurance to what is said (cf. 82, 25, n.) ; cf. Das

wiſſen wir ſchon (accent on wiſſen, none on ſchon), Oh, we know that (sc.,
what's the use of your bringing coals to Newcastle?).

19. Uebrigens, 39, 27, n.—gebt die allgemeine Rede : es geht die Rede or
das Gerücht, the report is going about, 'it is reported.

20. unſer gnädiger Herr (50, 18, n.), here = Se. Durchlaucht,—der Fürſt ;
'His [Serene] Highness.'

21. ſeine ganze bisherige Politik bisherig, adj. formed fr. the adv.
bisher, hitherto. Such adjs. formed fr. advs., as geſtrig, jetzig, damalig,
may often be rendered into Eng. by a corresponding adv. placed after
and qualifying the subst. (a construction sparingly used in Germ., and
often to be rendered by the use of such adjs. as those here mentioned,
—his speech lately, or the other day, ſeine neuliche Rede),—ſein geſtriges
Benehmen, his conduct yesterday ; so here, 'his whole policy hitherto—
thus far.'

22. Daher dürfte es wohl.... Note that this, the imperf. subjunct.,
is the only tense of dürfen that is used, as können and mögen are also in
other tenses, in the sense of supposed possibility or probability. While
können simply expresses possibility, dürfte implies a considerable degree
of probability, = 'would probably,' and is often equivalent to a modest
assertion (here further toned down by the use of wohl, cf. 48, 18, n.);
möchte may in this use of it be said to vary between the two.

23. Das Heilige Römiſche Reich Deutſcher Nation was the official style
of the old German Empire (dissolved in 1806), which was regarded as
the continuation, through Charles the Great and his successors, of the
old Roman Empire. Indeed in the exact use of terms it is not correct to speak of a German Empire or German Emperors at all before
1870. The German King was also Emperor, not however of Germany,
but of the more comprehensive "Holy Roman Empire." Hence he
was called römiſcher Kaiſer (100, 9).

24. Etw. fällt Em. ſchwer, 'is' difficult; cf. Em. läſtig fallen, to be
troublesome to anyone, &c.

25. ſeinen...Willen für...umzuſtimmen. ſtimmen, to give a certain tone
or Stimme, put into a certain Stimmung (39, 14), or mood; ſo oder ſo
geſtimmt ſein, to be in such and such a humour. umſtimmen (cf. umſchla-
gen, 47, 16, n.), to change the tone or mood of. '...to work a change
in—or influence—his...will in favour of....'—was ſoll... (cf. 11, 28, n., c),
what is...to... (i.e. according to your idea); 'of what use do you suppose...can be?'—vollends (23, 16, n.) can here hardly be rendered, but it
serves to represent the speaker's intervention as a sort of climax in the
scale of vain endeavour to influence the prince.

27. trocken here = in dürren or trockenen Worten (lit., in dry bare words), in few and plain words, without embellishment or circumlocution, ' in so many words,' 'straight out.' So we say, die trockene Wahrheit, the plain blunt truth ; eine trockene Antwort, a cold brusque answer, &c. In most cases, perhaps, of its fig. use, trocken may be rendered by the Eng. 'dry,' but it should be noted that in Germ. the chief idea throughout is the lack of any interesting or enlivening element (65, 26); or the absence, generally intentional, of anything to tone down or give a courteous form or air to what is said; while the idea of shrewd humour which is often a chief one in the Eng. word is but occasionally and slightly represented or approached in the German; cf. 40, 3; 87, 30; 109, 18.

29. durchfallen (sep. verb), to fall through, fig., to fail (70, 28); thus, bei der Prüfung durchf., to be plucked ; bei einer Wahl, beim Ballotiren d., to be rejected, blackballed ; hence Durchfall (58, 6), failure. glänzend (lit. brilliantly) durchfallen is a fam. ironical phrase to express complete and discomfiting failure.—warf, 17, 15, n.

PAGE 58.

2. ergründen (er, 11, 12, n.) = gründen (in this sense now obs. or rare), to get down to the Grund (3, 16, n.) or bottom, to fathom, discover, comprehend.

3. vorgeben, to put forward as true or genuine what there is reason to suspect, to allege, make an excuse of, pretend. It is used with a subst. object,—Er gab Krankheit vor, but most commonly with an infin.,— Er gab vor, krank zu sein.

5. diese...Kunde ist schon..., cf. 10, 5, n. ; say, ' is in itself....'

8. Bittsteller, petitioner. Formerly it was usual to say ein Buch, einen Brief, eine Rede, &c. stellen, in the sense, put together, compose,—the original idea being probably that of the due ordering of the words and sentences. Besides the above, Briefsteller, letter-writer, and Schriftsteller, author, are the only current words in which this usage survives.

10. mit langer Nase abfahren (fahren, cf. 5, 17, n.), or abziehen, is a colloq. phrase to express disconcerted retreat after a rebuff, ' to go away with a flea in one's ear.'—sich auf den Kopf stellen (21, 23, n.) is a fam. phrase to express desperate efforts in spite of which the end will not be gained.—er wäre...,= so wäre er..., 4, 25, n.

15. Auf Seiten = auf der Seite ; Seiten is the old dat. sing., cf. auf Erden, &c.

17. war M. ein ganz bürgerlicher (17, 17, n.) Charakter, cf. 51, 23, n.

20. ja, as the reader knows; cf. 24, 27, n.

23. ohne fein Zuthun. Zuthun (subst. infin. of zuthun in the sense of
dazu thun, see 47, 15, n.; cf. Ich kann nichts dazu—sc. thun—, I can do
nothing in the matter, I cannot help it), co-operation, assistance; action.
ohne mein Zuthun, without my having done anything.

25. Er wollte lieber (14, 7, n.), he preferred.—daß man..., cf. 11,
24, n.—verkehrt, 4, 23, n.—ihm...vorwarf, 25, 28, n.—denn, 52, 11, n.

27. galt...für..., 35, 2, n.—vollends (23, 16, n.) gar (8, 20, n.), strengthening combination of synonymous words, either of which might have
been used alone.

30. verschloffen (lit., shut up; ver, 17, 22, n.), reserved.—Wefen, 7,
12, n.—angeblich (angeben, to make a statement, declare), alleged, supposed, pretended.

31. den = feinen, cf. 8, 9, n.—etw. merfen laffen (27, 11, n.), to let a
thing be noticed, to manifest, betray. Often with the dat. of the refl.
pron. fich etw. merfen laffen (113, 29, n.).

PAGE 59.

1. doch (3, 5, n.), for all this, still, yet. This passage may give occasion to note how doch and noch (12, 12, n.) sometimes approach each
other in meaning, just as in 'still' and 'yet' the two meanings tend to
run into each other.—über furz oder lang,=früher oder fpäter, 'sooner or
later.'

2. umftricfen (um, round; ftricfen, cf. 6, 22, n.), to surround with net-
work, ensnare. Note that umftricfen is a separable verb (cf. 8, 22, n.).

4. Günftlingswirthfchaft (cf. 47, 13, n.), system of favouritism.

5. doch (3, 5, n., d), 'after all.' hoffentlich (fr. pres. part. of hoffen,
with b hardened into t; cf. 3, 13, n.), as is [to be] hoped; often to be
rendered by the parenthetic, 'I hope,' he hoped, &c. or, it is or was to
be hoped.

6. ihren breiteren Fortgang (fortgehen, to go on, continue) finden, 'take
a broadening course, go on to assume its full former dimensions.'

6 ff. Until quite recently it was a rare thing for any person of noble
birth (von Adel, i.e., belonging to families with von before their names) to
engage either in trade or in any profession except the army and the
higher civil service. Nothing has exercised a more pernicious influence
on the history of the German people than the jealous preservation (in
contrast with the English principle, according to which the younger
sons of the nobility rank as commoners) of a strict line of separation

between a noblesse ever on the increase (all the descendants of a noble family being themselves adelig), and the commoners (Bürgerliche and Bauern), the former class enjoying a monopoly of all the higher offices and more honourable functions, while exempted from many of the burdens, and practically excluded from the life and occupations, of the people at large.

9. über dem Neid erhaben oder richtiger unter dem Neid. erhaben is the original (not 'irreg.' as Whitney has it) perf. part. of erheben to raise, but is now used only as an adj., with limited, chiefly fig. meaning. erhaben über..., raised above, superior to, untouched by (whether something coming from outside of one, as here; or some inward sentiment or passion), is regularly constructed with the accus.,—Er ist über alles Lob erhaben; Sie waren über solche Verleumdungen erhaben, &c. Here however the dat. is in agreement with the verb of rest stand, with which the following antithetical unter dem Neid stands in direct construction.

12. zugeknöpft (Knopf, **knob**, button), lit., buttoned to or up; often used fig., reserved, unapproachable, distant.—Hochmuth, 21, 29, n.

19. Collegienheften. das Collegium or Colleg, university lecture. das Heft (cf. heften, to fasten, stitch, &c.), stitched book, writing or note book, —also single part or number of a work. It is still customary with German students to take full notes of the lectures they attend, which they afterwards work up as text-books.

20. Armenspital. Spital, abbreviated from and = Hospital, **hospital**; it may here mean Krankenhaus simply, or be used in the wider sense of the term 'hospital.'

21. die versäumten Stunden, 37, 6, n.—Klinik (Gr. κλινική—sc. τέχνη—, fr. κλίνη, a couch), an institution, usually in connection with a university, in which clinical instruction (i.e. instruction at the bed-side of patients, or from notes taken there) is given to medical students.— nachholen, lit., to fetch afterwards something left behind or neglected; hence (cf. colloq. Eng., to 'fetch up'), to recover, retrieve, make up for.

22. raisonniren (Fr. *raisonner*), to **reason**, is chiefly used as a colloquial expression for, to talk or argue in a captious, discontented, or self-assertive style, to rail, grumble, &c.—Hoffart, 6, 15, n.

24. Es war ihm, als müsse das...(= als wenn das...müsse), it seemed to him,—he felt, as if....

26. ein ausgelernter (20, 2, n.) Doktor. The term ausgelernt (cf. ausstudirt, 52, 9, n.) is used chiefly among the less educated classes, and applied to handworkers and smaller tradesmen, e.g. ein ausgelernter

Schneider. It is here of course used humorously. We might render freely, 'if he did not meanwhile really learn his trade.'—Buße, 13, 6, n.

27.   beschwören (schwören, to **swear**) means both to 'conjure' or call up (Geister, &c.), and also to exorcise or lay a spell upon, to drive forth (böse Geister, &c.); einen Sturm beschwören, to lay a storm, as by a spell; ein böses Schicksal beschwören, to avert an evil fate, &c.

PAGE 60.

9.   mit einander, the one with the other, i.e., all together.

10.   verschwiegen, 48, 13, n.—We say eine Schule, &c., stiften, to found a school, &c., Frieden st., to establish peace, Händel, Gutes, Böses, &c. st., to stir up quarrels, do good, harm, &c., but the word is not generally used in the sense it here bears, of being the involuntary cause of a thing.

13.   sollte (11, 28, n., c), was [destined] to be....—mit Einem (32, 9, n.) Schlag, with one stroke, at a blow, suddenly, cf. 65, 15.—zerhauen: zer, 33, 17, n.; hauen, to **hew**.

14.   und zwar introduces a further particularisation, = 'and that....' It is often used in Germ. where in Eng. it will be simply omitted, or the connection will be otherwise expressed, cf. 104, 2.   zwar (M. H. G. zwâre, ze wâre, = in Wahrheit) used alone is concessive, while at the same time implying a limitation to follow, = 'indeed'; cf. 68, 9; 114, 24.

Zweites Kapitel.

19.   Jmd. schreibt sich...(colloq.), signs himself..., his name is....

21.   ein gewisser......, 'a certain...,' is sometimes used to express a supercilious contempt for some obscure person beneath notice.

22.   Residenzstadts, 49, 19, n.—das Blatt wendet sich, lit., the leaf turns, showing the other page; the matter takes another turn; the wind changes.

26.   oder doch gewiß... : doch may here be rendered 'at least'; note its frequent use in strengthening combination with a word of this or similar meaning, as in 19, 22; 90, 16; 99, 29. Its exact force may be recognised under the form explained in 3, 5, n., and may be paraphrased, 'or if what has just been said cannot be maintained or insisted on, *yet* at least....'

27.   fort und fort, 10, 13, n.—Em. etw. abstreiten, lit., to win a thing from some one by Streit, contest or litigation; in this sense obsolete.

Here it is used as equiv. to the common phrase Em. etw. ſtreitig (i.e. disputed, object of a dispute) machen, to dispute the possession of a thing with some one. In this sense also it is now little used, except as applied to an assertion or opinion as the object of the dispute, = abdiſputieren,— Das laß ich mir nicht abſtreiten, 'I won't be argued out of that,'—'That I'll stick to.'

PAGE 61.

1.   Es iſt kein Ding ſo ſchlimm (74, 7, n.), es iſt zu etwas gut: instead of a consequent clause, daß es nicht zu etwas gut wäre, we have a second assertive sentence, simply placed side by side with the first, a construc-tion suitable in its rude simplicity and straightforwardness to popular proverbial sayings.

2.   mitunter, lit. = mit (3, 3, n.) unter Anderem, i.e., occurring among other things 'along with' the rest; hence its only actual use, = zuweilen, at times, sometimes, so 105, 12.

5.   fiel er aus der Täuſchung (deception, illusion): cf. Jmd. aus der Täuſchung (or aus ſeinem Irrthum) reißen (lit., tear, snatch), to disabuse one of his error, undeceive him, set him right.—Laubfroſch (Laub, foliage), the common tree-frog (*Hyla arborea*), popularly though erroneously regarded as a weather-prophet, and often kept as such in captivity.

11.   auf (12, 7, n.) dem Land[e].—bei (18, 21, n.) = Fr. *chez*, at, 'with.'— Oheim: Onkel is now commoner.—Note the difference between wohnen and leben, the former meaning simply to live = 'dwell' in a Wohnung, while the latter includes social relations and the sharing of human interests.

13.   Sie glaubte ja gern...: ja (cf. 24, 27, n.) here serves to strengthen the affirmation, warding off as it were any doubts that might possibly be entertained of it, but at the same time tacitly admitting or preparing for some further statement of an adversative character (which here follows in the next sentence, Allein...).   It thus comes near in meaning to zwar (cf. 20, 2, n.), from which it is distinguished by the peculiar asseverative force explained.

14.   gewendet, lit., turned, given a turn to, altered.

15.   bei aller Sanftmuth (21, 29, n.) ihres Weſens (7, 12, n.).   bei (18, 21, n.), like Eng. 'with,' often expresses the conjunction of two things, of which the one denoted by the object of bei is either a cause or favour-ing condition of the other, e.g., bei günſtigem Winde ſegelt man ſchnell, cf. 71, 14, n.; or stands in a relation of hindrance, opposition, contrast to it, as here, and in 75, 6.

16. aus etw. flug werten (flug, knowing, wise, prudent, shrewd, &c.) is a somewhat peculiar but very familiar phrase (Hildebrand—in Grimm's Dict.—explains it as indicating the application of a general quality to a special case) for, to understand, make out a thing.

18. Samstag (O. H. G. *sambasztac*, fr. Lat. *sabbatum*), Saturday, the form current in South Germany and on the Rhine, while in North Germany Sonnabend is used. In Westphalia the name Saterstag, Eng. **Saturday**, is also provincially used.—starf, 22, 21, n.

20. Erlebniß, 28, 21, n.—Haupterlebniß, 10, 30, n.

22. auf die Hecke (more commonly auf den Busch) klopfen, to ' beat about the bush.'

25. in ihn trang, 10, 17, n.—vieldeutig (deuten, 64, 19, to interpret), capable of many interpretations, ambiguous.—Orakelwort (cf. 21, 31, n.), oracular speech or saying; 'the oracular words.'

29. hier waltet ein Geheimniß, cf. 16, 19, and note. The idea of *silent, hidden* activity often lies in the word walten, cf. 62, 23.—um (12, 18, n.) jeden (17, 14, n.) Preis.—ergründen, 58, 2, n.—verdächtig, 38, 3, n.

<h2 style="text-align:center">PAGE 62.</h2>

2. etw. absehen, to reach with the eye, grasp in its totality; unabsehbar, extending so far that the eye cannot reach to the end of it, hence almost = unermeßlich, measureless, boundless.—verschwimmen (ver, 3, 11, n.; schwimmen, to **swim**), to float away into indistinctness, dissolve away and be lost, to 'swim' = be blurred and indistinct, cf. 70, 10.

3. Stoßseufzer (stoßen, to push, thrust, &c.; cf. einen Seufzer ausstoßen, to heave or give vent to a sigh ; Worte, Flüche, &c. hervorstoßen, to 'grind out,' &c.), a heavy or deep-drawn sigh; often used of an ejaculatory lament in words, a plaint, &c.

4. diese verzweifelt ausgedehnte Fernsicht. ausdehnen, to stretch out, extend. Fernsicht, a prospect (Ansicht, Aussicht) stretching out into the **far** distance, perspective view ; ' this hopelessly lengthening vista.'

5. täglich = jeden Tag, here of course in the sense (17, 14, n.) 'any day.'

6. die ganze hochwohlgeborene Familie Letzberg (note the idiom for, the L. family). hochwohlgeboren is an epithet or title—Hochwohlgeborener Herr ! Ew. Hochwohlgeboren—formerly given to Adelige alone (may thus be rendered here 'noble'), but now also to Bürgerliche of high station ; the style given to other Bürgerliche is wohlgeboren. Happily these titles with others of a similar character have to a great extent fallen into disuse.

Prof. Riehl has given in his „ Culturſtudien aus drei Jahrhunderten" (Volfs-
ausgabe, S. 26 ff.), some interesting and amusing particulars as to the
rise and growth of the national Titelſucht, or weakness for titles, a weakness still sufficiently characteristic of the German people.

13. und, wie in alle Lebensheiterfeit, ſich auch in das reizende Gedankenbild
einer Ehe...hineingeträumt. Cf. ſich in etwas hineinarbeiten, to work one's
way into a thing, lit. and fig.; ſich in Jmd., in Jmds. Seele, in Jmds.
Jdeen hineindenken, to place oneself by force of thought at someone's
point of view, to 'enter into' his ideas, &c. Lebensheiterfeit, abstr. for
concrete, the cheerful pleasures of life. Gedankenbild, picture drawn by
the imagination, ideal, vision.

15. Beginnen, 22, 22, n.—auch nur, 34, 10, n.—ahnen, 24, 21, n.

27. ſo bearbeitete ſie den alten Oheim. Jmd. bearbeiten (cf. to 'be-
labour'), fig., to work upon, ply persistently; 'she plagued her old
uncle.'—daß er reiste may be taken either as a consecutive sentence (daß =
ſo daß ; reiste imperf. indic.), or as a final sentence (daß = damit; reiste
imperf. subjunct.); cf. 45, 22, n. The former meaning is here perhaps
to be preferred, the latter would be unmistakeably conveyed by the
use of the pres. subjunct., reiſe, or of the periphrasis with ſollen,—reiſen
ſollte.

30. In mehrwöchig, mehrjährig, &c., mehr has the meaning of mehrere
(which is itself but a lengthened form of the plural mehre), several; cf.
mehrmals = mehrere Male, mehrerwähnt, mentioned more than once, or
several times, &c.

PAGE 63.

1. nur erſt einmal, 25, 19, n.—Kuliſſe (or as in the Fr., Couliſſe), side-
scene; hinter den Kuliſſen, 'behind the scenes.' Here, after ſehen, with
the accus., hinter die Kuliſſen, expressing the movement of the glance
towards the object.

4. verhoffen = hoffen is now obs.; it is still current, = erwarten, in
unverhofft, unexpected (cf. the proverb, Unverhofft fommt oft), and wider
Verhoffen, contrary to expectation.

5. verſtohlen, perf. part. fr. obs. verſtehlen, now used only fig., as adj.
and adv., stolen, furtive[ly], by stealth.

10. Anflug (anfliegen, lit., to **fly on**,—die Farben ſind wie angeflogen, laid
on as lightly as if with the touch of down flying about and settling;
hence, to tinge, suffuse slightly,—eine ſanfte Röthe flog ihre Wangen an), a
tinge, touch, trace.—verhalten, 15, 12, n.—ſollte (11, 28, n., *a* and *c*),
' should,' i.e. such was her purpose.

13. ſchonen, to spare, treat with forbearance and consideration; ſchonend as adj. and adv., forbearing[ly].

14. Dulderblick (dulden, to endure patiently, suffer passively, cf. Geduld, patience), look of patient endurance. Cf. Dulderloſ, 94, 13, n.

15. verfänglich is said of that in or by which one may easily ſich ver‑ fangen (cf. verſtricken, 6, 22, n.), be embarrassingly caught or entangled; embarrassing, awkward, insidious, &c.

20. Odem, breath, poet., = Athem, with which it is etym. identical.

21. gab den Gemüthern (6, 18, n.)...: for this use of the article, cf. Goethe's *Egmont:*...ein Mittel, das die Gemüther noch mehr erbittert, a means that will still further embitter men's minds, excite people's feel‑ ings; and 89, 30, die Köpfe.—höheren Schwung (fr. ſchwingen, to **swing**; ſich ſchwingen, to soar, &c.), a higher strain, new elasticity.

23. We say einen Eid, ein Gelübde ablegen, to take an oath, a vow; ein Bekenntniß, eine Beichte ablegen, to make a confession, &c.

24. mögen belongs to ablegen as well as to ſinken; to the former however in the sense of vermögen (9, 26, n.), können (which would pro‑ bably have been used here, had the first clause stood alone), 'could have...,' to the latter with the force explained in 26, 11, n., 'felt as if he could,' 'wished he could....' That this is hardly a real case of *zeugma* may be illustrated by observing that in English also the latter meaning as well as the former may often be expressed by 'could,' as in the example in 26, 11, hätte weinen mögen, could have wept. And on the other hand, the possibility expressed in the first member of the sentence before us—hätte ablegen mögen—is really as much a matter of subjective feeling as in the second,—so resolute was the Doctor's mood, that he could have, &c.

30. weilte bei: weilen, to **while**, in the now obs. or rare intrans. sense of this word, to tarry, linger. bei (18, 21, n.), say 'on.'

PAGE 64.

2. gefliſſentlich (with strengthening t, fr. gefliſſen, perf. part. as adj., fr. obs. fleißen, assiduously intent on, studious in) = mit Fleiß (lit., with diligence, assiduity), purposely, intentionally.

4. beim Ausgang (here = Hinausgehen) aus..., on going out of....

5. an der Schloßtreppe: not 'on' the steps, which would be auf der S. (33, 6, n.), but 'by,' 'near.'

6. des geſtrengen Herren (genly. Herrn in the oblique cases of the sing., Herren in the plur., cf. 11, 9; 22, 12; 47, 3): geſtreng was formerly an

epithet or title of honour — geſtrenger Herr, Ew. Geſtrengen, cf. Eng. ‘ Your
Worship’—given to persons of noble rank (primarily only to such as
possessed the power of life and death over subjects). It is formed from
ſtreng (Eng. **strong**), and orig. meant, like this, ‘ strong, mighty,’ both
words then passing over into the signification ‘ strict, severe,’ in which
ſtreng is still current. Here and in 65, 13 it might be rendered ‘august.’

7. erſchrecken as trans. is of the weak conjugation, as intrans. (71, 8) of
the strong.

9. vergeſſen with the genit. is now used chiefly in poetry and the
higher style of composition.

12. wie eines Geſpenſtes, usually, wie der eines G., like that of a ghost.

15. und wagte ſich tapfer heraus mit der Sprache : a literal rendering
will also reproduce the familiar tone of expression, ‘and ventured to
come boldly out with what she had to say.’

20. nach (51, 26, n.) dem Wortſinn: Wortſinn, the sense of the words,
the literal meaning.

21. Jmd. belügen (Eng. **belie**, but different in application), to tell
one a lie, deceive him by falsehoods.

23. Gönne, here simply ‘ grant’; cf. 71, 9, n.

25. unſer Weiter Zukunft : unſer, genit. plur. of the 1st pers. pron.;
Weiter, genit. in apposition to it. So we may say, unſer aller Wohl, the
good of us all. But unſer could not be thus used alone, either before or
after a governing subst., except when the latter is a numeral,—unſer (not
unſerer, as is sometimes incorrectly written) drei, viele, three, many, of us.

26. zu ſagen, zu ſchweigen, &c., wiſſen, to know how to..., i. e., be able
to..., so 86, 31 ; 92, 22.

28. Räthſelworte = räthſelhafte Worte (Räthſel, **riddle**, fr. rathen, to
guess), enigmatical, mysterious words ; so Räthſelfrage, 77, 13.

30. viel (wenig, nichts, &c.) gelten—cf. 5, 7, n.—, to have great influence, be a person of weight, be highly respected, &c.

31. ſich verrennen (ver, 4, 23, n. ; rennen, to **run**, usually conveys the
idea of a more hasty and impetuous motion than laufen), to run blindly
or impetuously astray. in etw. verrannt ſein is a common phrase for, to
be blindly set upon, devoted to a thing.

PAGE 65.

1. wie man ſie..., 45, 28, n.—auch = ‘ even,’ 34, 10, n.

2. The word richten denotes in the widest sense the inventive activity of the imagination. (Thus Dichter, a writer of imaginative composition in prose or verse, is a wider term than Poet.) Hence various

compounds: Em. etw. andichten, to attribute something to some one merely on the grounds of one's own fancy (so again 76, 5), sometimes, wittingly to invent a charge against one; dem Auge etw. vordichten (96, 21), to place before the eye an imaginary picture of a thing; einen Roman ausdichten (116, 9), to execute in detail, fill out the outlines of a romance.

4. reimen, to **rhyme**, make to rhyme, is often used = 'reconcile,' as, das kann ich nicht zusammenreimen.

7. förmlich, **formal**, in due form, is often used like Eng. 'regular,' 'downright,' ein förmlicher Krieg, a regular war, förmlich böse, downright angry. Here we might render, 'actually.' Possibly however it is to be understood in its proper sense,—not in a casual indirect way, but in all due form, 'formally.'

10. Karthäuserleben (Karthäuser fr. Karthause, formed as though it had something to do with Haus,—like the Eng. Charterhouse—, fr. L. Lat. *Cartüsia*, La Chartreuse), life as of Carthusian monks.—Jetzt oder nie galt es (5, 7, n.)...zu..., '...was the time to....'—Zauberbann (Zauber, magic, charm; Bann, see 96, 19, n.), magic spell.

11. dem Fürsten...Lust (5, 8, n.) zu wecken an...: in Germ. a dat. of interest or relation is often used where in Eng. a prep. would be used, genly. 'in'; cf. 102, 19, Da stiegen ihm...Zweifel auf, arose in him; 112, 6, wie viel tieferes Mitleid erweckt uns..., awakens in us. So also we say, Das macht mir, = auf mich, den Eindruck... (112, 20), &c.

13. gestreng, 64, 6, n.—altbefreundet (cf. altherkömmlich, 10, 24; altbekannt, &c.): sich mit Jmd. befreunden, to enter into friendly relations with any one, to become his friend; wir sind [eng] befreundet, we are close friends. befreunden never has, and never has had, the meaning of the Eng. to **befriend**, favour, &c.; yet four out of six Germ.-Eng. dictionaries consulted give these words as equivalents.

14. vereiteln (eitel, vain): ver forms with adjs. a number of compounds in which it denotes a *becoming* or *causing to become*, verblassen, to grow pale; verjüngen, to make (sich verj., 101, 4, to grow) young again; so vereiteln, to make vain, to frustrate.

15. sich (dat.) mit Einem Schlage (60, 13, n.) die Prinzessin zu verpflichten. In the expression En. [sich] verpflichten, to 'oblige' a person, the chief idea is (verpflichten = zu Dank verpflichten) that of placing him under obligation; to oblige in the sense of showing disinterested courtesy is Em. gefällig sein, eine Gefälligkeit erweisen, &c.

18. den Hebel ansetzen: Hebel (fr. heben, to raise), a lever; ansetzen, to set or put 'on' or 'at' the appropriate place, to 'apply'; cf. die Feder ansetzen, to 'put pen to paper.'

25. in so tödtlicher Langeweile. Langeweile (see note on kurzweilig, 34, 7), 'tediousness, ennui,' being simply lange Weile written as one word, is still according to rule declined as if in two (like ein Hoherpriester, der Hohepriester, &c.; cf. 97, 2, seiner ganzen Langenweile); it is however often used in the invariable form Langeweile, besides which there exists the now less used form Langweile, fr. which are derived the current adj. langweilig and verb langweilen. The first two forms are accented sometimes as if still in two words, sometimes as compounds, with the accent on the first syllable. This is always the case with the true compound Langweile.

26. ohne Sang und Klang (cf. 5, 1, n.): Sang (now only poetical, = Gesang), song; Klang, the ring or clang of instrumental music. Cf. Jmd. mit Sang und Klang empfangen, to give one a festive reception; ohne Sang und Klang abziehen, to depart, esp. to go down to the grave, without the accompaniment of any distinguishing honours.

28. des Doktors Gönnerschaft ansprach. etw. ansprechen (cf. En. um etw. ansprechen, to ask a person for a thing; Anspruch auf etw. machen, etw. in Anspruch nehmen, to lay claim to a thing), to lay claim to, now generally used only with objects with which it bears the meaning, to 'appeal to,' as die Gerechtigkeit der Nation ansprechen, Jmds. Güte, Gefälligkeit, &c. ansprechen.

PAGE 66.

2. halsstarrig: Hals, neck; starr, starrig, stiff, rigid.—Canaille (pron. as in Fr., or more commonly cănălyĕ, often written Kanaille) is used both collectively, = rabble, mob, &c., and of individuals, rascal, blackguard, &c.—und müßte ich (= und wenn ich…müßte): und is often used before a hypothetical clause with the force of 'even.'

3. zu Grunde (3, 16, n.) gehen, to 'go to the bottom,' perish, be ruined.

4. ein frommer Wunsch, a pious wish, is a common phrase for a wish that must remain but a wish, without prospect of fulfilment; here however it is used ironically in its proper meaning.

7. spazieren (Lat. *spatiari*, to take a walk, promenade) is generally used in combination with another word expressing the kind of motion: sp. gehen, reiten, fahren, to take a walk, a ride, a drive.

8. rief er dem Eintretenden (= ihm, als er eintritt) entgegen.

10. Titles like Majestät, Excellenz, &c. are often used in address without poss. pron., = 'Your Majesty,' &c.

11. fuhr (5, 17, n.) tem Doftor...ein Schreck turch die (8, 9, n.) Glieter: Schreck, fright, terror; 'a start of alarm...thrilled through the....'

13. wie wenn ihm etwa...: etwa (cf. 11, 29, n.) here marks the supposed case as only one chosen or taken at random from a number of possible ones. It might here indeed be rendered 'for instance.'

14. zwölfe: the old plur. form in e of the numerals, though not uncommon in conversation, is now regarded as a provincialism.—„Gesegnete Mahlzeit" (segnen, to bless; Mahlzeit, lit. **meal**-time, but used for the meal itself), 'a blessing on the meal,' is an old and still very general formula, addressed to each other as a wish by persons sitting down to or rising from dinner. In some parts of Germany it is used among the less refined as a general greeting about midday.

17. zur Antwort, lit., 'for' (cf. 7, 19, n.), i.e., in answer.—verschwieg, 48, 13, n.

20. Brautschaft: schaft=**ship**, here indicating character or condition, cf. 70, 26, Gönnerschaft; Braut- represents here, as in Brautstand, both Braut and Bräutigam, cf. 49, 27, n. We may render, 'engagement.'— Verhör (En. verhören, to examine judicially, either the defendant or a witness; cf. to 'hear' a cause), close interrogation, cross-examination.

22. wer ter alte Herr...gewesen (sc. sei), cf. 23, 10, n.

23. Untersuchungsrichter (Untersuchung, investigation, cf. 92, 23, Untersuchungshaft, detention for examination). The term Richter is applied to a much larger class of officials, of various grades and functions, employed in the administration of justice, than the Eng. 'judge.' An Untersuchungsrichter is the official in a provincial court of law, whose duty it is to conduct the preliminary investigations in criminal cases. He has however nothing to do with the actual trial and sentence, so that he cannot be called a 'judge' at all in the Eng. sense of the word.

25. Em. seine Aufwartung machen, to 'pay one's respects' to any one. We also say Em. aufwarten, which however corresponds more to the Eng. to 'wait upon,' for a particular purpose, esp. to render a service or receive orders.

26. soll nicht (11, 28, n., *b* and *c*), 'are not to,' 'must not' (and may in my name be given to understand as much).

29. ich lade sie ja nicht ein (ja, cf. 24, 27, n., and 51, 12, n.) expresses in the first place the speaker's reminder to himself, which is at the same time a concession (already indicated by the words Doch freilich) in correction of what he has just said.—soll, 11, 28, n., *a*.

1. gleich in nächſter Woche, or gleich nächſte Woche : gleich with expressions of time is often equiv. to Eng. ' very,'—gleich heute, this very day;
but its force is often hardly strong enough for reproduction in English.

3. Dem L. ging...ein helles Licht auf. Es geht mir ein Licht auf, a **light**
rises or breaks forth (cf. die Sonne geht auf, rises), in which the matter in
hand suddenly becomes clear, 'now I begin to see...'; cf. 72, 4. In
the analogous phrase, Jetzt gehen mir die Augen auf, aufgehen = ſich öffnen.
In other similar phrases (cf. 87, 24) there is perhaps a blending of the
two figures,—of a light rising, and a bud, &c. opening out.

12. Repräſentations- und Ballſäle. repräſentiren (fr. Fr. *représenter*),
to **represent**; to represent fitly and worthily as regards outward ap-
pearances and dignity of style. Thus Repräſentationskoſten are granted to
ambassadors, ministers, &c., as a contribution to the expenses of maintaining the style of living and hospitality held suitable to their position.
Hence the general use of repräſentiren and Repräſentation to denote the
keeping up of the dignity of bearing, ceremony, style of living, and hospitality, deemed proper to one's rank and place in society. Repräſenta-
tionsſäle might perhaps here be rendered ' drawing-rooms.'

13. Gutachten (etw. für gut achten, = halten, 55, 18, n., to deem a thing
good), a formally expressed judgment or opinion ; used more particularly
of the authorised report of an expert.

15. Schweigen bis ich frage ! The infin. with imperative force is
still in popular use, especially towards children,—Aufſtehen ! 'Get up.'
Commoner however is the similar use of the past part., Nicht ſo gelaufen !
'Don't run so.' Used to any but children, both modes of expression
have a brusque and imperious tone.

19. nicht etwa. ., see 11, 29, n.—bedeutſam, significantly, i.e., as a
significant and purposed thing, to challenge the notice of the neigh-
bours.

20. er kam...vorgefahren (verfahren,—vor = '*to* before' the door, cf. 13,
18, n. —, to 'drive up'): this use of a past part. in Germ. where we use a
pres. part. is regularly found only after kommen, not, as Whitney says,
'after one or two verbs of motion.' Nor is it satisfactory to cut short inquiry
into a somewhat curious phenomenon of language by the statement that
'the past part. is used in the sense of a pres. part.' Eve, 174, shows
more of scientific caution when he says, 'a past part. is used where we
should use a pres. part. in English.' Hildebrand (Grimm, *s.v.* kommen)
explains the part. as here used (originally) in a kind of aoristic

signification, and gives examples which by illustration make the construction in question appear less isolated and arbitrary.

27. fich einer Sache entfinnen = erinnern. Note that the adv. jemals, placed here in grammatical connection with entfann, belongs logically to a verb unexpressed, just as in Eng. we might say loosely, 'which they ever remembered,'—for, 'which they remembered to have ever occurred,' or, 'which they remembered to have ever known.'

29. dachte bei fich: bei (18, 21, n.) = 'with'; 'thought to himself.'— fo bin und bleibe ich..., 54, 30, n.—protegiren (g pron. as in Fr.), 56, 3, n.

<h2 style="text-align:center">PAGE 68.</h2>

8. Pomeranze, **orange**, or Landpomeranze, is a jesting term, for a country beauty with rustic simplicity, and unacquainted with society.

10. das kommt daher, daß or weil..., lit., that comes from this (daher = von diefem her, cf. 8, 12, n.), viz., that...; 'the reason of that is.'

12. plebejifch (j pron. Germ., = *y*) or plebeifch, sometimes plebej, **plebeian.**

16. klüger als verliebt: more correctly, mehr klug als verliebt; cf. Aue, § 180; Eve, 31.

17. erft recht (cf. 9, 22, n.) may here be rendered, 'more than ever.'

18. mit dem Namen eines Herrn von... : the use of the indef. art. here is idiomatic,—Der König reiste incognito unter dem Namen eines Grafen von B., under the name of Count B.

19. Adelftand: Stand, rank, class, abstr. and concr., cf. Bürgerftand, &c., von hohem, geringem Stande, &c.

23. kreuzten fich die Schreckgedanken...mit der Furcht..., (cf. ein Brief kreuzt fich mit dem andern,—die beiden Briefe kreuzen fich), lit., **crossed....**, i.e., mingled, contended with....

28. Stichwort, catchword, cue, watchword, motto, favourite maxim.

31. drängen, not formed directly fr. Drang (as Whitney), but factitive of dringen (cf. 10, 17, n.). It is often used absolutely, without a personal object. zu etw drängen, to be urgent for a thing, urge or urgently request that it be done, &c.

<h2 style="text-align:center">PAGE 69.</h2>

2. fich (dat.) ein Herz faffen = Muth faffen (29, 18, n.).

7. kleinlaut (laut, **loud**; laut werden, to break silence, utter sound, be noisy), lit., making little noise, speaking in a lowered tone; hence the fig. current meaning, dejected, downcast, abashed, &c.

9.   auf...ertappte, 37, 16, n.—ſchief, askew, awry, wrong.

10.   meinte, 5, 25, n.—der Fürſt ſei ja..., 24, 27, n.

11.   der Weiberfeind, wie man ihn male: according to the common construction explained in 45, 28, n., ihn would refer to Weiberfeind, while it here evidently refers to Fürſt. It would have been clearer to say, als den man ihn male.

12.   über die Maßen (accus. plur. of die Maße, cf. 28, 11, n.), above or beyond **measure**, exceedingly.

16.   das allerhöchſte (cf. allergnädigſt, 50, 18, n., and hoch, 24, 30, n.) Wort (21, 31, n.): = das Wort Seiner Durchlaucht or des Fürſten; so 86, 24.

22.   nahm er...ſeine fünf Sinne zuſammen: cf. ſeine Kräfte, ſeinen Muth, &c., zuſammennehmen, to collect one's strength, summon up one's courage, &c.; 'he gathered his wits together.'

23.   eine Minute gnädiges (50, 18, n.) Gehör: gnädiges Gehör stands in apposition to eine Minute, as we say ein Glas Wein, a glass of wine; cf. 13, 22, n., and 79, 16, nach einer Stunde Raſt, after an hour's rest.

26.   komme Er gleich zum Text, 'to the point.' The figure may refer either to the text of a sermon (which German preachers often introduce by some general remarks, preparatory to its announcement), or to the text of an author, as distinguished from introduction and commentary. The popular character of this and kindred phrases points rather to the former. Cf. 101, 19, n.

27. friſchweg, straight out, boldly.—in drei Worten: note that the plur. Worte, not Wörter (Aue, § 148), is used, because the words are to have a connected meaning, and the numerical expression is a mere phrase to signify brevity. On the other hand drei Wörter *might* have been used in l. 29, the number of individual vocables being there the prominent idea.

31.   Sereniſſimus (Lat., superl. of *serenus*), = durchlauchtigſt; as subst., = Seine Durchlaucht, cf. 55, 6, n.

PAGE 70.

5.   Mißheirath, or Mésalliance (l. 15 below; pron. Fr.), **misalliance**.

12. gemeſſen, perf. part. as adj., **measured**; hence deliberate, stately, strict, &c.; as adv., with dignified reserve and precision, &c.

16. ſchlechterdings (cf. neuerdings, 36, 21, n.), absolutely, positively, by all means. ſchlecht formerly meant (cf. ſchlicht and ſchlichten, 38, 10, n.) level, smooth, straight; straightforward, simple, plain; cf. ſchlechtweg, without further ado, simply, merely; ſchlecht—or ſchlicht—und recht, simply and loyally upright, &c.

19.　Gott (sc. fei Er) befohlen, an old leave-taking phrase, 'adieu'. befehlen, to commend or deliver to the care and keeping of (Gott feine Seele, feine Kinder einem Beſchützer, &c., bef.), is now used only in a poet. or biblical style.　empfehlen, to recommend, only partly fills its place.

23.　Ende mit Schrecken, = ſchreckliches Ende, is a phrase from Luther's Bible, Ps. lxxiii. 19 : Sie...nehmen ein Ende mit Schrecken; A. V., 'they are utterly consumed with terrors,'—lit., take, i.e. come to a terrible end. —war...da, was there, 'had come.'

29.　fiel er...durch, 57, 29, n.—ſtand auf einer verlorenen Karte, cf. auf dem Spiele ſtehen, 34, 11, n.

PAGE 71.

1.　Bußtag (cf. Buße, 13, 6, n.), day of humiliation or penance.

3.　Man hätte wohl (48, 18, n.) denken ſollen, 'One would surely have thought.'　In this idiomatic use of ſollte (hätte...ſollen) where we use 'would' ('would have'),—man ſollte meinen, denken, &c.—, the original idea seems to be, one 'ought,' having due regard to the convincing force of the evidence, to think so or so.

4.　Unterlaſſungsſünden : unterlaſſen, to 'omit,' neglect to do a thing.— vergeuden, 3, 11, n.—Lehrjahre, 52, 8, n.—geſühnt, 13, 7, n.

8.　nebenbei, adv. with the meaning of its synonymous components, alongside of, in conjunction with, something else; here and in l. 22 below it may be rendered 'at the same time.'

9.　gönnen, to grant or allow (64, 23) of free good will, is the exact opposite of to ' grudge,' mißgönnen; and oftens means simply, to see with pleasure that something (good, or ironically, the contrary) falls to the lot of another,—Ich gönne ihm ſein Glück von Herzen, I am heartily glad of his good fortune.

13.　Imb. anſchwärzen (ſchwarz, black; cf. anſtreichen, to paint), to blacken one's character, to defame, denounce.—ich getraue mir (also, but now less commonly, mich) etw. zu thun, I have confidence in my power to do something, I am bold enough to, venture, dare to....

14.　bei der (i.e., des Fürſten)...Zuneigung (sc. zu ihm): bei indicating (cf. 61, 15, n.) an attendant circumstance acting as a cause, might here be rendered by 'in view of' or 'considering.'

16.　große Stücke halten auf..., = viel halten auf..., 48, 24, n.

17.　auf alle Fälle, = jedenfalls, in any case, anyhow.—mißlich, = bedenk. lich, 15, 8, n., dubious, hazardous, critical.

21.　aufathmen, or wieder aufathmen (108, 19), to take fresh breath, breathe again, breathe freely.　Cf. aufmerken, 27, 15, and aufhorchen, 109,

20, where also, as here, auf indicates the rising into full play of the activity expressed by the verb.

23. Regiment, 19, 10, n.—auffehen, to look up, hence Auffehen (Auf-fehen machen, erregen, &c.), notice, surprise, sensation.

27. mit einem gemeinen bürgerlichen (17, 17, n.) Doctor. The use of the word gemein in the sense of gewöhnlich, common, ordinary, is now for the most part avoided, because of possible confusion with its more frequent sense of 'common' = low, mean, vulgar, base; cf. 96, 30, n. Here we may understand the word as the more suitable to the speaker's purpose just because of its ambiguity.

28. unbefugte Einflüsse (on the plur. cf. 48, 1, n.) : befugen (Fug, due authority, legal competence; cf. Unfug, 8, 23, misdoing, &c.), to authorise.

31. ohnehin = ohnedies, 5, 27, n.—mißtrauischen Gemüthes (6, 18, n.), adverbial genitive, 8, 1, n.—ahnen, 24, 21, n.

PAGE 72.

2. verschlagen, perf. part. as adj., cunning, crafty, artful.

4. ging ihm...ein neues Licht auf, cf. 67, 3, n.

10. Ew. Durchlaucht : Ew. is an abbreviation for Euer, used indeclinably ; it is however often (perhaps now most commonly) read and spoken, not seldom also written, in each case with the suitable inflection (here Eurer, genit., in l. 14 below Eurer, dat.).

14. gleichsam corresponds exactly to the Eng. 'as it were.'

15. ein Opfer bringen (i.e. to the place of sacrifice) is the usual phrase for, to 'make' a sacrifice; etw. zum (= for a, as a, cf. 7, 19, n.) Opfer bringen, to sacrifice; so again, 88, 31.

19. Sagenkreis (Sage, 33, 21, n.; Kreis, circle), cycle of myths or legends; the myths collectively that group round one subject, as der trojanische Sagenkreis, &c.

21. War es doch..., 6, 26, n.

23. entlarven: ent, cf. 9, 19, n.; Larve: fr. Lat. *larva*, a mask.

25. ausbeuten, orig., to plunder; Ausbeute = Beute, **booty**. Now Ausbeute is used only for the produce or gain derived from natural sources, as mines, &c., or from undertakings; ausbeuten corresponds to the Fr. *exploiter*, to work out a thing so as to extract the full gain from it; to make the most of a thing, often with the associated idea of unscrupulous regard to one's own interests alone.—[an Ew.] ein Exempel statuiren (Lat. *exemplum statuere*), to make an example of some

one. In this phrase the foreign word Exempel (not Beispiel, otherwise commoner) is always used.

28. er sollte (11, 28, n., *c*) jetzt..., 'he was now to...,' was destined to....—verschulden (Schuld, cf. 14, 9, n.), to be guilty of, be to blame for; to incur, deserve. Hence unverschuldet, undeserved; also, as adv. (= ohne etw. verschuldet zu haben, cf. ungesäumt, 29, 3, n.; ausstatirt, 52, 9, n.), innocently.

29. auf welcher er...hatte stehen wollen. When two or more uninflected verbal forms (infin. or perf. part.) come together at the end of a dependent sentence, the inflected verbal form, or auxiliary, is often made, for the sake of euphony, or to avoid heaviness of style, to precede the uninflected forms (and sometimes also the object or an adverbial expression, 108, 6), instead of being placed, according to the rule of the dep. sentence, at the end,—e.g. sobald er das Werk vollendet haben werde, or werde vollendet haben. This order is *always* used where in a compound tense of a verb of mood the form of the part. is used which coincides with the infin., according to the rule quoted in 26, 21, n. (as here wollen = gewollt; so 108, 6).

30. geschweige daß.... The verb geschweigen (cf. verschweigen, 48, 13, n.) is now used only in the infin. with zu,—...zu geschweigen, 'to say nothing of...,' 'not to mention...,' and in the adverbially used geschweige (properly pres. indic. with ellipse of the subj. ich), 'not to say,' ' much less.' daß er...hätte will have to be rendered by the indic., but it should be noted (cf. 20, 27, n.) that it expresses in itself only a notion or conception, the negation of which lies in the idiomatic geschweige with the context.

PAGE 73.

2. verknöchert (Knochen, bone). Many verbs in ver, formed fr. substs., denote either a *covering with*, as versilbern, verglasen, &c., or (like those formed fr. adjs., cf. 65, 14, n.) a *changing into*, as versteinern, verpulvern, &c.

5. gegen...vergehen (11, 25, n.), to 'proceed' against...; cf. 110, 1, Vorgehen, procedure.—zunächst, lit., in the **next** or **nearest** place, next in order; hence (its actual usage), 'in the first place,' and thus often = vor Allem, above all, chiefly. So 84, 7.—doch (3, 5, n.), unaccented; *though* there were other elements in the matter, *yet* the one mentioned was the prime one ; 'at least,' ' at any rate.'

6. seiner...Leidenschaft im Wege stand, 8, 9, n.

7. ja is often used (almost = sogar, even), like the Eng. 'nay,' to

mark what follows as even going beyond what has preceded, —Er creiferte fich, ja wüthete, 'He grew angry, nay raged.'

9.   überhaupt (contrasted with zunächft, l. 5 above, and removing the limitation expressed by it), as a general question, altogether, looking at the matter as a whole.   We might render ja in the previous line by 'indeed,' and überhaupt here by 'really' or 'after all,' laying special emphasis on the following ' lover.'—tem Bräutigam gelte, 14, 29, n.

10.   mit angemaßtem Vertrauen.   fich anmaßen (maßen, obs.,=meffen) formerly meant to **measure** or claim for oneself according to the Maß or measure of what was right and proper; now it means only to claim for oneself above the proper measure; hence to arrogate, assume, pretend to.   Refl. verbs are often used both in the pass. part., and in the infin. as subst., without the refl. pronoun.—Wucher getrieben, 3, 12, n.

12.   fliegende Hiße (originally or chiefly a medical term, often used fig.), heat suddenly rising and quickly passing away, intermittent heat; so also eine fliegende Röthe, a passing flush, ein fliegentes Fieber, &c.

16.   ob fich...mit...verbinden könne, 33, 20, n.

22.   Jmb. in's Gebet nehmen is a fam. phrase for, to catechize severely, call to account, 'take to task.'   Its original meaning seems to have been, as a phrase of church pastoral discipline, to guide a penitent to prayer or other religious exercise, after confession.   in's Gebet gehen is or was provincially used for attendance at catechization, or instruction preparatory for confirmation.—daß final, =damit.—Stück für Stück, 4, 24, n.

23.   The plur. Umtriebe (fich ümtreiben, to wander or gad about, prowl) is used to express a restless, esp. an underhand or intriguing Treiben (cf. 3, 12, n.), machinations, intrigues, political or seditious agitation (97, 8), &c.

24.   bedürfen, to need, takes the genit. or accus.; used impersonally, the genit., seldom the accus.,—Deiner Hilfe bedarf es nicht, your help is not wanted.

26.   abläugnen (läugnen, to deny), to deny, disavow, disclaim.

31.   Wer nur immer..., den...:   nur, immer, nur immer, combined with wer, simply serve to give emphasis; wer in itself means ' whoever,' any one who, cf. 33, 7, n.   For further exx. of this generalising and strengthening force of nur and immer, each alone, or in conjunction, cf. 57, 18; 81, 6; 101, 7.

PAGE 74.

1.   ftempelt...zu..., lit., stamps into...(cf. zu etw. werden, etw. zu etw. machen, &c.), where we should say, stamps ' as....'

2.   ſich ſtellen (21, 23, n.), to place oneself (116, 16), to assume a certain attitude or bearing ; here we might say 'conduct' or 'bear' himself. ſich ſtellen with an adj.=pretend to be, as ſich kranf ſtellen, &c.

5.   ſündigt auf ſeinen Namen: auf with the accus. here denotes (not 'in' his name, which would be in ſeinem Namen) the direction in which the sin or its responsibility is thrown, = 'on the strength of,' 'relying on,' 'under cover of.'—Nun ſollte man meinen, 71, 3, n.

6.   entſchuldigen Ew. (72, 10, n.) Durchlaucht : entſchuldigen is 3rd pers. plur. (plur. of majesty or of respect, cf. l. 19 below) pres. subj., optatively or imperatively used, just as in the ordinary form used for an imperat., entſchuldigen Sie.   The nearest corresponding form in modern Eng. (in older Eng. cf. 1 Kings, xxii. 8, 'Let not the king say so,' where Luther's version has: Der König rede nicht alſo) to this imperat. of address with the subject named is a 2nd pers. imperat., followed by the name of the pers. addressed, 'excuse me, your Highness,' or a parenthetic future, 'your Highness will excuse me.'

7.   die Sache iſt...nicht ſo ſchlimm...: ſchlecht is simply bad in quality, opposed to good (ſchlichter Wein, ein ſchlechter Geſchäftsmann, cf. l. 14 below); ſchlimm is bad chiefly as bringing or threatening harm or annoyance.   Hence ſchlimm, not ſchlecht, is used in the present passage; so we say eine ſchlimme Wunde, ein ſchlimmer Vorfall, &c.   Ein ſchlechter Menſch is a bad man, morally ; ein ſchlimmer Menſch, one whose bad qualities are hurtful or dangerous to those around him, cf. l. 15 below, die ſchlimmen Freunde und Räthe.

8.   im Einzelnen, in detail, in particulars, 'in this or that respect,' 'in certain points'; im Ganzen, on the whole.

15.   nicht ſo übel, or ſo übel nicht (cf. 3, 4, n.), 'not so bad.'

19.   dürfen (19, 28, n.) nicht, must not.—We say Em. etw. als Fehler, &c. (cf. 77, 20), or zum Verdienſt, &c., anrechnen, to **reckon**, count, regard, as a fault, or as a merit.   Thus Em. etw. hoch anrechnen may mean according to context, either to make it out as a great merit or service on his part,—Sie rechnen mir meine beſcheidenen Leiſtungen zu hoch an, or as here, to make of it a serious charge against him.

25.   denn er ſah nun doch, daß...: doch (3, 5, n., *d* and *e*), after all.

26.   Anbeginn is really the union into one word of two M. H. G. words, *anegin* and *begin*, but is in usage a somewhat strengthened form for Beginn or Anfang ; von A., from the very beginning, from the first.

PAGE 75.

5. wahrhaftig as adj. (with accent on the first syllable), truthful, truth loving, is now less usual than wahrhaft (73, 25); wahrhaftig, as adv., really, in very truth, is common.

6. bei alletem, 61, 15, n.—durchtrieben, perf. part. as adj., cunning, crafty, artful; here adv. qualifying the synonymous word schlau, **sly.**— voller Mutterwitz: voller, orig. inflected masc. form, now used as an invariable = voll, but only as predicate, before an uninflected subst. of any gender, in the sing. or plur. Cf. Eve, 92, Obs. 1.—Politicus, 39, 19, n.

8. da is here of course not causal, but temporal (= als), as also in the next line (= wo), 'when'; cf. Eve, 250.—verungnaten fr. Ungnade (cf. Aue, § 110, note), disfavour, disgrace.

14. an den Nagel hängen, to hang on the nail, 'put on the shelf.'

16. unter der Hand, secretly, privately, '**underhand**' in the neutral sense in which this word was still used by as recent a writer as Sir W. Scott, 'Baillie Macwheeble provided Janet, underhand, with meal....'— mit staatsrechtlichen und politischen Dingen. Staatswissenschaft may be briefly and generally defined as the science of state government, Staatsrecht as the object of that science, treated theoretically and historically. We may say, 'with the theory and practice of politics.'

17. wozu...nicht so viel gehörte (cf. gehörig, 77, 18, n.), for which, to do which, not so much was required, 'which was not a matter of so much difficulty.'—in selbiger Zeit: selbig is less commonly used than selb, and like this it is generally preceded by the def. art. in composition, derselb[ig]e, &c., the same. Its use, as here and in 82, 20, = dieser or jener, is rare, possibly local.—für den Hausbedarf (Bedarf fr. bedürfen, what is needed, requisites), for the requirements of the household, and still more familiarly, für's Haus, are common phrases to express generally what is adequate to one's ordinary homely wants. The court and administration of many petty German princes of that time formed little more than a good-sized domestic establishment.

19. nach Jahresfrist, 18, 30, n.—entpuppte sich (cf. entlarven, 72, 23, n.): Puppe, a **pupa**, chrysalis, hence sich puppen, genly. sich ein- or verpuppen, to enter into the chrysalis state, change into a chrysalis, fig., assume a disguise, and in contrast with this, sich entpuppen (ent, 9, 19, n.), to emerge from the chrysalis state, burst the cocoon, fig., to reveal oneself, come to light, either in one's real, hitherto concealed character, or as here, simply in a new character.—zum..., cf. 74, 1, n.

21. Kabinetsdirektor, head of the **cabinet** or privy-council of the

prince, prime minister.   Of course these terms are not to be taken in the sense they bear in a constitutional monarchy; cf. introductory note.

28. ſchriftlich beurkuntet: beurkunten (Urkunde, 95, 18, a document) in itself means properly to attest by document, give written or documentary evidence of, but it is so generally used in the wider sense, to authenticate, give manifest proof of, that the qualification ſchriftlich cannot be regarded as tautology.

PAGE 76.

3.   im nächſten Vertrauen…: cf. in naher Freundſchaft mit Jmd. ſtehen, in close friendship; Jmds. nähere Bekanntſchaft machen, &c.

4.   denn, 52, 11, n.—ihm. .antichtete, 65, 2, n.

Der Zopf des Herrn Guillemain[1].

The scene of the narrative is laid chiefly in Mainz, before and during the French Revolution. Mainz was at this time still an ecclesiastical Electorate, ruled by an Archbishop-Elector who was Primate of Germany. Though but a small State with 320,000 inhabitants, it counted, besides a numerous nobility, no fewer than nearly 3000 ecclesiastics and 2200 salaried officials. In their train came a host of busy idlers and parasites, as ministers to their free and luxurious style of living. The Elector, Fr. K. J. von Ehrthal, a man of French manners and culture, was a weak ruler, guided by women and courtiers, who bestowed his favours almost exclusively on the old nobility, the priests and the monks. He was however inclined to the ideas of Voltaire and the other French free-thinkers, and showed his tolerance somewhat ostentatiously by drawing around him a number of learned and literary men of the Protestant faith. Prominent among these was Georg Forster, who as a youth had with his father accompanied Captain Cook in his second voyage round the world, and who is still noted as the author of the „Anfichten vom Niederrhein,“ a record of travel in the Netherlands, France and England. In their somewhat isolated position in the Roman Catholic community of Mainz, these men naturally drew closer together, united as they were by political dissatisfaction and sympathy with the revolutionary movement inaugurated in France; they were joined by a certain number of malcontents, political and religious free-thinkers, from among the better educated of the Elector's subjects. The accusation sometimes brought against the Liberals of Mainz, that they actually conspired to deliver the city into the hands of the French, seems not to be justified by facts; its speedy surrender,

[1] A considerable number of words and modes of expression occurring in the text have already been explained in the earlier notes, for which the student is referred to the index at the end of the book.

when in Oct. 1792 the French General Custine advanced against it, was a natural consequence of the previous neglect of its fortifications and means of defence, and of the utter demoralisation that prevailed among those who should have defended it. It is certain however that many of them welcomed the French as deliverers and champions of popular freedom, and that during the French occupation their influence was exerted both in Mainz and in other towns on the left bank of the Rhine, in the dissemination of the republican and cosmopolitan doctrines of the French Revolutionists. Immediately after Custine's entry into Mainz, from which the Elector and his court had ignominiously fled upon the first alarm, a society of "Friends of Liberty and Equality" assembled in the electoral palace. They shortly resolved themselves into a political club, after the pattern and with the tendencies of the Jacobin club in Paris; hence they are often called die Clubbiſten von Mainz. The idea of a formal alliance with France was now openly entertained, though the French in Mainz, who conducted themselves as the lords of a conquered territory, did little to exemplify their own principles of liberty, universal brotherhood, and the sovereignty of the people. An attempt was made in the first instance to construct a free and independent State, but this project did not harmonize with the designs of the French, and was frustrated by the agitation of the party enthusiastic for union and identification with the great Republic, as the centre and stronghold of the new world-revolutionising movement. In March, 1793, a resolution was passed in an assembly of the "Rhenish-German National Convention," to convert the whole territory from Landau to Bingen, on the left bank of the Rhine, into a free State, totally severed from the German Empire. This was presently followed by a second, expressing the wish for the incorporation of this "Rhenish-German Republic" with France, and appointing a deputation to the French National Convention. Meanwhile, however, German troops appeared before Mainz, and enclosed it on all sides. The French had restored the fortifications, and defended the town with great bravery for several weeks, but were at last compelled by famine to surrender it to the Prussians, on condition of being allowed to depart with the honours of war on giving their parole for a year. Their republican allies among the Germans were for the most part severely, often brutally punished; many lay for years in prison, and suffered the loss of all their property.

As the general history of the French Revolution will be either familiar or easily accessible to the student, the historical explanations given in the following notes are brief, and confined chiefly to the less familiar allusions.

PAGE 77.

2. ber alte Frit, Frederick the Great (reigned 1740—86).

4. die Völkerſchlacht bei Leipzig, or die Leipziger Völkerſchlacht (so called from the number of nations that took part in it), the great three days' battle of Leipzig, Oct. 16th, 18th, and 19th, 1813.

6. The present story was written in 1863, when Napoleon III. was the central figure in European politics.

7. hantieren (fr. Fr. *hanter*—Eng. **haunt**—to frequent, but changed in meaning through the influence of popular etymology, as though it came from Hand), to work with the hands; to be busily engaged; to pursue a trade or business; to 'deal in,' lit. and fig.—The great composer, Johann Sebástian Bach, died in 1750; Ludwig van Beethoven, also the greatest musician of his age, was born in 1770.

14. was ein Verſtorbener wohl ſagen würde: wohl (48, 18, n.), 'probably.' wohl is often used in interrogative sentences to express rather an inquiring conjecture than a positive question—Wo führt der Weg wohl hin?—with much the same force as the Eng. 'I wonder.' In an indirect interrogative sentence it retains, though often not itself translatable, a similar force; cf. the common mode of expression (sc. Ich möchte wiſſen, or the like) Ob er wohl hingeht? 'I wonder whether he will go,' &c.

15. Iſt (4, 20, n.) inzwiſchen gar...: gar is to be read in close connection with Iſt inzwiſchen, in the sense explained in 8, 20, n.; ſo belongs, in its merely expletive use, to the following word, cf. below, 78, 10, n., and exx. quoted there. In reading, a slight pause should be made after gar.

16. handumkehrt, a provincial, and otherwise quite unusual form for the common phrase im Handumkehren (commoner still perhaps is im Handumdrehen), lit., in the turning of a hand, 'in a twinkling.' Note that in these compounds, while Hand receives according to rule the chief accent, the secondary accent lies on kehren or drehen (or perhaps we should rather say, equally on the prefix and the root), although umkehren (102, 7), -drehen, have as sep. verbs the accent on the prefix.

17. Lebzeit, lifetime, is most commonly used in the plur., bei [meinen, meines Vaters] Lebzeiten, in one's [my, my father's] lifetime.

18. wird gehörig ſtaunen: gehörig (fr. gehören, to belong; cf. 75, 17, n.), belonging or appertaining to; hence, suitable, proper, requisite,—Dieſes Waſſer hat nicht die gehörige Wärme; hence finally, in colloq. language, considerable, esp. as adv.,—Ich werde gehörig arbeiten müſſen, wenn...,

'I shall have to stick close to it, if....' Cf. the slang use of the Eng.
'proper.' Render, '...will be vastly astonished,' or '*will* be astonished.'

PAGE 78.

7. bie...so geworten, wie er sich's gewünscht habe, lit., as he had wished *it*
(viz. that the world should become). In 82, 12; 116, 17, we have other
instances of this idiomatic use in Germ., where it is omitted in Eng.,
of the neut. pron. es, referring to a preceding clause, or representing
the verbal idea contained in it (Eve, 132), cf. 12, 26, n. In 4, 25, hätte
er's gemerft, where es stands in place of the repetition of the preceding
sentence, and in 104, 19, where it is omitted, we have examples in
which the Germ. and the Eng. usage coincide.—The refl. pron. as
here used (sich, dat., lit., 'for himself'), serving to mark the wish as
resting on grounds of personal interest or feeling, may be regarded as
standing on the border-line between the 'dat. of interest' and the
'ethical' dative. Cf. 43, 29, n.

8. wie es einem zu Muthe sei, cf. 21, 29, n., 'how one feels.'

10. so im Vorbeigehen, cf. 97, 25, so im Allgemeinen; 103, 14, so insgeheim. so is very commonly used as a more or less expletive particle,
serving chiefly to make the expression more general and casual, and to
give an easy colloquial, sometimes quietly humorous tone to the style.
Often however its proper meaning may be clearly recognised, and expressed by paraphrase, e.g., Er schwatzt so ins Blaue hinein, i.e., in der
bekannten (or, in seiner) Art, in the way we already know as so ridiculous,
in that absurd style (of his). Sometimes its force might be expressed
by 'so to speak,' cf. the two exx. quoted above. Cf. further, 99, 24, n.;
116, 14, n. (and 13, 18, overlooked at the time). The similar use of
οὕτως in Greek and *sic* in Latin will be familiar to classical scholars.

13. zumal ich noch vernahm: after zumal, 'especially' (112, 17), da, 'as,'
is often omitted.—noch (12, 12, n.)=further.

16. eine...Welt, welche er geträumt differs from von welcher er geträumt,
in that träumen in the former case implies a constructive or productive
activity, = build up or body forth in a dream. So Denfe gar nichts (88, 5)
differs in precise meaning both from Denfe an gar nichts, and from Denfe
gar nicht.

22. The Eichelstein is a round tower-like mass of masonry, standing
within the citadel of the fortifications of Mainz, said to be a monument
erected to the Roman General Drusus, in the years 9—7 B.C. The
etymology is disputed, some connecting the word Eichel with the Lat.

aquila, Fr. *aigle*, **eagle**; more probably the name simply expresses the shape (Eichel, an acorn) of the mound.

26. wobei = bei welchem, 10, 9, n.—jeden Begegnenden, we should more usually say, jeden uns Begegnenden.

27. En. or etw. barauf ansehen, ob..., to look at a person or thing to see whether..., is a common mode of expression. barauf here = auf dieses, auf diesen Punkt hin; auf marks the direction of the purpose, da (= dieses) stands as provisional representative of the following clause, which explains it.—etwa, 11, 29, n.

28. in den „drei Kronen", in the 'Three Crowns.' In German both the art., the adj. and the verb usually agree with the actual subst. in a title,—Die „Räuber" wurden gestern gegeben, 'The Bandits' was acted yesterday. Johnson's mistake, "My 'Lives' are reprinting," would be good German.

29. Es (4, 25, n.) ging dort sehr lebhaft zu: cf. Hier geht's lustig, langsam, &c., zu (or her), here things go on merrily, slowly, &c.,—here are merry doings, this is slow work, &c. A somewhat free rendering will be needful, e.g., 'The room presented a lively scene.' Cf. 102, 20, n.— noch (12, 12, n., *d*), i.e., they *still* found a seat, but it was only with difficulty that they did so. Cf. 31, 19, n.

31. schmecken, to **smack**, taste. Etw. (also impers., Es) schmeckt mir (schmecken being used absol., = gut schmecken), I relish or enjoy it. sich (dat.) etw. schmecken lassen, to enjoy, eat or drink with relish, do justice to.— seinen Schoppen, sc. Bier or Wein, in the wine-growing Rhineland of course the latter. Schoppen (orig. L. G., prob. fr. *scheppen*, schöpfen, to **scoop**), a liquid measure equal to half a litre, used generally, chiefly in South Germany, for 'a glass.'

PAGE 79.

1. Stammgast (Stamm-, belonging to the **stem**, trunk, or main body, the permanent element; cf. der Stamm eines Bataillons, &c.), a regular frequenter of a place of entertainment, *habitué*.

5. ein Fünfziger, 51, 15, n.—dreinschaute: dreinschauen, lit., to look 'in' (9, 30, n.), i.e., in upon the scene before one, upon whatever is passing, Eng., to 'look on,' is often used in a similar way to aussehen, to 'look' = appear (sie, es, sieht schön aus), which also means literally, and meant formerly, to look out, forth, about one. There is however this difference, that while in aussehen the original meaning is forgotten, or hardly thought of, and no longer limits the application of the word, it is still clearly present in dreinschauen, which is used only of persons

(or in bold personification), and refers to the expression of countenance, especially of the eyes, as showing the mood in which one looks on things, or how things are going with one, hence such phrases as heiter, rüfter, &c., dreinſchauen, to be of a cheerful countenance, have a gloomy air, &c.; muthig, verdroſſen, &c., in die Welt dreinſchauen, &c. Sometimes indeed it can be literally translated, as in Goethe's ballad, *Der Sänger:* Die Ritter ſchauten muthig drein | Und in den Schooß die Schönen, ‘The knights looked on with gallant mien.’

6. nachgehends, 10, 11, n.—tief in den Sechzigen, ‘far on in the sixties.’

11. in der Mitte der dreißiger (indecl. adj.) Jahre, in the middle of the years between 30 and 40; ‘between 1830 and 1840.’

13. weiland, 30, 27, n.—naſſau-uſingiſchen Leibkutſcher (47, 1, n.), coachman of the Prince of Nassau-Usingen (one of the numerous subdivisions into which Nassau fell at various periods of its history).

16. Aufbruch fr. aufbrechen (102, 12), orig., to ‘break up’ camp, then generally, to set out, depart.

17. Etw. ins Auge faſſen (as it were, to seize it with the eye, and bring it within steady vision), to fix one's eye upon, look attentively at a thing.

25. Spelunke (orig. and chiefly a student's expression, fr. Lat. *spelunca,* a cave), a wretched hole, esp. a low beer-house.

28. die Klagelieder Jeremiä (genit. of Jeremias; ä = Lat. *ae*: klagen, 4, 20, n.), the ‘Lamentations’ of Jeremiah.

30. der Mann, 23, 24, n.—ſoll, 46, 18, n.

PAGE 80.

7. doch (accented) will hardly be rendered here, but its force (*even if* I were to tell it to you, you *yet* would not..., cf. 3, 5, n., *d*) may be conveyed by the tone of utterance.

12. Etwas (or impers., Es) reut or gereut mich, causes me **rue,** regret, repentance, differs strictly speaking, though the difference is in practice slight, from the synonymous expression, Ich bereue (93, 30) etwas, in that the former represents the person as involuntarily and passively affected, the latter as himself morally active.

Erſtes Kapitel.

21. ein rechter (52, 9, n.) Erzdemagog: erz = arch, but is more widely used; cf. Erzſpitzbube, an arrant knave, ein Erznarr, erzdumm, &c.

24. war er Maler: the art. is commonly omitted before a subst. signifying a man's profession or official position,—Er ist Amtsrichter, Er will Kaufmann werden, &c.

28. Kunstjünger (Jünger—comparat. of jung, as subst.—a disciple, 92, 8) = Kunstbeflissener, student of art.—genialisch or genial, characterized by Genie, **genius**. (The subst. Genie, adopted in the last century fr. the Fr., retains its native pronunciation, but as usual in words taken fr. the Fr., with a more decided chief accent, here on the second syllable; the adj. genial, though now belonging to it in meaning, is formed fr. the Lat. *genialis*, and pron. with hard *g*,—as in Genius, **genius**, protecting spirit, &c.) In the so called Sturm-und-Drang-Periode or Genie-periode of Germ. literature, the period of Goethe's early manhood, the words Genie and genial became catchwords with a number of young men who found in a wild play of the natural instincts and of the imagination, and in a bold contempt for the constraints of convention and rule, the best proofs of genius. These words are still often used to express the wildness and eccentricity of what we too sometimes call 'erratic genius.' In the familiar style of conversation genial is used, sometimes with praise, often with humour or sarcasm: ein genialer Einfall or Gedanke, 'a bright idea'; on the other hand geniale Liederlichkeit, for heedless disorder or dissoluteness, geniale Dummheit, Geniestreich, stupid trick, &c.

PAGE 81.

1. gewaltige Motive. The word Motiv (fr. the Fr. *motif*, **motive**), as expressing the spring of action, that which gives birth to a result, is used as a current term in literary and pictorial art (not only in music, as in English). As regards works of literature, dramatic and epic, novels, &c., it is applied to whatever in the 'exposition,' or laying out of the primary elements of the plot, serves to prepare the way for, and give the character of natural and necessary consequence to, the further development of the action and the *dénouement*. In representative art, the 'motives' are the ideas and feelings expressed or hinted at in the various parts of a composition, which in their combined and mutual effect lead up to and reveal the main design. Here it will perhaps suffice to render 'themes' or 'subjects.'

2. eine Uebernatur, an excess of **nature** or naturalness, an exaggeration or outdoing of nature.

13. tax- und stempelfrei, the usual phrase to denote exemption, as a mark of special favour, from the payment of the usual **taxes** and **stamp-**

duties, on the occasion of being appointed to an office, or distinguished by the conferring of a title or order.

14. Kurmainzer, native of the Electorate (Kur fr. an old verb kiefen or küren, to choose, elect; cf. Kurfürst, Elector, 83, 11) of Mainz.

18. von der Leber weg. The **liver** (Gr. $\mathring{\eta}\pi\alpha\rho$, Lat. *jecur*), as being the place where the blood is prepared, was anciently regarded as our present mode of speech regards the heart, as the seat of such affections and instincts as are said to 'lie in the blood.' The German phrase, von der Leber weg sprechen, referred in the first place to the relieving of the heart from its burden by free utterance, but is now used generally for the frank, unreserved expression of one's thoughts and feelings.

21. der heilige Nepomuk, or Johann von Nepomuk, St John of Nepomuk (a small and ancient town of Bohemia, still existing), the patron saint of Bohemia. He is said to have been put to death in 1383 by King Wenzel IV., for refusing to betray secrets which the Queen had entrusted to him in the confessional. He was not canonized until 1729, although he had already for some time been revered by the people as a tutelar saint, to whom they looked for protection against calumny and suspicion. The development of the legend of St Nepomuk in its later forms is attributed to the Jesuits, who wished to banish the memory of John Huss and Ziska from the minds of the people. The anniversary of St John of Nepomuk is still celebrated in Bohemia, on the 16th of May, as a great saint's-day and popular festival.

22. wenn man sie sechs Fuß hoch anlege: anlegen, to **lay on** (ein Gewebe anlegen, to commence a web on the loom; der Vogel legt sein Nest an, begins to build, &c.), is used in various applications to express the first steps in the construction or execution of something designed,—einen Garten anl., to plant or 'lay out' a garden; eine Fabrik, eine Eisenbahn anl., to establish, construct; ein Gemälde, &c., anl., to make the first draught of, to sketch, draw in outline.

25. Kopf is commonly used, with a qualifying adj., to denote a person, as Er ist ein lustiger, ein erfinderischer Kopf, a merry fellow, a man of inventive genius, &c.; so 88, 14; 114, 29.

27. Kunstrichtung (Richtung, direction; tendency, school of thought, politics, &c.), style of art.—übermüthig, 25, 26, n.

28. Selbstgefühl, a **feeling** or consciousness of oneself; used fig. for the consciousness of one's personal consequence, capacity, or worth. This may be either an overweening self-conceit, founded on a false estimate of oneself; or a becoming self-reliance, self-respect, based on self-knowledge. 'Self-confidence' would here perhaps be the most

appropriate word.—in Grund und Boden (5, 1, n.) zu spotten : note that in
this phrase in is followed by the *acc.*, and = 'into,' and that the intrans.
spotten (we say über Jmb. or etw. spotten, 90, 24, and Jmb. verspotten,
110, 1) is used with the force of a factitive verb of motion; cf. such
expressions as 'to hiss an actor off the stage,' 'to talk one into a good
humour,' &c. The above expression thus means, to ridicule so unmerci-
fully as to drive (or as ought to drive) the object of ridicule as it were
to sink or wish he could sink into the earth for shame, cf. 85, 30.

29. in flüchtigem Worte (21, 31, n.): flüchtig (fr. Flucht, **flight**, and this
fr. fliehen, to **flee**; Whitney errs in connecting flüchtig etymologically also
with to *fleet*, which is cognate with fließen, but not with fliehen), flying,
fleeting; cursory, hasty.—hinwerfen (hin, 5, 2, n., away from oneself, off,
down, &c.), to 'throw off' in a light cursory way (words spoken or
written, a sketch, &c.). We might say, ' which he had thrown off
extempore.'

30. in einen lustigen Reim gefaßt, cf. 35, 20, n.

PAGE 82.

2. umwurzeln (um, cf. 47, 16, n.) is a word of the author's own
coinage (Schiller has used it, but in a different sense), to signify (with a
touch of humorous irony, conveyed by the unusual expression), to root
up, in order that it may take root afresh, as a new growth. 'Should be
radically transformed,' would here express the idea.

4. titanisch, **titanic**, heaven-storming, was a favourite word with
the Stürmer und Dränger (see 80, 28, n.), to express what they regarded
as a prime characteristic of genius.

5. Pfaffe (usually derived fr. L. Lat. *pápa*, Gr. πάπας, fr. which Eng.
pope) was originally a serious and honourable term, = Geistlicher, clergyman,
priest, but has since the Reformation been little used except as a term of
contempt and aversion. Cf. 107, 14, Pfaffe...Priester.—Junker, 17, 2, n.—
Spießbürger (Spieß, a lance or pike), orig. designation of the lower class of
townsmen, who were armed only with pikes, as foot-soldiers; now used
only as a contemptuous term (cf. Eng. 'cit'), in much the same way as
Philister (in the sense made familiar to English readers by Mr Matthew
Arnold), for a prosaic, narrow-minded person, inaccessible to liberal
culture.

6. rings (adverbial genit. fr. Ring), 'around, about,' here = überall,
everywhere.—ihm...in die Quere liefen may mean no more than, 'who
crossed his path, came in his way,' in a neutral sense, i.e., whom he
happened to meet with; the phrase seems however here meant also to

suggest (cf. 23, 6, n.) the idea of their being everywhere 'in his way' as objects which it irritated him to encounter.

9. ſo aufgequollen patḥetiſch : aufgequollen (aufquellen, to swell up), 'puffed out' in pompous and ostentatious style; here used as an adv., might be rendered 'bombastically.'—ḥochgeſtÿlt, of lofty **style**; 'with such a lofty *pose*.'—im ſtolzen Togawurf : Wurf (werfen, to throw) as applied to garments is the 'fall' or disposition of the folds of the drapery; Togawurf is here metonymically used for the garment itself as so falling or disposed in folds, and we might render, 'in the proud folds of his toga.'

17. etwas abgekriegt (50, 26, n.), had come off with something, 'had got a rap.'

20. was zu ſelbiger Zeit (75, 17, n.) viel ſagen wollte. We often say parenthetically, Ich will ſagen..., what I wish or mean to say, is,—I mean...; hence, with a certain degree of personification, das will ſagen... (cf. the Fr. *cela veut dire*), that is to say, that means; das will nicht viel ſagen, that's not saying much, does not mean much, is nothing extraordinary.

23, ff. The American War of Independence (1776—83) was followed with especial interest in Germany, and gave an additional stimulus to the development there, as in France, of the political ideas and the aspirations after freedom, which in the latter country led to the great Revolution.

25. es wird...ſchon finden : the particle ſchon (cf. 57, 17, n.) is often used to express, generally in a reassuring way, the confidence that something will certainly come to pass,—Er wird ſchon kommen, He will be sure to come, &c.

28. erſt (8, 23, n.) wann (28, 16, n.) uns...kein Zaḥn mehr (11, 19, n.) weh[e] thut : ihm thut kein Zaḥn mehr weh is a common colloquialism, = 'he is dead and gone.'

PAGE 83.

3. In the colloq. fig. expression, ins Zeug (or ins Geſchirr) geḥen (ſich werfen, rennen, 103, 2), to set to work vigorously, to throw oneself with ardour into the thing in hand, wax zealous, &c., probably various meanings of the word Zeug are blended, the chief being those of Kriegsgeräth, armour and weapons (34, 26, n.), and Geſchirr, harness. die Pferde geḥen or legen ſich ins Geſchirr, is a phrase meaning 'pull hard.'

5. im teutſcheſten Sinne des Wortes : teutſch reden is colloq. used for, to speak out plainly, in plain terms; cf. our 'in plain English.'

So here teutſch is used in the sense of clear, plain (cf. l. 19, below, verteutſchen, to put into German, in the sense of 'make clear'), 'full,' 'proper,'= im allereigentlichſten Sinne.

8. The cue, or pigtail (Zopf, Low G. *top*, Eng. **top**), as a fashion for men, was first introduced into Europe by Frederick William I., King of Prussia, the father of Frederick the Great, who adopted it into his army, from which it passed to other armies. It became a prevailing fashion, which lasted up to the time of the French Revolution. In Germany the Zopf (used first to characterize the style and tendency of art in the 18th century) has become the symbol of what is antiquated, pedantically formal, and narrowly conventional and conservative. It is used somewhat like our 'red-tape,' but is a more comprehensive term.

17. ſich ſträuben, of the hair, feathers, spines, &c., to stand up or on end, bristle up; hence, to show resistance or repugnance, kick against, &c.

20. ein ſchlechter Witz, properly, a poor, equivocal, or ill-timed witticism or jest, has come through its frequent bantering use to be a common expression for a jest, pun, practical joke, &c., good or bad,—Er macht gern ſchlechte Witze, he is fond of jesting, punning, &c. What is really thought of the quality of the joke or wit must be shown by the context.

23. Majeſtätsbeleidigung (beleidigen, to do Leid to; to offend, insult), an offence against the sovereign power or its representative (*laesa majestas*), —high-treason.

25. Kapaunenſtopfer (Kapaun, **capon**; ſtopfen, to **stuff**, cram), poultry feeder. The word is not to be understood as seriously indicating a separate office, but as coined to express a humorous contempt, as for instance one might call a grocer's apprentice a Dütendreher (cornet-twister).

27. der gnädige Herr (50, 18, n.).—danken laſſen (27, 11, n.), to cause one's thanks to be expressed by a third person, to send one's thanks.

30. Sparren, **spar**, rafter, beam; einen Sparren [zu viel] [im Kopfe] haben is a common colloquialism, = nicht recht im Kopfe (or, im Oberſtübchen) ſein, to be a little crack-brained, not quite right in the upper story.

31. ſei ihm ſchon längſt bekannt geweſen. It would have been more in accordance with general usage to say, ſei ihm ſchon längſt bekannt, 'had long been (and still was, at the present moment) known to him.' The above need not however be regarded as a deviation from the rule remarked upon in 10, 3, n. ſei geweſen, in oblique oration, is the equivalent of war in direct oration (cf. 23, 10, n.), and war ihm ſchon längſt

bekannt would mean, ' had been...,' in the time preceding and including a certain *past* point of time, viz. the time of receiving the verses.

PAGE 84.

1. wie ein begoſſener Pudel (begießen, 36, **8**, n.; Pudel, **poodle**), a common colloquialism to express sheepish discomfiture.

3. Trinkgeld, **drink**-money, is used like the Fr. *pourboire* for any gratuity or voluntary fee.—raffte ſich auf, 49, **4**, n.

4. The French term *louis d'or* was applied in Germany to various German and Danish pistoles or gold five-thaler pieces (15*s.*).—auf eine fürſtliche Botſchaft gehört fürſtlicher Botenlohn: gehört (cf. **77**, **18**, n.), ' belongs,' is suitable or proper (cf. das gehört ins Futteral, the case is the place for that); auf (**22**, **14**, n.), upon, i.e. as following upon;—is the proper consequence of, is called for by, 'a royal message demands a royal reward to the messenger.' Cf. the proverbial phrase, Auf eine höfliche Frage gehört eine höfliche Antwort.

8. doch nicht: doch accented, cf. **20, 23**; **56, 13**; **74, 25**, and notes.

14. Wäre noch...: noch here (cf. **35, 23**, n.) serves to mark the point in the descending scale of dignity, the idea being, if the messenger had been a person even thus far removed from its lowest degree; cf. **57, 11**, n. Its force would be conveyed by 'even' or 'only,' but as auch nur immediately follows, we may render, 'If it had but been..., that had been sent.'

22. ſich Luft machen, lit., to make or procure air or breathing-room for oneself; hence, to relieve oneself by speech or action, to give vent to one's feelings.

25. und gar ſo bald ſchon: gar as in **8, 20**, n., here almost = noch dazu. ſchon is purely expletive, simply repeating and strengthening what has been already expressed in ſo bald.

27. Termin, fixed time for something to take place, **term.**—in die blaue Zukunft: blau, **blue**, as the hue of the sky, the horizon, is used in many phrases to denote indistinctness, haziness, uncertainty, as in blauer Ferne, &c.

29. Frage mich, wann...: wann here of course means zu einer Zeit, wo, in which sense wenn is now generally used. According to the now prevailing usage of the conjunction wann, a sentence beginning with it and following the verb fragen would express the substance of the question. Cf. **28, 16**, n.

PAGE 85.

3. zunächſt (73, 5, n.), at first, for the present.—ſchlimm, 74, 7, n.

4. mittelbar, mediately, indirectly.—erſt recht (9, 22, n.) might here be rendered 'all the more....'

10. tadelte ihn ins Geſicht: note the *acc.*; 'to his face.'

13. taktlos, without **tact**, in bad taste, rudely.—zurückgreifen (lit., to grasp or reach), i.e. to go back, viz. in memory.

15. was der Menſch geſündigt: some intr. verbs can be used with such words as was, etwas, viel, &c., as object, e.g. Was habe ich verbrochen? What wrong have I done? Nichts hat er geſündigt, He has committed no sin.

24. Tiefer ſchnitt bei dem jungen Künſtler: see 18, 21, n. We might render by putting an acc. in the place of bei dem, or make Künſtler the subject and turn the verb into the passive.

26. ſtrafte (38, 27, n.) den muthwilligen (7, 23, n.) Sohn....—die, 19, 4, n.

27. Etw. über ſich ergehen laſſen, to let a thing pass (lit., go forth, 49, 16, n.) over one, to suffer or submit to it passively.

PAGE 86.

10. Der Kurfürſt wußte...: this and the following verbs might have been put in the subjunct. of oblique oration, as the author is reporting to us the consolatory assurances of the Doctor. Instead however of scrupulously adhering to the oblique oration, he prefers, while preserving the form of a report of what the Doctor said (as is shown by the use of the colon), to make use of the direct oration, by which he at the same time tells us the facts in his own person. Such deviation from the general rule as to the use of the oblique oration (5, 25, n.) is not at all uncommon (cf. 24, 23, n.), when the context makes clear that the speaker or writer is reporting things as affirmed or as regarded by a third person, especially when he tacitly identifies himself more or less with what he reports, as though it were his own statement to the hearer or reader, or one vouched for by himself.

17. Etw. [wieder] gut machen, to **make good**, make amends for, repair, &c.—Pinſel, **pencil**-brush, brush (hence Pinſelei, daubing), is also used for a simpleton, ninny (Einfaltspinſel); hence Pinſelei, a silly trick.— was er...bei (18, 21, n.) den Leuten verdorben habe, lit., what he had spoiled, i.e. the harm he had done, viz. to his own reputation and standing with people. Es mit Jmd. verderben (es—cf. 4, 25, n.—denoting one's relations generally), is a standing phrase for, to lose some one's good graces, to destroy one's friendly understanding with him, &c.

20.   Zopfgeſchichte: the derivation of Geſchichte from geſchehen (19, 6, n.),
to take place, be done, happen, makes clear the familiar use of it for
anything that happens, 'occurrence, affair, business, &c.,'—Eine fatale
Geſchichte! an unpleasant affair, &c.,—as well as its later developed
meaning, 'story, history.'—rein, clear of offence and of the untoward
consequences of his folly.

24.   in der Gefahr...der allerhöchſten (69, 16, n.) Ungnade geſchwebt: in
Gefahr ſchweben (lit., hover) is a common (not specially poetic) phrase for
to 'be' in danger; so again 111, 27.

30.   Rückſicht (lit., a looking-back, Sicht fr. ſehen), *respect*, regard that
is to be paid to certain persons or circumstances; Rückſichten, 'considerations,' so 97, 10.

PAGE 87.

8.   Dieſe Worte...bargen Wahrheit: bergen, to bring into safety, afford
shelter, harbour (whence Burg, cf. 17, 17, n.); hence, to hold or contain
(something not open to view), to cover (whence also finally, to hide, in
which sense now usually verbergen).

12.   ihn hungerte nach...: the object of an impers. verb is often placed
before it, and the impers. subject es (6, 19, n.) is then omitted, es ſchläfert
mich or mich ſchläfert, I am sleepy, &c.

16.   zu wenig Weltgeſchichte, too little of universal history, i.e. too little
suggestion of the great ideas and movements that make up the history
of the world.—Fraktur (Lat. *fractura*, fr. *frangere*, to break), Fraktur-
ſchrift, Frakturbuchſtaben are the terms applied to the German printed
characters, as being broken, i.e. full of points and corners, in contrast
with the straight or curved outlines of the Antiqua or lateiniſcher Druck,
Roman type. The same terms are applied to the written characters
formed in imitation of the printed ones, in the so-called Kanzleiſchrift, or
set official hand, the German 'copperplate.'

22.   mitlebend (mit, 3, 3, n.,=at the same time with), contemporary.

24.   in dieſem Sinne, 'in this sense,' i.e., of the same tenor.—aufgegangen, cf. 67, 3, n.

26.   ſprunghaft, **spring**ing, moving in irregular leaps, 'desultory,'
jerky, disjointed.—zerriſſen, lit., torn, i.e., disconnected, fragmentary.

28.   ein gutes Wahrzeichen (11, 22, n.): in this sense the simple Zeichen
is more usual.

PAGE 88.

3.   vom Flecke kommen (Fleck, spot, place) is a fam. phrase for, to 'get
on, make progress,'—Ich komme mit etw.,—mit der Arbeit—, nicht vom Fleck.

Hence the verb flecken,—Die Arbeit will nicht flecken, or impers., Es fleckt nicht mit der Arbeit, or will nicht...flecken.

7. rein is here adv., meaning, without alteration or admixture of any foreign element, any artistic idealisation, 'exactly,' 'just.'

8. meinetwegen (meinet, with strengthening t, for meiner, genit. of ich: wegen, on account of, 113, 13; with regard to, concerning, 4, 20; 97, 6), = 'as far as I am concerned,' 'for all I care,' 'I don't mind,' 'if you like,' &c.; cf. 106, 5.

10. Blick...für...(Blick, glance, glimpse, sight), 'an eye for....'

PAGE 89.

6, ff. Guillemain was not so far wrong, if he had only had some good common sense to keep his mind in balance; see Introduction.

9. unerbittlich (er, 11, 12, n.; bitten, to beg, entreat), not to be won by entreaty, inexorable, relentless, unsparing.

10. Note that alle die Andern here is not quite the same as alle Andern (17, 4, n.). The former means, all those persons above mentioned or here referred to; the latter would be a more general expression,=everybody else.

11. vergleichsweise (vergleichen, to compare, Vergleich, comparison; -weise, 35, 14, n.), in comparison, comparatively.—doch...noch, cf. 59, 1, n.

16. Wind and Wetter (5, 1, n.) are here in the dat.; ausbrausen (aus= 'out,' implying vent, and also, cf. 20, 2, n., zu Ende; brausen, to bluster, roar, be tumultuous) might be rendered, 'find vent and spend itself.'

23. die Notabeln (*les notables*), the Notables, or leading men of the nation. They consisted of representatives of the nobility and the higher clergy, together with a few from the commons. They were called together in 1787, for the first time since 1626.

27. Generalstände (Reichsstände; Stand in the constitutional sense, ='estate'), *les états généraux* (commonly, though less accurately, rendered in German Generalstaaten), the States-General, or ancient parliamentary assembly, consisting of representatives from the nobility, the clergy, and the *tiers-état* or citizen-commoners. They had not been called together since 1614, and were not now assembled until the spring of 1789, at which time our friend Guillemain was safely lodged in prison (92, 12).

28. weissagen, to prophesy, comes from an O.H.G. word *wizago*, a derivative from the same root with wissen, meaning 'seer, prophet'; but was very early corrupted, as though formed from weise and sagen, whence it is also sometimes written weissagen.

29. Erbſtatthalter, hereditary **Stadtholder**, Dutch *Stadhouder*. Statthalter means one standing in the *place* (Statt, see 18, 22. n.) of a king or other supreme authority, a *locum tenens*, viceroy, governor. It seems probable, the modern dictionaries notwithstanding, that the Dutch *stadhouder* had from the beginning precisely the same meaning, *stad* not being used in its modern sense of a town, but in that of the Germ. Statt and Eng. **stead**, a meaning which it certainly bore at an early period. Van den Ende, in his Flemish-French Dictionary (1681) translates *Stad-houder* by *Lieutenant.* The word naturally suffered some modifications in its current meaning, corresponding to the changes in the constitution of the Netherlands.—It was in 1784 that the popular feeling against the Stadtholder William V. of Orange grew so strong that he was obliged to leave the Hague; upon which the whole province of Holland rose up under the leadership of the 'Patriots' or aristocratic Republicans, who proceeded to alter the constitution. William was reinstated in 1787 by his brother-in-law, Frederick William II. of Prussia, but he soon afterwards abdicated and went to England.

PAGE 90.

3. gährte es (6, 19, n.) unheimlich: heimlich, lit., **home-like**, homely, familiar, producing the feeling of trustful ease; unheimlich, inspiring uneasiness and distrust, uncanny, sinister, weird. The full force of these words can often not be given in English; here we might say, 'there was an ominous ferment of feeling.'—König Guſtav, Gustavus III. of Sweden. The alienation from him of his people increased, until in 1792 he fell a victim to a conspiracy formed against him by some of his nobles.

4. für das Mittelalter ſchwärmte: ſchwärmen (cf. 8, 22, n.), to **swarm**, rove about, esp. in excitement or revelry, in ecstasy or romantic revery; hence applied generally to express an enthusiastic or romantically sentimental state of mind. It must be rendered, with its cognates, in very various ways, and its exact force can often be only approximately reproduced. ſchwärmen für..., may generally be rendered, 'to be an enthusiastic admirer of....' But Schwärmerei is more than enthusiasm, Begeiſterung (94, 14—15); it is an impulsive Begeiſterung that rejects sober reflection and forgets realities in the indulgence of fancied ideals; cf. 94, 15, where it might be rendered 'fanaticism.' A Schwärmer (92, 20) is an enthusiast with at least a touch of the visionary or fanatic in him.—Turniere, **tourneys**, **tournaments**.—Ringelrennen (Ringel, l. G.

dim. of Ring) or Ringelstechen (stechen, to 'prick'; here in the old sense of this word, to aim at), tilting at the ring.

6. stecken wollte (5, 17, n.), was wanting to, trying to. Wen Gott vernichten will, purposes to, is about to.—Wen..., den..., 33, 7, n.

9. In Polen schlich die Empörung heimlich einher, see 8, 30, n., esp. end of note. Guillemain's imagination anticipated actual events by some years, for it was not until 1794 that the rising under Kosciuszko took place, which resulted in the third and final partition of Poland in 1795. Kosciuszko had however already in 1792 been the leader of the national party in open hostilities against Russia.

10, ff. It was the aim of the Emperor Joseph II. to unite into one realm and nation, under one form of government, all the various peoples that stood under the Austrian rule. In the prosecution of this aim he paid but little regard to the attachment of these peoples to their ancient institutions and privileges, and endeavoured to carry his reforms, often in themselves highly beneficial, by the exercise of despotical authority. He met with the strongest opposition in Belgium, where each province had its own traditional and highly valued rights and institutions, and in Hungary, where the nobility bitterly opposed not only the abolition of serfdom, but many other enlightened and liberal reforms.

15. eiferte G.: eifern (fr. Eifer, zeal, &c.), to be zealous, eager, angrily excited, is often used for, to say with eagerness or angry excitement; just as we often say, „....‟ lächelte er, grinste er, &c., 'he said with a smile, with a grin,' &c.

16. haben das Zeug...zu...: lit., have the stuff in them, 'have it in them, to...,' 'have the pluck to....'

22. wohl dem, der..., 'well for *him* who...,' cf. 19, 4, n. But a pers. pron., not referring to a person or thing already mentioned or thought of, but used only as antecedent to a following relative, is *always* in German represented by the demonstr. der (or derjenige), never by a pers. pronoun (exc. sometimes in poetry).—sein Haus bereiten : more usually sein Haus bestellen or beschicken, 42, 3, n.

29. im Geschmack der Zeit : Geschmack, taste, is commonly used where we should rather say 'fashion' or 'style,'—im französischen Geschmack—im Geschmack des vorigen Jahrhunderts gekleidet, &c.

PAGE 91.

1. G. verbat es sich (dat.), daß...: cf. verlernen, 13, 17, n. bitten, to beg, verbitten (sich etw. verbitten), lit., to beg a thing 'away' (3, 11, n.),

beg that it may not be, to 'deprecate' (*de-precari*), or protest a-
gainst it.

7. Handhabe (Habe, that by which one **has** or holds a thing, a handle,
—little used), **handle**, is often used fig. for a favourable opening, a
tangible and inviting opportunity, as it were, for setting about an investigation, undertaking, &c.

9. eine Sentenz (fr. Fr. *sentence*), a **sentence** in the sense, sententious
utterance, pithy saying, maxim, &c.—Sie lautet…, 53, 11, n.

11. ein großes Recht seems here to mean, das eine, allen Menschen ge-
meinsame Recht, Menschenrecht,—Recht being taken in an abstract collective
sense, meaning 'the rights of man as man.' The hundert verschiedene
Rechte in l. 13 are the rights and privileges of the rulers, in the struggle
for which they were divided against themselves, so as to be incapable of
any united action. In order to preserve as far as possible the antithesis
of the original, we might render ein großes Recht, 'one great code of
rights,' and hundert verschiedene Rechte, 'a hundred conflicting rights.'

14. bringen es nie zur (5, 29, n.) durchgreifend gemeinsamen That. es (4,
25, n.) zu etwas—zu einigem Wohlstand, zu einem hohen Alter, &c.,— bringen
is equivalent to gelangen zu…, sich aufschwingen zu…, erreichen, to attain to,
rise to, succeed in reaching or accomplishing.—durchgreifen (sep.), lit., to
pass the hand through something while grasping (cf. in die Tasche greifen,
to thrust the hand into the pocket, grasping at what is in it, to put
one's hand into one's pocket), to force a way through and onward,
to the end; fig., to take 'thorough' measures, press on perseveringly
and 'carry through' the matter in hand. durchgreifend is here an adj.,
co-ordinate with gemeinsamen (this dropping of the inflection from the first
of two co-ordinate adjs. with the same termination, is chiefly poetical),
= energetic, strenuous, effectual.

19. gefestet = fest, befestigt, fortified.—Zwingburg (zwingen, to compel,
cf. Zwangsjacke, 90, 5), fortified castle, prison-fortress, as the means of
maintaining an oppressive sway over a people; here of course used
figuratively. So Zwingherr, l. 24 below, the lord of such a castle, an
oppressor, tyrant.

30. Widerpart as an indep. subst. is now used only = Gegenpart, op-
ponent, adversary; in the phrase Em. Widerpart halten, to offer opposition, contradict, resist, it retains its former abstract signification, =
Gegnerschaft, Widerstand.

PAGE 92.

11. öfters = öfter, fr. which it is formed with pseudo-genitive ending
s (cf. 10, 11, n.). Note that this idiomatic comparative with positive

force generally expresses the idea in a more modified form than the positive; so ſeit längerer Zeit is not 'for a long time,' but 'for some time, some length of time.' So öfter[s] usually expresses a less degree of frequency, or is at least looser and less definite than oft.

12. unverſehens (fr. past part. of verſehen, in the sense of vorherſehen, to **foresee**, expect, be prepared for, in which sense it is now used only as a refl. with the genit., ſich einer Sache verſehen; on the adverbial s, cf. 10, 11, n.), in a manner unforeseen, unexpectedly, unawares.—einſtecken, = ins Gefängniß ſtecken (99, 13), both used only in a somewhat familiar style.

13. Ich weiß nicht welch-..., wie, warum, &c., is a common equivalent of the Eng. 'some...or other,' 'in some way—for some reason—or other,' &c. Here however (on nicht mehr, cf. 11, 19, n.) we might render, 'I forget now in what....'—Reichsland, here simply, land or state of the (Holy Roman) Empire. The term Reichslande was also at an earlier period applied in a narrower sense to the territories immediately subject to the Emperor; and is now used under the new German Empire to designate Elsass and Lothringen, which stand immediately and solely under the imperial government.

14. ſtark (22, 21, n.) verdächtigende Briefe: verdächtigen = to make verdächtig (38, 3, n.), bring under suspicion, cast suspicion upon (some person or persons, here unmentioned, Guillemain or his friends). We may render 'suspicious' or 'compromising.'

17. Spürnaſe (Spur, **spoor**, trace, track; ſpüren, to track out, &c.), colloq., a ferreting or prying fellow; here a conspiracy or treason hunter.

20. Schwärmer, 90, 4, n.—ermitteln (er, 11, 12, n.; mitteln, obs., fr. Mittel, a medium or means), to find out (by the use of means), ascertain.

22. weil er nichts zu ſagen wußte: note that nichts is the object of ſagen, not of wußte, on which cf. 64, 26, n.

23. Unterſuchungshaft, cf. 66, 23, n.

26. aburtheilen, to pass a final or definitive judgment, often with the idea of summariness of procedure. The present passage suffices to show that Whitney errs in making this verb intrans. only.—kurzweg (or kurz weg; genly. with accent on weg), promptly, summarily, = ohne weiteres, ohne Umſtände.—weiſen, to 'show' (Jmd. in ein Zimmer, &c.), direct, bid to go; hence, weiſen aus..., to expel.

PAGE 93

8. erſt einmal, 25, 19, n.—dann gilt (5, 7, n.) es ihm wohl (48, 18, n.) gleich: es iſt (109, 25) or gilt mir gleich, lit., it is equal or indifferent to me,

it has equal weight or value with me; i.e., 'it is all one to me,' it does
not matter, &c.

10. ihm...den Garaus gemacht: from the orig. adverbial gar aus (gar
in the older sense, = ganz, 5, 20, n.; aus = zu Ende, cf. 20, 2, n.,—Es ist
mit ihm gar aus, 'all over' with him—) is formed the masc. (sometimes
neut.) subst. Garaus (accented usually on the first, but sometimes on
the second syllable), finishing stroke, *coup de grâce*, chiefly used in the
phrase Em., einer Sache den Garaus machen. It may be noted that the
Fr. *carrousse* and Eng. **carouse** are derived fr. the Germ. gar aus as
used in the language of drinkers for the Austrinken or emptying of the
glass at a draught, 'drinking a bumper.'

16. etwaig, adj. fr. etwa (11, 29, n.), expresses what may possibly
exist or occur, e.g., Bitte, machen Sie mich auf etwaige Fehler in meiner Aufgabe (= auf etwa in m. A. vorkommende Fehler) aufmerksam, Please point out to
me any mistakes in my exercise; Den etwaigen Gewinn wollen wir theilen,
any gain there may be; **mein etwaiger Nachfolger**, my successor, if I have
one, &c. It will be seen from these examples that etwaig may often
be rendered 'any,' but must often be more or less paraphrased.

17. nach Gutdünken (= wie es Em. gut dünkt, cf. 4, 6, n.), as seems
good to me, at choice, at pleasure.

27. Einwurf (fr. einwerfen, to 'throw in' or interpose a remark or
objection), objection, remonstrance.

28. sammt und sonders (sammt, prep. with dat., along with, together
with; as adv. now used only in this phrase, in the sense of alle-sammt,
all together, 'all of them': sonders, also now used only in this combination, adv. fr. sonder, obs., = besonder, particular, special, single), lit., all
together and singly, 'one and all.'

31. stolz, den Weg gemacht zu haben. In the phrase einen Weg machen,
Weg usually means a certain distance traversed (= Strecke), a journey (on
foot) with definite limits, Er hat den weiten Weg—einen Weg von vier
Stunden—zu Fuße gemacht. The meaning here would thus be, 'proud of
having traversed the path—performed the journey....' Probably however den Weg gemacht is used for den Weg eingeschlagen (47, 16, n.); 'of
having taken or pursued the path....'

PAGE 94.

7. seine geschiedeneren Leute (scheiden, to part, separate, tr. and intr.):
geschiedene Leute sein is a phrase sometimes used of persons who have parted
in disagreement and henceforth have no more to do with each other.
Cf. Lessing's *Minna von Barnhelm*, where Tellheim brusquely dis-

misses his servant, Höre, Just, mache mir zugleich auch keine Rechnung; wir sind geschiedene Leute…, 'we have done with one another.' Here the meaning is, 'no characters further removed from each other.'

10. die Beschämung…hinweg geärgert, cf. 81, 28, n., and note that here it is a reflexive verb (sich ärgern, to be vexed or displeased) that is applied as a factitive verb of motion, the meaning being, that he had so given himself up to his vexation that this drove out of his mind the feeling of shame. Weltärger, vexation or dissatisfaction with the world.

13. Dulterlos (cf. Dulterblick, 63, 14, n.; Los, lot), say, 'martyrdom.'

18. sich satt gepredigt : satt (akin with Eng. **sad** and **sated**, and Lat. *satur, satis*), satisfied, sated; Ich bin satt, I have had enough; sich satt essen, to eat one's fill, satisfy one's appetite; so with other verbs, sich satt hören, spielen, &c., to listen, play, &c., as long as one feels inclined, until one has had enough or is tired. In these phrases satt has not reached the idea of **satiety** which it has in einer Sache satt sein, etw. satt haben, e.g. Ich habe es satt, hier müßig zu sitzen, I'm tired of sitting here idle.

22. entwerfen (ent, 9, 19, n.), in original meaning similar to hinwerfen (81, 29, n.), to 'throw off' the first sketch or draught of a picture or design (prob. first used of the weaving of a pattern), hence used generally of artistic or intellectual conception, with its embodiment in outline, einen Plan, ein Gesetz, einen Charakter, &c., entwerfen. Hence Entwurf (115, 4), design, draught, sketch.—Das jüngste Gericht (jüngst = letzt; cf. Ihr jüngstes Schreiben, your last letter, in jüngster Zeit, = jüngst, lately, &c.), 'the last judgment.' Guillemain intended to represent in his picture the final judgment which would be executed upon the world (Weltgericht, l. 24), i.e. the sweeping away of all tyrannical rulers, all the rich and privileged, when the reign of 'liberty, equality and fraternity' should at last be established.

25. The reference is of course to Michael Angelo's great fresco-painting of the Last Judgment, in the Sistine Chapel at Rome.

29. fahl, identical with falb (M. H. G. *val*, inflected *valwer*, &c.), Eng. **fallow**, tawny, ashy-gray, pale, livid.

PAGE 95.

2. umringeln (ringeln, to curl, 100, 4, from the dimin. Ringel, 90, 4, n.), to surround with coils, tendrils, &c., differs from umringen (112, 24; fr. Ring), to encircle, surround, encompass.

3. rückschreitend, going backwards, retrograde, reactionary. (rück = zurück, common in this and some other verbal forms, very common in substs. and adjs., is generally used in verbs only in the higher style, and

is confined to the *insep.* forms.)   In German the backward motion of
the crayfish is figuratively used to express retrogression or going wrong;
Krebsgang = Rückwärtsgehen,—Mit dem geht es den Krebsgang, his affairs
are going the wrong way.   Hence the fate assigned with poetic justice
to the retrograde priests in Guillemain's Inferno.

4.   Wappenthiere, the animals depicted on their Wappen, or coats of
arms, griffins, lions, &c., as immediately mentioned.

6.   Stammbaum (Stamm, **stem**, stock, tribe, race, family), genealogi-
cal tree.—Schildhalter, in heraldry, the 'supporters,' the figures that hold
or support the Wappenschild, the **shield** or escutcheon.

11.   Centnergewicht (hundred**weight**; Centner, fr. Lat. *centenarius*, fr.
centum, a hundred; = 100 Pfund = 50 Kilogramm), proverbially used for an
oppressive burden, a heavy load.

26.   wallen, chiefly a poetical word, = wandern, ziehen, to walk, wander, travel, more especially used for going on a pilgrimage (Wallfahrt),
or in solemn and festive procession.   Here we may say ' marched.'

29.   die Palmen: note that die is absol. acc. (6, 1, n.).

30.   Verklärung (verklären, to suffuse with light, transfigure, glorify),
glorification, transfiguration, heavenly glory.

PAGE 96.

3.   lief es (6, 19, n.) ihm kalt..., ' a cold thrill ran down his....'

5.   des rächenten und sühnenten (13, 7, n.) Gottes.   The O. H. G.
sônan, suonan originally meant, to pronounce or execute judgment.
In M. H. G. *suon-tac* was a current term for the day of judgment.   Walther von der Vogelweide calls the Pope God's *süener,*
= Richter, Friedensstifter.   Thus in the widest sense söhnen or sühnen
(cf. 13, 7, n.) represents the idea of 'atonement' (in the original sense of
making *at one*), or the bringing or coming to terms, and restoration of
peace and order, not only through conciliatory mediation, but also
through the judicial enforcement of reparation or execution of judgment.
This oldest meaning of the word seems to be required here; rächen
expresses the taking of vengeance, in satisfaction of justice, sühnen, the
solemn *at-oning,* the purification and restoration of moral order thereby
wrought.   An apt translation is difficult; perhaps we might say, 'the
avenging and atonement-working God.'—er fuhr wohl (5, 13, n.) gar
(8, 20, n.) zusammen: zusammenfahren (cf. 5, 17, n.), lit., to shrink together
with a start, draw oneself together into a small space through sudden
alarm, to start violently.

11. terweile or terweil (adv. genit., **the while**) is still current in South Germany, and is also common enough in parts of Middle and North Germany, but only as a colloquialism, almost a vulgarism.

13. ein Stufenjahr (Stufe, **step**), *annus climactericus,* a climacteric year, an originally astrological term to designate a supposed critical year, marking a stage or turning-point, in human life; hence a critical period generally.

15. Traumgeſichte: Geſicht means both a face, with pl. Geſichter, and a vision, with pl. Geſichte.

19. im Kerkerſchlaf gebannt: bannen (etym. connected with **ban** and **banish,** cf. verbannen, 115, 13; see also Bann, 22, 4, n.) often has the meaning, to hold under the influence of an irresistible, as it were magic power (cf. Zauberbann, 65, 10, n.), to deprive of all power of movement, hold captive, so 110, 24, n.

21. tem Auge...als...Weiſſagung (89, 28, n.) vorzutichten, 65, 2, n.

22. bei ten ungeahnten (24, 21, n.)...Botſchaften: bei (cf. 49, 3, n.) = 'on occasion of'; say, 'when the...tidings arrived,' or, 'on the arrival of the ...intelligence.'

28. tahinſchleichen: the ta in tahin is here quite indefinite, without reference to any particular point (cf. 8, 12, n.), and tahin is thus equiv. to the simple hin, 'hence, away, along'; but the disyllable tahin detains the mind a little longer on the idea of steady onward movement, to which it gives a certain picturesque prominence.

30. ein ganz gemeines Jahr: a Gemeinjahr or gemeines Jahr (gemein = gewöhnlich, cf. 71, 27, n.) is an ordinary year, as opposed to a Schaltjahr (einſchalten, to intercalate), leap-year. The phrase ganz gemein here serves to express Guillemain's impatience at the monotonous course of events.

31. unergründlich (ergründen, 58, 2, n.), lit., unfathomably; infinitely, inconceivably.

PAGE 97.

1. tas tauſentjährige Reich (note that Reich is here abstract, = Herrſchaft, Walten), 'the millennium.'

Zweites Kapitel.

7. niterſchlagen, technical term for the breaking off or cancelling of legal proceedings against any one.

11. zum (7, 19, n.) Ueberfluſſe, by way of superfluous addition, 'very superfluously.' In translating, we might place the phrase after räumen, and say, 'though they might have spared themselves the trouble, for....'

15. Etw. wird Em. ſauer (lit., **sour**, bitter, hard, trying, &c.), is a
common phrase for, costs one straining exertion, severe toil; Das Steigen
wurde ihm recht ſauer; Er läßt es ſich ſauer werden, takes great pains, works
hard, &c.—Note that es ihm belongs here in construction also to
ſchwindelte. ſchwindeln, to be dizzy or giddy, is sometimes used personally,
but most commonly as impers., es ſchwindelt mir or mir ſchwindelt.—vor
(9, 12, n.) der friſchen Luft, 'in...,' or 'from...'; lit. 'before,' i.e., when
he came to face or meet it.

20. trugen ſeine Beine...: tragen here in the literal sense, to carry,
bear as a burden. Note that the pres. and imperf. are often used in
Germ. where we should usually say 'can...' and 'could...,' and cf.
41, 21, n.

22. Cf. Er wird bald vom Lachen ins Weinen kommen, his laughter will
soon turn into weeping.

23. überſelig: in compounds like überglücklich, überläſtig, &c. (accent
on über), über, lit. '**over, too**' (cf. gar zu, 5, 20, n.), often means simply,
exceedingly, very.

27. Am Waldesſaume (Saum, **seam**, border) ſtieß ein...Männlein zu
ihm: ſtoßen zu..., to push forward to join, is a specially military expression (cf. 36, 30, n.),—zum Heere ſtoßen; wieder zu ſeinem Regiment ſtoßen, to
rejoin one's regiment—,but it is often used generally for to join company
with, to 'join.'

PAGE 98.

4. wohl, not a mere particle here, but = very well, easily.

5. Strohmer, usually Stromer, an old expression in the Rothwelſch or
thieves' slang, = Landſtreicher, vagrant, vagabond (from M. H. G. *strömen*,
ſtrömen, to **stream**, which also meant, to wander, rove about). —Schlag,
type, kind, stamp.

8. Vor einem Jahre noch, see 12, 12, n., (*f*).

9. Batzen, a small coin, in value about $1\frac{1}{2}d$., formerly current in
South Germany and Switzerland.

12. die Aſſignaten, the *assignats*, or paper currency issued by the
National Assembly in 1790. They soon sank considerably in value,
and after the death of Robespierre in 1794 they became entirely worth-
less.

16. Ohnehoſen, a Germ. translation of the Fr. *sansculottes* (l. 25),
as the extreme Republicans or Jacobins were called, because they
ostentatiously neglected outward decency of appearance, in order to
betoken their sympathy with the lowest classes of the people.

18. Etwas — eine Krankheit, ein Mißbrauch, &c.,—greift um sich, lit., grasps, i.e., makes encroaches, around itself; spreads, gains ground.

22. was sind das (cf. 19, 4, n., and 4, 12, n.) für Leute? What kind of people are *they?*

25. auf deutsch: deutsch is here of course a subst., but is in this phrase regularly written with a small d, so auf englisch, auf französisch (111, 31), &c. The reason probably is that auf deutsch was felt as merely a briefer way of saying not only auf deutsche Sprache, but also auf deutsche Art, Weise, &c. (the older language has other similar phrases), this and similarly formed adverbials being used in a broader way than simply with reference to language, e.g. (see Grimm, sub auf), Weckherlin: auf gut philosophisch leben; Gellert: Und fieng auf polnisch schön zu tanzen an.

26. Neufranken. Franken (Lat. *Franci,* Fr. *Francs,* **Franks**) was originally the common name of a wide-spread group of Teutonic tribes. In its unchanged form it became confined at a later time to the Franks who had settled about the Rhine and Main, while as applied to those who had penetrated into Gallia it underwent various changes, Franzeis, Franzos, Franzose, partly corresponding to the modification in French itself, (*Franciscus, Francois, François, Français*). The word Franke however still continued to be used in German poetry for Franzose, and after the outbreak of the French Revolution it was again brought into vogue for a time, also in the form Neufranken (*Neofrancs*), although the Frankish element of the French nation is of as ancient origin as the Franks on the other side of the Rhine.

31. mit verdächtigem Seitenblick: verdächtig (see 38, 3, n.) is here used in the sense of argwöhnisch, mißtrauisch, 'suspicious' in the sense of distrustful. It is seldom found in this sense in books, and none of the dictionaries give any hint of it, but in conversational usage the natural transition from one to the other of the two meanings united in the Eng. 'suspicious' seems to be taking place.

PAGE 99.

2. Man meint, one thinks, = man sollte (71, 3, n.) meinen, one would think.—nicht von gestern sein is a fam. phrase for, to be no novice, no greenhorn, to know the world. For its origin cf. Luther's Bible, Job viii. 9: Denn wir sind von gestern her, und wissen nichts; A. V., 'For we are but of yesterday, and know nothing.' In l. 6 below, von fünf Jahren, the particle her is necessary to make the meaning clear.

9. Der (19, 4, n.) ist ja (24, 27, n.) längst...gestellt: note that this is not a simple abbreviation by the omission of worden; ist gestellt worden

would mean, 'was long ago placed...,' referring simply to the past
action; ift...geſtellt means, 'has long been (cf. 10, 3, n.) placed,' i.e., in
the *condition* of one placed....

24.   ſo ein Jakobiner: ſo ein may here best be rendered by 'one of
these' Jacobins. Colloquially ſo ein is often used=ein ſolcher, 'such a,'
meaning either, such a one as that before us or already described, or
often simply, such a one as we already know of so well that a mere
reference to it or hint at it is enough; e.g. in describing some one, Er
trägt auch ſo einen groſſen, breitkrämpigen Hut, 'one of these large, broad-
brimmed hats' (sc., that are now in vogue, or that we know of as
worn by certain people, &c.); in going into a shop, Ich möchte ſo ein
Bilderbuch für ein kleines Kind haben, &c.

PAGE 100.

1.   ein feiner (cf. 7, 12, n.) Mann, a man of refined manners, of good
breeding, a gentleman.

5.   verhallen (ver, 3, 11, n.; hallen fr. Hall, sound), of sound, to 'die
away,' be lost, cease to be heard, cf. verklingen.

7.   Er ſollte..., he 'was to,' 'must,' i.e., so Guillemain said.

10.   überhaupt, 15, 19, n.—ob der Papſt noch in Rom ſitze: ſitzen is very
commonly used in the general sense of having one's seat (Sitz, cf.
Landſitz, &c.) or post, or being located anywhere, cf. Schiller's *Wilhelm
Tell:* Des Kaiſers Burgvogt, der auf Roßberg ſaß; the phrase in einem Amt
ſitzen, &c. It is esp. thus used absolutely (with ellipse of im Gefängniß, or
the like, cf. l. 15, below) for, to be in prison, cf. 101, 16; 102, 10.

18.   darüben=drüben (the simple adv. üben, formed on the analogy
of unten, oben, &c., is little used), over there, yonder. In colloq.
language the abbreviated forms of the advs. compounded with da[r], as
drin, drauf, &c., are often used with a second da prefixed, dadrin, &c.
The second da often serves to give fresh demonstrative force. These
forms, common in the dialects of South Germany, were brought into
more general use by Goethe. Most of them still retain a provincial or
decidedly colloquial stamp.

19.   lief was er laufen konnte: was, 'what,' is thus used only in familiar
language, = as much as, here 'as hard as.'

21.   es rappelt [bei] Em. [im Kopf, im Oberſtübchen], also with personal
subject, er rappelt, is a colloq. phrase, = er iſt verrückt, nicht recht bei Verſtand,
he is crazy, crack-brained. This rappeln (unconnected with rappeln, to
rattle) is M. H. G. *rȃben,* akin with Dutch *reven,* fr. Fr. *rȇver,* and this
fr. Lat. *rabere,* to **rave.**

26.   an etw. (dat.) hangen or hängen bleiben, lit., to remain hanging (note in the Germ. the use of the *infin.*, as in stehen bleiben, &c.), is the ordinary phrase for, to 'catch on' anything,—Sie sind mit dem Rock an einem Dorne hängen geblieben, your coat has caught on a thorn.

31.   nicht ausplündern will (5, 17, n.), don't want to, mean to, am not going to....

PAGE 101.

3.   ich will erzählt haben, 'I want to have told to me' (corresponding exactly to the Eng. idiom), is here somewhat unusual instead of ich will mir erzählen lassen, cf. 27, 11, n.

6.   solide Profession. solid[e] in Germ. never means **solid** as contrasted with fluid (which is fest), but 'firm, secure,'—ein solid gebautes Haus, &c., hence, reliable, safe,. of established credit; steady, respectable,—ein solides Geschäftshaus, ein solider Mensch, &c.   A Profession is not a **profession** in the Eng. sense, but a trade or handicraft.   The word is also used in the wider sense of 'calling' generally, but would never be specifically applied, except slightingly, to one of the 'professions' (höhere Berufe).

7.   was...nur, 73, 31, n.—bunt durcheinander: bunt (5, 31, n.), motley, mixed, confused; durcheinander expresses the same idea (cf. 25, 8, n., and l. 15 below); 'in motley confusion.'

12.   The Duke of Brunswick was the leader of the Prussian army which marched against France in 1792, and the author of the proclamation that so roused the indignation of the French, in which they were called upon to submit to their lawful king.

19.   schnitt ihm jede Abschweifung vom Grundtext...am Munde ab: Ein. das Wort [im or am Munde] abschneiden is a common phrase for 'to cut one short.'   abschweifen (schweifen, to **sweep**, rove, stray), to 'digress.' Grundtext (cf. 69, 26, n.) is usually the same with Urtext, the original text, as distinguished from a translation (cf. Goethe's *Faust:* Mich drängt's den Grundtext aufzuschlagen), but here it seems to mean rather, der zu Grunde liegende Text, the text upon which a discourse or exposition is founded.   '...cut short every digression from the main theme.'

23.   außerdem (außer, **outside of**; dem demonstr., =diesem, 18, 4, n.), 'besides this,' 'besides,' is also sometimes used (49, 28) in the sense 'except for this,' 'in other respects,' 'otherwise,'=sonst (18, 11, n.). Here however, where the meaning is, 'except in this case, on this occasion,' außerdem is hardly correct, and sonst would certainly be more usual.

28.   darauf setzen (darauf referring to Wein, l. 25, above), add to it, as it were 'cap it with....'

31. er hätte...mögen, 26, 11, n.—da gerade kein anderer...war: gerade (3, 4, n.), 'just' at the time; 'as there happened to be no one else....'

PAGE 102.

2. hatten ihm Verschlossenheit...gelehrt. In modern usage the personal object of lehren is often put in the dat., when accompanied by an acc. obj. of the thing taught. The original construction with two accusatives however still remains the commoner.

7. wobei (on bei cf. 18, 21, n.): wo here (cf. da in dabei, 10, 9, n.) stands in place of a rel. pronoun (wobei = bei welchem) representing the verbal idea in nach M. zu gehen. Render 'in doing which.'—geradeaus wieder umkehren, a pregnant construction for umkehren und (in entgegenge= setzter Richtung) geradeaus gehen, just as in Eng. we might say 'turn straight back.' Note the difference between umkehren (intr., with middle sense), 'to turn back ' (= turn round to retrace one's steps), and sich umkehren, to 'turn round.'

11. ein paar Stunden (33, 9, n.) Umweg (69, 23, n.): ein Paar, a pair, brace; ein paar, a few. Umweg, way round, roundabout way,—Sie haben einen Umweg von zwei Stunden gemacht, you have gone more than five miles out of your way.—nichts, 22, 27, n.

13. seiner or seine Straße ziehen or gehen, cf. 39, 25, n.

14. Handel, a transaction, affair, bargain, &c., is now used in the plur. only in the sense of hostile transactions, strife,—Händel suchen, to seek a quarrel. It usually retains more or less of this meaning in the compd. Welthändel, current events at home and abroad, esp. political events.

20. ging es doch (3, 5, n. f and g) recht polnisch zu (78, 29, n.): polnisch, fig., = disorderly, tumultuous, riotous. From the disorder and turbulence that characterized the proceedings of the Polish Diet or Parliament, ein polnischer Reichstag became a by-word for lawless confu- sion. eine polnische Wirthschaft (47, 13, n.) is a proverbial phrase for a disorderly and slovenly style of management or living.

22. beim Alten (bei, 18, 21, n.), 'at' the old point or stage, in the old condition of things, 'just as before.'—das Gericht der Völkerfreiheit, 94, 22, n.

27. besonderen Ausweises. sich als...ausweisen (113, 7), to show one- self to be, prove [oneself] to be. sich ausweisen used absolutely = sich legitimiren, to establish one's identity, rights, powers, &c., generally by documentary evidence. Hence Ausweis, either the production of such

evidence, = Legitimation, or the documents themselves, Legitimationspapiere. The terms of foreign origin here mentioned are those now chiefly in official use.

31.   ins Zeug gerannt, 83, 3, n.   rennen usually denotes to **run** with haste or impetuosity.

PAGE 103.

4.   Hochheim, a small town a few miles east of Mainz, not far from the river Main.   In its neighbourhood the well known Hochheimer wine is grown.   Hence the Eng. term **hock**, corrupted from Hochheim, for Rhenish wine generally.

14.   wohl auf or wohlauf = wohl, in good health and spirits.—10, 78, 10, n.—insgeheim (= in's Geheim; das Geheim, a now obsol. subst. formed from the neut. of the adj.) or ingeheim = im Geheimen, in secret.

18.   etw. fehlt Em. (or es fehlt Em. an etw., 41, 31), something is wanting to one, one lacks it; hence also, one feels the want of something, misses it; Du hast mir sehr gefehlt = Ich habe dich sehr vermißt.

20.   wenn du nur nacherlebtest, was wir vorerlebt haben: erleben (er, 11, 12, n.), to **live** to see, to meet with or go through in one's own experience, as spectator or participator, to have happen to one, &c.; cf. Erlebniß, 28, 21, n., and 104, 29; 107, 28; 114, 27.   The full meaning of the words here and in the following lines can only be conveyed by somewhat lengthy paraphrase; the sense here is, 'if you only were to go through afterwards (in imagination, hearing the story related) what we had already gone through (in actual experience).'

24.   das ficht mich nicht an (28, 26, n.)...zu..., 'does not prevent me from....'   This construction of anfechten with a following infin. is very unusual.

25.   sich über etw. freuen, to be glad or pleased at something; sich an etw. freuen, to take pleasure or rejoice in a thing; sich auf etw. freuen, to be glad in the prospect of a thing, look forward to it with pleasure.   Or as Sanders puts it, Man freut sich über das Geschehene, an dem Gegenwärtigen, auf das Künftige.—Gemeinwesen, 20, 15, n.

PAGE 104.

1.   hätten sich (reciprocal pron. = einander) Beide (15, 14, n.)...beinahe ...gesagt, 17, 27, n.—und zwar..., 60, 14, n.

8.   Schanze, sconce, earth-work, fortification, should be distinguished from Schanze (fr. Fr. *chance*) in the phrase etw. in die Schanze schlagen, to hazard, venture.

31. verſchlafen (ver, 3, 11, n.), to **sleep** 'away,' sleep through (110, 11); hence, as here, to lose or miss by sleeping, cf. verſäumen, 37, 6, n.

PAGE 105.

5. er ſei...durchgedrungen, he had (lit., penetrated, pressed through) worked his way through.... zum (5, 29, n.) wahren Jünger: cf. ſich zum Major emporarbeiten, to work one's way up to the rank of major, &c. Here the meaning is, to the standpoint or character of....

10. die beleidigenden Trümpfe. Trumpf (fr. Fr. *triomphe*, Lat. *triumphus*, **triumph**), a **trump** or winning card. Hence such phrases as ſeine Trümpfe ausſpielen, to bring one's best forces into play, make use of an advantage; einen Trumpf aufſetzen, to say or do something in order to outdo what has already been said or done, &c. Hence the use of Trumpf for a sharp repartee or attack, rude rebuke, &c., most common in the colloq. phrase, einen Trumpf darauf ſetzen, to 'come down sharp' upon some one, &c.

11. ſich (recipr.)...mit Schneeballen (dat. pl. of Schneeballen; the more usual form is Schneeball, pl. ⸗bälle) werfen. werfen, to throw (cf. 9, 12, warf...mit Steinen nach dem Sünder), is used metonymically with an acc. of the object thrown at, = 'to pelt,'—En. mit Steinen werfen, 'to stone,' &c.—mitunter, 61, 2, n.

18. kein Ohr mehr (11, 19, n.) behielt (cf. 12, 19, n.; 44, 23, n.).

27. Nur eine Stunde möge er..., i.e. (cf. 5, 25, n., esp. end of note) Kringel bat ihn, er möge (cf. 11, 7, n., esp. end of note)....

29. Es mußte (cf. 15, 23, n.)..., 'It could not but....'

30. dramatiſch wirken, cf. 49, 4, n.—wie man geht und ſteht (5, 1, n.), a common phrase for, 'just as one is.'

PAGE 106.

7. maleriſcher ſitzt: we say ein Hut, Rock, &c. ſitzt Em. gut, ſchlecht, &c., 'fits' one; (=kleidet En.) 'becomes' one. We may render '...gives one a more picturesque appearance.'

10. Es kommt auf etw. an, something 'is the point,' is the thing to be considered,—Darauf kommt alles an, everything depends upon that; Auf das Geld kommt es mir nicht an, money is no object, expense is no consideration, with me.—das Maleriſche = an abstract subst., cf. das Schick⸗ liche, 6, 11, n.—überhaupt, 15, 19, n.

15. Exemplar, 'copy' of a book, 'specimen' of a thing.

19. Format, size or form of a book, as Oftavformat, &c.; sometimes applied to other objects.

20. dazwiſchenfahren (dazw., adv., cf. 8, 12, n.), lit., to rush (fahren, 5, 17, n.) in between; to interpose hastily, by word or deed, cf. dazwiſchenrufen, 110, 7.

30. [Ein.] etw. gut or übel vermerken (vermerken, now little used except in this phrase, = merken, to take note of) = gut or übel aufnehmen, to give a favourable or unfavourable interpretation to, to take in good or ill part; übel verm., to 'take umbrage at.'

31. empfindlich für, sensitive to.—das Lächerliche, 'the ridiculous,' evidently meaning the ridiculous as applied to or touching themselves, here becomes equivalent to 'ridicule.'

PAGE 107.

5. mir iſt...jede Kokarde recht : etw. iſt mir recht, something suits me, I have no objection to it, agree to it.

8. Georg Forſter, see Introduction (p. 244). The other names mentioned below are also those of real personages, who were conspicuous among the Freiheitsfreunde or Clubbiſten of Mainz.—er war doch .., 'why, he was....' As doch is often almost synonymous with wohl (cf. 3, 5, n., *i*), so it is often nearly equivalent to ja (24, 27, n.); there is however always a certain real difference, lying in the invariably adversative force of doch.

9. nur erſt...: erſt (cf. 8, 23, n.) here = 'no further (forward) than,' 'only'; cf. Sie iſt erſt zwanzig Jahre alt, only twenty, &c. erſt thus used differs from nur, in that the latter simply expresses limitation of quantity, number, &c., while erſt marks a point just reached in a conceived progress. Ich habe erſt die Hälfte implies that I expect or wish to have the rest; so Er iſt erſt Hauptmann, He is only a captain yet, &c.

10. ein fachgemäßer Weltverbeſſerer, unusual, = ein W. von Fach, ein berufsmäßiger W., a reformer by profession, a professional reformer.

29. fix und fertig (fix, colloq., quick, alert, ready; uncertain whether the same word with fix, fixed, Lat. *fixus*), alliterative and strengthened expression (cf. 5, 1, n.) for the simple fertig (18, 5, n.), all ready, complete.

PAGE 108.

1. ihm...unheimlich (90, 3, n.) fremdartig gegenübertrat. Jemand or Etwas tritt Ein. ſo oder ſo gegenüber (6, 30, n.), lit., takes up or occupies such a position or attitude 'over against' one. Where the subject is a voluntary agent, the meaning is that he comports himself thus or thus towards one.

Applied to an unconscious subject the phrase means, to appear thus or thus, produce such or such an impression. Here we have the latter case, = 'made an uncomfortably strange impression,—or, an uncomfortable impression of strangeness,—upon him.'

6. Doch da war jetzt nichts mehr (11, 19, n.) zu ändern (14, 18, n.): da, there, = in that point or matter. We might also say, daran ließ sich nichts [mehr] ändern, or, das war nicht mehr zu ändern, rendering them all in the same way, 'But that could not be helped now.'

7. befangen, lit., to take or hold prisoner, hold under restraint; chiefly fig., to hold the mind under some untoward influence,—in Aberglauben befangen, as it were, caught in the toils of, ruled by, superstition; in Vorurtheilen bef., prejudiced; in Furcht, Zweifeln, &c., bef., possessed by fear, filled with doubts, &c.

14. daneben = neben diesem (10, 9, n.), beside or together with this, 'at the same time.'

20. Es ist mir or Mir ist, als ob or wenn…(or als immediately followed by the verb in the subjunctive, cf. 4, 20, n.), It seems to me as if…, I think…, I feel…, I have an impression that….

21. einen rechten (52, 9, n.) Scandal. Scandal, **scandal**, is used in very familiar language for 'noise, racket, row.'

28. theilnehmend eingeht auf fremden Meinungstausch. auf etw.—eine Frage, eine Ansicht, &c.,—eingehen, to 'enter into,' take into consideration, occupy oneself with. fremd = Lat. *alienus*, belonging to, characterizing, done by, some one else,—fremde Meinungen, Bestrebungen, other people's opinions, endeavours, &c. Meinungstausch, exchange of opinions. fremd here of course qualifies the radical or determined word of the compound, Tausch. The literal meaning then is, 'enters with interest into other people's exchange of opinions,' that is, listens with interest to the discussions carried on by others.

29. irgend, 5, 2, n.—etw., sich, eine Ansicht, &c., geltend (5, 7, n.) machen, to put it forward, bring it to view, insist upon or urge its claims to attention and consideration.

PAGE 109.

1. er spannte darauf einzuspringen, see 13, 3, n.

3. 'Shall we…?' as a simple proposal is usually expressed in Germ. by wollen,—Wollen wir jetzt gehen? The similar use of sollen (11, 28, n.) implies an appeal to the other's judgment as to the propriety or necessity of doing the thing in question. Here we might render, 'don't you think we ought to…?' 'had we not better…?'

8. Anfchluß...an...Frankreich: fich (Em. or an En.) anfchließen, to join or attach oneself to; Anfchluß here = the subst. infin. of this verb.

11. anbeißen, to '**bite** at' the bait; here with a following infin. we might render, 'were shy of letting themselves be decoyed into....'

12. Em. etw. auf tem Präfentirteller (tray, waiter) anbieten is a fam. phrase meaning, to offer politely for some one's condescending acceptance something which he ought to regard as a favour to be solicited, or to seek to obtain by his own efforts. Here we might say, 'into politely pressing upon....'

29. Ohrfeige, box on the ear, is often colloq. used in a fig. sense,— Em. eine moralifche Ohrfeige geben, &c. Ohrfeige is the same word with the Dutch *oorvijg* (*oor*, **ear**, *vijg*, **fig**), a jocular corruption of *oorveeg* (*veeg*, a stroke, blow,—related with Germ. fegen, to sweep). Cf. Kopfnuß, a rap on the head (Eng. slang calls the head itself a 'nut'); Maulfchelle, a kind of cake (in shape something like a hand), and also, a sounding (fchallenter) slap on the mouth.

31. Em. etw. verweifen, to reproach or reprove a person for a thing. This word verweifen (M. H. G. *verwîzen*, O. H. G. *ferwîzan*) is etymologically distinct from verweifen (M. H. G. *verwisen*), to show, refer, &c. (fr. weifen, *wîsen*, to show), though Whitney treats the two as one word.

PAGE 110.

10. bie Verfettung (Kette, a chain), the 'concatenation' or linking together, the 'connection.'

12. In the phrase fich irren laffen, irren has its otherwise almost obsol. trans. meaning, = irre machen. irre, **erring**, astray, off the right track; confused, in doubt, &c. Em. irre machen, to disconcert or perplex one, make him doubtful or wavering.—ausfallen gegen, lit., to **fall** or sally **out** against, make a sortie against; often fig., to fall upon, assail with words.

14. lauter, adj., pure, unmixed, is used indeclinably, like eitel (49, 18, n.), = nothing but, mere, pure.—Freiheitsitealismus, enthusiasm for, devotion to, an ideal of freedom.

18. preisgeben, written also preis or Preis geben (Preis is here the Fr. *prise*—orig. perf. part. of *prendre*, to take—a **prize**, booty), to give up as a defenceless prey or booty, to abandon [to the mercy of]; hence used as a common phrase for, to abandon, give up to, expose.

24. bannt (96, 19, n.), paralyses, holds in durance, rules.

27. Unwille (almost obsol. in the sense of **unwillingness**, disinclination, = Unluft), indignant or impatient displeasure, indignation, anger.

PAGE 111.

3.   Man hat mir erzählt, es liegen... : liegen and the following coordinate verbs schreiben, sollen, stehen may all be, according to their form, pres. ind. or pres. subj.   It is however the rule in the oratio obliqua to use the *imperf.* subj., when the pres. subj. would be indistinguishable by its form from the pres. indic.   It seems best therefore to take liegen, &c. as here in the indic.; the speaker prefers to express in the direct form what he himself accepts as fact and is treating as such; the words Man hat mir erzählt serve simply to introduce what he wants to refer to, and to account for his being acquainted with it.   This childish farce of the black and red books, das „Buch des Lebens und des Todes," was a freak actually perpetrated by Böhmer (107, 12), after he had joined the Club.

10.   Note that müßten is conditional, 'would have to...,' nach ihres Herzens Meinung being equiv. to the protasis (or 'if' clause) of a conditional sentence (cf. Eve, 268),—wenn sie nach ihres Herzens Meinung hantelten, or the like.—wohl, 48, 18, n.

28.   mit Custine...war nicht zu spaßen : the construction is impersonal, with the use of the infin. remarked upon in 14, 18, n.   Cf. Es ist nicht zu sagen (= läßt sich nicht sagen), it is not to be told, 'there is no saying.' So the literal meaning of the above is, there was no joking (i.e., it was not a thing to be attempted) with Custine.   Here we may translate by the use of the passive, 'C. was not to be trifled with.'   Cf. Ihm war das gar nicht einzureden, 'There was no persuading him of that,' 'He was not to be persuaded of it.'

29.   vom (= von seinem, 8, 9, n., end) Platze aus, from the place where he had been sitting or standing,—a common phrase with regard to public debate.

PAGE 112.

4.   schon, see 58, 5, n.

12.   mit...den gekrampften Händen (krampfen, to contract convulsively, fr. Krampf, **cramp**, spasm), 'with his hands convulsively clenched.'

19.   ohnedies (5, 27, n.) refers to Guillemain's condition as above described; apart from his wild demeanour and the impression produced by it, they had 'anyhow,' 'in any case,' 'besides,' only half understood him, and were thus ready enough to believe the doctor's plausible explanation of the case.

23.   mit guter Manier is a common conversational phrase meaning,

in such a way as to preserve the forms of courtesy, and avoid giving offence or incurring displeasure,—Wie kann ich diesem Vorschlag mit guter Manier ausweichen? Here we might say, 'with so happy an avoidance of offence.'—für ihn und Andere unschädlich gemacht, put him out of the way of doing harm to himself or others.

25. mit heiler (9, 23, n.) Haut, 'with a **whole** skin,' unhurt, scot-free.

PAGE 113.

11. aufheben, lit., to 'lift up' and carry away; hence, En., eine Räuberbande, &c., aufheben, to come upon by surprise and carry away into custody, to arrest, &c.

18. rein menschlich...sich angesprochen fühlte..., lit., felt himself spoken or appealed to in a simply human way by a sympathetic human soul, that is, found himself treated, not as a would-be artist or as a political partisan, but simply as a human being, with warm human feeling. Cf. Etw., ein Bild, die schöne Natur, &c., spricht En. an, addresses itself or appeals to one's tastes and sympathies, touches, interests, pleases.

21. sich...vergeträumt (cf. Em. vorlesen, vorsingen, &c., to read, sing to; vorrichten, 65, 2, n.), realised to himself in **dreams**.

26. zu etw. kommen, to 'come *by*' a thing.

29. ließ es sich (dat.) nicht...merken, wie..., cf. 58, 31, n. At one period of the language sich (acc.) merken lassen was a current phrase for, to bring oneself into notice, to betray oneself. Subsequent to this came the phrase etw. merken lassen, used as now (58, 31), to manifest or betray something. sich merken lassen, used at first with other complements (a clause with daß, or a genit. case), came also to be coupled with a second accus., of the thing, sich nichts merken lassen (lit., not to let oneself be observed with regard to a thing, i.e., not to betray it by one's demeanour), &c. In modern usage the person is always put in the dat., and this dat. sich is felt to be in sense equivalent to an sich,—or merken to be equiv. to anmerken; cf. Em. etw. anmerken, to observe a thing in a person. In older writers a good deal of fluctuation is found, which the above explanation will account for.

PAGE 114.

6. verpönen (fr. Pön—Lat. *poena*, punishment—now hardly used exc. in law), to prohibit under **penalty**, to forbid, 'taboo.'

PAGE 115.

11. ſich mit etw. (einem Gedanken, Plan, &c.) tragen or herumtragen, =damit umgehen, lit., to go about carrying it with one; to have habitually in one's mind, ponder over, purpose, plan, &c.

12. Schreckensherrſchaft, the usual term for the 'Reign of Terror.'

13. Cayenne is an island at the mouth of the river of the same name, in French Guiana, on the north-east coast of South America. Its climate (cf. l. 16 below) is noted as damp and unhealthy.

15. Royaliſt: note that oy is not sounded as a diphthong like the Eng. *oy;* the o belongs to the first syllable with its usual sound, y to the second as a semiconsonant, Rŏ-y̆ă-liſt. So also Cayenne is pronounced *kă-yénn* (or *kă-yén-nĕ*).

23. Königthum = Königſchaft (itself a rare word), das König-ſein, **king-ship** (cf. Chriſtenthum, Christianity); the royal dignity or office (Königs-würde); and thus in a wider sense, as here, the monarchical principle or form of government; but not properly (though occasionally used in this sense) Königreich, **kingdom**, and thus not analogous with Kaiſerthum, Herzogthum. Königthum is in Germ. quite a modern word, said to have been coined by Wieland during the French Revolution, to render the Fr. *royauté*.

31. ſich mit Jmd. zanken or ſtreiten, to quarrel with one.—bis aufs Blut, lit., up to the point of blood-shedding, is a common phrase to characterize deadly strife or crushing tyranny.

PAGE 116.

6. [das Land] wo der Pfeffer wächſt corresponds to the Eng. 'Jericho,' 'the antipodes,' &c., used in wishing a person there. Its usual application is here humorously reversed, in reference to the fact that the two persons in question were themselves in Cayenne, the 'land where the pepper grows.'

7. ſelbander, ſelbdritt, ſelbviert, &c., lit., oneself being the second, third, &c.; hence, I (you, they), with one, two, &c., others. Here ſelbander = together. These forms are now chiefly provincial or quaint. Cf. the Gr. δεύτερος αὐτός, τρίτος αὐτός, &c., himself the second, i.e., he with another, &c.

9. ſolchergeſtalt, 31, 18, n.—ſich auszurichten, 65, 2, n.

14. ſo manchmal: ſo (cf. ſo manche, 6, 26, n.) here serves rather to render more general and indefinite (cf. 78, 10, n.), than to strengthen, the

idea of frequency expressed by mancḥmal. (Note that mancḥer does not in itself mean positively **many**, but may signify according to context, many, some, several, a good many, &c.; so mancḥmal=sometimes, pretty often, many a time, &c.) ſo mancḥmal might perhaps here be paraphrased (cf. 78, 10, n.; 99, 24, n.), wie es ja (24, 27, n.) mancḥmal vorkommt,—'as we know does oftentimes occur.'

15. ein Altliberaler (cf. Altkatḥolik, Old Catholic), an old liberal, a liberal of the old school.

16. verſtimmen (ver, 4, 23, n.; ſtimmen, cf. 57, 25, n.), to spoil the tone or humour of, put out of tune or humour, to vex, depress, &c.

19. verneinend (23, 11, n.) gegen...auftrat: ſo oder ſo auftreten (12, 20, n.), to assume such and such a bearing or demeanour, to comport or behave oneself thus or thus.

INDEX TO THE NOTES.*

---

* As far as space allowed, the index has been so constructed as not only to
facilitate reference to the notes, but also to serve the student in some degree as a
means of recapitulation and revision, after working through the book.

der, art. := poss. pron., 8, 9 ; ihm die
  ... = seine, &c., 8,9 ; w. demonstr.
  force, after all, 17, 4, 15, 23 ; die
  kaiserliche Majestät, 29, 11 ; das
  R., wie es..., = 'such as,' 'which,'
  45, 28 ; die... = 'people's,' 63, 21 ;
  der w. gen. = 'that of...,' 64, 12
der, demonstr. : subst., = accented
  pers. pron., 19, 4 ; 42, 10 ; adj.,
  = this, that, 23, 24 ; 36, 5 ; 42,
  10 ; 57, 17 ; gen. of, = poss.
  pron., dessen = sein, when used,
  55, 30 : derjenige], der, 90, 22
der, rel. : repetition of pers. pron.
  after, mich, der ich..., &c., 21, 27
dergestalt, solchergestalt, 9, 25
dermaßen, &c., =maßen, 28, 11
derweile, derweil, 96, 11
deuten, zweideutig, 6, 31 ; vieldeut., 61, 25
deutsch : auf deutsch, 98, 25 ; im deutschesten Sinne des Wortes, 83, 5
Deutschherren, der d—e Orden, 10, 26
dichten, Dichter, &c., 65, 2
Dienstmann, vassal, 21, 30
Dienstpersonal, Personal, 53, 18
dieser : for pers. pron., 8, 17 ; 46, 30
Diminut. : double dim. suffix, 11, 1
-dings, allerdings, &c., 36, 21
doch : 3, 5 ; 7, 1 ; (13, 28) ; 20, 23 ;
  (51, 26) ; 56, 13 ; 73, 5 ; (74, 25) ;
  80, 7 ; (84, 8) : w. inversion, 6, 26 ;
  in imperat. and optat. sent., 10,
  17 ; 40, 7 ; 56, 25 : doch after pron.
  subject = **though** before subj.,
  19, 17 : = colloq. Eng. **though**,
  3, 5, a. ; 25, 30 : denn doch, 28, 18 :
  always adversative, 56, 25 ; 107,
  8 := 'at least,' 60, 26 : doch and
  wohl, 3, 5, i. : doch and noch, 59, 1 :
  doch and ja, 107, 8
Dotter, pl. of, 50, 25 ; -hut, 49, 27
drängen, zu etw. ; dringen, 68, 3
drauf, drin, &c., see darauf, &c.
drein, adv., 'in' ; obendrein, 9, 30
dreinfahren, hinter...drein, 21, 17
dreinhauen, drauf loshauen, 46, 13
dreinreten, drein reden, 51, 1
dreinschauen, aussehen, 79, 5
dreißiger : die dr—er Jahre, 79, 11
dressiren, 10, 7 ; Dressur, 13, 9

dringen, in En., urge, &c., 10, 17
drucken, sich d. Kopf ; En., fig., 42,14
Dulterblick, 63, 14 ; =los, 94, 13
dumper, prov., = dunkel, düster, 44, 10
dünken, forms ; w. dat. and acc., 4,
  6 ; nach Gutdünken, 93, 17.
durchaus [nicht], 10, 8
durchdringen, zum Jünger...d., 105, 5
durcheinander, 25, 8, bunt d., 101, 7
durchfallen, Durchfall, fig., 57, 29
durchgehen, run away, bolt, 8, 14
durchgreifen, =d, fig., 91, 14
Durchlaucht, Erlaucht, &c., 55, 6
durchschwärmen, schwärmen, 8, 22
durchsetzen, trans., fig., 57, 14
durchtrieben, adj. and adv., 75, 6
dürfen, etym. and meaning, 19, 28 :
  23, 12 ; 74, 19 ; = brauchen, 37,24 ;
  dürfte, könnte, möchte, 57, 22

eben : eben nicht, 6, 12
edel = adelig, 6, 19 : 7, 12
Ehre : Em. E. machen, 'do' ; Em.
  E. erweisen, anthun, 'do,' 7, 24
Eichelstein, der, 78, 22
eifern, „...," eiferte er, 90, 15
eigens ; eigen, =s, 45, 26
eilends ; eilend, pres. part., =s, 10, 11
ein and Ein, 32, 9 ; 60, 13 : mit
  dem Namen eines Herrn von..., 68,
  18 ; omission of, eigentlich war er
  Maler, &c., 80, 24
einander : used of a sing. subst.;
  durcheinander, 25, 8 ; bunt d., 101,
  7 ; mit e., all together, 60, 9
Einfall, etw. fällt Em. ein, 5, 4
Einfluß, use of in pl., 48, 1
eingeboren, native, 35, 24
eingehen, auf etw., 108, 28
einher := 'along' ; einherschleichen, 8,
  30 ; =stolziren, 10, 21
einkaufen : sich [als Bürger] e., 32,14
einlegen, ein gutes Wort, &c., 57, 17
einmal : accent, meaning, 5, 15 ;
  wieder e., 16, 22 ; noch e., 17, 29 ;
  nicht e., 25, 30 ; nun e., accent,
  29, 12 ; auf e., 34, 20
einschlagen, en. Weg, 47, 16
Einsprache, Einrede, 46, 9

Präsentirteller, Em. etw. auf dem P. anbieten, fig., 109, 12
Prefixes, verbs w. doubtful, 8, 22
preisgeben, Preis g., Preis, 110, 18
Pres. : = fut., 9, 10; 23, 29: = imperat., 22, 4:=Eng. perf., 10, 3; in subj. of obl. orat. = Eng. plup., 83, 31 : pres. for past subj., of a supposed case, 35, 8: pres. and imperf. subj. in obl. orat., 111, 3
Prinz, Fürst, 47, 3
Profession, trade, handicraft, 101, 6
protegieren, Protektion, -swesen, 56, 3
Prügel, gesalzene Prügel, 32, 25
Prunk, Prunkrock, 5, 29
Pudel : wie ein begossener P., 84, 1

quer, überquer, etw. kommt Em. in die Quere, 23,6;..., die ihm in die Quere liefen, 82, 6
Quittung: gegen Q.; quittieren, to receipt, 37, 23

Race, Rasse, 7, 22
rächen, 96, 5 ; Rächer, 9, 16
raisonniren, colloq. use, 59, 22
Range, 4, 15
Rappe, Rabe, 18, 14
rappeln : es rappelt [bei] Em. [im Kopfe], er rappelt, 100, 21
Raritätenkabinet, 33, 14
Rath, Schöffenrath, p. 120
rathen, errathen, force of er-, 11, 12
Räthselwort, Räthsel, rathen, 64, 28
Rathskeller, Rathhaus, 34, 27
Rauchholz, rauch, rauh, 41, 17
raufen, Em. raufen, sich [mit Em.] raufen, 4,12 ; rauflustig, 5, 8
rauschen, rush, of sound, 21, 18
Recept, 'recipe,' 'prescription,' 50,1
recht: real, &c., 52, 9 ; etw. ist Em. r., 107,5 ; rechtzeitig, 9, 20
Recht : R. haben, R. behalten, 12, 19 ; ein großes R., 91, 11
Rechtsverwahrung, Rechts-, verwahren, sich gegen etw. verwahren, 11, 29
Rede : es geht die R., 57, 19
Redensart, reden, Art, 57, 17
Redeschwall, Schwall, schwellen, 25, 8

Refl. verbs: w. middle sense, = Eng. intr., 8, 20 ;=Eng. pass., 33, 20: partic. and subst. inf. of, 73, 10
Regiment, 'government,' 19, 10
Reich: das tausendjährige R., 97, 1
Reichsland, Reichslande, 92, 13
Reichspanier, Banner, 30, 25
Reichsstatt, Landstatt, p. 119
Reichsstände, Stände, 89, 27
reimen, fig., make agree, 65, 4
rein, 86, 20 ;='just,' 88, 7
reisig, Reise = Kriegszug, 30, 20
Reißaus, R. nehmen, reißen, reißend, ausreißen, 9, 3
rennen, laufen, sich in etw. verr., 64, 31 ; ins Zeug r., gehen, 83, 3
Repräsentationssäle, -kosten, Repräsentation, repräsentiren, 67, 12
Residenz, Residenzstatt, 49, 19
Reue, Buße, 13, 6
reuen : etw., es [ge]reut Em.; etw. bereuen, 80, 12
richten, Scharfrichter, Nachrichter, 32, 3 ; Gericht, 94, 22
Richter, Untersuchungsrichter, 66, 23
richtig, 13,4 ; 32, 25
Richtung, fig., Kunstrichtung, 81, 27
Ringelrennen, Ringelstechen, 90, 4
rings, advbl. genit., 82, 6
Ritter, Ritter Kurt, &c., 10, 21
Ritterbund, R. der „Sterner," 23, 2
ritterbürtig, bürtig = gebürtig, p. 119
römisch : das Heilige Römische Reich, römischer Kaiser, 57, 23
Royalist, pron. of ey, 115, 15
rück = zurück, when used ; rückschreitend, 95, 3 ; -fällig, 20, 5
rücken : Em. zu Leibe r., gehen, 34,14
Rücksicht, Rücksichten, 86, 30
rufen, Em. etw. zurufen, 41, 7
rund, adv., r. zurückweisen, 52, 10

-s, genit. and advbl. suff., 10, 11 ; 13, 4 ; 36, 21 ; 45, 26 ; 82, 6
Sache, 'cause,' 7, 8
Säckel, Seckel, m., Sack, 6, 21
Sage, sagen, singen und sagen, 33, 21 ; Sagenkreis, 72, 19

Cambridge:
PRINTED BY C. J. CLAY, M.A. AND SONS
AT THE UNIVERSITY PRESS.

CAMBRIDGE UNIVERSITY PRESS.

THE PITT PRESS SERIES.

** *Many of the books in this list can be had in two volumes, Text and Notes separately.*

I. GREEK.

Aristophanes. Aves—Plutus—Ranæ. By W. C. GREEN, M.A., late Assistant Master at Rugby School. 3s. 6d. each.

Aristotle. Outlines of the Philosophy of. Compiled by EDWIN WALLACE, M.A., LL.D. Third Edition, Enlarged. 4s. 6d.

Euripides. Heracleidae. With Introduction and Explanatory Notes. By E. A. BECK, M.A., Fellow of Trinity Hall. 3s. 6d.

—— **Hercules Furens.** With Introduction, Notes and Analysis. By A. GRAY, M.A., and J. T. HUTCHINSON, M.A. New Ed. 2s.

—— **Hippolytus.** With Introduction and Notes. By W. S. HADLEY, M.A., Fellow of Pembroke College. 2s.

—— **Iphigeneia in Aulis.** By C. E. S. HEADLAM, B.A. 2s. 6d.

Herodotus, Book V. Edited with Notes and Introduction by E. S. SHUCKBURGH, M.A. 3s.

—— **Book VI.** By the same Editor. 4s.

—— **Book VIII., Chaps. 1—90.** By the same Editor. 3s. 6d.

—— **Book IX., Chaps. 1—89.** By the same Editor. 3s. 6d.

Homer. Odyssey, Books IX., X. With Introduction, Notes and Appendices by G. M. EDWARDS, M.A. 2s. 6d. each.

—— —— **Book XXI.** By the same Editor. 2s.

Luciani Somnium Charon Piscator et De Luctu. By W. E. HEITLAND, M.A., Fellow of St John's College, Cambridge. 3s. 6d.

Platonis Apologia Socratis. With Introduction, Notes and Appendices. By J. ADAM, M.A. 3s. 6d.

—— **Crito.** By the same Editor. 2s. 6d.

—— **Euthyphro.** By the same Editor. [*In the Press.*

Plutarch. Lives of the Gracchi. With Introduction, Notes and Lexicon by Rev. H. A. HOLDEN, M.A., LL.D. 6s.

—— **Life of Nicias.** By the same Editor. 5s.

—— **Life of Sulla.** By the same Editor. 6s.

—— **Life of Timoleon.** By the same Editor. 6s.

Sophocles. Oedipus Tyrannus. School Edition, with Introduction and Commentary by R. C. JEBB, Litt.D., LL.D. 4s. 6d.

Xenophon. Agesilaus. By H. HAILSTONE, M.A. 2s. 6d.

—— **Anabasis.** With Introduction, Map and English Notes, by A. PRETOR, M.A. Two vols. 7s. 6d.

—— **Books I. III. IV. and V.** By the same. 2s. each.

—— **Books II. VI. and VII.** By the same. 2s. 6d. each.

Xenophon. Cyropaedeia. Books I. II. With Introduction and Notes by Rev. H. A. HOLDEN, M.A., LL.D. 2 vols. 6s.

—— —— **Books III. IV. and V.** By the same Editor. 5s.

London: Cambridge Warehouse, Ave Maria Lane.

50/12/89

London: Cambridge Warehouse, Ave Maria Lane.

III. FRENCH.

Corneille. La Suite du Menteur. A Comedy in Five Acts. With Notes Philological and Historical, by the late G. MASSON, B.A. 2s.

De Bonnechose. Lazare Hoche. With four Maps, Introduction and Commentary, by C. COLBECK, M.A. Revised Edition. 2s.

D'Harleville. Le Vieux Célibataire. A Comedy, Grammatical and Historical Notes, by G. MASSON, B.A. 2s.

De Lamartine. Jeanne D'Arc. Edited with a Map and Notes Historical and Philological, and a Vocabulary, by Rev. A. C. CLAPIN, M.A., St John's College, Cambridge. 2s.

De Vigny. La Canne de Jonc. Edited with Notes by Rev. H. A. BULL, M.A., late Master at Wellington College. 2s.

Erckmann-Chatrian. La Guerre. With Map, Introduction and Commentary by Rev. A. C. CLAPIN, M.A. 3s.

La Baronne de Staël-Holstein. Le Directoire. (Considérations sur la Révolution Française. Troisième et quatrième parties.) Revised and enlarged. With Notes by G. MASSON, B.A., and G. W. PROTHERO, M.A. 2s.

————— ————— **Dix Années d'Exil. Livre II. Chapitres 1—8.** By the same Editors. New Edition, enlarged. 2s.

Lemercier. Fredegonde et Brunehaut. A Tragedy in Five Acts. By GUSTAVE MASSON, B.A. 2s.

Molière. Le Bourgeois Gentilhomme, Comédie-Ballet en Cinq Actes. (1670.) By Rev. A. C. CLAPIN, M.A. Revised Edition. 1s. 6d.

————— **L'École des Femmes.** With Introduction and Notes by G. SAINTSBURY, M.A. 2s. 6d.

————— **Les Précieuses Ridicules.** With Introduction and Notes by E. G. W. BRAUNHOLTZ, M.A., Ph.D. 2s.

Piron. La Métromanie. A Comedy, with Notes, by G. MASSON, B.A. 2s.

Racine. Les Plaideurs. With Introduction and Notes, by E. G. W. BRAUNHOLTZ, M.A., Ph.D. 2s.

Sainte-Beuve. M. Daru (Causeries du Lundi, Vol. IX.). By G. MASSON, B.A. 2s.

Saintine. Picciola. With Introduction, Notes and Map. By Rev. A. C. CLAPIN, M.A. 2s.

Scribe and Legouvé. Pataille de Dames. Edited by Rev. H. A. BULL, M.A. 2s.

Scribe. Le Verre d'Eau. A Comedy; with Memoir, Grammatical and Historical Notes. Edited by C. COLBECK, M.A. 2s.

Sédaine. Le Philosophe sans le savoir. Edited with Notes by Rev. H. A. BULL, M.A., late Master at Wellington College. 2s.

Thierry. Lettres sur l'histoire de France (XIII.—XXIV.). By G. MASSON, B.A., and G. W. PROTHERO, M.A. 2s. 6d.

————— **Récits des Temps Mérovingiens I.—III.** Edited by GUSTAVE MASSON, B.A. Univ. Gallic., and A. R. ROPES, M.A. With Map. 3s.

Villemain. Lascaris ou Les Grecs du XVe Siècle, Nouvelle Historique. By G. MASSON, B.A. 2s.

**Voltaire. Histoire du Siècle de Louis XIV. Chaps. I.—
XIII.** Edited by G. MASSON, B.A., and G. W. PROTHERO, M.A. 2s. 6d.
PART II. CHAPS. XIV.—XXIV. By the same Editors. With Three Maps.
2s. 6d. PART III. CHAPS. XXV. to end. By the same Editors. 2s. 6d.
Xavier de Maistre. La Jeune Sibérienne. Le Lépreux de
la Cité D'Aoste. By G. MASSON, B.A. 1s. 6d.

IV. GERMAN.

Ballads on German History. Arranged and annotated by
WILHELM WAGNER, Ph.D. 2s.

Benedix. Doctor Wespe. Lustspiel in fünf Aufzügen. Edited
with Notes by KARL HERMANN BREUL, M.A. 3s.

Freytag. Der Staat Friedrichs des Grossen. With Notes.
By WILHELM WAGNER, Ph.D. 2s.

German Dactylic Poetry. Arranged and annotated by
WILHELM WAGNER, Ph.D. 3s.

Goethe's Knabenjahre. (1749—1759.) Arranged and annotated by WILHELM WAGNER, Ph.D. 2s.

——— **Hermann und Dorothea.** By WILHELM WAGNER,
Ph.D. Revised edition by J. W. CARTMELL, M.A. 3s. 6d.

Gutzkow. Zopf und Schwert. Lustspiel in fünf Aufzügen.
By H. J. WOLSTENHOLME, B.A. (Lond.). 3s. 6d.

Hauff. Das Bild des Kaisers. By KARL HERMANN BREUL,
M.A., Ph.D., University Lecturer in German. 3s.

——— **Das Wirthshaus im Spessart.** By A. SCHLOTTMANN,
Ph.D. 3s. 6d.

——— **Die Karavane.** Edited with Notes by A. SCHLOTT-
MANN, Ph.D. 3s. 6d.

Immermann. Der Oberhof. A Tale of Westphalian Life, by
WILHELM WAGNER, Ph.D. 3s.

Kohlrausch. Das Jahr 1813. With English Notes by WILHELM
WAGNER, Ph.D. 2s.

Lessing and Gellert. Selected Fables. Edited with Notes
by KARL HERMANN BREUL, M.A. 3s.

Mendelssohn's Letters. Selections from. Edited by JAMES
SIME, M.A. 3s.

Raumer. Der erste Kreuzzug (1095—1099). By WILHELM
WAGNER, Ph.D. 2s.

Riehl. Culturgeschichtliche Novellen. Edited by H. J.
WOLSTENHOLME, B.A. (Lond.). 3s. 6d.

Schiller. Wilhelm Tell. Edited with Introduction and Notes
by KARL HERMANN BREUL, M.A. 2s. 6d.

Uhland. Ernst, Herzog von Schwaben. With Introduction
and Notes. By H. J. WOLSTENHOLME, B.A. 3s. 6d.

London: Cambridge Warehouse, Ave Maria Lane.

V. ENGLISH.

Ancient Philosophy from Thales to Cicero, A Sketch of. By
JOSEPH B. MAYOR, M.A. 3s. 6d.

Bacon's History of the Reign of King Henry VII. With
Notes by the Rev. Professor LUMBY, D.D. 3s.

Cowley's Essays. With Introduction and Notes, by the Rev.
Professor LUMBY, D.D. 4s.

More's History of King Richard III. Edited with Notes,
Glossary, Index of Names. By J. RAWSON LUMBY, D.D. 3s. 6d.

More's Utopia. With Notes, by Rev. Prof. LUMBY, D.D. 3s. 6d.

The Two Noble Kinsmen, edited with Introduction and Notes,
by the Rev. Professor SKEAT, Litt.D. 3s. 6d.

VI. EDUCATIONAL SCIENCE.

Comenius, John Amos, Bishop of the Moravians. His Life
and Educational Works, by S. S. LAURIE, A.M., F.R.S.E. 3s. 6d.

Education, Three Lectures on the Practice of. I. On Marking, by H. W. EVE, M.A. II. On Stimulus, by A. SIDGWICK, M.A. III. On
the Teaching of Latin Verse Composition, by E. A. ABBOTT, D.D. 2s.

Stimulus. A Lecture delivered for the Teachers' Training
Syndicate, May, 1882, by A. SIDGWICK, M.A. 1s.

Locke on Education. With Introduction and Notes by the
Rev. R. H. QUICK, M.A. 3s. 6d.

Milton's Tractate on Education. A facsimile reprint from
the Edition of 1673. Edited with Notes, by O. BROWNING, M.A. 2s.

Modern Languages, Lectures on the Teaching of. By C.
COLBECK, M.A. 2s.

Teacher, General Aims of the, and Form Management. Two
Lectures delivered in the University of Cambridge in the Lent Term, 1883, by
F. W. FARRAR, D.D., and R. B. POOLE, B.D. 1s. 6d.

Teaching, Theory and Practice of. By the Rev. E. THRING,
M.A., late Head Master of Uppingham School. New Edition. 4s. 6d.

British India, a Short History of. By E. S. CARLOS, M.A.,
late Head Master of Exeter Grammar School. 1s.

Geography, Elementary Commercial. A Sketch of the Com-
modities and the Countries of the World. By H. R. MILL, D.Sc., F.R.S.E. 1s.

Geography, an Atlas of Commercial. (A Companion to the
above.) By J. G. BARTHOLOMEW, F.R.G.S. With an Introduction by HUGH
ROBERT MILL, D.Sc. 3s.

VII. MATHEMATICS.

Euclid's Elements of Geometry. Books I. and II. By H. M.
TAYLOR, M.A., Fellow and late Tutor of Trinity College, Cambridge. 1s. 6d.

Other Volumes are in preparation.

London: Cambridge Warehouse, Ave Maria Lane.

The Cambridge Bible for Schools and Colleges.

Epistle to the Ephesians. By Rev. H. C. G. MOULE, M.A. 2s. 6d.

Epistle to the Philippians. By Rev. H. C. G. MOULE, M.A. 2s. 6d.

Epistle to the Hebrews. By Arch. FARRAR, D.D. 3s. 6d.

General Epistle of St James. By Very Rev. E. H. PLUMPTRE, D.D. 1s. 6d.

Epistles of St Peter and St Jude. By Very Rev. E. H. PLUMPTRE, D.D. 2s. 6d.

Epistles of St John. By Rev. A. PLUMMER, M.A., D.D. 3s. 6d.

Preparing.

Book of Genesis. By Very Rev. the Dean of Peterborough.

Books of Exodus, Numbers and Deuteronomy. By Rev. C. D. GINSBURG, LL.D.

Books of Ezra and Nehemiah. By Rev. Prof. RYLE, M.A.

Book of Psalms. By Rev. Prof. KIRKPATRICK, B.D.

Book of Isaiah. By Prof. W. ROBERTSON SMITH, M.A.

Book of Ezekiel. By Rev. A. B. DAVIDSON, D.D.

Book of Malachi. By Archdeacon PEROWNE.

Epistle to the Galatians. By Rev. E. H. PEROWNE, D.D.

Epistles to the Colossians and Philemon. By Rev. H. C. G. MOULE, M.A.

Epistles to Timothy & Titus. By Rev. A. E. HUMPHREYS, M.A.

Book of Revelation. By Rev. W. H. SIMCOX, M.A.

The Smaller Cambridge Bible for Schools.

The Smaller Cambridge Bible for Schools *will form an entirely new series of commentaries on some selected books of the Bible. It is expected that they will be prepared for the most part by the Editors of the larger series (The Cambridge Bible for Schools and Colleges). The volumes will be issued at a low price, and will be suitable to the requirements of preparatory and elementary schools.*

Now ready, pp. 128.

First and Second Books of Samuel. By Rev. Prof. KIRKPATRICK, B.D. 1s. each.

Gospel according to St Matthew. By Rev. A. CARR, M.A. 1s.

Gospel according to St Mark. By Rev. G. F. MACLEAR, D.D. 1s.

Preparing.

Gospel according to St Luke. By Archdeacon FARRAR.

London: Cambridge Warehouse, Ave Maria Lane.

𝕿𝖍𝖊 𝕮𝖆𝖒𝖇𝖗𝖎𝖉𝖌𝖊 𝕲𝖗𝖊𝖊𝖐 𝕿𝖊𝖘𝖙𝖆𝖒𝖊𝖓𝖙 𝖋𝖔𝖗 𝕾𝖈𝖍𝖔𝖔𝖑𝖘 𝖆𝖓𝖉 𝕮𝖔𝖑𝖑𝖊𝖌𝖊𝖘,

with a Revised Text, based on the most recent critical authorities, and English Notes, prepared under the direction of the General Editor,

The Very Reverend J. J. S. PEROWNE, D.D.,
DEAN OF PETERBOROUGH.

Gospel according to St Matthew. By Rev. A. CARR, M.A. With 4 Maps. 4s. 6d.

Gospel according to St Mark. By Rev. G. F. MACLEAR, D.D. With 3 Maps. 4s. 6d.

Gospel according to St Luke. By Archdeacon FARRAR. With 4 Maps. 6s.

Gospel according to St John. By Rev. A. PLUMMER, D.D. With 4 Maps. 6s.

Acts of the Apostles. By Rev. Professor LUMBY, D.D. With 4 Maps. 6s.

First Epistle to the Corinthians. By Rev. J. J. LIAS, M.A. 3s.

Second Epistle to the Corinthians. By Rev. J. J. LIAS, M.A. [*In the Press.*

Epistle to the Hebrews. By Archdeacon FARRAR, D.D. 3s. 6d.

Epistle of St James. By Very Rev. E. H. PLUMPTRE, D.D. [*Preparing.*

Epistles of St John. By Rev. A. PLUMMER, M.A., D.D. 4s.